后窗文库
MR. C

THE DEVIL ASPECT

魔鬼藏身处

[英国]
克雷格 · 拉塞尔
著
Craig Russell

周建川
译

译林出版社

图书在版编目（CIP）数据

魔鬼藏身处 /（英）克雷格·拉塞尔（Craig Russell）著；周建川译 .—南京：译林出版社，2021.6
（后窗文库）
书名原文：The Devil Aspect
ISBN 978-7-5447-8127-5

I.①魔… II.①克… ②周… III.①长篇小说 - 英国 - 现代 IV.①I561.85

中国版本图书馆 CIP 数据核字（2020）第 099870 号

魔鬼藏身处　［英国］克雷格·拉塞尔 / 著　周建川 / 译

责任编辑　赵　奕
装帧设计　任凌云
校　　对　蒋　燕　王　敏
责任印制　单　莉

原文出版　Constable，2019
出版发行　译林出版社
地　　址　南京市湖南路 1 号 A 楼
邮　　箱　yilin@yilin.com
网　　址　www.yilin.com
市场热线　025-86633278
排　　版　南京展望文化发展有限公司
印　　刷　江苏凤凰通达印刷有限公司
开　　本　880 毫米 ×1230 毫米　1/32
印　　张　16.125
版　　次　2021 年 6 月第 1 版
印　　次　2021 年 6 月第 1 次印刷
书　　号　ISBN 978-7-5447-8127-5
定　　价　69.00 元

献给吾妻：

温迪

人心即魔鬼藏身之处；

有时我觉得吾心即地狱。

——托马斯·布朗（1605—1682）

目录

序 言

那种声音，那种阴暗的人格，就像可怕的黑色曙光，用黑暗的光线填满了城堡的塔楼，带着恶意，消失在古老墙壁上密密麻麻的砖石深处。尽管病人被牢牢地绑在检查床上，维克多还是感到孤独与脆弱，这种感觉十分奇怪。他很害怕，病人说的每一句话他都听不懂。不应该这样啊。

维克多意识到这声音不仅仅是病人的某个分裂人格的体现，还是别的什么东西，某种更加可怕的东西的体现。

“我能感觉到你的恐惧，”霍布斯先生说道，“我熟悉恐惧，它能让我重新充满活力，而现在，你让我充满活力了。你把我找了出来，你找到了我。你想知道我的想法，我的感觉。好吧，那我告诉你：当我杀死他们的时候——杀死所有那些人的时候，对他们做出那些恐怖事情的时候——我享受每一秒钟。我这么做是因为能得到不为人知的快乐。他们的痛苦与恐惧对我而言如同美酒一般妙不可言。

“我尤其喜欢他们最后乞求活命的样子：他们这么做的时候——他们最后都会这么做——我会假装犹豫一番，看着他们眼里最后一丝微弱而绝望的希望。我给予他们短暂的希望，然后又将它熄灭。我喜欢品味熄灭最后一丝希望的感觉，胜过夺走他们的生命。

“你知道吗，科萨雷克医生，只有那时他们才会感受到恶魔的存在。”

第一部分

魔鬼受缚之处

第一章

1935年深秋，维克多·科萨雷克医生二十九岁。他身材瘦高，外表英俊，但不是大多数波希米亚人拥有的那种罕见的英俊：他的鼻子细长，有点像古代的贵族，乌黑的头发和弯弯的浓眉下面是冷酷的蓝绿色眼睛和棱角分明的脸颊。很多人在这个年纪看上去还很孩子气，然而他严肃的面孔使得自己的外表要比实际年龄大一些：伪装的成熟与偶尔展现的权威气派对他的工作很有帮助。作为一名精神病医生，他的职责是打开病人内心的秘密，把光明照进他们阴暗而戒备的内心深处；而病人是不会把内心深藏的秘密、最黑暗的绝望与欲望，放心地说给一个孩子听的。

维克多搬离租住的公寓的时候是个雨夜——凄冷的雨水告诉人们季节正在更替。因为有很多行李，再加上他要搭乘的省际列车不是从布拉格总站而是从海本斯卡大街的马萨里克车站出发，他叫了辆出租车。行李很多——一个大箱子和两个很重的手提箱，他知道很难找到搬运工，所以把到站时间提前了四十五分钟。拿到车费之后，不爱说话的出租车司机把行李搬到车站主入口外面的人行道上就驱车离开了。一切还算顺利。

维克多希望他的朋友菲利普·斯特罗斯塔能到车站为他送行，帮他搬搬行李，但是越来越不靠谱的菲利普在最后一分钟告诉他不能过来了。维克多别无选择，只好把行李留在原地，然后花了整整十分钟去找搬运工。他猜测找不到搬运工和车站里面的骚乱有关系——他现在能听到急迫的呼喊声和尖叫声，却什么也看不到。最后他终于找到一个大约十六岁的车站服务员，他戴着一顶大号的红色平顶帽，身材消瘦，却毫不费力地把他的几个箱子搬上了手推车。

他们正要动身进站的时候，一辆布拉格阿尔法牌的警车停进出租车刚刚所在的车位。两位身穿制服的警察跳下车，一路跑进车站。

“发生了什么事？”维克多问道。搬运工男孩耸了耸肩膀，肩膀在宽大的制服夹克里面晃动。

“就在你叫我过来之前，”他说，“我听到好多人在大喊大叫。我也不知道发生了什么事。”

维克多跟着男孩和行李车进了车站，他立刻看出发生了不同寻常的事情。在远处中央大厅的一角，庞大的人群正在聚集，就像铁屑被磁铁吸引一样，而大厅中央却空空荡荡。他注意到两位新来的警察已经加入警察队伍正在驱散人群。

人群里面有个男人在大喊。同样被人群遮挡的一个女人在恐惧地尖叫。

“她是邪灵！”被围观的人墙遮挡的男人声音咆哮道，“魔王撒旦派来的邪灵！”短暂的停顿之后，他急迫地发出可怕的警告，“他就在这儿——撒旦就在这儿！撒旦朝我们来了！”

“你待在这儿……”维克多命令搬运工。他飞快地穿过大厅，一路挤到人群的前面。在警察的拦阻下，人群现在是半圆形。就在向前挤的时候，他听到一个女人轻声地对身边的朋友神秘而兴奋地说道：“你觉得真的是他吗？你觉得他是‘皮围裙’吗？”

他现在可以看到吵闹的源头了：一个男人和一个女人。两人看上去都很恐惧：女人恐惧是因为被身后的男人劫持了，他手持一把大餐刀抵在她的喉咙上；男人恐惧的原因只有他自己知道。

“她是邪灵！”男人再次咆哮道，“地狱来的邪灵！她会放火！”

维克多看得出来女人衣着光鲜，一副有钱人的样子；而劫持者则是一副工人的装束，他戴着一顶破旧的帽子，穿着无领衬衫、粗哔叽呢夹克和松弛的灯芯绒长裤。可以一眼看出他们不是两口子，维克多怀疑女人是被他随机劫持的。男人的眼睛睁得很大，四处乱瞅，在维克多看来，这是某种精神分裂症发作时的恐惧表现。

有一个警察的位置比他的同事们距离两人更近，他的手放在没有拔出的手枪上。维克多认为把枪放在枪套里不会增加他对别人造成的威胁感。他挤到围观者的前面，立刻被两个警察阻拦，他们粗暴地将他抓住。

“回去！”一个带着斯洛伐克口音的警察命令道，“你们这些混蛋为什么不能——”

“我是博尼斯精神病院的维克多·科萨雷克医生，”维克多抗议道，拼命挥舞双臂想挣脱警察的控制，“我是临床精神病医生。我想我能帮上忙。”

“这样啊……”斯洛伐克口音的警察对他的同伴点点头，然后两人松开手，“他是不是从你们医院逃出来的？”

“我不知道。肯定不是我的病人。但不管他从哪儿来的，很明显他的精神病正在发作。妄想症，或者是精神分裂症。”

“帕维尔！”斯洛伐克口音的警察对着那位手仍然放在枪套上的警察喊道，“这儿有个精神病医生——”

“让他过来。”那位警察说道，眼睛一刻也没有离开劫持者和被劫持者。

斯洛伐克口音的警察放维克多走了过去。

“我需要你驱散人群，”维克多走出来的时候小声对斯洛伐克口音的警察说道，“大家把他围在人群里面了。他越是感到焦虑，就越会觉得受到了威胁，被劫持女子的危险也就越大。”

斯洛伐克口音的警察点点头。事不宜迟，维克多当机立断，他和其余警察一道软硬兼施地把人群驱赶到了远离现场的一个休息区。

维克多走到斯洛伐克口音的警察称为帕维尔的警察身边。

“你就是那个精神病医生？”他问道，双眼依然紧盯着拿刀的男子。

“我是维克多·科萨雷克医生。我是博尼斯精神病院的实习医生……准确地说，我以前是那儿的实习医生，”他纠正道，“事实上，我正要前往奥卢城堡刑事犯精神病院接受一个新的岗位。这也是我为什么在车站的原因。”

“谢谢你不厌其烦的介绍，医生——但是我们现在遇到的情况十分紧急。”他带着不屑的口吻说道，“等一等——奥卢城堡？那儿是不是关着‘六大魔王’的地方？这样的话，这件事情还真适合你做。你能帮忙吗？”

“尽力吧，如果他是严重的幻想症患者，我不知道能不能突破他的心理防御。”

“如果你突破不了，恐怕就只能让我来突破了。”他拍了拍自己的皮枪套。

维克多点点头，然后直接走到被劫持女子和劫持者的面前。他首先直视女子的眼睛。

“尽量不要害怕，”他镇定地轻声说道，“我知道这不容易，但是，无论你想做什么，都不要挣扎和尖叫。我不想他的情绪被激化。你要勇敢，听我的，明白吗？”

女子睁大的眼睛中满是恐惧，她轻轻点了点头。

“很好。”维克多说道。他注意到餐刀锋利的边缘已经在颈动脉上方的脖子上划出了印子，只需要哪怕一点点的力量，精神错乱的劫持者就能切断她的动脉。如果他真的那么做，几秒钟之内，她就会失去生命，再也没人能够救她。

他越过女子的肩膀向劫持者看去，也是直视着他的眼睛。他年纪不大，也许比维克多小几岁。他的眼睛没有被劫持者睁得那么大，也没有被劫持者那么害怕，他的目光扫视着身边，没有盯着某个地方，甚至好像都没有看到回到现场的警察和紧张不安的人群，反而好像在注视着别人看不到的什么可怕场景。这一幕维克多在短暂的职业生涯中见过多次：精神病患者尽管身体处于当前的维度，他们的内心却处于另外一个维度。

“我是科萨雷克医生，”维克多的声音还是那样平稳镇静，“我来这儿是帮助你的。我知道你很害怕，但是我会尽我所能帮助你。你叫什么名字？”

“她是邪灵！”男人喊道。

“你叫什么名字？”维克多重复着他的问题。

“她是火灵。你看不出来吗？他们到处都是。他们会吃掉我们。她就是被派来吃我的。派她来的人是魔鬼——”

男人突然停了下来，好像他突然听到了什么声音或是闻到了什么气味。“他就在这里——”他急切地用很不自然的声音低声说道，“魔鬼现在就在这儿，就在这个地方。我能感觉到——”

“你叫什么？”维克多友好地轻声问道，“请告诉我你的名字。”

持刀男子很困惑，好像无法理解为什么有人拿这种无关紧要的事情分散他的注意力。“西蒙，”他终于回答了，“我叫西蒙。”

“西蒙，我需要你保持镇静。相当的镇静。”

“镇静？”西蒙难以置信，“你要我保持镇静？魔鬼就在我们身边。还有很多邪灵。她就是邪灵。难道你看不到吗？”

“不，恐怕我没看到。他们在哪儿呢？”

西蒙的目光仿佛探照灯掠过车站的大理石地面。“你看不见？你瞎了吗？他们到处都是。”突然他看上去更害怕、更紧张了，再次看到了只有他才能看到的画面，“地面、地板，到处都能看到他们正在冒出来。他们从石头里渗出来，从地心的岩浆里钻出来，以气泡和泡沫的形态一路向上直到变成人形。就像这个一样。”他抱紧了被劫持的女子，拿刀的手在不停颤抖。

“西蒙，”维克多说道，“难道你看不出来自己搞错了吗？她就是个普通的女人而已，她不是邪灵。”

“你疯了吗？你看不出来？你看不到她头上弯曲的火灵角吗？看不到她眼睛里的岩浆吗？看不到她滚热的白色铁蹄子吗？她是个低级邪灵。一个火灵。碰了她以后我被严重烧伤了。我必须阻止她，我必须阻止他们每个人。他们来这儿是想吃掉我们，烧死我们，把我们送进火湖，那儿只有无穷无尽的折磨。”他停下来想了想刚才说过的话，突然在深思熟虑之后用斩钉截铁的口吻轻声说道，“我明白了：我要把她的头砍下来——就这样干，砍掉她的头。这是杀掉邪灵的唯一方法。唯一的方法。”

女人按照维克多的要求一直努力地保持安静，这时她发出一声绝望的呐喊。维克多向两人伸出手试图让他们镇静下来。他意识到男子是个严重的幻想症患者，也许只有等他杀掉被劫持者之后他才有可能去接触他饱经摧残的内心。

他朝身边的警察使了个眼色，对方点点头，悄悄地打开了枪套的翻盖。

“我向你保证，西蒙，这个女人不是邪灵，”维克多说道，“你生病了，因为生病，你的感觉欺骗了你。闭上眼睛，深吸一口气。”

“只有魔鬼才会欺骗。欺骗之神能蒙蔽每一个人却骗不了我。我是上帝的使者，如果闭上眼睛，魔鬼就会偷偷地靠近我，把我拽进地狱。”他的声音变低了，听上去很痛苦、很害怕的样子，“我看见了欺骗之神。我看见了魔鬼。我看到了他的脸。”他绝望地喊了起来，“他用眼睛放火烧我。”

“西蒙，请听我说。请认真听我说。没有魔鬼。所有这一切，你经历的这一切，都是你想出来的。你的思想——每个人的思想——就像大海，一片深海。每一天，每个人过着自己的生活，在自己的大海上航行。你能明白我说的话吗，西蒙？”

西蒙点点头，但是他的眼神依然充满狂躁和恐惧。

“但是在每个人的内心，”维克多说道，“都有不为人知的海底。有时候，可怕的怪兽就生活在那里——恐惧和欲望就是获得了身体的怪兽。我知道这些是因为我是个医生，我一直和这些事情打交道。而现在你身上发生的事情，西蒙，是你的海洋掀起了一场大风暴，翻江倒海，到处是漩涡。你心灵深处的神秘怪兽苏醒了，冲破了海面。我希望你好好想一想，希望你明白你现在害怕的所有事物，看到的所有事物，只是你心里面虚构出来的。”

“我被骗了？”西蒙的声音听起来像一个害怕的、孤独的孩子。

“你被骗了，”维克多重复了一遍，“你抓住的女人就是个普通人。你以为抓住的邪灵不过是你想象出来的邪灵。你害怕的魔鬼只是你心里隐藏的某个东西。拜托，西蒙，请闭上眼睛——”

“我被骗了——”

“闭上眼睛，西蒙。闭上眼睛，想一想风暴已经过去了，水面恢复了平静。”

“被骗了——”他闭上了眼睛。

“让那个女人走吧，西蒙。求你了。”

“被骗了……”他的手臂从女人的肩膀上耷拉下来，持刀的那只手缓缓地从女人的喉咙上松开了。

“快跑！”警察连忙向女人发出命令，“到我这儿来，快！”

“被骗了……”

女人哭着跑到警察身边，被迅速带到警方警戒线的后面，人群中一个女人将她抱住，不断地安慰她。

“现在，”维克多对独自站在原处双眼紧闭的西蒙说道，“请你把刀放下。”

西蒙睁开了眼睛。他看着手上的刀重复着那句话：“被骗了。”他抬起头，眼神中满是悲伤，恳切地伸出还拿着刀的双手。

“没事的，”维克多向他走了一步，“我会帮助你。”

“我被骗了，”西蒙突然愤怒地说道，“欺骗之神，伪装之神，黑暗之神——他骗了我。”他紧盯着维克多，轻声笑了笑，“我没认出你来。为什么没认出来？现在我知道你是谁了。”西蒙的眼睛突然变得无情，充满仇恨，“现在我懂了！我知道你是谁！”

这一切来得太突然，维克多根本无暇反应。西蒙向年轻的维克多冲了过来，举起刀就要刺下去了。

维克多愣在原地，两个声音从他站着的地方响起，在车站大厅里久久回荡：警方尖厉的枪声和西蒙扑向维克多时厉声喊出的那个词。

“魔鬼！”

第二章

在维克多·科萨雷克看来，波希米亚人和官僚主义是天生的结合体。无论你做过什么事情，都会有一张表格等着填写，一个警官等着要去打交道。

在本尼迪克特斯卡大街的警察局，维克多用大厅里的一个室内公共电话亭给他的新老板打了个电话。他告诉罗曼内克教授车站发生的事情以及警方需要他填写两个报告，他赶不上火车了。他接着解释说行李留在了马萨里克车站，他会搭乘第二天最早的列车，并对这一切意外带来的麻烦表示深深的歉意。

“亲爱的孩子，”罗曼内克教授说道，“别想太多，至少你救了那个女人的命。这起悲剧可怜的主人公——他怎么样了？”

“谢谢你的理解……”维克多停了下来。几个身穿制服的警察嘈杂忙乱地穿过大厅，经过维克多所在的电话亭，从大门走了出去。“他的情况很严重，”警察走过之后维克多继续说道，“很不幸地说，我不知道他有没有活下来。警方担心我有生命危险，意图将他击毙，但是子弹在穿过他上臂的肌肉组织时失去了大部分力量，没打中肩胛冈，打中了腹腔。他很走运，没打中要害，但是体内大出血。现在什么都不好说。我已经安排好了，如果他活了下来，只要身体一康复，就让他住进博尼斯精神病院。”

“令人痛苦的一场意外。希望不会给我们即将开始的共事带来不快。”

“不会的，教授。我很期待和你一起共事。”安德烈·罗曼内克教授因其创新的但时而也饱受争议的治疗方法而出名。他认为要使用最新的科学技术治疗精神疾病，并且研究出了好几种对付精神疾病的有效新方法。

“很遗憾不能亲自去车站接你了，”一向快人快语的罗曼内克突然听起来有些消沉，“汉斯·普拉特纳医生会去接你。想起来了吗？就是面试你的普拉特纳医生。他负责奥卢城堡的普通内科。他是个好医生，也是个好人，就是有点固执己见。不过请不要在意这些。我期待和你的见面。”

“我也是。”

维克多挂上电话，却不知道接下来该怎么办。他已经退掉了公寓，因为本来现在他应该已经安心地住进了新工作单位提供的住所。维克多无法决定要不要给菲利普·斯特罗斯塔打电话问问能不能在他那里过夜。菲利普·斯特罗斯塔是他的朋友，也是读大学时候的同级生。但是菲利普已经让他失望过一次：维克多打算在去接受新的工作之前和他共度在布拉格的最后一个夜晚，但是在最后时刻，菲利普拍了一份电报过来说他无法陪他，也不能去车站为他送行。这让维克多感到意外：菲利普是个非常聪明也非常热情的人，最近越来越古怪的行为让他心中充满忧虑。也许找个附近的旅馆住一晚是个更好的选择。

一位老人等在电话亭外，他穿着俭朴，身材瘦小，活像一只鸟。于是维克多走了出来，一边合计着接下来该怎么办。他犹豫不决地站在电话亭外的大厅里。这时几个穿着便衣的警察一路小跑穿过大厅。领头的警察很是显眼——高高的个子，宽宽的肩膀，英俊的脸庞——他们经过维克多身边冲到大街上的时候，维克多听到有个警察称呼他斯莫莱克队长。紧接着维克多听到了外面汽车发动机迫不及待的轰鸣声，车门关上的砰砰声，汽车轮胎在潮湿的鹅卵石地面上留下的急切的吱吱声。

一位身穿制服的警察从门外走了进来，他年纪稍长，身材魁梧，刚硬的头发，浓密的胡须，下巴上的一堆肥肉挂在僵硬的领口上方。他读着墙报上的通知，警帽夹在胳膊下面。肩章显示他的警衔是警长。

“发生了什么事？”维克多问道。

“警察的事。”警长无精打采地说道，说完他向里面走去。

“我听说……”等待使用电话的那位老人连忙说道，他好像早就准备好了，说话的语气有种看热闹不嫌事大的感觉，“我听他们说，又发现了一具尸体。”

“谋杀？”维克多问道。

老人面带着无情的笑容点了点头。“一具女人的尸体，割得支离破碎。‘皮围裙’又现身了。”

第三章

他的父亲一直干着屠夫的工作。

因为这个缘故，面对着眼前的惨状，卢卡斯·斯莫莱克的脑海中跳出屠夫这个词也就不足为奇了。但是让斯莫莱克感到惊奇的是他想起自已的父亲也曾做过眼前的事情。小时候，每当他感到苦恼的时候，感到忧心、困惑与恐惧的时候，他都会去找父亲而不是略显冷淡的母亲。而现在，很大程度上，他又有了想找父亲的感受。

斯莫莱克和父亲一样魁梧健壮，外表粗犷的老斯莫莱克是一位心地善良、举止文雅的绅士，不管遇到的事情有多么严重和紧急，他都是那种看上去不会乱了方寸的人。他也没有因为发火打过或者骂过他的儿子。这可能也是斯莫莱克长大后遇事沉稳、处变不惊的原因。

然而，在斯莫莱克的记忆深处，有一件事，让他对父亲震惊不已。这件事如此奇特，如此格格不入，让他很难相信这是一件真事。斯莫莱克九岁或者十岁的时候，有一天放学后妈妈让他跑个腿去父亲的店铺拿点香肠回家做晚饭。父亲的店铺在村子中央，离教堂不远，屋檐低矮，外面刷着白石灰。斯莫莱克遵从母亲的吩咐去了店铺，却发现父亲不在柜台后面常见的地方。通往后室冷库的门——小斯莫莱克从未进去过的父亲干屠宰活儿的地方——是开着的，房间深处传来阵阵奇怪的声音。

喊了声父亲没人回答之后，小斯莫莱克小心翼翼地进入了店铺后面的禁区。他很快置身于一片黑暗和寒冷之中，身边到处都是挂在钩子上的整块肉片和放在托盘里的碎肉和香肠。还是没能找到父亲，于是他继续向前走，循着奇怪的声音而去——急切而凄厉的叫声。

斯莫莱克推开房间的后门走了出来，来到一个小小的后院，习惯了冷库的黑暗之后外面的阳光让他一时睁不开眼。父亲就在那里，他侧身对着斯莫莱克，没注意到他的到来。凄厉的叫声是一只小猪发出的，它被父亲紧紧地夹在围着皮围裙的两膝之间。斯莫莱克来到后院的时候正好看到父亲举着一个大头锤向下砸了过去。棒槌撞击小猪的脑袋发出令人作呕的碰撞声，然后凄厉的叫声再也听不到了。父亲放下棒槌，从围裙口袋里抽出一把长刃刀，迅速割开小猪的脖子。一股股鲜血冒了出来，溅在鹅卵石地面上流进了下水道，鲜血往外涌的力道一次比一次弱。

这时父亲才看到了他。他把手搭在儿子的肩上，让他转过身去不要看那头奄奄一息的小猪，把他赶回了冷库。老斯莫莱克把沾满血渍的皮围裙挂在食品储藏间的门上，带着抽泣的儿子穿过冷库回到店铺。他让斯莫莱克坐下，温柔而耐心地告诉他尽管这让人感到难过，但生活中有些暴力是必需的。

他的父亲一直干着屠夫的工作。

在这间如同地狱的密封的小房间里，斯莫莱克想起了这件往事。布拉格警察局的卢卡斯·斯莫莱克队长，一位已故屠夫的儿子，干着谋杀案调查工作已有二十年，各种暴力案件对他而言已经司空见惯。

但是这个地方——这个如同地狱的地方——是以往任何案件无法相比的。

床上的女受害人——只能从衣服的碎片判断她的性别——被人屠宰了。除了屠宰找不到更恰当的词汇：她的全身被切得支离破碎，腹腔和胸腔被切开，里面空空如也，就像一艘失事船只剩下的空架子，白色肋骨上的鲜血透红晶亮。灰棕色与粉红色的肠子被凶手取了出来，整整齐齐地码在床角。床下的地板上放着一个精心摆放好的瓷碗，碗里面是同样精心摆放好的肾和心脏。

受害人的头正对着斯莫莱克，但是即使从头部也看不出性别与人格特征。受害人的脸被整个剥掉，失去眼睑的眼球留在眼眶紧盯着斯莫莱克，仿佛在愤怒地控诉。眼睛周围的肌肉呈鲜红色，下边是大张着的嘴巴，没有嘴唇，只剩下亮白的牙齿。

床单浸满鲜血，不过房间里可怕的地方也仅局限在床附近，其他地方看不出有打斗和暴力行为的痕迹。假如让他转过身去检查房间，这里没什么特别的，除了第一个发现尸体的看门人在门口的地毯上留下的呕吐物。

斯莫莱克让好几个警察离开房间到楼下去吐了，即使破了这么多年的案子，要想让自己再多看尸体一秒钟而不反胃也是件很难的事情。现场唯一一个能保持职业冷静的人是法医瓦茨拉夫·巴托斯，他是个矮胖子，穿着大号警服，举止十分专业，正弯着腰在查看受害人的遗骸，他把领带甩到肩膀上以免沾上血渍。巴托斯手上拿着放大镜，正专心地检查着尸体的细节。

斯莫莱克的下属米列克·诺沃特尼走了过来。诺沃特尼是个有上进心的红发小伙子，脸上总是一副充满自信的表情，有时甚至是自负。但是今天这副表情不见了，斯莫莱克注意到他因为脸色苍白，脸上的雀斑比平时要显眼得多。

“你发现了什么，是不是？”斯莫莱克问道。

“是的，队长。‘皮围裙’这次不那么专业。”

“哦？”斯莫莱克说道，眼睛没有离开受害人的骨骼和血液，这些东西一度让人很难想象属于人类。

“我们提取到了不属于受害人的新鲜指纹，就在那个角落发现的，那儿……”诺沃特尼指了指靠门的地面，“他踩到了血液，还留下一个不完整的脚印。”

斯莫莱克皱皱眉头。“这可不像他啊。”他侧过身去检查脚印。这是一个不清晰的脚印：平底鞋或平底靴留下的半个脚印。这是个男人的脚印，脚不大。“这一点也不像他。他不是个粗心的人，以前没犯过这样的错误。同样，他也没留下过指纹。”

诺沃特尼耸耸肩。“也许他想被我们抓住。有时候这些疯子——他们内心深处有负罪感或者觉得无聊了——会这么做，想让我们逮住然后接受惩罚。要么就是在和我们玩猫抓老鼠的愚蠢游戏。”

“他不会的。他把杀人当成艺术，非常享受自己的作品。如果这次疏忽是他故意为之，那就是他想嘲讽我们，告诉我们别想抓到他。但是，我对此仍十分怀疑。”他又看了一眼脚印。“这次是挺奇怪的。还有别的发现吗？”

“你可以看到，没有破门而入的痕迹，”诺沃特尼说道，“看门人说，三天前她逛了莱斯城广场的市场回来后，他曾给她开过门。她的钥匙找不到了，以为丢在了家里。”

斯莫莱克想了想，然后点点头说道：“你是说凶手在市场偷了她的钥匙？”

“有这种可能性。这可以解释为什么他能够进入房间。我想我得派几个人去查一查那一天有没有其他人在市场被人偷了钥匙。”

“还要查一查以前的受害人在被谋杀前几天有没有丢过钥匙，”斯莫莱克说道，“这一点我们以前没想到过，或者是疏忽了。”

诺沃特尼一走，斯莫莱克转过身看了看巴托斯，他已经检查完毕，直身站在尸体旁，领带已经放回胸前。

“她死了一两天了，”巴托斯医生说道，“很难判断她的直接死因：她的身上有太多的切口，喉咙也是被切开的。如果这是第一处伤口，那么谢天谢地，这是一个瞬间致命伤。我们只能希望事实如此，这样她就不用忍受接下来的折磨了。但是有一点我可以肯定地告诉你，这一切十分完美。”

“十分完美？”

“如果这是那个所谓‘皮围裙’作的案，那么可以说他对自己的要求越来越高了，他在解剖的时候展示了精细的技术，没有一个地方下刀两次。能做到这一点的人清楚地知道自己的刀工技术，而且很有章法。”

“普通的医生？”

“未必。也可能是外科医生，解剖学家，或者就是个刽子手，屠夫。还有，我听说你也许已经有了嫌疑人。”

“你说什么？”斯莫莱克迷惑不解。

“我听说是个犹太屠夫的学徒，他在马萨里克车站用刀挟持了一个女人，然后被你的人打中了。”

斯莫莱克摇摇头：“他不是犹太人——我不知道这些传闻哪里来的。不管怎样，那人不是我们要找的人，他就是个持刀的疯子。”

“难道你不觉得这个案子也是疯子干的？”巴托斯示意斯莫莱克看看被肢解的残骸，难以置信地说道。

“当然是了，不过不是一般的疯子，他是个另类。在这个世界上，不管什么人做出这样的事，都是丧心病狂的那一类人。他很有章法——你刚才说过的——十分清楚自己要做什么。我不明白的是为什么偏偏选中了她呢。”斯莫莱克的目光注视着装修豪华的卧室。公寓位于小城区一处巴洛克风格的弧形排屋建筑群，是其中一座漂亮公寓楼的二楼。这里是富人区，一直以来都是德国人的聚居区，大家都管这儿叫布拉格小城。进门去卧室的时候，斯莫莱克注意到餐厅的餐桌上有一份德语的《布拉格日报》，书架上的书也几乎都是德语的。他已经被告知受害人名叫玛利亚·莱曼——德国人的名字。以前的受害者也都是德国姓氏，但是斯莫莱克没留意这一巧合，他认为受害人的职业，而不是种族，才是杀人动机。

“好了，”巴托斯一边向门外走去一边说道，“我会填写验尸报告，然后给你一份。”就在出门之前，他转过身对斯莫莱克皱了皱眉。

“还有别的发现？”

巴托斯耸耸肩。“也许是个发现吧。但是超出了我的职业范围。”

“相信我吧，你的任何发现我都感激不尽。这已经是第四起案件了。”

“这一切……”巴托斯对着床做出扫描的手势，“似曾相识啊。大约五十年前，伦敦发生了系列谋杀案。和之前的几个受害人一样，伦敦案件的作案地点也都在大街小巷。但是现在这一起却发生在受害人的房间，我必须告诉你伦敦现场的情形和这里非常相似。也许你听说过这件案子：在英国无人不知，无人不晓。凶手一直未能抓到，英国人称他为‘开膛手杰克’。”

斯莫莱克皱着眉头，注视着可怕的现场，然而心里却想着其他几起案件的时间顺序。“你的意思是我要去找那个英国人？一个年纪在七十到九十之间的英国人？”

巴托斯摇摇头。“任何熟悉那段往事的人都知道，维多利亚时代的伦敦，大家都知道这三个人：女王，查尔斯·狄更斯，‘开膛手杰克’。顺序可能有所不同。我想说，这个让受害女性承受极度恐惧和痛苦的疯狂杀手已经成了英国人心中的传奇，就像我刚才说的那样，无人不知，无人不晓。就像我们的捷克作家扬·聂鲁达深受狄更斯影响一样，这回我们的捷克‘皮围裙’把自己当作了‘开膛手杰克’的传人。这里面有些相似之处，值得考虑。”

斯莫莱克点点头。他也曾经往这个方向想过，但是他对伦敦案件不如巴托斯熟悉。“我知道伦敦案件的受害人是普通的妓女，但是这个受害人，”他颔首看着残肢碎肉说道，“不是妓女。她是个有钱的少妇。”

巴托斯再次耸了耸肩膀。“如我所言，这只是我的想法而已。”

“我会认真考虑的，”斯莫莱克说道，“谢谢你，巴托斯医生。”

“我还想到了一件事，”离开现场前巴托斯说道，“在‘开膛手杰克’的作案现场曾经有人看到过嫌疑人。据他讲，凶手系着皮围裙。”

巴托斯走后斯莫莱克看到一个东西：一个从地板上滚进床边角落里的发光小物件。

第四章

维克多·科萨雷克告诉自己说，火车晚点的好处就是白天出行更加让人愉悦。他对这个国家充满着捷克人独有的热爱：对这里的自然、风景、文化深深地依恋，而毫无民族主义之嫌——这似乎是捷克的日耳曼邻居正在积极推销的商品。经历了前一天的那么多事情之后，依窗而坐，欣赏着窗外的风景渐渐地由城市建筑转变为自然风光，这种感觉很不错。

又是一个寒冷的日子，太阳在铁轨两旁的阔叶林的树枝之间和半透明的金色与红色的树叶之间若隐若现。深绿色的浓密松树林仿佛镶上了一层秋天的金边，蕴藏着无尽的传说与神话。连绵的山丘，起伏的群山，带你经过一片片田野和一座座小镇与村庄。这里是欧洲的黑暗之心。

但是，在刚刚习惯了窗户外闪现的田野、森林、草地谱成的交响曲不久，火车站的那个持刀小伙子的脸突然浮现在他的脑海，尤其是他举刀扑向自己时那张绝望的脸上显现的恐惧与憎恨。他现在正躺在布拉格大学总院的病房，生死在一线之间。

尽管做过一些研究，也亲眼见过和接手过不少幻想症与偏执狂的病例，维克多还是无法让自己去感同身受疯子的内心世界，用扭曲、凌乱、恐惧的视角去体验生活。害怕自己的生活到底是什么感觉？看到——真正地看到——身边都是邪灵、怪物和魔鬼是什么感觉？

偶然想起的精神错乱的陌生人并没有打扰维克多欣赏风景的兴致，然而，另一张更加熟悉的面孔浮现在他的眼前。最后一次见到菲利普·斯特罗斯塔是他离开布拉格三天前的一个晚上。

菲利普是个热心友善、无拘无束的人，维克多喜欢这样的菲利普在自己身边，但同时他又是个心理阴暗、狂热偏执的人，这样的菲利普让他倍感压力。自打两人相识之后，维克多努力让自己接受前者，宽容后者。维克多知道他是个拥有双重性格的人，如果是做研究，这会让他感到振奋，但是作为朋友，这又使他忧心忡忡。这份担忧最近变得愈发强烈了：菲利普消极厌世与突发的莫名亢奋，出现的次数越来越多，持续的时间也在变长。

菲利普爽约没能来为自己送行是一件大事。现在自己又要离他而去，维克多担心他会在那片黑暗狂躁的大海上越漂越远。

他决定定期回布拉格看望他的朋友，毕竟奥卢城堡离布拉格并不太远。

他的车厢里还有另外一名乘客，一个外表讨人喜欢、五十多岁的男人。在进入车厢坐在维克多对面的时候，他很亲切地用德语和维克多打了声招呼。维克多从他的眼神中看出一丝不安，而且他非常想和自己交谈。

“你是去姆拉达-博莱斯拉夫吗？”最终他还是开口了——这个问题有点多此一举：离终点站没多远了，就剩这么一个大站。

“是的。”维克多说道。

“那里的乡村风光十分迷人。请恕我冒昧，你为什么去那儿呢？”

“工作。”维克多说道，心里绝望地知道对方的好奇心不会就此打住。从对方的口音可以判断他是个外国人，德国口音，但既不是波希米亚人也不是巴伐利亚人，也许来自德国最北边的某个地方。

“我也是，”德国人说道，“你是干什么工作的？”

“医生。”

“啊，”德国人说道，“那么你是去布拉格旅游的了？一座漂亮的城市，真的很漂亮。而且历史悠久。”

“不，我住在——之前住在——布拉格。我现在要去接受一个新的工作。”

“好。好。好。”德国人说道，“祝贺你，也祝你好运。祝你的新工作一帆风顺。”

维克多微笑着表示谢意。尽管对方打扰了自己渴望的清静，但这个德国人的举止和外表很难让人产生厌恶感。

“我是汉堡大学的古恩纳尔·彼得逊教授。见到你很高兴。”德国人倾过身子伸出手来。

“我是维克多·科萨雷克医生。”维克多只好微笑着和他握了握手。

“你的新工作在医院吗？还是去做家庭医生？”

“都不是，”维克多说道，“我是精神科医生。新工作在奥卢城堡精神病院。”

“我知道那儿！”彼得逊说道，“我是个考古学教授，我要去的地方和你一样。”他想了想，“奥卢城堡是不是关着那几个凶手的地方？‘六大魔王’？”

维克多屏气不言。自从接受了这个新工作之后，凡是他告诉过这个精神病院的人都没完没了地问他这六个臭名昭著的罪犯的问题——六个中欧最臭名昭著的罪犯。

“这个绰号不能反映真实情况，他们犯下的罪行完全没有联系，但是，的确是关在那里。”

“有时间我会去那座古堡的，”彼得逊说道，“但是我要告诉你，这和它现在被用作精神病院没有任何关系，就考古而言，那是个好地方。”

“是吗？据我所知，古堡的历史也就追溯到中世纪。”

“你错了。你说的是现在的古堡，但是在古堡的下面……”彼得逊摇了摇手指说道，“下面的东西都是古代的。奥卢城堡建在新石器时代的一座要隘之上，我们认为是多瑙河文化或者陶器时代文化。事实上，古堡的外墙就是沿着新石器时代的原址而建的。你知不知道当初建堡的时候都没有建厨房和卧室呢。那是因为当初建它就不是为了住人。”

“那为什么还要造呢？”

“尽管没有任何战略价值，这座古堡却是波希米亚最坚固的要塞之一。造的时候不是为了不能进去，而是为了不能出来，永远锁在里面。你想想它现在的用处就对了。”

“真的吗？”维克多的好奇心被彻底激起来了，“谁被关在里面？”

“不是谁，而是东西，”彼得逊说道，“古堡下面有洞穴网，据说是地狱的出口。造古堡的目的就是为了把它封住。这当然是胡说八道了，但是在洞穴网的入口的确发现了新石器时代的遗迹。你有没有发现古堡和石山其实是融为一体的，就像斯洛文尼亚的洞窟城堡，它的坚固一半来自人为设计，一半来自浑然天成。我们不知道什么时候有人居住过，所以像我这样的考古学家对那儿很感兴趣。几个世纪以来，山下村庄的田地里挖了很多东西出来，基本上是当地的农夫和村民发现的。”

“什么样的东西？”维克多问道。

彼得逊凑了过来，很明显因为引起了听众的好奇而非常满意。“主要是些陶制品，比如陶罐，中间钻了洞的小陶盆，这些东西很多，还有石制工具。也有装饰用的玻璃珠，不过这些东西都是石器时代以后很久的物品了。当然，重要的发现都送到了布拉格和维也纳的大学和博物馆去了。所有的东西都是在古堡附近发现的。”

“真的吗？我从没听说过啊。”

“是真的，请你相信我，科萨雷克医生，你的新工作单位是个很有考古价值的地方。事实上，大约五十年前，你们的捷克考古学奠基人约瑟夫·拉迪斯拉夫·皮奇，在靠近古堡的森林里进行过一次挖掘。他获得了一些重要发现：两个体态臃肿的陶制大地母亲雕像，造型和布拉格捷克国家博物馆的下维斯特尼采爱神和维伦多尔夫爱神相似。当然了，在这之前很久，还发现了‘熊人’，但是没人知道‘熊人’现在的下落。”

“‘熊人’？”维克多问道。

“哦，骨头雕刻的‘熊人’，也有人说是人骨雕刻的，但是我不信，我觉得更有可能是熊骨。这是个拥有魁梧人形、熊头熊肩的雕刻。大概是一百五十年前发现的，后来下落不明了。当初被发现的时候，当地的胡斯[1]教牧师谴责说这个雕刻象征着魔王撒旦，他认为雕刻和‘黑心扬’以及他的所作所为有关系。我想你听说过‘黑心扬’吧。”

“恐怕没有。”

“哦。”彼得逊看上去很失望。

有一技之长的人总是希望别人对他们的研究领域也很熟悉，这一直让维克多感到难以理解——这种情况在医学领域他经常碰到。

“没关系，”彼得逊说道，“‘黑心扬’是这座古堡的前主人，除了他的家族盾徽上的标志是个‘熊人’之外，他和‘熊人’没有任何关系。还有，当地人认为‘熊人’雕刻代表的是维列斯，就是斯拉夫人供奉的半人半熊的冥神。这当然是无稽之谈，雕刻出现在斯拉夫人到达这里上千年之前。然而，大家似乎都认为这个东西拥有神秘而强大的力量。”

对面方向一辆列车轰隆隆地驶过车窗，维克多稍许吃了

1　捷克宗教改革家。

一惊。等火车驶过之后，他问道："你说的'神秘而强大'是什么意思？"

"哦，就是崇拜魔鬼之类的吧，"彼得逊不屑一顾地挥了挥手，"毫无逻辑，时代关系也是彻底错误的。'熊人'丢失以后，胡斯教牧师批评了当地人，认为是他们偷了去做黑暗弥撒了，这才有了后面的'黑心扬'的故事。甚至还有传闻弗兰蒂塞克·林特也和此事有牵连，1870年，在塞德莱茨诸圣公墓的藏骨堂，他用了几千根人骨进行骷髅死亡艺术创作，'熊人'就被他藏在了那堆骨头里面。就我个人而言，真相也许非常简单，'熊人'可能就躺在某个博物馆仓库的架子上吃灰呢。"

两人一路闲谈，维克多心情也变好了，不再去想那些不愉快的事情。大约一个小时过后，火车即将抵达姆拉达-博莱斯拉夫，彼得逊站了起来。

"恐怕要和你道别了，"他面带微笑，向维克多伸出手，"我要去看着他们卸行李。也许我们很快就会再次见面。"

彼得逊走了之后，维克多再次一个人安静地坐在座位上，他注视着窗外，夜幕下姆拉达-博莱斯拉夫的轮廓渐渐地变得清晰起来。

第五章

车站笼罩在一片黑暗之中，火车缓缓驶入的时候，铁轨仿佛陷入了两旁高高的路堤之间。姆拉达-博莱斯拉夫是距离奥卢城堡最近的一个大镇——奥卢城堡的德语名字叫艾德勒斯堡。

这里所有的东西都有两个名字：一个捷克名字，一个德国名字。维克多·科萨雷克从小已经习惯了这种差异，因为捷克是个拥有多样或者说多重身份的国家。他的国家，他的同伴，以及他自己的身份一直就是多重多样的。他出生在摩拉维亚的一个小镇上，母亲是德国人，父亲是捷克人。换作别的地方，他也许会产生不合群或者尽快逃离的想法。但在这里不会，因为差别是常态。当然，在这个新成立的共和国里，大多数人还是选择用最主要的特征表明自己的身份：如捷克人，摩拉维亚人，西里西亚人，斯洛伐克人，德国人，波兰人，乌克兰人，匈牙利人，犹太人——但是这听起来不像是自我介绍，而更像是表明自己是一锅大杂烩里的某种主要食材。

捷克斯洛伐克共和国才成立了十七年，但是正如彼得逊指出的那样，这是个古老的国家：她建在原始的基石之上，这块基石有时会改变颜色，有时会融化，有时会和其他石头混在一起，有时会焕然一新。和生活在其他地方的人不同的是，对波希米亚人而言，一切都像永远在流淌的液体，从没有固定的形态。他们就像神灵一样，快乐而又漠不关心地旁观着凡人为了微不足道的事情争得不可开交：国界线的变更，国旗的变换，帝国的兴衰，爱国主义和种族偏见的此消彼长。

维克多从事的是研究大脑的工作，所以他对自己出生地的双重身份也很感兴趣。他听人说，如果想知道自己真正的母语是什么，想一想做梦时说的语言。维克多做梦的时候既说捷克语也说德语。

从火车上下来的时候，他看到一个中等身材、健壮结实、四十好几的男人站在车站入口处。他身穿深绿色的猎装外套，头戴一顶提洛帽。维克多马上认出来他就是罗曼内克教授的助手汉斯·普拉特纳医生。普拉特纳一边向他友好地挥手微笑，一边跑上前来，身后跟着一个搬运工。

“希望这一路的旅程非常愉快，科萨雷克医生，”普拉特纳和他握手的时候用德语说道，“尤其是在昨晚发生的事情之后。罗曼内克教授已经和我说过了。真可怕，太可怕了。看到你平安无事，我终于可以松口气了。”

“我想，能站在这儿运气不算差。”

“是吗？你可能会受伤或者送命啊。”普拉特纳强调道，“我肯定警方会处理他的。不过，你的的确确救了那个无辜女人的生命。要是那家伙挺不住伤势就好了。”

“为什么他不应该有接受治疗和康复的机会……”普拉特纳的话让维克多大吃一惊。

“要是让他康复，科萨雷克医生，”普拉特纳说道，“我们很清楚，无论对于他自己，还是这个社会，他都是一个潜在的危险。”维克多发现他的外套领子上别着一个东西：一个定制的狭条状红色徽章，上面有三个连写的字母SDP。维克多在接受罗曼内克教授和普拉特纳面试的时候见过这个徽章。普拉特纳是出生在苏台德[1]的德国人，徽章显示他是新成立的苏台德德意志人党成员。既然这样，普拉特纳就不会支持民族大杂烩这个观点。这个政党和德国的很多类似政党一样，毫不妥协地坚持民族身份的独一性。

在捷克有大约三百五十万苏台德人，大部分生活在波希米亚、西里西亚和摩拉维亚。苏台德德意志人党因在参众两院选举中胜出而成为新兴的最大政党。该党接受德国纳粹党的资助，两者关系密切，是纳粹党在捷克的代理人。维克多心想，当下的时局可谓是山雨欲来。

“天哪，”普拉特纳看着搬运工推过来的行李说道，“怎样才能把这些行李塞进汽车啊。”他笑着拍了拍维克多的肩膀，“不过我们可以试试。”

维克多看向站台，剩下的行李都在那里卸车，他希望能看到彼得逊，但是那里没有他的身影。

“可以走了吗？”普拉特纳问道，然后带着维克多前往停

1 捷克西北部一地区。

在站外的一辆崭新的欧宝P4型汽车。尽管事先预留了地方，两人还是费了好大的劲才把维克多的两个行李箱放在了后排座位上。汽车没有后备厢，但是在后挡泥板上面有个行李架，他们用绳子把剩下的大行李箱绑在上面。

“我记得面试的时候你说你有德国血统。”汽车发动后普拉特纳装作漫不经心地说道。这是个美好的秋日，维克多满怀激动地期待开始自己的新工作——他也记得罗曼内克教授在电话里告诫他普拉特纳是个口无遮拦的人——他真心希望一路上不要谈到政治问题。可是，在当前这个国家，几乎事事都能扯到政治。

“至少有一半吧，”维克多说道，“我母亲来自格纳德勒斯多夫，用捷克语说是汉尼斯。你听说过这个地方吗？”

“很遗憾，没听说过。”普拉特纳说道。

“只是摩拉维亚的一个小村庄，靠近奥地利边境。我父亲是捷克人，但是我奶奶是德国人。因为这个原因，我的祖先很多人名字里面都有内梅克，这个名字表明了德国血统。”

“你说对了！”普拉特纳似乎对维克多的家谱很满意，“你的姓氏科萨雷克的意思是不是死神？”

维克多点点头：“也有镰刀制作者的意思。”

“亲爱的孩子，你应该考虑改改名字，”普拉特纳高兴地说道，“那么，这个名字如果用德语说是什么呢？可能是森赛曼——我觉得任何医院的病人都不愿意听到医生的名字是死神。要不就是森瑟曼。我想起来了，十八世纪有个传教士就叫森瑟曼，戈特利布·森瑟曼，他也是摩拉维亚人。也许科萨雷克是森瑟曼的斯拉夫语说法。也许你身上的德国血统比你想象的还要多！”普拉特纳露出了微笑。

“这又没什么关系，”维克多说道，“名字并不能代表你是什么样的人。至少我是这样认为的。”

普拉特纳一言不发，但是维克多看到他侧脸上的笑容正在消失。

汽车一路前行，两人陷入了短暂的沉默。路旁的松树越来越密，越来越高，越来越黑，蜿蜒扭曲的树干仿佛想要拼命挣脱树林的控制。

作为精神科医生，维克多知道有些古怪的恐惧症是由焦虑和创伤引起的，他曾经治疗过一个极度恐惧树林的精神病患者：他害怕树林的幽深，树林的黑暗，树林里摇曳的树影。在给这个病人治疗的时候，维克多意识到自己也有相同的症状，但是维克多的情况很好理解，这和一起给他带来创伤的事情有关，那时他还是个孩子。

维克多曾经在树林里看到过什么呢？

那是很久以前的事了。小维克多喜欢在树林里玩，但是家人不许他去那儿。树林里有一块空地，一块属于他的安静之处，没有人知道，只有他的妹妹艾拉和他一起在那儿玩。但是自从一年前艾拉意外溺亡之后，维克多只能独自一人伤心地过去了。艾拉经常和他一起玩耍，也是他唯一的玩伴，她的死亡在维克多的心里留下巨大的创伤：一个千疮百孔的创伤，却比不了他母亲心灵上遭受的创伤。

那天，太阳透过树叶的缝隙照在地上，留下斑驳的光影，树影在不停变化，好像一群翩翩起舞的人，孤独的维克多来到这块曾属于他和艾拉的秘密空地。就是此时此地，维克多发现了那件他不想告诉任何人的事情。

他的母亲在那里等着他！她的双眼盯着他，却又断然视而不见的样子，脸上和手上的皮肤露出不自然的灰黑色，仿佛整个人已经变成树林里的又一个树影。暗密的树林里唯一的声音是母亲上吊的那根树枝发出的吱吱声。

母亲的自杀在幼小的维克多心里留下两个无法抹去的影响。首先是他开始无法解释地害怕待在树林里。他可以站在远处欣赏树林的美，但是一进入树林就会出现类似幽闭恐惧症的恐慌。其次是他下定决心要去学医和治疗精神疾病，帮助像他母亲那样的病人减轻痛苦，不再发病，不会结束自己的生命或者夺取他人的生命。

后来维克多学了医，从事精神疾病治疗工作，再后来他接受了奥卢城堡刑事犯精神病院的工作。

还有二十分钟就到目的地了，最后一段路程是陡峭蜿蜒的上坡路，树木覆盖的山峰一侧就是城堡——现在是精神病院——俯瞰着山下的村庄和田野。维克多的第一次面试在布拉格，第二次就在城堡里。和那次面试时一样，维克多感到非常震惊，甚至是害怕，因为进堡的道路好像是从树顶冒出来之后把你带进城堡的。

一块牙齿状的巨石矗立在森林里，巨石的峭壁里耸立着一座城堡。就像彼得逊说的那样，巨石和城堡是融为一体的。带栅栏的高大外城壁的墙角处是圆形塔楼，楼顶高耸，就像巫师的帽子。一座塔楼位于两条城壁形成的锐角顶点，楼体近似完整的弧形，比其他塔楼高出许多，好像船首一样。三个巨型建筑挨在一起，四周都有围墙，但是比围墙高出许多。最大最高的主堡有巨大的黑色尖顶，如同尖针一般直插天际。

仿佛是在远古时代，愤怒的天神用巨斧将这块石头一分为二。城堡建在较大的石头上，瓮城建在较小的石头上，两块石头之间的缝隙靠一座石桥连在一起。

维克多看着这座傲视一切，仿佛就要展翅高飞、直冲天际的城堡，终于明白了为什么它叫作奥卢城堡。它的德语名字艾德勒斯堡的意思是：神鹰堡。

他们穿过一个有人把守的外堡警卫室，一个警卫从玻璃窗后面向普拉特纳挥着手，然后沉重的橡木大门缓缓打开，仿佛是一双看不见的手把它推开了。

“电控门。”普拉特纳骄傲地说道。

他们穿过横跨石缝的石桥，通过又一个警卫室后来到城堡里铺着鹅卵石的天井。一路上，维克多有种奇怪的感觉，好像他是第一次来这里一样。

尽管这是个晴朗的秋日，维克多的心情一点也不好，觉得城堡好像断了他的退路，把他关在里面，压在下面，他再也无法从四周的石壁里逃出去。

第六章

城堡的外观阴沉地道出自身数百年的古老历史，但是它的内部却十分先进，处处表明它对现代文明与美好未来的迫切追求。

厚达一米的墙壁和弧形门廊保持着中世纪的风格，但是粉刷着浅色油漆：一边的门廊是淡蓝色，另一边是粉红色。每个地方都是先刷上白石灰再涂上暖色。

一个月前，他第一次来城堡接受第二次面试的时候，维克多就留意到了这里的配色方案，他知道这么做是为了病人：故意不用医院常见的白色墙壁，这样就可以让精神病院看上去不那么像一个接受治疗的地方，也能让病人稍许忘记这是个让人觉得阴森可怕的地方，一个进来后就别想出去的地方。

第一次来这儿的时候，维克多发现的配色方案让他在去面试室的路上心情大好，这可以说明这里的负责人至少和自己的某些积极想法不谋而合。在维克多看来，精神疾病是痛苦——巨大的痛苦——导致的恐惧和孤独。他目睹了太多的医院仍然热衷于上个世纪的思想，把精神病人一关了事，许多病人被放弃治疗，只能与自己的痛苦为伴。还有很多病人被关在毫无人道主义的地方。至少在维克多看来，任何努力让治疗场所减少痛苦的尝试都是积极的信号。

虽然普拉特纳给维克多的印象和罗曼内克教授比起来几乎是天壤之别，但是在对精神病院现代化程度的自豪感上两人并无二致。普拉特纳带他穿过门廊的这一路上，不是在这儿停下来看一个特别的治疗室，就是在那儿指着一个仪器介绍几句，评语无一例外的全是“肯定是最先进的设备”。

维克多现在已经知道普拉特纳并不是精神科医生，他是一个内科医生，主要职责是负责病人的身体健康，因此位于城堡厢房的医务室是他最引以为豪的地方也就不足为奇了。普拉特纳说上次来的时候没能带他好好参观一下，这次不妨稍稍绕一点路，好带他去仔细看一下医务室。

医务室原来的几扇沉重木门已经被拆除，取而代之的是没有把手、带有弹簧铰链的新门，每扇门上都有一个方便观察的窗户。当普拉特纳为他把门推开的时候，他发觉普拉特纳的骄傲不是毫无道理的：治疗室干净整洁，闪着亮光，配备了最新的设备。医务室里面还有X光室，一个完备的手术中心，三个会诊室，五个标准化病房，普拉特纳都自豪地一一做了介绍。

一切都是那么明亮，整洁，有序——但是维克多发现治疗室的干净整洁也和没有病人有关系。普拉特纳用捷克语向两个护士介绍维克多，但是在向一个叫作卡拉克的医生介绍的时候又说回德语。卡拉克是个金发瘦高个儿，因为个子太高，和维克多打招呼的时候稍稍弯了弯腰，再加上他的鹰钩鼻，半张半闭的眼睛，他活像一只要掠食的老鹰。维克多微笑着和他握手，但几乎是出于本能地立刻对他产生厌恶。他还发现在他的工作服的领口上方，他的领带是用苏台德德意志人党别针固定的，和普拉特纳的一模一样。

他们告别没有病人需要照顾的卡拉克继续向前走。乍看之下，让医务室和普通医院不同的并不是它的场所有限，而是里面有三个“安全病房”，病床上有好几根绑带，房间所有的凸起物与墙角上都包裹了橡胶。另外还有一个化验室和药房，不过让维克多惊讶的是，和普通医务室的不同之处还包括里面有一个设备完善的大型健身房。

“我的工作是疾病的治疗与预防，”普拉特纳解释道，“病情得到控制的病人，或者处于两个发病周期期间、病情有所缓解的病人，每个星期到这里来检查一次，做些运动。健全的精神寓于健全的身体[1]。”

“你真博学，”维克多的赞美发自内心，“普拉特纳医生，你真的非常博学。”

普拉特纳笑而不言。

“我的诊疗室在什么地方?”维克多问道。

“这个……是叫作精神分析科，还是精神综合治疗科？不管叫作什么，”普拉特纳的疑问非常友善，“我想已经在城堡的老塔楼里给你安排了地方。罗曼内克教授知道具体的安排。”

在去院长办公室的路上，他们碰到好几个员工。维克多

---

1 原文是古罗马诗人尤维纳利斯的名言Mens sana in corpore sano。

注意到护士穿的工作服很简单，没有普通工作服看上去正式，警卫穿着服务员的短夹克，戴着黑色领结。有一点和维克多以前工作过的精神病院的警卫一样，他们的身体都很结实：无论管理制度多么先进，在控制病人方面，令人遗憾的是，壮硕男人必是首选。

他们走过大厅两侧的四个弧形门廊，每侧两个，都有沉重的橡木大门，每扇古老的门上都有新装置。新时代与旧时代再次发生重叠，就像新旧胶片结合的影像转移技术。大门由传统的重型螺栓固定，但是还被新式的榫眼门闩锁加固。另外，维克多还注意到每扇门上都有两个灰色的小金属箱，一个在门边上，另一个在门的侧柱上。

“这些门通往病区，”普拉特纳解释道，“每扇门通向一个大病房，每个大病房分成四个小病房。每个病人都有一个自己的厢房，或者和别人合用一个厢房，中间用两个空套间隔开。你知道的，罗曼内克教授的理论是‘精神传染’，所以病人尽可能要安排在彼此无法听到对方讲话的地方。你马上就会看到病区了，和你以前看到的很不一样：更像是私人住所，而不是精神病院的病房。城堡的另一边还有几个房间，打算用作隔离间，但现在只是设备仓库。当前只有六个病房有病人，这种情况还将持续一阵子。最终目标是接收十六个病人。”

维克多点点头。从第一次的面试经历中他明白提起这里的六个病人——所谓“六大魔王”——的时候要慎之又慎。他知道国家为了关住区区六个人而动用这样一个坚不可摧的要塞需要花费大量的金钱和物资。这么做的部分原因是把这些人永远地关起来，把他们的罪行给年轻的共和国造成的创伤永远抹去。还有部分原因是消除他们的神秘感，尽管官方从未用过这样的表述，但是现在外面的人都知道“六大魔王”的存在。

普拉特纳示意维克多注意一扇门的上方。“你看到这些奇怪的灰色盒子了吗？它们里面有电磁铁，由门房统一控制。如果预警系统启动之后有人开了门，电磁接触器就会断开，然后门房的警铃就会响起。亲爱的科萨雷克医生，所有的东西都是最新式的，最最新式的。”

他俩又经过几扇门，有一扇门是开着的，可以看到里面有几个身穿白衣服的员工正在火炉边忙活，食堂里的味道散发进了大厅。

“那是厨房。”普拉特纳多此一举地说道。

厨房边上是一个没有门的弧形门廊，有别的门廊双倍大，通向一个摆放了六张餐桌的大餐厅。维克多注意到餐厅墙壁上的艺术作品和走廊里的如出一辙。考虑到城堡的古老和历史价值，维克多本以为会在这里看到褪色暗淡的查理四世和当地已故贵族的肖像画或者古老的风景画，但他看到的却是大幅带框的蓝骑士画派的加网印刷作品。维克多认出几个画家——费宁格、克利、马克、康定斯基——他们的风格是运用明亮的色彩和醒目的几何图形。维克多询问悬挂这些作品的原因，但是普拉特纳只是耸了耸肩。

“不归我管，罗曼内克教授选的。”

“这里可像城里的咖啡馆了。”维克多说道。餐厅的确很容易被误当成一间标准的咖啡馆，不过这里的病人永远无法再拥有普通人的生活了。

“事实上，许多病人在病房吃饭，有的出于自愿，有的出于需要。病情稳定的病人我们鼓励他们来这里和大家交流，除了迷人的斯卡拉先生，你等会儿会见到他。如果身体的症状和服用的药物没有禁忌，我们甚至还提供少量的啤酒和葡萄酒。你说对了，这儿像个饭店或者咖啡馆，除了餐具之外。”

“餐具？”

“杯子和刀具都是橡胶做的。不给病人提供玻璃杯和金属餐具。员工也在这里用餐，不要担心，我们用的是正常的餐具——但是所有的餐刀、餐叉、玻璃杯用完都要拿出去。”

接下来参观的几个厅室包括一个设备齐全的音乐室和艺术工作室，但是普拉特纳不置一词。维克多对普拉特纳有一个强烈的印象：任何治疗方法，只要他认为不实用，或者结果不能立刻进行量化分析，他都是不喜欢的。

他们进入又一个厅室。维克多看出这里通向城堡的另一边，却被铁条和一扇门彻底封死，就像一个鸟笼。普拉特纳掏出钥匙打开门，门吱呀一声开了，普拉特纳撑住门让维克多进去。

“你会有自己的钥匙的，”他说，“这里是办公区和员工宿舍。没有病房，嗯，过去也当作病房用过一阵子：我刚才说过打算用作隔离间，但现在是设备仓库。”

身后的门哐当一声关了，普拉特纳马上把它锁上。维克多开始意识到这间厅室的风格有所不同：在这里，城堡终究像个城堡了。墙上没有刷上暖色颜料，墙上挂的也不再是明亮的几何图形作品。有的只是光秃秃的墙壁，古老的石头和深色木质镶板。

“我知道，”普拉特纳笑着说道，“这是非常明显的哥特式风格，城堡最初的样子就是这样。你会习惯的。”

“我会的。”维克多心不在焉地说道。他停下脚步注视着几个边框精雕细琢的镶板，注意力被一个深色木头雕刻的饰带吸引住了，那个饰带的图形是螺旋交织在一起的几根带子，维克多顺着带子往上看，直到目光停留在画框的顶部，在顶部中间位置有一个雕刻，乍一看他以为是个狼人。弯弯曲曲的带子在画框顶部聚集，再向外突出形成一个半身像：一个魁梧男子的胸部、肩膀和手臂，头部是一个咆哮的野兽。维克多明白了，这根本就不是狼，而是熊。

“‘熊人’……”维克多自言自语道。

普拉特纳这时才发现维克多不在自己身边，他转过身说道：“罗曼内克教授在等你，科萨雷克医生。”

第七章

“这该死的雾天。”斯莫莱克队长暗自骂了一声。整个布拉格都笼罩在雾里，路灯只剩下朦胧的光晕，建筑物可以隐隐约约地看到灰黑色的轮廓。雾天不是警察喜欢的办案天气。

警车驶过名单上一个嫌疑人的住址。理想状态下，他应该把车停在马路对面，在警车里坐等嫌疑人回家，但是这里是布拉格最穷最破的城区，这个地址又是城区里最穷最破的地方。即使有雾做掩护，斯莫莱克的布拉格短笛牌警车——或者任何那样的新车——还是非常显眼，和周遭的环境格格不入。考虑到他身后还有一辆坐着三个身穿制服的警察的布拉格阿尔法牌警车，斯莫莱克决定把车停到街角，然后走回来在马路对面找一个隐蔽的门廊监视公寓入口。他对留在街角的下属交代说，只要嫌疑人一到，他就给他们发信号，方法是闪两下手电。

他躲在暗处等着嫌疑人的到来。这个在谋杀现场留下指纹的嫌疑人警方并不陌生，斯莫莱克也知道这个人。指纹的主人个子不高，有一双巧手，做过一些小偷小摸的勾当，在警方档案里，虽然案底是不诚实行为而非暴力行为，但是如果有需要，他也可以把剃刀或匕首玩得出神入化。

指纹匹配对象的身份是确定无疑的，而且他的确也是偷走玛利亚·莱曼手提包里的钥匙的那个人。尽管这样，凭借他对嫌疑人的了解，还是很难把他和布拉格小城区的恐怖公寓联系在一起。

他应该马上就会回来了。斯莫莱克知道罪犯和普通人一样，都有自己的生活习惯。按照过去的习惯，有充分的理由可以相信嫌疑人今晚会现身。

警方已经整理了他的全部卷宗：嫌疑人因为藐视法律经常被警方逮捕。但问题是，他只是那种天生注定的失败者，一个从出生开始就不被接受、不被信任、被人怀疑的人。如果你怀疑一个人的程度够深，时间够长，常常就会发现他们的确不值得信任。

根据卷宗，嫌疑人和一个年轻妓女有染，她也是那种天生的失败者，在兹科夫区附近做生意。星期三晚上她不做生意，嫌疑人——斯莫莱克怀疑既是她的皮条客也是情夫——会带她回两人合住的公寓。

斯莫莱克站在阴冷黑暗的门廊，才抽了三根烟，就看见两个阴影拐过街角走进朦胧的街道。他原计划等两人一到公寓就进行抓捕，但是这两个模糊的人影没有走在他这边的街上，而是公寓那边的街上，斯莫莱克暗想这会不会不是他们要抓的人。

手挽手的两人越来越近，路灯下只看到两人紧挨在一起的身影。斯莫莱克发现女人走路的样子有点瘸，而且是天生的残疾，不是最近受过伤。这一特征和他们掌握的那个妓女一致。现在可以确定对方的身份了，斯莫莱克掐灭了抽了一半的第四根烟，转过身背对着两人向街角的下属发出手电信号，然后躲进他选择藏身的门廊里面。

两人足够近了，斯莫莱克可以听到他们低沉的声音：没有快乐，也没有爱。男人的声音充满焦虑，不像他以前的样子。女人的声音听起来是在安慰对方。

看到斯莫莱克的信号，阿尔法牌警车从街角开了过来，迅速驶到朦胧的大街，浓雾之下，车头灯的亮光十分暗淡，但是足以照亮那两个人。浓雾中的亮光让他们目瞪口呆，愣在原地。斯莫莱克认出来了，没错，就是矮小的嫌疑人，但是他被突如其来的恐惧吓得不轻，脸上真真切切地写满了害怕。这种反应让斯莫莱克觉得很不正常：他对警方从来只有轻蔑，没有恐惧。

“托瓦尔！”阿尔法牌警车停在他们身边的时候斯莫莱克大声喊出他的名字。他从门廊冲了出来，一把抓住嫌疑人，手指紧紧扣在他的手肘上方。

托瓦尔的反抗让斯莫莱克后退了一步。他高声尖叫，声音充满惊惧，睁大的眼睛疯狂而茫然。托瓦尔拼命挣脱了斯莫莱克，用尽力气将他顶开。虽然斯莫莱克的块头要大得多，但是这样突然而绝望的顶撞让他失去了平衡，踉踉跄跄地向后退去，脚后跟正好磕在门廊的台阶上，斯莫莱克向后摔倒在地。

托瓦尔利用这个机会，转身朝着来时的方向飞快逃走了。

斯莫莱克站了起来，有个警察赶忙去追，一直待在原地的女人猛地一脚踢在他的小腿上，只见他整个人迎面摔在肮脏的人行道上。

“你！”斯莫莱克冲着倒在地上的警察喊道，“留在这儿控制住这个女的。其他两个跟我来！”

斯莫莱克身材高大，但健步如飞。嫌疑人的身影跑向一个三条街道交叉的街口，斯莫莱克知道这里和布拉格的大部分旧城区一样，大街小巷四通八达，如果不能盯住他在雾里的身影，也许就再也抓不到了。

斯莫莱克和两个下属奋起直追，年纪稍轻的那个警察渐渐追了上去，和他们两个拉开了一些距离。逃跑的嫌疑人转过一个街角，消失不见了。等斯莫莱克和年纪稍长的警察赶到的时候，年轻的警察捂着脸倚在墙上，鲜血从指缝中直流。

“那个混蛋刺中了我，”他说道，“他有刀。”

斯莫莱克看向浓雾笼罩的大街，看不到嫌疑人的影子。他转过身来查看受伤的警察。

“我没事，”年轻的警察说道，“没有看上去严重。我从后面拉住他，然后他就刺过来了。”年长的警察把手帕叠了叠让他捂在伤口上。他向斯莫莱克点头示意嫌疑人逃走的方向：“那个方向只有两条路，都是死路。除非他找个楼躲进去，不然肯定逃不掉。”年轻的警察站起身来，但是斯莫莱克让他继续倚着石墙休息。

“你留在这儿，剩下的交给我们。”

斯莫莱克和年长的警察一路小跑追上前去，边跑边巡视街道两边的门廊。在街道的尽头，道路分出两条支路，分别通向一幢公寓，斯莫莱克对年长的警察努努嘴让他进入其中一幢。

“当心点，”他说，“这回他也许要拼个鱼死网破了。”斯莫莱克从外套口袋掏出警枪，气喘吁吁的年长警察也打开了枪套。

“不要冒险，”斯莫莱克说道，“但是要尽可能抓活的。”

对方点点头，向着分配给他的那条支路赶了过去，斯莫莱克则前往另外一条。

街上很暗，空气中弥漫着厚厚的一层雾气，街灯朦胧，视线一片模糊。脚下黑湿的鹅卵石地面因为沾染了机油极易滑倒。斯莫莱克踩上一块湿滑的地面，滑了几步之后重重地摔倒在地。倒地的速度太快，迎面而来的风使他无法呼吸，惊慌了几秒钟过后他才得以把空气吸进难受的肺里。

斯莫莱克好不容易爬了起来，他大骂一声。他的膝盖受伤了——不太严重，但是无法再快速奔跑。斯莫莱克站在雾里，他能看清的全部世界只剩下了可怜的一点点地方，三四米见方的样子。布拉格的其他地方，变得那么的遥远，那么的触不可及，仿佛这块巴掌大的地方就是整个世界，而他的嫌疑人却不在里面。

他希望嫌疑人朝另外一幢楼跑去了，而且现在已经被他的同伴控制。但是他没有听到警哨声。该死的，那个小王八蛋跑掉了。

他刚刚站起来的时候，突然眼睛的余光发现了什么：浓雾中有东西在缓慢地移动。斯莫莱克没有转动他的脑袋看向那里，假装什么也没有发现。嫌疑人就在他的左边，贴着公寓的墙壁，想慢慢地躲到大雾中去。这么做毫无道理：紧挨着他的身旁就是一个幽深的门廊入口，躲在那里不是要比现在这样更难被发现吗？要是他真的躲在门廊暗处，斯莫莱克就发现不了他。

斯莫莱克骂了一声站了起来，再看了看裤子上哪些地方粘上了地上的细沙粒和油污。

他猛地转过身，打开手电筒，志在必得地朝着嫌疑人迈出三步。小个子嫌疑人紧贴着墙壁，眼睛被照得无法睁开。他手上那把打开的剃刀在灯光下闪着寒光。

“行了，托瓦尔……”斯莫莱克的手电筒一直照着他的眼睛，他向前又走了两步，“跟我走吧。”

托瓦尔用另一只手遮住眼睛，斜视着迎面而来的亮光，拿着剃刀在空中毫无目标地胡乱挥舞。

“退后！退后！不然我杀了你。”

“别傻了，托瓦尔，”斯莫莱克不耐烦地说道，“我有枪。把刀放下跟我走。”

“我哪儿也不去。是他派你来的，对不对？我不会让他抓到我的。我情愿死。我会先杀了你。”

“他是谁？”

“你知道是谁。你他妈的知道是谁。”

“我没空和你扯这些，托瓦尔。”斯莫莱克说道，又向前走了一步。

托瓦尔发出一声凄厉的惨叫，不顾手电筒的刺眼光线，向斯莫莱克扑了过来，对着空气愤怒地乱刺一通。

斯莫莱克及时向边上一闪，剃刀没有伤到他的身体，只把厚厚的外套刺破。扑上来的惯性让托瓦尔继续向前冲去，斯莫莱克瞅准时机从侧面用枪托重重地砸在他的太阳穴上。托瓦尔晕倒在地，斯莫莱克用靴子踩住他的手，直到握刀的手指完全松开。

看到惊恐的嫌疑人躺在地上一动不动，手也被踩住无法动弹，斯莫莱克这才掏出警哨吹了三声。

“你怎么失去判断力了，托瓦尔，”斯莫莱克看着脚下的嫌疑人说道，“为什么不躲到门廊里，那样我就看不见你了。”

“暗处，”他用微弱沙哑的声音说道，“他就躲在门廊暗处。”

斯莫莱克刚想问谁躲在门廊暗处，这时他听到两声呼应他的警哨和靴子踩在鹅卵石地面的声音。阿尔法牌警车转弯开了过来，灯光直射着斯莫莱克和地上的嫌疑人。

等待他们过来的时候，斯莫莱克又低头看了看地上的嫌疑人，现在他已经从半昏迷状态有所恢复了。斯莫莱克很好奇到底是什么让这个一贯强悍的小骗子如此恐惧。

他以为的那个会从暗处出来把他抓走的人到底是谁呢？

第八章

安德烈·罗曼内克教授正在办公室等着他。和蔼可亲的罗曼内克教授五十多岁，留着胡子，个子不高，但是身强体壮。细细的金发从宽阔的额头向后梳理得一丝不苟，头发上用了发油，暗淡了满头的金色。他长着一张充满智慧与友善的面孔：就像个乡村医生，人们本能地会对他产生信任，维克多认为这也有助于赢得病人的好感。

这种优势恰恰是维克多所缺乏的：英俊的外表也许能帮他树立权威，但是维克多的病人第一次见到他的时候几乎都很害怕，直到时间久了，对他有所了解之后才不会这样。

虽然室内的设计与员工的制服都经过精心的安排，看上去非常低调，但是看到罗曼内克仅仅穿着齐腿肚子的实验服的时候，维克多还是显得有些惊讶。这件实验服是中式带领款的，纽扣在肩膀上，里面的衣服被盖得严严实实，让他看上去更像是临床医生或者外科医生，而不是精神科医生。

“亲爱的科萨雷克医生！”罗曼内克微笑着和他打招呼。

他从匈牙利风格的巨大红木办公桌后走出来和维克多握手，另一只手搭在他的肩膀上。他用捷克语说道："再次看见你真是太高兴了。我有个理事会走不开，所以很抱歉没能去车站接你。但是我肯定普拉特纳医生把你照顾得很好。"

"是的，"维克多笑着说道，"我也很高兴来到这里。"

"我不得不说见到你之后我才如释重负，特别是经历了车站那件可怕的事情之后。你一切都好吧？"

维克多点点头，把他对普拉特纳说过的西蒙的情况——车站里迷失在另一个维度、幻想自己被邪灵和恶魔追逐的年轻人——又重复了一遍。

罗曼内克的笑容渐渐消失了。"几分钟之前，我刚刚接到布拉格大学总院的电话，他们打电话是要告诉你那个不幸的年轻人终究没能挺过去。"

"他死了？"维克多大吃一惊。

"恐怕是的，就在一个小时之前。真是悲剧啊。"

"我动身之前还给他们打过电话，他们说病情稳定。"维克多再次想起年轻人迷茫的眼神中因为巨大的痛苦而产生的恐惧，"我以为他能渡过这一关。"

"太不幸了，"罗曼内克说道，"如果他就是那个所谓的'皮围裙'，警方就有机会审问他了。"

"我对这点非常怀疑，"维克多说道，"他的行为毫无条理性。他就是一个患有精神分裂症的可怜人。据我对'皮围裙'的了解，他是个做事极有条理的人。"

"嗯。不管怎样，还是先安顿下来再说吧。就像在面试的时候告诉你的那样，我们是一个非常专业的单位。请，请你先坐下来吧。”

“也是一个设备非常先进的单位。”维克多坐下来说道。普拉特纳一直站着没动。“普拉特纳医生很友好地带我四处转了转。没有不满的意思，但是我得说对六个病人而言这里的设备太多了。这儿是内科医生做梦都想来的地方。”

“嗯，”罗曼内克说道，“这里的确只有六个病人，但是这六个人犯下的却是中欧最臭名昭著的案子：六个犯下最恐怖、最惨烈罪行的人，六个行为最凶残、最野蛮的疯子。我真心希望你已经做好了准备：就像在面试的时候说过的那样，作为这里的医生，你要讨论的病情、欲望、行为是外人根本无法形容与想象的。在这里，闲聊时谈到谋杀、强奸、折磨、恋尸、食人将会是家常便饭。恐怕对于我们这个小圈子外面的人而言，这里的常态外人会觉得是变态，产生厌恶。”

“我明白。”维克多说道。

“真的吗？我必须要提醒你，亲爱的科萨雷克医生：空洞地谈起这些行为很容易让人忘记这些病人真的做过这些事。有些病人表面上看起来很正常，甚至还很有个人魅力。你的前任因此犯下一个错误，差点丢了性命。他付出一只眼睛为代价。你要时刻牢记这些病人被关在这里是因为这里是能为他们找到的最安全的地方，是因为他们每一个人都必须时时刻刻，我强调一遍，是时时刻刻，不能与外界接触。”

维克多点点头：这些在面试的时候都已经告诉过他。他要替代的精神科医生名叫斯拉沃米尔，他因为允许病人使用铅笔而失去了一只眼睛。面试的时候院方再三申明除非完全做好准备接受这里的工作伴随的危险，否则不要接受这个岗位。幼稚的人或者懦弱的人是干不了这份工作的。

面试的时候还解释过当前只有六个病人不仅仅是因为他们的行为是人类最疯狂行为的代表，所以要把他们关在捷克最安全的地方。还有一个原因是要对他们进行特别研究：他们的疯狂行为在这里被检测，被研究，被解读，被分析，希望通过对这些病例的研究为轻度精神病患者提供更好的治疗。维克多被录用的原因是他最近发表的文章中提出的理论：和罗曼内克的理论相似，维克多提出的观点有人认为充满新意，更多的人认为充满争议。

“我们处于精神疾病研究的前沿，”罗曼内克解释道，“既然你已经加入了，我会把我的工作分一些给你。大部分精神病治疗工作都要遵守严格的治疗协议，在奥卢城堡，我们有机会去学习和解读最具挑战性的精神病例。另外，因为这些病人这辈子注定要留在这儿，作为补偿，我们要尽可能让他们觉得城堡就是他们的家。”

“要是把他们治好了呢？”维克多问道。

罗曼内克摇摇头。“很不幸，被这种疾病折磨的人不仅是他们，我们也是。如果用了某种神奇的疗法，我们把他们治好了，他们还是不能出去。他们犯下的罪行意味着他们永远不可能再被外面的世界接受，那些可怕的罪行不可能得到宽恕。我们的主要工作是减轻病情而不是彻底治愈，但如果这样做的话，我们就有了难得的机会去研究新疗法，将来可以帮助到其他人。这些人我们无法拯救，但是也许将来可以拯救和他们一样的人。”

罗曼内克教授想了想说道：“在面试的时候，我对你的

‘心魔假说’非常感兴趣。奥卢城堡的病人身体都非常健康，他们的幻想不仅极其匪夷所思，内在的逻辑还非常合理。这些病人有一个奇怪的共性。我认为你应该听过这样的谣言，外面的人说在城堡内部存在着一个巨大的阴谋。”

“就是所谓的‘六大魔王’实际上只是一个多重身份认同障碍症患者。奥卢城堡其实只关了一个人。”维克多说道。

“我可以理解为什么会有这样的谣言：在来这里之前，六个病人彼此并不认识，来了之后，他们的接触也很有限——你看一下病历就会发现他们有惊人的相似之处。所有人都声称他们遇到了某种邪灵，一种类似魔鬼的四大元素[1]恶灵，是邪灵强迫他们犯下了那些罪行。无论这是他们凭空臆想出来的花招以为自己开脱罪责，还是你的‘心魔假说’有了最直接的案例，我敢肯定，你会明白为什么我认为这会是你进行精神综合疗法的理想病例。”

维克多点头说道：“我明白。”

“你知道吗，科萨雷克医生，我还是第一次遇到这种事情呢。在我的行医生涯里，我一直都知道存在着一些奇怪的，”他皱了皱眉头，努力思考一个恰当的字眼，“奇怪的共性。一些毫不相干的病例中会出现巧合和相似处。我一直在想，是不是有些疯病，嗯，是传染的：强大而扭曲的思维能够传染给意志力不强的人。”

“就像不健全的免疫系统易受感染一样？”

“没错。这种现象在物理医学领域很常见：暴露在病毒

---

1 指土、火、气、水。

面前的一群人，有人会感染，有人不会。容易被感染的人常常是因为免疫系统不够健全。那么我们两人的理论就有共同之处了：如果你的‘心魔假说’是正确的，这种病与生俱来——我们所有人身上都有——只不过缺少机会爆发出来。每个人都有可能会发疯或者变坏，但是只有心理脆弱的人才有可能成为完全的受害者。

“我希望你能利用这里的病人好好研究你的理论。你将拥有机会去验证你的想法——但是我要求你的治疗实验必须留下严格的记录和证明。同行们的眼睛都在盯着我们呢，而且他们是不赞成我们的做法的。我就说这么多。”

“这点你可以放心。”维克多说道。

“如果我不相信你，你就不可能来这里了。”罗曼内克用不容置疑的语气说道，同时露出乡村医生一般的笑容，“你和我全权负责这里的精神病人治疗。另外我想现在你应该也知道了，普拉特纳医生负责这里所有人的身体健康，包括员工在内。”

“如果你喝醉了酒头疼，记得来找我，”普拉特纳开心地拍了下维克多的后背，“如果你不需要我，你自己治疗也成。”接着他用德语说道：“很高兴你能加入我们，森瑟曼医生。”

普拉特纳走后，罗曼内克皱着眉，一副迷惑不解的样子。

“哦，那是我的姓氏的德语说法，”维克多笑着解释说，“普拉特纳医生好像很喜欢弄清我的家谱，不过恐怕它经不起推敲。”

维克多说得非常轻松，但是罗曼内克显然没有这样认为。有那么一会儿，维克多甚至开始担心这样说普拉特纳是不是太冒失了。

“我们认识时间不长，这样的交谈是很困难的，”罗曼内克说道，“但是我强烈建议不要和普拉特纳谈政治问题。我认识他很长时间了，我们既是同事又是好朋友。他是个好人，但是就像其他德裔苏台德人一样，他对土地改革法案非常不满。最近的大选结果让我烦恼，我担心边境上的不稳定也许会影响到我们。我担心那个小个子奥地利下士[1]，非常适合成为我们这儿的第七个病人。”

“你觉得纳粹已经是捷克的威胁了吗？”

“我觉得他们是所有人的威胁，只不过我们距离他们更近罢了。我们的哲学家总统从一开始就十分清楚希特勒的危险性。”罗曼内克拿起一个烟盒递给维克多，维克多取了一根烟，“苏台德德意志人党就是我国的纳粹党。普拉特纳医生对这个党的热情让我烦恼。我觉得城堡里面最好不要谈政治。”

“对不起，罗曼内克教授，我并不是想——”

“没关系，亲爱的孩子。”罗曼内克脸上的阴云已经消散，“我知道你不想。一般情况下我也不会说这些。不过近来时局维艰，我作为精神科医生，不管是个别现象，还是集体现象，要我对政治问题视而不见是很难的。如果因为我说了实话让你不舒服，我向你道歉，但是你能认识到我们这个新国家遇到了错综复杂的问题，让我对你刮目相看了。”

维克多点点头。他知道在新生的捷克斯洛伐克内部，各种力量在互相角力：像普拉特纳医生和他的助手卡拉克所代

1　即希特勒。

表的亲德派；泛斯拉夫派；狂热的捷克民族主义者；西里西亚的波兰分离主义者；甚至还包括大画家阿尔丰斯·穆夏——他的绘画作品主题总是唯美的纯斯拉夫神话故事。

罗曼内克无奈地摇了摇头，好像在对自己生气。“请你原谅一位老人的偏执。”他按下办公桌上的一个嗡鸣器，过了一会儿，维克多身后的门打开了。他转过身来看到一个高个子、黑头发的苗条女人走了进来。她穿着黑裙子和夹克衫，里面是一件淡蓝色的衬衫，维克多被她忧郁而神秘的美丽震撼了。

“布罗乔娃小姐，这是维克多·科萨雷克医生。科萨雷克医生，布罗乔娃小姐是这里的行政主管。”

维克多站起身和她握手。她的手纤细而柔软，脸上的笑容是在例行公事，她的嘴唇因为涂了深红色唇膏显得异常丰满，一双淡褐色的大眼睛明亮又充满智慧，一头乌黑的长发闪闪发亮，她拥有让人无法抗拒的吸引力。维克多有种强烈的与她似曾相识的感觉——他以前在什么地方见过她。

“你跟我的父亲学习过。”她说。

“你是约瑟夫·布罗乔的女儿？”维克多吃惊地问道。

“是的，我叫朱迪塔·布罗乔娃。”她再次露出微笑，没那么例行公事了。

“你父亲是我的伟大榜样：他带给我的影响和荣格博士给我的影响一样重要，”维克多说道，“我知道布罗乔教授有个女儿，但我以为你还在学医。”

她充满智慧的大眼睛闪过一丝防备，脸上的笑容随之不见。“我必须暂时停止学业。现在，我很高兴能为罗曼内克教授工作。”

“当然了，我也一样。这是个难得的机会。”

两人陷入尴尬的沉默。罗曼内克打破僵局，说道：“布罗乔娃小姐会带你去看研究用得着的设备，我敢肯定你会大开眼界：我们这儿有最新式的录音设备，AEG K1型磁带录音机，直接从今年的柏林国际无线电设备展上带回来的。它用磁带工作而不是线圈。”罗曼内克语气中的骄傲和普拉特纳一样，“布罗乔娃还可以为你提供秘书服务。”

罗曼内克走过来把手放在维克多的肩膀上。“现在，科萨雷克医生，”他笑着说道，“是时候踏进虎穴了。一起去见见你的新病人吧……”

第九章

布罗乔娃也深深地被维克多吸引。让她感到不解的是，她对维克多也有一种奇怪而不可动摇的感觉：她认识这个人，尽管从未谋面，但她就是认识这个人。当然，维克多又高又帅，非常迷人，就是有一点点冷酷和傲慢。她认为维克多和这座城堡简直就是绝配。

和布罗乔娃不同，维克多永远不会怀疑自己适合在城堡工作，也不会让别人产生这种怀疑。刚才的那番对话让布罗乔娃有足够的理由对他不满。除此之外，如果她的学业和事业按计划进行的话，他现在的这份工作本应该是属于她的。但是计划泡汤了。

维克多做的唯一正确的事情就是对她父亲的赞美，话中可以听出他对自己导师的挚爱。今晚她会给父亲打个电话问问他对这个学生的印象。

与此同时，在工作上她会与维克多恰当地保持同事之间的礼貌与尊重，但在其他事情上要保持一臂之遥。一臂之遥已经迅速成为所有人际关系的标准距离。现在的做事方式是：每一个新认识的人，每一个不期而遇的人，都必须当作一个危险的对象进行分析和评估。

在这之前，她的犹太出身从没如此重要，但是现在却给她与身边所有人的交往蒙上阴影。所有的人和所有的事现在都必须当作潜在的威胁对待。

威胁已经够多了。年轻的科萨雷克医生好像和普拉特纳医生相处得很好：不管他们如何用捷克语称呼自己，他们其实就是纳粹党，对犹太人的看法和纳粹没什么不同。普拉特纳在工作上对她彬彬有礼，甚至非常友善，从未流露过任何反犹倾向，但是骨子里面是这样的——她知道这些人骨子里面全是反犹的。

至于普拉特纳的助手卡拉克，这种倾向更无须分析：每次两人相遇的时候，卡拉克总是一副鄙夷的神情，说话时的语气非常不耐烦，给人感觉他是逼不得已才和她这样的下等人说话的，之所以他还在忍受是因为这种日子不会太长久了。

她无法接受捷克的种族新形势。讽刺的是，她一直认为自己是少数民族的一员：不是犹太人，而是德裔捷克人。她的第一语言是德语——标准德语，而不是有些布拉格犹太人说的摩西德语[1]。她的捷克语尽管很流利，但谈不上完美。她，她的父亲，她的整个家族都认为自己是德裔捷克人，都把德国文化当成自己的文化。突然之间，这些东西全部被剥夺了。

她还饱受噩梦的折磨。可怕的噩梦在等着她，等着她的家族，等着和她一样的所有的人。

1　即意第绪语。

每次和父亲说起这些的时候，父亲总是试图安慰她，让她不要有阴暗的想法，并告诉她这种想法的危害。她则努力说服父亲这种害怕是有根有据的，和以前不一样。她过去在学医的时候，也曾被不理性的、难以解释的焦虑、怀疑、恐惧所折磨，但这次不一样。现在的恐惧是合理的，可以解释的。然而父亲每次安慰她的时候，总是故意避免使用一个词：他们所有的谈话都可以感受到却从未挑明的一个词。

她的精神崩溃。

上学的时候，假想的危险、虚构的敌人是造成她精神崩溃的原因。虽然早已痊愈，但是一直以来，她已经失去了别人的信任。所以现在，当危险是真实的时候，当敌人是清晰可见的时候，当别人陷入疯狂的时候，没人再理会她的警告。

每个人似乎都对眼前的一切视而不见：大家都可以看到一起又一起的残暴行为在慢慢堆积，却看不出这终究会演变为可怕的灾难。他们看到了乌云，却预测不到风暴。

报纸上连篇累牍地报道德国上个月通过的《纽伦堡种族法案》，禁止犹太人和非犹太人之间的一切关系，限制犹太人在教育、就业和社交上的权利。布罗乔娃非常沮丧，因为她无法说服父亲对犹太人而言，这种危险在捷克已经迫在眉睫，区分人种这件事虽然进度不快，但趋势已不可逆转。

所以布罗乔娃把每一个熟人、每一个不期而遇的陌生人当作潜在的威胁对待。但是她被科萨雷克所吸引，而且两人相遇的时候，他也毫不掩饰对自己的喜爱。这是否意味着他是那种没有被疯狂的时局影响的人呢？

今晚她要打电话给父亲问问这个人的情况。

第十章

他们花了两个小时讨论六个病人的病情。罗曼内克教授的声音出奇地富有魅力，这种安慰人心的语调一定对他在和病人打交道的时候大有帮助。但是在阅读和评论病史的时候，他的声音听起来又是一位平淡的叙事者，仿佛每个病例都是一个黑暗的童话故事。每个病例的细节都很惊悚和离奇，很容易让人认为这种恐怖只应出现在作家的笔下，或者出现在一个好几代人编出来的民间传说里。

“教授，你说起这些病例的时候就像在读抒情诗和民间传说。”维克多说道。

“我不觉得我在抒情。没有比精神暴力读起来更乏味的东西了。但是我经常思考一个问题，我们捷克人的想象力是多么阴暗啊——不仅是精神病的高发病率，在音乐上、艺术上、文学上，我们的想象力要比欧洲的任何国家更加丰富。也许我们的文化无意识现象比我们认为的更加严重。”

罗曼内克站起身，走到办公室的窗户边俯瞰窗下夜色里的树林和山壑。

“也许这就是为什么我们在这个城堡的原因。我们生活在这片古老的土地上，这里没有比这个城堡更古老的地方。生活在山下村庄、田野、森林那边的人——他们的根可以追溯到更古老的时代。他们才是欧洲的血液之源：早在凯尔特波伊人、日耳曼苏维汇人、斯拉夫捷克人到来之前，他们就已经在这里落地生根。信不信由你，那个小村庄已有七百年的历史了。”

“我知道的，”维克多说道，“在来的火车上，和我在同一个车厢的一位德国考古学家跟我说城堡建在一个新石器时代的要塞上。他还说这儿有洞穴网。”

“可能吧，但是不管有没有，反正在城堡里找不到洞穴网的入口，但是当地人都相信这个说法。”罗曼内克从窗前转过身，走到办公室墙角的一个柜子前拿出两个高脚酒杯。他把醒酒器里的樱桃白兰地酒注满两个杯子，递给维克多一杯。

“也许，”罗曼内克说道，“因为拥有七百年历史的文化集体无意识，这个小小的要塞是解开精神病病因最好的地方。”罗曼内克坐在办公桌上，合上最后一份病历，然后举起手中的酒杯。

“这杯酒是敬你的，科萨雷克医生。现在你已经听完了六个病人的故事，你是否后悔接受了这份工作？现在搭最后一趟列车回布拉格还来得及。”

“我没有买返程票。”维克多微笑着举起酒杯，“无论如何，我在博尼斯精神病院接触的也是非常暴力的精神病人。但我必须承认，比不了这些人——如你所言，这些病人被关在这里是因为他们是最极端的病人。我接受这份工作的时候就十分清楚了。”

罗曼内克笑着说：“那么让我们干了这杯酒，然后去见见你的第一个病人吧。”

第十一章

斯莫莱克队长是个非常仔细的人：他不会做出草率的结论，总是花时间分析、思考、权衡每一个案子。在他的职业生涯里，斯莫莱克见过太多的警察迫不及待地得出结论，然后编出一套说法来满足这个结论，再然后为了证明自己的说法展开自以为是的调查。

这就是为什么斯莫莱克总是极其小心，尽可能地多花时间去研究证据的原因，从明显的结论中寻找不寻常的东西。

审讯室中间坐着的黑皮肤小个子的罪行再清楚不过了，但是，想要寻找出不寻常的东西来很不容易。除此之外，这也不是斯莫莱克第一次在审讯室面对托瓦尔·比哈里。之前的每一件案子，托瓦尔都被证明有罪。

离托瓦尔坐的地方四米之外有一张桌子，这张桌子和一把矮橡木椅子固定在一起，椅子又被固定在门上。托瓦尔的身边站着两个属于外勤部门的警察，他们的上衣挂在墙上的衣架上，袖口卷到了肘部上方。辛苦工作的回报显而易见，全部写在了嫌疑人青一块紫一块的脸上。

斯莫莱克穿着便服走进房间站在桌子的后面，两个警察向他立正敬礼。他先看完了笔录，然后花了点时间认真打量嫌疑人：托瓦尔个子不高，肤色黝黑，身材结实。西服有点儿大，尽管裁缝试图让西服看上去时尚，但是西服的料子一看就知道不是好货。斯莫莱克知道，很多人也许会说托瓦尔自己也是一看就知道不是好货：炭黑色的头发乱糟糟的，皮肤比屋子里的每个人都要黑上几分，就像是一个不知道什么时候在一个不知道的地方被不知道的太阳晒出来的黑鬼。

斯莫莱克早就知道托瓦尔是吉卜赛人。就凭这一点，普拉赞托·科希策警局的大部分警察就会相信他有罪。但是斯莫莱克知道偏见是通向错误结论的最快捷径。潘克拉克和鲁济涅的牢房里关满了黑皮肤的吉卜赛人，但大部分都被无罪释放了。

抛开种族问题不谈，托瓦尔的确看上去就是个罪犯：英俊的脸庞上写满傲慢，审讯过程中这张英俊的面孔吃了不少苦头，有一侧的脸颊被揍肿了，肿到眼睛都很难睁开。斯莫莱克不赞同对拘留人员违规使用程序，但是他什么也没说：托瓦尔刺伤了一个警察，也对他动了刀子，这种情况下一般都要使用不能说的程序。这是大家都知道的一条不成文的规定。

斯莫莱克以前抓过他几次。不管有罪没罪，托瓦尔总是一副趾高气扬、桀骜不驯的样子，无论怎么动粗都改变不了。

之前的每一次案件，斯莫莱克都发现这个吉卜赛人总是说谎成性，拒不配合，狡猾到骨子里。然而，他也极不情愿地敬佩这个家伙的承受力、意志力和勇气。别人也许只看到低贱的狡猾，斯莫莱克看到的却是敏锐的智力。他曾经不止一次地想过如果他的生活中没有吉卜赛人普遍遭受的偏见和贫穷，说不定他能干出一番了不起的事业来。

但是今天的托瓦尔和以前不同：傲慢、自信、蔑视通通都不见了。斯莫莱克知道这和挨打没有关系，甚至和他犯下的严重罪行也没关系——足以把他送上绞刑架的罪行。

是别的什么东西击碎了他的意志。

“这儿交给我吧。”斯莫莱克指了指门口说道。两个警察拿起衣服离开了审讯室，站在门外。

“你有麻烦了，托瓦尔。”房间里就剩下他们两人了，“这次的麻烦和以前不同，你自己也知道，对不对？”

托瓦尔黯淡的眼神中没有抗拒，也没有敌意。“我知道这次的麻烦有多大。我也知道这次的危险有多大。你并不明白。你以为你明白，其实你不明白。我的麻烦和危险与你无关。”

“什么意思？”

“你不会明白的，”托瓦尔痛苦地说道，“你没法理解的，你没有看到过——”

“看到过什么？”

“我不会说的。”托瓦尔摇了摇头，“索拉在哪儿？你让她走了吗？”

“她在大厅。”斯莫莱克说道。索拉·玛佳是和托瓦尔在一起的那个女人，她伸腿踢倒了第一个追上去的警察。“我们也有事情要问她。”

“她和这件事没有关系，她什么也不知道。”

“那么她应该没事，但是她的确妨碍了抓捕。”斯莫莱克回头想了想这个女人。和托瓦尔一样，索拉·玛佳也是吉卜赛人。回到警局的时候，在接待大厅明亮的灯光下，索拉的美貌给斯莫莱克留下了极其深刻的印象。她穿着紧身的深蓝色女士西装，左脚那只难看的矫形靴与她的身材和外貌极不相配。

“她是个瘸子。你为什么不放她走?”

“她的脚怎么了?”斯莫莱克问道。

“她妈妈在怀她的时候，不小心踩上过一个坟头，结果索拉生下来的时候是内外足。”

“那是迷信的说法，托瓦尔。”

“吉卜赛人相信这个说法。”他轻轻地发出一声奇怪的苦笑，“我们还相信这样魔鬼就找不到她了。如果魔鬼跟着她的脚印，内外足会让他无法判断出方向。”

“我感兴趣的是你的脚印。是你的脚印让我们知道是你干的。你为什么要这么做，托瓦尔?”

“做什么？我什么也没做，但是你不会相信的。”

斯莫莱克无奈地叹了口气。“好吧，托瓦尔，我知道是你杀了那个女的。我也知道正常情况下你不会使用暴力，但是如果你闯进她的公寓偷东西的时候被她撞个正着，嗯，局势很快就完全失控了。她开始尖叫，甚至她还攻击你或者抓住你，希望有人听到声音后过来帮忙。在争执最激烈的时候——比如说我讲的这个情况就是——什么都不好说。争执变成了暴打，你想让她闭嘴，却做出了错误的选择，猛击她的头部，然后她摔倒在地，你甚至都没有意识到抢劫变成了谋杀，或者是过失杀人。这是我能够理解的。也许可以这样说，这是一种职业上的危险。”过了一会儿斯莫莱克继续说道，“但是你对那个女人的所作所为，像是在屠宰场宰杀一头牛的行为，你把手伸进她的体内取出她的内脏，这是我无法理解的。”

“我没有这么做。”托瓦尔十分平淡地说道，但是他闭上了眼睛，好像不想看见什么，“你说的这些我没有做过。”

在过去的案件中，斯莫莱克听到过托瓦尔各种各样的否认，但是这次他十分清楚托瓦尔根本不在乎自己相不相信。这让斯莫莱克非常苦恼。他开始想要找出些不寻常的东西。

“这个东西你认识吗？”他把在谋杀现场发现的玻璃珠拿了出来放在桌上。托瓦尔尽力地睁大了眼睛努力辨认。

“这是什么？”

斯莫莱克把玻璃珠从桌上拿了起来走到托瓦尔身边，在托瓦尔的眼前转动着手里的玻璃珠。

“我从没见过这东西。”托瓦尔的语气依然平淡。

“这是你留在犯罪现场的。别人都没发现，我也差点没发现，但是最终还是被我发现了。我敢肯定，等我们搜查完你的住所，还会发现更多这样的珠子。只要一个——一个和这个一样的玻璃珠——就足以把你送上绞刑架。”

“反正你会绞死我的。”语气还是没有任何反应。

“为什么你如此崇拜伦敦的开膛手呢？为什么一个生活在捷克的匈牙利吉卜赛人会对一个英国五十年前的谋杀案如此感兴趣呢？”

托瓦尔面无表情地抬头看着斯莫莱克。“你到底在说什么？”

“‘开膛手杰克’——最早的那个‘皮围裙’——就是你的灵感来源！”斯莫莱克睁大了眼睛，在空中乱舞着拳头，像是在演出可怕的哑剧。

“我不知道你到底在说些什么。”托瓦尔说道。看出对方丝毫不在乎自己相不相信，斯莫莱克无可奈何。

“好吧，和你直说吧，你为什么要杀害莱曼夫人？让我们把案子迅速审完，没必要让外面的两个人进来再给你一些不愉快，也没有必要让我烦躁、失去耐心。直接告诉我你杀了她，为什么杀了她，为什么杀了其他的所有女人。也许我们可以为你申请精神病鉴定，然后送你去精神病院而不是绞刑架。”

托瓦尔抬头看着斯莫莱克。他睁大的眼睛黯淡而空洞。“绞死我吧，我想让你们绞死我。”

“为什么你想死？”

“因为我再也受不了了。我想要解脱，我想要黑暗，想要空白，我不想这些画面在我的大脑中一次又一次地出现。”

“我懂，”斯莫莱克说道，“干出这么恐怖的事情一定让你备受煎熬。为什么不把所有的事情从一开始全都告诉我呢？也许这样做对你有好处。”

“你什么都不懂。你的认识太有限了。我没有杀害她，没有杀那个女人，也没有杀其他人。要是这些事是我做的，也许我还受得了。”勇敢的小个子吉卜赛人放声大笑，笑声中充满痛苦和煎熬，“我受得了这些，但是受不了*他*！*他*是我的主人，有一天*他*会来找我，如果*那样*……”他看了眼斯莫莱克手中的玻璃珠，“如果这个东西是他的，他会回来拿走的。因为东西在你手上，他也会找上你。”

“谁？*他*是谁？你说的是谁？”

就在这时，斯莫莱克看到了从没见过的画面：托瓦尔竟然开始哭泣了。

“我看见了他，他也看见了我。他让我看他杀人。”

“他是谁？托瓦尔，是谁？”

“本葛。是本葛干的。本葛杀了她，他让我看他杀人。”

“本葛是谁？是你的同伙吗？他和你一道去入室抢劫的吗？”

托瓦尔摇摇头。“本葛不是人，你看不出来吗？你理解不了吗？本葛是我们对最邪恶的黑暗邪灵的称呼，是罗姆人对魔鬼的叫法。”

斯莫莱克走回桌边。倚着桌子仔细分析托瓦尔刚才的供述是个判断案情的好方法。他突然意识到托瓦尔已经疯了。斯莫莱克暗自骂了一声：精神不正常的凶手最难处理了。他们需要的书面文件也最多：精神分析报告，不同的专家给出的不同的行为能力认定结果，发病数据统计……也许最简单的做法就是让他直接认罪。

“你是说看见别人杀死了玛利亚·莱曼？”斯莫莱克坐回椅子，把玻璃珠放在面前的桌子上，“你在现场，但是没有杀人？你站在一边，看着另外一个人杀害了她？”

锁在审讯椅上的托瓦尔满脸伤痕，精神疲惫，他紧盯着斯莫莱克，渐渐睁大了眼睛，露出惊恐的神情：他也许是在盯着斯莫莱克，但更像是盯着其他人，其他地方，其他时空。

“是本葛！”他大叫道，“我看见本葛杀了她，是本葛让我看的。”他的身体开始战栗。这不是斯莫莱克熟悉的那个桀骜不驯的托瓦尔。

“好吧，托瓦尔，”他平静地说道，“为什么不把事情从一开始说给我听呢？把你看到的全部真相说出来。从头开始，一点细节也不要遗漏。”

第十二章

罗曼内克讲病史的时候喜欢给每个病人起个绰号。维克多即将见到的第一个“六大魔王”的绰号是“食草动物”。

海德威卡·瓦伦托娃被关的病房和普拉特纳说的一样，更像是私人住所而不是精神病院的病房。墙上挂着能让人平静的抽象画，房间里面有一把舒服的扶手椅，一张沙发，还有一张咖啡桌。加装了栅栏的窗户边有一张书桌和一把椅子。维克多注意到书桌上既没有纸张也没有书写工具，但是坐在书桌前可以平静地欣赏城堡下面苍翠幽深的山谷以及四周波希米亚中央平原的乡村风光。客厅有两个门，一个通向卧室，另一个通向盥洗室。

除了窗户上的栅栏和没有厨房之外，这里给人的第一印象是一个标准的小型公寓。仔细观察之后，维克多发现绘画是固定在墙上而不是悬挂在那里，每一件家具的构造都无比坚固，而且无法移动，都用了螺栓固定在石头地面上。为了避免窗户玻璃被打碎，窗户里侧还安装了细细的铁丝网。这里找不到任何东西可以当作武器用来伤害工作人员或者病人自己。

房间里最危险的因素就是病人。普通精神疾病，乃至最严重的精神疾病，任何人都有可能患上，但没有一种人是天生的精神病易患者。让维克多感到惊讶的是，海德威卡·瓦伦托娃看上去根本就不像是能患上精神病的那种人。

瓦伦托娃女士大约四十岁，非常瘦，看上去很普通，是那种在街上与你擦肩而过都不会留意到的人。她穿着普通的裙子、上衣和羊毛衫，就像一个乡下的女教师。凹陷的脸颊与眼窝说明她的瘦弱是营养不良造成的而非天生使然。在走进她的房间之前，罗曼内克教授解释说瓦伦托娃对饮食极其挑剔，给他们带来了很多“困难”。

走进房间的时候，瓦伦托娃正挺直了背坐在或者说栖息在沙发边上，姿态像是一只鸟。维克多很难想象这个普通、平凡、瘦弱的女人竟是“六大魔王”之一。

两位医生走进来的时候她看了一眼，然后继续盯着地面，双手局促不安地放在大腿上。

罗曼内克向她介绍了维克多，并且说明从今往后维克多负责她的治疗。

“斯拉沃米尔医生呢?”她轻声问道，好像很忐忑的样子。

“斯拉沃米尔医生不在这里工作了，”罗曼内克解释道，“可能你会想起来的。科萨雷克医生将会负责你的治疗。我向你保证他是捷克最棒的年轻医生。”

“我很期待和你的合作，”维克多说道，“我有几个新方法能帮助我们一起找出病因……”接着他用了几个外行人听得懂的术语、原则和理论解释了什么是镇静剂辅助的催眠疗法。说完的时候，瓦伦托娃的眼睛还在盯着地板。她抬起头来打量了罗曼内克一番，突然从脖子到脸颊涨得通红。

“我想投诉，”她手足无措地抗议道，很明显她无法说清楚自己的想法，“我真的很想投诉。”

“投诉科萨雷克医生刚才说的治疗方法？”罗曼内克问道。

“我才不管那个，”她又看向了地板，“我不需要治疗，我没有毛病，除了脾气不太好，但那还不是因为吃了你们用肉做出来的毒药。如果饮食正常，如果让我自己做饭吃，我的坏脾气就会变好。你们担心的也正是我的坏脾气，不是吗？”

“你又来了，瓦伦托娃女士。”罗曼内克听起来有点不高兴，“我们竭尽所能照顾你的饮食。”

“猪油！”她打断了罗曼内克。

“你说什么？”

“如果给我吃的蔬菜是用动物脂肪烹制的，你们提供的素食就失去了意义。太恶心了。为了把这些东西从我的胃里清除干净，今天我已经强迫自己吐了两次。”

“我会调查的。”罗曼内克说道，他已经恢复了惯有的耐心。罗曼内克站起身说道：“好吧，我还要给科萨雷克医生介绍其他病人。”

“期待下次和你继续聊。”维克多说道。瓦伦托娃夫人理都没理。

“恐怕你得好好适应这里的工作。”一走到病房外面，罗曼内克就对维克多这样说道。两人拿回自己的物品——钢笔、铅笔、硬币，各种随身小物件——在进入瓦伦托娃的病房前这些东西都被放在一个金属托盘里。

“真的每次进来的时候都必须寄放所有物品吗？”维克多问道，“她看上去不像能给人造成身体伤害。”

罗曼内克教授转过身，表情非同一般的严肃。“我亲爱的科萨雷克医生，恐怕你要犯下你的前任不幸犯下的错误了。永远不要携带可能被用作武器的东西走进那间病房。”

“就是她刺瞎了斯拉沃米尔医生？”

罗曼内克点点头。“她认为他看她的眼神色眯眯的，对她的身体不怀好意，这是她的原话。他的眼睛冒犯了她，所以被她挖了出来。”

“整个眼睛被挖出来？”

“可以这么说。等到斯拉沃米尔的惨叫把警卫吸引过来冲进房间的时候，一本正经的‘食草动物’已经抓起斯拉沃米尔的眼球……”

第十三章

“我有这个想法，”托瓦尔停了停，突然从他的眼睛可以看出他意识到了什么，“不，不是这样的。我想起来了，有人给了我这个想法。一个赚钱多风险小的新方法。现在我明白了，我全部明白了，一定是他！直到现在我才发现是他，一定是本葛给了我这个想法！那晚他从暗处走出来把这个想法塞进了我的脑袋！天哪，从头到尾就是他，你还没明白吗?”

“冷静，托瓦尔。深呼吸一次，”斯莫莱克知道一定要让他清醒，不能胡说八道，“什么想法？又是谁的想法?”

托瓦尔花了点时间试图冷静下来，但是斯莫莱克可以看出来他全身上下无处不在害怕。“嗯，那晚我在弗尔硕维采区的一个酒吧，德国人的酒吧，你听说过吗？老板怀疑我是个吉卜赛人就把我赶了出来。他说不希望看到我这样的人渣出现在他的店里。他牛气得很，还不是因为店里面有好多德国人给他撑腰。于是我就出来了，但是就在此时这个人从暗处走了出来。我准备和他打一架，但是他却说他听到了刚才的事情，而且不应该让德国人那样子对我讲话。我应该针锋相对。我不明白这个家伙为什么在德国人的酒吧，因为他好像很不喜欢他们。怎么说呢，他和我说看见我被赶了出来就来找我了，因为他知道我是干什么的——知道我是干哪行的。他说他有赚大钱的方法，他自己就是干那行的。可是他看上去不像是扒手或强盗。”

“他长什么样？”

“他个子很高，我很肯定。又高又瘦。穿着一件黑色外套，拉低了帽子遮住他的脸。但是我觉得他好像需要洗澡和刮脸了。他的衣服质量不错，但是他好像是穿着这身衣服睡觉的。”

“你知道他的名字吗？”

托瓦尔皱了皱眉。“我不记得了。啊，天哪，原来是他，是本葛。他从暗处走出来的样子我就应该看出来他是本葛。”

“冷静，托瓦尔，告诉我他和你说了些什么。”

“他告诉我说一直以来我的方法都是错误的——每次我偷钱包的时候，风险很大，所获却很少。不管我是多么擅长此道，他说，平均五到六次就会被失主发现，也许平均五到六次就会被警察抓住。所以最好的方法是在人群中作案：可以很快逃走继续寻找下一个目标。但是这么做也有风险。于是他把他的想法告诉了我：他说我擅长行窃，能够不声不响地把一个房子或者公寓翻个底朝天，既然如此，为什么不好好选择目标呢？他说如果我行窃的年头有他那么久，手指头在别人口袋或者钱包里就会像长了眼睛一样，你知道目标身上有什么，以及什么是值得偷的。他的新方法是我应该什么都不要拿：不要现金，不要钱包，只要钥匙。如果你发现钥匙丢了而钱包还在，你不会认为被人偷了东西。我是说，你认为只要是小偷就肯定会拿走你的钱，而不仅仅是钥匙。所以你不会认为自己被偷了，你只以为自己丢了钥匙。”

“直到有人偷了你住的地方。”斯莫莱克补充道。

“你说得没错。他说大部分人在家门口才会去找钥匙。所以，一旦我有了钥匙，只需跟着目标回家，弄清他的住址，然后等到晚上或者没人的时候，只要让我进了门，就可以大干一场了。”

“于是你就完全听取了一个陌生人的建议？”斯莫莱克问道。托瓦尔说的话他一个字也不相信，但是让他苦恼的是托瓦尔好像非常肯定自己说的全是实话。

托瓦尔点点头。“我决定等市场开放的那几天到小城区广场转转，那时候广场上到处都是有钱的德国人。”

“你的目标是德裔捷克人？为什么？你对他们有什么特别的仇恨？”

“不……”托瓦尔缓缓摇了摇头，“不，和那没关系。原因只是他们更有钱，至少大部分人是的，可以偷的东西更多。不管怎样，市场开放的日子里广场上到处都是人，人碰人，人挤人，那是理想的扒窃条件。所以，每个市场日我都会混在买东西的人里面，甚至还买些生活用品，一边留意可能的下手对象。你知道的，就是看上去有钱的人。确定目标之后，我会挤到他们身边偷走钥匙。等他们离开市场的时候我就跟着他们回家。如果有人给他们开了门或者他们找到了备用钥匙，我就继续等待。如果他们叫来锁匠换了门锁，我就忘了这个目标，但是这种事情从没有过。我会等到他们上床睡觉。确保安全之后，我才进去翻东西。我一共这样做了六次，每次都满载而归。太棒了，而且太轻松了。”

“你在玛利亚·莱曼的住所就是这么干的？”

“我在小城区的市场广场看见她的。从她的穿着就知道是个有钱人。我还能看出她孤身一人。她在一个蔬菜摊挑东西的时候打开了手提包，所以我就凑近她偷走了钥匙，包里面有钱包和别的东西，但是我只拿了钥匙。然后我跟着她在市场逛，直到她回家，她住的地方是斯内默姆大街上的一个漂亮的公寓楼。

“我一直在观察她，发现她站在公寓大门前找钥匙的时候我心里在偷笑。她还在地上找钥匙，以为丢在那儿了。最后她按了门铃，看门人给她开门让她进去。我就躲在对面街角暗中观察。

“当然了，进公寓楼是一回事，她还需要钥匙打开自己的家门。我就一直等，看看有没有锁匠过来。如果有，那么这个目标我就放弃：如果她把家门的钥匙换了，只有进公寓的钥匙是没用的。但是我指望看门人那里有所有房间的备用钥匙。我等了一个小时，又等了一个小时。这样的猎物是值得等待的。”

“猎物？”斯莫莱克打断了他，“你是说那个女人？她是你的猎物？”

“女人？”托瓦尔皱了皱眉，不明白是什么意思，“我对她没兴趣。我要的不是女人。虽然她是个有钱的德国婊子，但我感兴趣的是她的财物，不是她。”

“如果那样，为什么你什么也没偷？除了和这个东西一对的……”他指了指桌上的玻璃珠。

“我跟你说过，我不知道那是什么东西，也从没见过。我什么也没拿是因为他在那里。”

“你是说本葛？你们吉卜赛人的魔鬼？”

“我知道你在想什么，但是他就是本葛，他是魔鬼。没有人可以那样邪恶，没有人可以对人做出那样的事情。我知道你以为我疯了，或者我在编故事，但是我说的是实话，完完全全的实话。现在我再想这件事的时候，我明白那晚在弗尔硕维采酒吧外面的人就是他。”

“告诉我发生了什么事，告诉我你记得的事情。”

“我一直等到午夜，也许快到一点钟了吧。直到灯熄了至少半个小时我才行动。我进去了。她住在公寓楼的最上面两层。我知道最值钱的东西，比如珠宝，会放在卧室，但是我从楼下的房间开始偷起——走进有人睡觉的卧室总是有些风险的。我估计也许在卧室以外的地方就能偷到足够的东西，而且这么做没什么风险。我们这一行的秘诀是，不要什么都想偷走，哪怕它很值钱。

“我随身带了一个小包——生意人用的那种包。装不了太多东西，也不会看上去很沉。你知道你们警察的德行：半夜看见我这样的人拖着一个沉重的大包还不像苍蝇见了屎一样过来盘问。所以诀窍是只拿最值钱的东西。另一个原因当然是我想跑得快一点。可是我一走进那地方，就觉得非常非常不对劲。”

“哪里不对劲？”

“还有个人在那里。或者说有个东西在那里。你知道，我只能用微弱的手电筒的光亮在黑暗之中找东西，有时候会觉得有人影闪来闪去，其实都是看不清楚造成的幻觉。移动的影子很滑稽，但其实是手电筒的光和因为自己过于紧张。但是在那里——我也不知道怎么回事——影子在移动，真的在动。好像有人在跟着我。你知道吗，就像有人在我的脖子后面。

“我在客厅打开一个好像办公桌的家具，随后意识到这次赚大了。全是现金。碰上这么一大堆现金的时候，没必要再拿别的东西了。厚厚的一大堆钞票，有一沓是五百克朗的纸币，还有几沓是一千克朗的纸币。看到这么多钱，我知道这次撞了大运，不需要拿别的，这些收获足够了。”

“但是发现尸体的时候那些钱仍然在办公桌里。你为什么没有偷走？”这个问题一经问出，斯莫莱克看到托瓦尔好像被电流击中全身，如此强烈的恐惧甚至传染给了斯莫莱克。

“我觉得看到一个影子在动，于是迅速地转过身。他站在那儿。他就站在阴暗之处，好像是从影子里面变出来的，他就那样注视着我。”

“给我描述一下他的样子。”

“他是本葛。”托瓦尔又开始颤抖，戴着镣铐的手腕叮当乱响，“你如何描述魔鬼的样子？”

第十四章

斯莫莱克从桌子后面走了过来，从烟盒取出一根烟放在托瓦尔的嘴唇之间，给他点上火。托瓦尔拼命吸了起来。因为他被锁在椅子上无法用手拿住烟，抽烟的时候有些费劲。他侧过头去不让烟气飘进他的眼睛。这正是斯莫莱克要的效果：让他放松，分散他的恐惧。

过了会儿，斯莫莱克伸手去拿香烟。托瓦尔向他点点头，表示可以拿走了。他还在颤抖，但是比一开始要好多了。

"听着，托瓦尔，"斯莫莱克坐在桌边说道，"我不知道你看到了什么，也不知道你以为你看到了什么，但那不是魔鬼。如果公寓里真的还有另一个人，你想免罪的最好方法就是给我描述他的样子。"

托瓦尔点点头。"他个子很高，我看不清他穿的衣服，因为外面套着皮围裙还有长长的齐肘皮手套。围裙和手套上面有一些深色污渍，有的污渍的颜色更深一些。有黑棕色的，还有很多红棕色的。我看得出来那些污渍是血渍干了之后留下的。

我能从他身上闻出味道，闻出以前的鲜血和死亡的味道。”

“他的脸，托瓦尔，给我描述他的脸。”

托瓦尔又开始颤抖，这次更厉害了。一滴眼泪从他的脸颊上滑落。等他开口之后，害怕的声音非常微弱。“他的脸……他的脸是魔鬼的脸。上帝，救救我吧！求求你，救救我吧！”

“他的脸到底长什么样子！”斯莫莱克厉声喝道。

“我说过了！就是魔鬼的脸！一张深灰色的长脸，可怕的满嘴尖牙。头上长了两个黑色的尖角。就像德国人圣诞节戴的面具。”

“节日面具？”

“是的，”托瓦尔说道，“就像克朗普斯[1]。”

“这么说他戴着面具？”

“面具？”托瓦尔皱皱眉头，“我不知道，也许是面具。但我认为那就是他的脸。”

“接下来呢？”

“我惊呆了，我太害怕了，我想喊出来。我拼命叫喊，但什么也喊不出来。我想逃，却无法动弹。然后他扑了过来。他从阴影里走了出来，但那些阴影好像跟着他在动。他从皮围裙下面抽出一把刀：一把大长刀，好像是屠宰动物用的。他向我走过来，一把抓住我的喉咙。隔着皮手套，我能感觉到他很强壮。他的手指又硬又长，好像全都是骨头。他把我紧紧勒住，我都无法呼吸了。好不容易吸了口气，闻到的是

1 传说中长着尖角的魔鬼，圣诞节前会带走不听话的小孩。

鲜血和死亡——就是他的皮围裙与长手套的味道。他盯着我看——看进我的身体，看进我的大脑。他就那样盯着我，只盯着我。”托瓦尔说不下去了，可怕的记忆折磨着他，过了一会儿他才回过神来，手铐依然在他瘦弱的手腕上叮当作响。

“他拿着刀，刀尖抵在我的脸上，戳到我眼睛下面的眼皮。我感觉眼睛里面出血了，就像有眼泪一样。他说也许他会把我的眼睛拿走做个纪念，还说他收藏这类东西。”

“然后呢？”

“他让我跟他走。他说留着我的眼睛是因为他想让我的眼睛看到一些东西，并且永远记住。还说要让我做个见证。他和我说我们要去做一件事情——他做，我只负责看。我们上楼进了卧室，那个女人睡在那里。”

“你就这样跟他上去了？”

“你不会明白的。”

“事实上，托瓦尔，我很明白。告诉我接下来的事情。”

“你知道接下来的事情！你看到了！你看到了他对那个女人干了些什么！”他的头耷拉在肩膀上，跟随着抽泣一道起伏。

“这么说这个戴着魔鬼面具的人是凶手，而不是你了？”斯莫莱克问道，“尽管你承认偷了玛利亚·莱曼的钥匙，并且用它进入了她住的公寓，然而并没有任何证据表明这里还有另一个人。我们只发现了你的指纹，没有其他人的。”

“手套。他让我脱了手套。他让我摸了很多地方。他让我摸了她。他让我站在床边。”

“这个女人——玛利亚·莱曼——这个时候还活着吗？”

“她在睡觉。”

“接着说。”

“本葛靠了过来，在我的耳边说了几句话，全是可怕的事情。”

“什么事情？”

“他和我说那个女人只是个贱货。这是个德语词，非常不好的词，你知道这个词的意思吗？”

“我知道这个德语词是什么意思。”

“他说她是个贱货，所有的这些都是她活该。他告诉我准备在她身上做的事，而我只要看着就行了。他说我会看到如何取出活着的灵魂，这是他的原话，要我看着灵魂被取出时人的眼睛。他要我用鼻子、用嘴巴、用手去感受一个人被切开、取出所有器官是什么感觉。”

“他为什么要这么做？他跟你讲过吗？”

“他说杀了她之后让她做仆人。”

“什么意思？”

“他说就像没有人永远活着一样，也没有人永远死去。生死是不断的轮回。但是他说人死后会去一个地方——他说这个地方是两次生之间的阴暗之地。人在那里待的时间更长。他说他在收集奴隶——在那儿为他服务的灵魂。”

“你没有做任何事情去阻止他？”

托瓦尔十分恐惧，抽泣得更厉害了，肩膀上下起伏。“我试过了，你一定要相信我，我试过了。我再三祈求他不要这么做。他说我可以救她的命——他会放了她，让她继续活着。而我却要替她去死。他说他会干净利落地杀了我，不会在我死后折磨我的尸体。他说我的命毫无价值，但是如果我为那个女人而死，我的命还算有点意义。”

“但是你没有这么做。”

托瓦尔继续哭泣。“我做不到。我吓坏了，我不想死。然后他就让我看着。他说我生命的价值就在于看着他做事。”

“你本可以阻止他的。至少你应该尝试。你可以跑出去按响警报器。”

“我做不到，我完全做不到啊。你不会明白的——我非常无助。他对我用了魔力，我好像瘫痪了。他让我站在那里看。他说留着我的眼睛只有一个原因：让我做见证人。他说如果我看着其他地方或者闭上眼睛，就把我的眼皮割下来。”

“所以你就看了？”

“是他让我看的！”托瓦尔快要歇斯底里了，“上帝，救救我吧。是本葛让我看的！是魔鬼让我看的！”

第十五章

维克多知道精神病就像建筑物，有不同的风格。

所谓“巨大的痛苦”有无数种呈现方式。如果心灵受了伤，潜意识里会立刻抛出脚手架，帮我们慢慢搭出承重墙和外墙。这样的心理自我防御足够坚固，每个人或多或少都有一点。心理自我防御给我们提供坚实的支撑和保护，帮助我们应付精神和心理的创伤。

而另外一种心理防御则会变得怪诞，造成严重的心理畸形。有时甚至能慢慢搭出巨大的黑暗宫殿，让你的心理完全失控：巨大的宫殿观景台遮盖了一切并改变了每个方向的景色。

而这样的建筑，关在奥卢城堡的每个病人心里面都有。“六大魔王”所患的精神病各不相同，但是都与某种心理畸形有关，有些畸形产生的原因更加复杂，但都非常严重。

每个人在病历上都有个绰号。在见了“食草动物”之后，罗曼内克教授向科萨雷克医生介绍了剩下的五个病人。

“伐木工”的真名叫作帕维尔·泽莱尼，西里西亚人，他的职业就是伐木工人，但他用工作时用的斧子犯下了残忍的罪行。

罗曼内克提醒他泽莱尼的暴力行为无法预测，他们在两个警卫的陪同下走进了病房。

下一个病人比较听话。里奥斯·穆拉德克的绰号是“小丑”，他身形单薄，像个天真的孩子，很温和，看不出恶意。以前他是一家马戏团的小丑，事业有成，在各地巡回演出。去过的地方有捷克、匈牙利、奥地利、德国南部和波兰。

第四个病人是多米尼克·巴托斯教授，绰号“通灵师”。他是个著名科学家，在量子物理学领域做出过开创性的研究。巴托斯的超强智力在抽象晦涩的知识里迷失了，结果产生了无法克服的幻觉：他认为自己能和死人交流。

“玻璃收藏家”名叫迈克尔·麦克哈克，他是个极端自我主义者。他对波希米亚玻璃的研究非常有名，喜欢玻璃几乎达到了无可救药的痴迷地步。

和每个病人的见面都很简短，他们虽然没有说话，但是还算顺从。介绍最后一个病人的时候，罗曼内克特别交代要当心。“六大魔王”的最后一人：沃伊捷赫·斯卡拉。

绰号“鬼畜”。

斯卡拉有自己的病房——第六号套房，位于病区最里面，在加固的病房房门和主厅的后面。

“一开始他在隔离间，”进入斯卡拉的病房前罗曼内克解释道，“他的精神病最严重，还能传染，所以要尽可能把他和其他病人隔开。”

维克多点点头。他知道斯卡拉的信仰和最虔诚的牧师一样坚定。但是他的信仰源自纯粹的邪恶。他认为邪恶是宇宙之中最强大的力量，而且犯下的残忍行为极具想象力，手段极其恐怖。

斯卡拉的精神病在六个人当中最严重，也最阴暗。正是因为这个原因，对第六号套房的魔王，维克多寄予了最大的希望，他期盼能找到深藏在斯卡拉潜意识里的病因。

“心魔”。

“你准备好了吗？”罗曼内克教授站在病房走廊上问道。

“准备好了。”

维克多不假思索的回答让他不太满意，他把手放在维克多的胳膊上说道：“斯卡拉不是天才，但是他进入你的大脑的方式独一无二。一旦让他成功，你很难将他从你的大脑中赶出去。所有关在这里的暴力杀人犯当中，斯卡拉是最危险的。所以我再问你一遍：你准备好了吗？”

“是的，罗曼内克教授，我准备好了。”

这是一种最不科学的感觉，维克多暗自责备自己。作为精神病医生，他知道没有邪恶这回事。在短暂的行医生涯里，他已经接触过各种病人：心灵受伤的，心理扭曲的，性情残忍的，毫无同情心的。但是邪恶是一种社会构建，这种说法也已经很古老了。然而，当他和斯卡拉面对面的时候，维克多不由自主地产生了一种印象，这个房间里住的不仅是个精神病人，还是一个极其邪恶的人。

在他们过来之前，斯卡拉已经事先被绑好了。他是个大个子，和维克多一样满头黑发，整个人看上去魁梧，结实，残忍。看到他们进来的时候，斯卡拉宽大的眉骨下面那双小眼睛闪烁着恶意。

尽管绑他的椅子是医院里新添的设备，但是怎么看都显得和这里的风格不太协调，就像是个中世纪的刑具。椅子是用坚固的橡木雕琢而成的，金属绑带和皮扣用螺母固定在木头上面。椅子下面装上了箍着橡胶的小轮子，可以推着在石板地面上移动。斯卡拉的脚踝被绑在搁脚板上，胸前是一个用滑动螺栓固定的宽大的金属绑带，给人一种奇怪的感觉，仿佛是骑士身披的护胸铠甲。他的双手被手铐固定在扶手上，额头上是一条垫了填充物的绑带，上肢被几条坚固的皮带固定着，全身上下都无法动弹。

罗曼内克向他介绍了维克多，并请他向病人简要介绍了他主张的治疗方法。整个过程中，斯卡拉坐着一动不动，一双小眼睛不怀好意地紧盯着年轻的维克多。

“你有什么要问的吗？”维克多说完后问道。

“你知道我做过的事情吗？”斯卡拉的声音很轻，却有点儿尖。这和他的外表形成尖锐的反差，让维克多更加不安。

“我熟悉你的病历里面的每一处细节，斯卡拉。”

“那么你觉得我疯了吗？”

“我觉得你只是精神失常。我想搞清楚原因。”

“我强奸，施虐，肢解……男人，女人，小孩，婴儿，动物。我研究过有知觉的人对恐惧和痛苦的感觉。我割下他们的脸，当成面具戴在自己的脸上，这样我就能看到他们看到的，他们也能看到我看到的。我向他们展示最真实、最纯粹的邪恶。”斯卡拉歹毒地笑了起来，“这样的我，科萨雷克医生，你仅仅说成是‘精神失常’？”

“那么你说是什么呢？”

“我的信仰。我的宗教。我对全能的邪恶的执念。”

“不管你觉得是什么，”维克多说道，“也仅仅是一种精神病。我想找到病因，然后帮你治好它。我期待能和你一起工作。”

斯卡拉坐在绑椅上，宽大的身体无法动弹，他的脸也无法动弹，但是可以看出不屑一顾的表情。

“你长得真好看啊，科萨雷克医生。”两人准备离开的时候他说道。维克多没有理他。

“我敢肯定，他们一定再三警告过你，”斯卡拉说道，“要你时刻小心。但关键是，你要时刻走运。如果让我走运了，我会抓住机会。我也很期待和你一起工作，因为我会利用我的第一次机会把你那张英俊的脸从头盖骨上切下来戴在我的脸上。然后大家都会说我长得真好看。”他放声大笑，“难道不值得试试吗？”

第十六章

“如果我能给你什么建议的话，”走出病房区的时候罗曼内克说道，“有时间最好到城堡外面走走。在这儿散散步，风景还是很不错的。山下的村子有家客栈，休息日你还可以去布拉格，离这里很近的。”

“我没怎么想过安排空余时间。”

“你应该好好想一想了。在普通精神病院，各种病情就像光谱分布图：常态与非常态共存。在我们这儿，嗯……”他思索着合适的表达，“我们这儿的病情都位于光谱的极端，强度也最高。你将会发现有些病人智力超群，能够把不合理的事情进行合理的解释。他们几乎能说服你其实你自己看待世界的眼光是错误的。虽然他们对存在的真相有些独特的见解，但是真有可能会用妄言说服你。请你相信我，不要整天待在这个地方才是个好主意——你需要经常和外面真实的世界以及精神正常的人接触。”

“我相信我足够理智。”

“我和你说的是我自己的经历，”罗曼内克打断了他，非常坦诚地说道，“很多年以前，有一个病人就说服了我。我跟着她的指引走上了一条又一条歧路，直到暂时迷失了方向。我开始质疑很多事情的真相。”

“然后呢？”

“我被调离岗位好几个星期。当不再和她接触之后，魔咒才被打破。我也明白了自己被蛊惑是因为她的疯狂比我的理智更层次分明，更有说服力，更让人信服。”

“她是这儿的病人？”维克多问道。他满腹狐疑地看着罗曼内克。

“现在不是了。她死了很长时间了。肺结核。不管怎么样，记住我的教训：仔细检查病人编织的网，但不要靠得太近，以免自己掉进去。花些时间和正常人一起享受生活。你有女朋友吗？”

“现在没有。以前……”维克多想起过往。

“没事，那就找一个。”罗曼内克开心地笑了，恢复了惯有的好脾气。他拍着维克多的背说道：“享受生活。”

和其他办公用房一样，除了墙壁上弯弯曲曲的电线管和供热管，分配给维克多的办公室也保持着城堡当初的样子。这是个大房间，半米厚的石墙上有两扇窗户。休息间的窗户看到的景色很不错，能看到外面的山谷，通往村庄的蜿蜒的公路，远方块块农田拼缀的乡村风光。办公室的窗户却只能看到一块丑陋的巨石，它在城堡的后面，就像驼子的驼背。维克多站在窗边想起在火车上遇到的考古学家彼得逊，他说过城堡建在洞穴网的上面。维克多想象着这些阴暗潮湿的洞穴就藏在冰冷的黑色巨石之中，里面弥漫着一个遥远地方的古老气味。

“我拿了些东西给你。”

维克多从窗前转过身，看见布罗乔娃站在他的身后，手上拿着一个装满办公用品的盒子。

“对不起，没想打扰你。”她笑着说道。维克多觉得这次的笑容更友善。“景色不怎么样，对吧？”

“你说什么？哦，不，我想是的。这个，我来拿。”他拿过盒子放在办公桌上，用手指了指办公室四周，“我必须承认这儿比我想象的要漂亮很多。”

“你和这里很配，”她说道，“你拥有——”她想了想，“贵族的外貌。不管怎样，只要有需要我的事情，请和我说。我马上带你去设备间挑一个录音设备和你治疗病人需要的其他东西。”

“谢谢你，布罗乔娃小姐。”

她没有马上就走的意思。“科萨雷克医生，我能问问为什么你能得到这份工作吗？”

“罗曼内克教授看了我关于‘心魔’理论的文章。事实上，面试的时候主要聊的就是这个。”

“我也看了，”她说，“你相信魔鬼的存在，是吗？”她的语气既没有嘲讽，也不是很认真，搞得维克多措手不及。

“事实上我是相信的。我认为魔鬼是所有黑暗和邪恶的起源，也是人们患上精神病和行为充满暴力的原因。但是我相信的魔鬼不是超自然的存在：他是我们每个人内心的一种自然力量，在暴力的精神病人心里他就是活着的存在。而且因为魔鬼躲藏在本我的阴暗处，他的存在常常是被否认的。这也是为什么很多精神病人不记得他们做过的暴力行为。”维克多再次用手指了指办公室四周，“这就是我来这儿工作的原因。我相信我知道魔鬼的藏身之处，我已经找到了方法能找到他并让他受缚。”

“你认为每个人都有‘心魔’？”

“是的。我和荣格博士一样，都相信宗教、神话、迷信源自一些共同的原型。我们每个人内心都有，却不承认，然而我们的好梦和噩梦都与之有关，我们的本能和创造力也与之有关。所有的共同原型在我们的文化中都有展现形式，也展现在我们讲的故事里面，比如说关于魔鬼的故事。魔鬼并不是真实的存在，他只是讲故事时的一个普通素材而已。他隐藏在我们每个人的内心。”

“你想在病人身上用药物辅助的催眠治疗法把他抓出来？”

“你说得没错，我相信通过麻醉治疗法可以找出‘心魔’。使用镇静剂能让我跳过病人的自我直接进入潜意识的深处。一旦到了那里，我就能够引导病人直面自己的‘心魔’，然后把他除掉。或者至少把他关起来。这就是暴力精神病人的解药。我把它称为心理外科手术，不知道你是否接受这个说法。”布罗乔娃面无表情地看着他，很显然她在思考刚才这番话。

“也许最好的方法是，”她最后说道，“就让魔鬼待在他的藏身之处。”

第十七章

“你有时间吗?”斯莫莱克队长站在法医的办公室门口，庞大的身躯几乎塞满了整个大门。与他的身材形成鲜明对比的矮胖的巴托斯医生，身穿一件皱巴巴的深色西服，正坐在办公桌前抽烟。巴托斯的衣着与他办公桌的反差实在太大，斯莫莱克暗自吃了一惊。瓦茨拉夫·巴托斯身上的衣服看上去好像睡觉时都没有脱下，衣领上隐约可见掉落的烟灰，而他的办公桌则井井有条，各种文件堆放得整整齐齐，钢笔、记事本、便笺簿全都摆放得很认真。斯莫莱克暗想应该是整齐的办公桌，而不是凌乱的衣着，才能反映出医生头脑清晰。

巴托斯正在俯身查看文件，看见斯莫莱克后，他坐直了身体，笑着说道:“欢迎你来打扰。能为你做些什么?”

“我知道你不是精神病医生，”斯莫莱克坐在一把椅子上，婉拒了他递来的香烟，“你知道我们捉到了一个‘皮围裙’系列谋杀案的嫌疑人吗?”

“知道。”巴托斯斜靠在椅子上，摊开双手说道。

斯莫莱克把托瓦尔的供述大概说了一遍：这些内容已经被一名下属当作正式供词记录在案。他告诉巴托斯托瓦尔的供述：所谓吉卜赛的魔鬼，一个戴着魔鬼面具的影子，以及托瓦尔在穿着皮围裙的邪灵面前失去了行动能力。说完之后，他也顺便表达了自己的看法。

巴托斯坐着抽烟，一言不发。在他看来，这些事情是有密切联系的。

“我认为你很有可能是对的，”终于他开口说道，“你们抓了好几个月的‘皮围裙’，然而他饶了托瓦尔的小命只是为了让他做个见证人就放他走了，我觉得非常不可思议。和你一样，我认为这个‘本葛’魔鬼，是精神错乱的嫌疑人编出来的，目的是为了逃避这些恐怖罪行的惩罚。”

“我想可能是其他人干的，”斯莫莱克说道，“他说本葛把偷钥匙的方法放进了他的脑袋，但我认为这不太可能。”他深思熟虑了一番之后说道：“想来想去，我肯定这次遇到了一个人格分裂的凶手。”

巴托斯皱皱眉头。“看来抓到了嫌疑人不太让你高兴。”

“这种心理犯罪的案件最难向陪审团说清楚了。他们全都听得云里雾里。”

“这案子要是能走到上刑事法庭这一步我倒会觉得意外。托瓦尔应该是被送进精神病院。但是如果你需要他有人格分裂的证据，我建议你联系奥卢城堡的安德烈·罗曼内克教授。他是这方面的权威。”

斯莫莱克点点头。在审讯的时候他意识到托瓦尔已经疯了。他心里隐藏着可怕的杀人秘密。从来就没有什么神秘人告诉他偷窃方法，也没有戴着面具的吉卜赛魔鬼。他说出这些事情只是因为他撒谎成性罢了。

这些罪行太邪恶、太恐怖，正常人根本无法应付，只能编出另一个人。

“谢谢你，巴托斯医生。谢谢你付出的时间。”

“为什么你要专门来问问我的看法呢？”巴托斯问道。

“因为你是学医的。还因为你之前提供的看法。”

“不是因为你觉得我可能会有个人看法吗？”

“我知道……”斯莫莱克知道他的意思，“没有，巴托斯医生，我来找你并不是因为你弟弟的事情。”

巴托斯点点头。

“再次感谢，巴托斯医生。”斯莫莱克转身告辞，巴托斯继续查看文件。在走廊上回办公室的时候，他想了想自己来找巴托斯到底是否和他家里发生的事情有关。突然他意识到巴托斯建议他联系奥卢城堡的精神病院不太正常。

毕竟，巴托斯的弟弟正关在那里。

第二部分

“小丑”与“食草动物”

第一章

第一个星期，维克多的时间主要用在熟悉病历上。他和布罗乔娃又见了一面，她的态度比第一次见面时好多了。

按照她的建议，见面地点在一间闲置的病房改成的设备间。整体而言，这里的房间和其他地方的房间没什么不同，只有些许的差别。因为房间的设计不同，这里更亮堂一些，看到的景色也让人愉悦，向外看去，可以俯视山谷里的片片深绿色树林和山下村庄一座座民舍的白墙红瓦。远方，波希米亚中部地区仿佛一张美丽的挂毯，田野和森林掩映在一片绿色之中，像绿宝石，像翡翠，像四季常青的月桂树。这番景色和维克多的办公室窗户外面的景色形成了鲜明的对比。

尽管光线明亮，景色宜人，这里还是让维克多心神不宁，不知何故，他又一次感觉到自己被封闭在了城堡里面。

“你也感觉到了？”布罗乔娃仿佛看懂了维克多的想法，“这儿让我直起鸡皮疙瘩。我很不喜欢晚上到这儿来拿办公用品。”

维克多点点头。“是很奇怪。这里的确比其他病房景色更好，但是我也不知道为什么，我的感觉很不好。这儿以前住过病人吗？”

“罗曼内克教授最初打算用它隔离严重的发病病人。你知道的，他们会大嚷，大喊，大叫。其他病房或多或少都有隔音功能，六个病人彼此相隔得也比较远，但是你也知道有些病人发病时拼了命地想让别人听到自己的吼叫。”她皱了皱眉头说道，“这是最奇怪的事情——你知道吗，疯狂的思想和幻想就像病毒一样会传染。罗曼内克教授特别担心这里发生这样的事情。”

“所以这儿就被用作精神病隔离……”维克多点点头。虽然他并不完全同意罗曼内克的理论，但是这套理论的主要观点他能够理解：精神病会破坏病人的心理免疫系统，更容易感染上妄想症。“我看到过类似的病例。不多，但是有几个。主要是感应性精神病。有一个病例是拉赛格-法雷特综合征或者叫作家族精神病。但我还是觉得传染性的精神病太罕见了。”

“我不同意，”布罗乔娃说道，她的心情突然变差了，“我不知道家族精神病，但是我看到身边太多的感应性精神病。如果你想看一个真实的集体精神病病例，只需要看看德国人的所作所为。如果那都不算传染性精神病，我不知道还能叫作什么。我们这儿的两个医生，普拉特纳和卡拉克，好像已经被传染了。”

“有人认为共产主义是治病的疫苗。”

布罗乔娃轻蔑地笑了笑。“我很抱歉——你是共产主义者吗？你看上去像个贵族，不可能是共产主义者。”

“我不是。但我是社会主义者。除此之外，我对政治毫不关心，可这年头，谁也不能毫不关心政治。”他想了想，“不管怎样，这儿为什么被用作设备间了？”

“这儿几乎没隔离过病人。只有一个人曾被关在这里：迷人的斯卡拉先生。毫无疑问，你已经有幸见过他了。”

“‘鬼畜’？是的，见面时间不长。”

“他被关进来的时候，连续咆哮了好几个小时，像个发狂的布道者大肆宣扬魔鬼的荣光随处可见。他不停地咆哮，说整个世界就要彻底改变了，一个荒凉、到处是垃圾的世界就要出现了，还有我们所有人都要戴上猛兽面具。一派胡言。除非垃圾留着卓别林的小胡子，猛兽的面具是万字符。”布罗乔娃耸耸肩，“斯卡拉现在仍然被隔离在自己的病房里面。罗曼内克教授让他定期服用镇静剂，但是他仍被视为这里最危险的病人。如果你想想其他人，这个评价不无道理。”

“我知道，”维克多郁闷地说道，“他说会把我的脸割下来戴在他的脸上。”

“果然不愧为迷人的斯卡拉。”

“你和他有过接触吗？”

布罗乔娃摇摇头。“我的工作有一个奇怪的规定，我只能通过抄写病人的病历了解他们，但不能和他们见面。非医疗人员和他们接触太危险了。不幸的是，我是非医疗人员。”

维克多非常想问她到底是什么不幸的事情让她未能完成学业。但是现在她仅仅是对他解除了一点点防备，他并不想让两人越来越融洽的关系戛然而止。

“也许这样你对他们的看法才能客观，”他说，“这是距离带来的好处。”

“他们的过去就像小说，恐怖小说，让我夜不能寐，但也仅仅是看过的小说而已。也许这就是我不喜欢来这里的原因。”她指了指房间四周，“我觉得在这儿，我的感觉比看小说真实多了。好了，我们来这里是看看你需要什么设备。你在哪里进行治疗工作呢？”

“主塔楼下面有一个房间——唯一一间整修过的塔楼病房。”维克多说道。

“那里也是塔楼里唯一一间你能进去的房间。没人见过其他房间的入口。也许有一天我会和你讲讲这个故事。”她可爱地笑着说道。

“故事？”

“中世纪的神秘事件和魔鬼崇拜。说来话长了。”

“我知道，”维克多说道，“城堡的历史我也听说过一些。也许以后你能给我补全。教授和我说塔楼的病房是一个完美的研究场所。它离病区的厢房很近，可以很快地安全转移病人，而且如果紧急需要警卫的时候，只要按下电子警铃系统的按钮。”

“那里需要录音设备。你已经见过了吗？”她带着维克多来到摆放了三个镶着金属边框的深色大箱子的地方，“这些是K1型磁带录音机。我会安排警卫送一台去塔楼。”

“我知道罗曼内克教授和普拉特纳医生都是积极的科技提倡者，但是这些磁带录音机真的那么好用吗？”

“音质没那么好，但是足够让你搞研究了，前提是你要把麦克风放在你和病人中间。罗曼内克教授使用了一台，录音内容我几乎每个字都能听清楚然后抄写下来。唯一的问题是你必须和病人保持足够近的距离，这个距离比你想象的还要近。”

“这不是问题，”维克多说道，“他们都会服用镇静剂，而且绑在椅子上。”

“好吧，”布罗乔娃想了想说道，她把白皙纤细的手放在一个箱子上，“我得说它们比黑胶录音机更好，但是比不了线圈录音机，当然，这只是我的个人看法。如果你喜欢这两种型号，这里还有好几台。”

“不必了，”维克多笑着说，“我不希望教授认为我是个反对技术进步的人。我很想给他留一个好印象。”

“你喜欢罗曼内克教授，是吗？”布罗乔娃笑着问道。

“他关心病人。他把病人犯下的所有罪恶行为都看成一种病，而不是因为他们天性残忍。”

“你也这么认为吗？”

“是的。就像我们的身体会生病一样，我们的精神也可能会生病。所有人都会的，程度或轻或重，时间也说不准。我相信精神病治疗最终会面对这个事实。也许是逐渐面对吧。罗曼内克教授和你说过我的观点吗？”

“没有。父亲告诉我说你是他最出色的学生之一，而且非常关心病人。另外，他要我向你转达他最美好的祝愿。”

“你父亲对我的影响和荣格博士的影响一样大，我说的是真心话。想起他，我有不少美好的回忆。”维克多笑着说道。一阵尴尬的沉默，随即他意识到自己一直在盯着布罗乔娃，陶醉在她身上的每一处细节里：深黑色的眼睛，丰满的嘴唇，无瑕的肌肤。“反正……”他尴尬地说道。

“我会叫人来搬东西的。”布罗乔娃说道，然后他们一起收拾维克多用得着的东西。一个警卫把录音设备搬到了塔楼，等一切收拾妥当之后，维克多向布罗乔娃表示感谢，她也准备要走了。

“布罗乔娃小姐……”她走到门口的时候维克多喊道。于是她转过身。

“山下村子里有间咖啡馆，”他说，“不算高级，但是我想能不能改天请你到那儿喝喝咖啡。你可以和我讲讲城堡的黑暗历史。”他为自己的笨嘴笨舌感到恼火。

布罗乔娃一动不动地站在门口，时间仿佛静止了，她睁大了眼睛打量着维克多，表情难以捉摸。

“我想我会乐意的，”终于她笑着说道，“这个周末我放一天假……”

维克多点点头。等布罗乔娃走了之后房间里只剩下他一个人的时候，开心的笑容浮现在他那张俊俏的脸庞上。

第二章

三天后，维克多开始了自己的第一次麻醉精神治疗研究。他选择的是所有人公认的最听话、最不具攻击性的病人。

绰号“小丑”的里奥斯·穆拉德克。

所有的设备安装就绪之后，维克多渐渐适应了分配给他从事治疗研究的房间，但是他第一次走进这里的时候，就隐约感觉到自己出现了幽闭恐惧症的恐慌，仿佛城堡又一次把他关在了里面。

这里位于城堡主塔楼的下方，房间是圆形的，天花板很高，进入房间的路不是台阶，而是一条坡道，坡道始于病区，陡峭地通往下层楼的一扇门。维克多猜测这里最初应该是谷仓或者存放食物的地方，它的弧形墙壁厚达两米，没有窗户，这样冬天与夏天都可以维持一个理想的常温。通往楼上的坡道可能是为了把储放在这里的食物方便地运到食堂。

用铁板加固的橡木大门和厚厚的墙壁让这里的隔音效果很好。罗曼内克教授得知维克多坚持独自一人对病人做研究之后，强烈要求在这里安装了警报按钮，门外留一个执勤的警卫。

“不管有没有使用镇静剂，”罗曼内克强烈建议道，“这里关的是中欧最危险的精神病人。我需要做好每一项预防工作。”

房间中央是维克多的办公桌椅和一张组合的倾斜式检查床。检查床的三个可调节部位与扶手上都包了有内衬物的皮革，手腕绑带和脚踝绑带上也同样如此。罗曼内克教授叮嘱的另一件事是即使用了镇静剂，病人也必须一直绑着。

为了能让麻醉治疗研究顺利进行，房间的照明需要调暗，这有助于让病人进入一种诱发的朦胧状态。因此维克多在办公桌上放置了一盏万向灯，地面上也放了一盏，灯光照在墙上能缓和房间里冷淡与无情的气氛。

“小丑”里奥斯·穆拉德克是个矮小的瘦子，他的头与身体相比显得过大，淡蓝色的眼睛与头相比显得更大。这种不成比例的长相让他看上去年龄要小一些：更像个男孩或者年轻人而不是三十四五岁的中年人。他留着短发，黑色的，涂过发油，中分的发型在头上留下一道鲜明的发际分界线，给人一种仿佛头发是画上去的印象。他面色苍白，白得好像一张等待油彩的空白帆布画纸。在维克多的眼中，穆拉德克不需要化装就已经差不多像个小丑了。

“没什么好担心的，里奥斯，我们只是聊聊。”维克多打开一个不锈钢盒子，里面放着注射器和两个玻璃药水瓶，每个瓶子都套着橡胶瓶盖。“我给你注射是为了让你放松，帮你更清楚地想起一些事情。”维克多拿起注射器，针头刺破了橡胶瓶盖吸进黏稠的药水。他拿着注射器走向被绑好的病人，

"我保证你会快乐和轻松。请你相信我。"

"但是我不需要治疗。"穆拉德克的语气中带着绝望,"我没有疯。我和每个人说过。我什么也没做。关在这儿的人应该是托伊费尔。是托伊费尔,他扮的哈乐奎[1],全部都是他干的……"

维克多毫不费劲地找到了动脉——病人前臂几乎透明的皮肤下面那根蓝色血管。尽管穆拉德克还在拼命争辩,维克多已将针头缓缓插了进去。他向警卫示意让他离开房间。

等待药水发挥作用的时间里,维克多观察着他的病人。很快,病人将会完全进入自己的意识,在自我的不同层面挣扎。他不再想挣脱绑带,抗拒正在从他瘦小的身材、微弱的声音、睁大的眼睛中消失。正如维克多希望的那样,"小丑"没有失去意识,也没有特别嗜睡的症状,仿佛只有恐惧与焦虑从他的身上不见了。维克多咔嗒一声打开了录音机表盘上的按钮,拉绒的金属线轴开始转动。

"你是里奥斯·穆拉德克吗?"维克多问道。

穆拉德克缓缓地点点头,一双大眼睛空洞地看着维克多。

"请大声回答我的问题,这样才能录清楚。你是里奥斯·穆拉德克吗?"维克多的声音很小,也很放松。他知道东莨菪碱[2]开始瓦解穆拉德克的意志,削弱他自主控制思想的能力。

"我是里奥斯·穆拉德克。"

"你靠什么谋生?"

---

1 西方喜剧表演中常见的小丑角色之一。

2 镇静剂的主要成分。

“我是小丑。扮的是皮埃罗[1]。我让观众难过，我让观众快乐。”

“你扮过哈乐奎吗？”维克多问道。

“不，我从没扮过哈乐奎。只扮皮埃罗。”

“你从没扮过哈乐奎吗？”

“我从没扮过哈乐奎。”

维克多在笔记本上记了下来。“你知道你在哪儿吗？”

“我在精神病院，”穆拉德克说道，毫无痛苦和愤怒，“和疯子关在一起。”

“你是疯子吗？”

“我不是。”

过了一会儿，维克多说道：“里奥斯，我希望你把自己想象成一片大海。一片辽阔的深海。我希望你想象我们两个人漂浮在那片海上。你明白了吗？”

“一片海。”

“海水很深，非常非常的深，但是很平静。我需要你想象在我们的身下，大海里有你的生活中出现过的各种各样的东西，各种各样的记忆，各种各样的事情。而畅游其中的是各种各样的你：小丑里奥斯，朋友里奥斯，情人里奥斯，小孩里奥斯。你可以这样想象吗？你能明白我的意思吗？”

“一片深海。”

“我们现在所在的地方，你知道你自己现在所在的地方，这座城堡，是大海的海面。我希望你能离开海面潜入水下，

1　表情悲伤、白脸尖帽的小丑角色。

进入你的记忆深处。我希望你能找到最初的那个时刻，最初的那件事，把你送到这里来的那件事，你的故事的开端。你能找到吗？”

短暂的停顿之后，穆拉德克闭上双眼。“我找到了。”

“很好，里奥斯。什么事情让你来到了这里？”

“是他来的时候。”

“谁来的时候？”

“魔鬼。是魔鬼来的那一天。那天曼弗雷德·托伊费尔来到马戏团。”

第三章

“大多数人想起小丑的时候，想到的是他们滑稽的表演和假发。”里奥斯·穆拉德克躺在人工营造出的灯光昏暗的房间，进入了同样人工营造出的朦胧的意识状态，因为药物的作用，他说话的声音很轻，没有明显的情绪。“那不是我。皮埃罗是即兴喜剧表演的一个角色。马戏团曾经是人们最爱去的地方。扮演皮埃罗意味着你是一名演员，而不仅仅是一个丑角，你要拥有即兴表演的技巧，能看懂观众的心思，引导他们的情绪。这不是一份工作，而是一个职业，一个伟大的传统。当我站在舞台上的时候，我不仅仅是在扮演皮埃罗，我变成了他，我就是他。”

“是什么让你变成了皮埃罗？”维克多问道。

“人们以为我来自一个马戏世家，血液里流淌着表演。不是那样的。是马戏团召唤了我——皮埃罗召唤了我。

“我出生在一个还算富裕的农村家庭。父亲是都德勒布斯克的乡村医生，母亲这辈子最大的成就也许就是嫁给了一名乡村医生。这种家庭背景再无聊不过了，和所有的中产阶级家庭一样无聊。从我不再睡婴儿床的那刻起我就注定要学医。我想问，什么样的父母会希望他们的孩子如此平庸?”

“医生是一份重要的工作，里奥斯，”维克多说道，“医生对许多人而言都很重要，非常重要。我就是一名医生，我不觉得这份工作有多平庸。我希望我能改变你的人生。”

“我的父亲绝不是这样的医生，”穆拉德克说道，“他就是一个普通的乡村医生：治治骨折，敷药膏治疗喉头炎，缝合伤口，绑绑绷带之类的。比这些严重的病情，他压根儿看不了。无力医治的孩子他也接收，然后站在他们身边一筹莫展，偶尔给他们量量体温，专业地严肃地摇摇头，然后看着他们死去。这就是他的人生，他没有更多的期望，这样也很公平——但是他对我也没有更多的期望。他把我看作他生命的延续——我要学医，然后做和他相同的工作，等他退休的时候接他的班。也许他还打算让我的儿子接我的班，让平庸无聊地延续。但是我不可能那样做。我不可能束手无策地看着孩子们死去。孩子……

“我没有抗议。我是听话的小孩，稍大一点我是个听话的少年。我学习成绩优异，这似乎只能向父亲证明我适合学医，而且乖巧听话，缺乏想象力。”

“是什么改变了你的人生轨迹?”维克多问道。

尽管药物让他的眼神黯淡无光，听到这个问题后，穆拉德克的大眼睛里闪烁着一丝光芒。“马戏团。是马戏团。马戏团来到了我的村子。那年我十七岁，正好是狂欢节。就是当地的愚人节。这是战后的第一次狂欢节——战争期间没怎么举行过。更重要的是，这是我们摆脱了匈牙利的控制，建国后的第一个狂欢节。新国家的名字‘捷克斯洛伐克’很多人还说不习惯，听不习惯，每个人都充满了奥地利斯拉夫人的狂热——而我则是一个充满精力的少年。我们拥有了自己的国家，却觉得我们拥有了全世界。

“都德勒布斯克住着很多德国人和捷克人——也许德国人更多一些——我们村也不例外，但是好像他们，嗯，更加兴奋。德国人多意味着狂欢节要融入更多他们的风俗，刚开始总是先要进行面具游行。我记得那些面具，还有游行。我真的感觉他们能驱赶走当地所有的妖魔鬼怪。”

“什么样的面具？里奥斯。德国人的魔鬼面具吗？看上去像魔鬼的面具吗？”

“是的。”

“吓到你了吗？”

“我十七岁了。吓不到我。”

“面具对你而言很重要，是吗？”

穆拉德克皱起苍白的眉头。“什么意思？”

“你表演的时候戴着面具，是吗？”

“扮皮埃罗不需要面具……”

“但是扮哈乐奎需要。”维克多说道。

“我从没扮过哈乐奎。”

“但是扮皮埃罗也需要偶尔戴戴面具，是吗？黑色的面具。皮埃罗有时戴着黑色面具掩盖他的情绪，隐藏他的身份，是这样吗？”

“也许吧。有些传统表演里这样。但是我从来没有。哈乐奎戴着面具。”

“但是斯凯拉谟修，还有潘塔罗内、医生小丑都戴面具。面具是即兴喜剧表演的重要道具。”

“我从来不戴。而且我是一个人表演。”

“我知道了，”维克多说道，“这让我感到困惑。你看，和荣格心理学一样，即兴喜剧表演也是各种类型的小丑都有。要想演好皮埃罗，让他被观众理解，取决于和其他小丑的互动：哈乐奎、科隆比纳、斯凯拉谟修。你却说你是一个人表演。你说在曼弗雷德·托伊费尔来到马戏团之前没人扮过哈乐奎。怎么可能呢？怎么可能只有皮埃罗没有哈乐奎呢？”

“我的确和别人互动。我和观众互动，和孩子们互动。皮埃罗拥有孩子般的天真和顽皮。他自己就是个孩子——成人的外表，孩子的内心。永远的孩子。”

“好吧，”维克多停了停，“告诉我狂欢节的事情吧，告诉我马戏团来了之后的事情。”

“那年不同以往，”穆拉德克说道，“所有的游行、舞蹈、派对结束之后，马戏团来了：一个小马戏班子的演员们在最靠近村子的草地上支起一个帐篷。这是我第一次见到皮埃罗。他让村子里所有的孩子兴奋不已。如果你看过他们的一张张小脸蛋——他们好像被施了魔法一样的着迷。就在此时此刻，我知道这就是我想要做的事情，这就是我想要成为的人。”

“所以你就决定加入马戏团？你的父母反应如何？”

“我没有告诉他们。我本应该在接下来的一年去布拉格学医。我知道如果告诉他们，他们一定会想办法阻止我的。所以我告诉马戏团的人我的想法后，他们说我可以在他们离开的时候跟他们一起走。我的妹妹试图说服我不要这么做，但是我从没如此突然、完美、彻底地确定过一件事。我给她留下一封信带给父母。不是道歉信，没什么好道歉的。

“这就是我事业的开始。学到一些本领后我跳槽到了一个更大的马戏团，接着又去了一家还要大的。最终潘林内克马戏团接受了我。我成了最大的明星，他们最大的招牌。我们在欧洲巡演。我用了十多年的时间登上了职业生涯的巅峰，我的地位让他人望尘莫及。我很开心。非常非常开心。”即使服用了药物，穆拉德克的语气和表情也突然开始消沉，“然后他来了。曼弗雷德·托伊费尔。他扮哈乐奎。他一来，一切全都毁了。他从一开始就欺骗了每一个人，但是不包括我。我看穿了他的伪装，我知道他的真实身份。”

“魔鬼？”维克多问道。

“你不知道他为什么要扮哈乐奎吗？哈乐奎来自古法语，意思是魔鬼。托伊费尔在德语中意思也是魔鬼。他自称曼弗雷德·托伊费尔，他扮哈乐奎，但是没人能看出他就是魔鬼。除了我。”他心中的强烈情绪在药物的作用下又一次未能释放，“大家都佩服他的表演，大家都喜欢他。但是只有我能看出他的真实身份。他不是伟大的演员——而是伟大的蛊惑者。托伊费尔蛊惑他的观众，尤其是天真的孩子，因为那就是魔鬼的行径。他演出的时候按照传统会戴上哈乐奎的面具，但是面具下面的那张脸涂的却是皮埃罗——这么做是想故意羞辱我。但是他涂脸的方式是对皮埃罗的侮辱、颠覆、篡改。皮埃罗应该是白脸、红唇、黑线条，脸上画一滴眼泪。托伊费尔也都画了，但是画得乱七八糟，歪歪扭扭，丑陋不堪。

“他戴着两种颜色的长鼻子哈乐奎面具。这样没人能看到里面涂成了什么样子。他会不时走到舞台边缘，向观众倾过身子，然后说：‘来吧，亲爱的孩子们，凑近些，看仔细喽，亲爱的孩子们。让我来悄悄地告诉你们一个秘密。’等孩子们凑过去的时候，他会突然摘下面具，冲他们怪叫，孩子们都会害怕地大声尖叫。然后他戴上面具，走到舞台的另一边，故技重演。孩子们都会开心地急迫地聚在他的身边，期待着突然而来的恐惧。孩子们喜欢恐惧。这是孩子的天性：喜欢被人吓一跳。皮埃罗引发的是最美好、最温柔的情绪，而哈乐奎却激发最粗俗、最黑暗的情绪。

“他变成了最大的招牌，比我大。哈乐奎取代了皮埃罗。我们在中欧巡演——奥地利、匈牙利、南斯拉夫、波兰、德国。所到之处，我们的演出极受欢迎。每次表演，哈乐奎引出孩子们心中的黑暗，他在嘲笑皮埃罗，他打败了皮埃罗，羞辱了皮埃罗，他让皮埃罗沦为笑柄。

“我恨他。马戏团的所有人都和观众一样崇拜他，但是我能看穿他。我看出他是坏人，是魔鬼。只有我能看出在演出的时候他是多么喜欢吓到孩子，他是多么喜欢品味他们的恐惧。

“有消息说在我们上次演出的镇上有个小女孩失踪了。那是在波兰。在我们即将要过国境线的一个地方，警方在路上拦住了我们，搜查了我们所有的卡车和小汽车。他们没有特别怀疑我们当中的某个人，但是你知道人们对流动人口会本能地不信任。还有，我们离西里西亚很近，波兰人对七日战争和所有的捷克人依然心存芥蒂。我们都接受了询问，但是没人知道小女孩的事情。没人想起曾见过她，每次演出小孩子太多了，所以大家都不记得。即使是我，当时也没能想起太多。

“但是类似的事情再次发生，大约半年后吧，有两个小孩，一个男孩，一个女孩，在巴伐利亚失踪了。当时有人联系了马戏团要我们去演出，于是我们回头穿过国境线。但是我知道了——我知道是托伊费尔干的。我知道他喜欢品味孩子们的恐惧。”

“你和别人说过你怀疑是哈乐奎拐走了那些孩子吗？和马戏团的人？”

“他们不会信的。”穆拉德克想了想，然后不顾药物的作用，十分认真地说着话，这让维克多很是意外，“你要明白，魔鬼的本性是要伪装自己。魔鬼会进入所有人的生活，至少一次，时间不确定。每个人都会遭遇魔鬼，但是大多数人并不知道他已经来了。不管遇到多么不好的事情，他们会归咎于别人，或者认为自己中了邪。但结果没人再相信他们了，这就是魔鬼最强大的武器。

“我需要找到证据。我需要证明托伊费尔的真实身份。在俄斯特拉发——属于摩拉维亚的部分位于帕沃兹——演出的时候，我们在奥得河的下游支起帐篷。整整两个星期，帐篷里座无虚席。小朋友喜欢我们的演出，他们喜欢我，喜欢皮埃罗。但是托伊费尔的哈乐奎，常常会毁了我的演出。他总是做一些可怕的事情让观众分心。他们害怕地尖叫，然后请求他一遍又一遍地故技重演。有了哈乐奎，他们就彻底忘了我。

“有一个特别的小女孩，她好像很喜欢哈乐奎，几乎每场演出都来。第一次是和她妈妈一起来的，之后就自己一个人来了。我猜她一定住在我们的帐篷附近。她可能只有九岁或者十岁，是个忠实的马戏迷，长着一双西里西亚人的绿色眼睛，留着棕色鬈发。但是只要哈乐奎摘下面具，不管她之前已经看过多少遍，都会既开心又害怕地尖叫，一边兴奋地拍着小手。

“托伊费尔一般也会多留意她，给她的机会比别的孩子更多。但是她最后一次来看演出的那个夜晚，托伊费尔没有玩弄摘面具的把戏。那晚他始终在嘲弄和羞辱皮埃罗，嘲弄和羞辱我。然而我并不在乎，因为我知道他一定对那个可怜的孩子有什么企图，我很高兴他把注意力放在了我的身上，而不是那个孩子。

“但是他早就计划好了。我后来才发现在那个孩子看了几场戏之后，托伊费尔给了她一张通票，这样她什么时候都可以来看戏。

“不管怎样，那晚他冷落了那个孩子，我可以看到她的脸上写满了失望。但是当我和他一起表演的时候，我看见在哈乐奎的面具后面，他那张脸和平时一样，涂着歪曲的、丑陋的皮埃罗。

“突然，谁也没有料到，他走向了那个小女孩。我可以看出她非常兴奋，眼睛睁得大大的，放着光，显得十分激动。他摘下了面具。她尖叫起来，但是和过去不一样。我永远也不会忘记她的尖叫。这一次，她的恐惧没有掺杂别的情绪，就是原始的、纯粹的恐惧。我不知道她在那张面具下面看到了什么，但是她边跑边哭离开了帐篷，消失在夜色中。托伊费尔不声不响地重新戴上面具，接下来的演出都没有摘下，他转过身背对着我继续表演，好像什么都没发生过。

“但是我知道，我知道她就是下一个受害者。他选中了她：他要品味她的恐惧，而且他早就饥饿难耐。我知道哈乐奎要对她下手。我必须在他之前找到那个小女孩。我甚至都没来得及卸装，披上一件外套遮住演出服，戴上一顶帽子就冲出去找她了。”

“那么你做了……”

“我找到她的时候她躺在奥得河边的灌木丛里。但是已经晚了，”一滴眼泪滑过穆拉德克苍白的脸庞，“她躺在那里一动不动，支离破碎的身体上沾满了尘土。托伊费尔来过这里——哈乐奎在我之前找到了她。

“还有很多人也在寻找她，我刚到现场不久，他们就来了。看见我在她的尸体旁边，他们打了我，要不是警察及时赶到，我可能已经被他们打死了。他们说是我干的。他们不懂。他们说所有的孩子都是我杀的，说我是个妖怪。我想要解释，我想要他们明白曼弗雷德·托伊费尔才是真正的凶手。是魔鬼干的这一切。但是没人相信我的话，结果我被送进精神病院关了起来。”

“好的，里奥斯，”维克多说道，“今天的治疗就要结束了。我需要你回到海面上来。回到这里，回到现在。”他轻轻打开办公桌上的黄色文件夹，拿出一张印刷的纸质传单，抬头写着“潘林内克马戏团”。他拿着传单走向穆拉德克，把它放在他的面前。

“认识这个吗？里奥斯。”

“这是马戏团的传单。做广告用的。”

“没错。你能告诉我你在上面看到了什么吗？”

他点点头，睁大了蓝色的眼睛紧盯着传单。“我看到扮皮埃罗的我和扮哈乐奎的托伊费尔。马戏团的两大招牌。”

“再看一次，里奥斯。看仔细了。看清楚上面写着什么了吗？上面说你是马戏团唯一的小丑。全欧洲最伟大的小丑。你看见那些照片了吗？这张……”维克多指着第一张照片说道，“就是扮皮埃罗的你。但是这张……”他指着第二张照片，“你能告诉我他是谁吗？”

“那就是他。托伊费尔。扮着哈乐奎的托伊费尔。”

“不，这不是他，里奥斯，”维克多提高了声音，“那也是你。根本就没有所谓的曼弗雷德·托伊费尔。你既是哈乐奎，又是皮埃罗。两个人都是你扮的。一直都是你扮的。从来都只是你扮的。”

“不是这样，”他摆脱了药物的控制疯狂地摇着头，“他们以前就这样和我说过。他们逮捕我的时候就是这样说的。他们说杀害那个可怜的小女孩的人是我。还说其他人也是我杀的。他们全都听信了魔鬼的谎言。”

“你看，里奥斯。我能看出，这两个小丑都是你。里奥斯扮的皮埃罗和里奥斯扮的哈乐奎。吓唬孩子的人是你。哈乐奎的面具下面的确是皮埃罗。但哈乐奎是另一个你。”

他无力地晃动着硕大的脑袋，现在药物已经让他昏昏欲睡了。“你错了，”他有气无力地说道，“魔鬼欺骗了你，就像他欺骗了所有人一样……”

第四章

一个早晨的晚些时候，天气晴朗，有些寒意，维克多和布罗乔娃一起下山，走在从城堡蜿蜒而出的林间道路上。秋天似乎迟迟不愿离去，阔叶林的片片红叶依然如火如荼，而松树林则默默地守护着那片亘古不变的深绿。走了一会儿之后，薄薄的云层逐渐散开，阳光照射下来，红色的秋叶仿佛一团燃烧的火焰。维克多感觉自己远离了一切：远离了城堡，远离了所有的事情。此时此刻，时间、地点已经不再重要，他觉得布罗乔娃也已经忘记了所有的烦恼。

他们一路闲聊，维克多慢慢地把话题转到了布罗乔娃的生活上。他们聊了布罗乔教授：维克多说了些做他的学生时候的事情，布罗乔娃说了些父女之间的事情。他们还聊了来城堡之前的事情，彼此的亲朋好友，人生理想和愿望之类的。维克多非常小心，没有触及她中断学业这段往事。有那么一阵子，两人没有说话，但是彼此心情都很愉悦。维克多意识到在自己身边，她很快就进入了放松的状态。他也同样如此。

“这儿真美啊。”她深深地吸了一口气，终于说了句话。

维克多笑着说：“是啊，虽然树林总是让我有点不自在。”

“是吗？”她转过身，很惊讶地问道，“为什么呀？”

“我不知道。也许是和荣格心理学有关的原因吧。你知道，树林就像潜意识，幽深、黑暗，到处都是秘密。”维克多对布罗乔娃没有戒心，但还没有到告诉她真正原因的地步：十二岁那年他发现母亲在树林里自杀；即便现在，摇曳的树影仍会让他想起母亲挂在空中的尸体和黑暗的脸孔；以及这件事让他走上了学医的道路。“反正能暂时离开城堡我就很开心了，”他转移了话题，“罗曼内克教授是对的，如果不和外面的世界接触，我们都会受不了的。”

“教授说过这样的话？”布罗乔娃看上去很惊讶。

“是的，为什么这么问？”

“没什么。只是好像他自己没有身体力行。他几乎所有的时间都花在城堡里。而且工作起来总是连续几个小时不见人影。”

“真的吗？”

“是的。他非常严格地吩咐过工作的时候不许打扰他。可怜的人。”

“他为什么可怜？”

“他拥有的只有他的工作。他是鳏夫，你知道吗？没有孩子。很显然他一直对妻子保持着忠贞——但是她在还算年轻的年纪就去世了。我了解的也不多。说实话，我对教授本人了解得也不多。他这个人，初次见面的时候你会以为很容易了解他，但事实上，他城府很深。不要被他开朗的性情欺骗了——他的心情经常会变得很差。这可能就是他不许别人打扰他工作的原因吧。”

“你说他妻子去世了？”

“是的。”

“不是碰巧死于肺结核吧？”

布罗乔娃停下脚步，转身看着他问道：“你怎么知道的？”他凝视着布罗乔娃的眼睛，心想要不要告诉她罗曼内克曾和他说过他差点被一个女病人引入歧途的事情。但这个人不是病人，而是他的妻子啊。“我想应该是普拉特纳医生告诉我的。”他没有说实话。

他俩走了半个小时来到了村庄。这是个很美丽的地方，但并没有什么特别之处，也许还保持着两个世纪之前的样子。捷克斯洛伐克到处可见这样的村庄和小镇——位于欧洲的最中央，却因为树林、传统、乡土观念的原因与外界隔离。这里的人都认识彼此，正如罗曼内克教授指出来的那样，村庄里的人家，在有正式的记载以前，已经祖祖辈辈生活在这片土地上了。这让维克多产生一种文化幽闭症的感觉，他甚至开始怀念布拉格的喧嚣，怀念随处可见陌生人的街头。他知道产生这种感觉的原因是因为自己也来自这样的村庄，虽然家乡离这里很远，但没什么不同。

走进咖啡馆的时候，里面的四五个顾客打量着他们，眼神中带有村民们常见的好奇：没有敌意，但也没有热情。维克多知道他们更多地是看着布罗乔娃；但不能确定到底是她的美貌吸引了他们，还是她的气质与这个地方格格不入。在这个村子，维克多是个陌生人；在她自己的祖国，布罗乔娃是个陌生人。

“天气真好啊，”维克多说道，“虽然有点冷。我们坐到外面如何？”

她点点头，两人走向门口的一张桌子。坐在外面的桌子上，可以看到前方是村子的主干路，抬头看去，正是他们刚刚下山的山谷。在山谷上方，隐约可见阴暗的城堡，它仿佛主宰着一切，让人望而生畏。城堡的边上耸立着一块黑色的巨石。维克多又突然有了幽闭症的反应，感觉自己无处可逃，仿佛自己这辈子都要待在城堡的围墙内，生活在它的阴影里。

咖啡馆的主人是个身强体壮、五十多岁的和善男人，留着八字须。他笑着走出来拿走他们的订单。再次回来的时候，他手上托着一盘圆面包。维克多解释说他们没点这个，但是老板只是笑了笑。

“小店赠送的。”他说道。维克多常常惊讶这里的方言和口音千变万化，就和布拉格一样。“你们俩是从城堡来的？”

维克多做出了肯定的回答，然后介绍了自己和布罗乔娃。

“请你们原谅那几个老主顾的眼神——这儿漂亮的顾客可不多见。”他向布罗乔娃微微鞠了一躬，“如果对陌生人那样看多半是因为他们来自城堡，很不好意思，我的街坊们对那儿的人非常不信任。你也知道，那里面关的都是疯子。当然也有历史原因。”

“历史原因？”

“我会向你解释的，”布罗乔娃说道，“说来话长了。”

“的确说来话长，”老板说道，“让她向你解释吧。请享用你们的咖啡和面包。请记住，欢迎你们随时光临。”他又鞠了一躬然后离开了。

“你对里奥斯·穆拉德克的治疗进行得怎么样了？”布罗乔娃问道。喝咖啡之前她竖起外套的领子。

“不妨说才刚刚开始。拿到录音带后你会听到他说的话。我现在能做到的仅仅是接触他的表面人格——温和的小丑皮埃罗，不相信那些事情是他干的，他无法接受自己的人格有两种表现。我真正想接触的是哈乐奎，或者用他自己给那个人格起的名字——曼弗雷德·托伊费尔。”

“你觉得你能找出他的‘心魔’吗？”

“如果我能将他赶走，就有机会治好他。赶走曼弗雷德·托伊费尔，只留下里奥斯·穆拉德克。”

“听起来更像中世纪的驱魔术而不是二十世纪的精神病治疗。”

“也许和中世纪的驱魔术原理一样：找出‘心魔’。但是仅仅找出却不能理解或者感同身受是不够的。今天我们依然如此。”

“我怎么觉得你是个驱魔师啊，”她顽皮地说道，“也许来到城堡就是你的宿命。”

“哦？你这番话，还有刚才老板故弄玄虚的解释，把我的好奇心完全激起来了。你不是说会告诉我塔楼的神秘历史吗？”

“你知道当地人怎么称呼城堡吗？”

他双肘撑在桌子上，笑着倾过身子说道：“请告诉我吧。”

“巫师堡。”

“真的吗？”维克多抬起头看向山顶上仿佛主宰一切的城堡，“为什么是巫师的城堡？”

“黑暗的故事，黑暗的魔法，还有一个心理非常非常阴暗的人。”她呷了一口咖啡，故意卖了个关子，“一般而言，基督教所到之处，当地的斯拉夫异教徒都要被消灭，”她把咖啡杯放在杯碟上，“偶尔用圣剑和火刑杀死异教徒。当地贵族是基督教的急先锋。建立基督教堂是另一种镇压当地人和巩固贵族统治的手段。当然了，古老的生育迷信也被贴上巫术的标签。任何相信这种迷信的人都可能被烧死或者勒死。”

“你好像非常了解啊。”

“我对历史感兴趣。它能帮助我理解现在。当然，淳朴善良的乡下人也不太反对烧死古怪的犹太人。事实上，除了摩拉维亚北部的波波利格[1]，捷克人从来就对搜捕巫师不大感兴趣。迫害犹太人主要和奥地利天主教通过捏造的罪名镇压捷克新教徒有关。直到十六世纪，波希米亚才开始打击巫师。日耳曼人干的。就像我说的，历史能帮助我理解现在。”

“所以这就是它被叫作巫师堡的原因？”维克多急切地问道，把陷入黑暗往事的布罗乔娃拉回当下，“所以这里有很多异教徒？”

“完全不对。这是另一个故事了。当地贵族并不是社会和宗教的支柱。据大家说，他完全不同于一般的贵族。当地人知道他是扬·塞纳·斯德克，称他‘黑心扬’。”

“是的，罗曼内克教授提过这个名字，我在火车上遇到的

1　他曾以巫术罪名将近百人烧死。

一个考古学家也提过。但我所知道的仅仅是他曾是城堡的主人。”他笑着看着布罗乔娃美丽的脸庞说道，“我感觉你要解密很多不为人知的往事了。”

“你根本不懂……”布罗乔娃说道，“就像客栈老板说的那样，城堡里至今还流传着他的传说。‘黑心扬’是当地公爵的儿子，不是长子，他有两个哥哥。据说‘黑心扬’非常邪恶，野心很大，残忍无情，还是个小孩的时候，就把自己的灵魂交给了魔鬼。他的两个哥哥还没到能继承爵位的年龄就死了。一个是在村后的小湖里游泳淹死的，另一个是在森林打猎时意外死亡的。”她示意维克多看向城堡，“你看，那并不是一处家族祖宅，而是他们家的狩猎城堡。事后有人自作聪明地推断这两起死亡事件都和魔鬼有关系，但真相是‘黑心扬’在场，而且事实上，两起不幸他都是唯一的目击者。后来当他继承了爵位之后，大部分时间都待在塔楼，而不是妻子和孩子们生活的主堡。活得差不多像个犯人，像个被亲人抛弃的人。”

“那么这位邪恶的公爵喜欢这里的什么呢？”

“今天这里已经算是个很偏僻的地方了，但在当时这里是与外界彻底隔绝的。这附近的野生资源很丰富，是个理想的狩猎场所。他统治着这座山谷，绝对像个君主。绝对的权力导致了绝对的腐败。每个人都害怕他，暗恨他。各种各样的谣言四处传播，经过多年的编改后，现在都成了当地的传奇故事。只要说一点就足够了，当地人从不敢在城堡工作。从姆拉达-博莱斯拉夫乘火车来城堡工作的警卫、维修工、餐饮人员每五天轮一次班。”

“传奇故事通常都以事实为基础。”维克多说道。

“对了，他是个坏孩子。据说‘黑心扬’在城堡里练习他的黑暗魔法，他从波希米亚召集了很多巫师和术士。据说他成功召唤了切尔纳伯格——黑暗之神，斯拉夫神话里的魔鬼，或者维列斯——地下的黑暗之王。还有关于他在树林和城堡举行黑暗弥撒的传说，诸如此类的事情很多。不管真相到底如何，有一件事可以肯定：他诱拐和绑架当地的妇女儿童。几十个吧。也许不止一百个。”

“为什么这些事有人相信？”

“有些事情是有历史记载的。国王曾派人来调查，发现谣言是真的。当然没有审判。如果‘黑心扬’只是个普通的农夫，他的罪行也许该判绞刑或分尸。结果他只是被囚禁在了城堡里：这是过去对犯错贵族的常见惩罚。没有人坐牢，没有人被处死，他们被关在一个密封的房间里，只在墙上留着一个小口子给他们送吃的和喝的。他们就在那儿生活了好多年，也许是好几十年。不同的传说有不同的说法，看你信哪个了，据说服侍‘黑心扬’的仆人要么又聋又哑，要么就是耳朵被灌了热铅水，还被割掉舌头。”

“为什么要这么做？”维克多问道。

“据说‘黑心扬’有能让人俯首听命的本事，上帝最虔诚的信徒也能被说服而皈依撒旦。有人说他根本就不是魔鬼的门徒，而是魔鬼本人——‘黑心扬’就是‘魔鬼扬’——城堡里被关着的人就是撒旦。无论如何，仆人必须是聋子，不能听到他乞求自由的呼喊。”布罗乔娃凑近了维克多，压低声音，故作神秘地说道，“你知道吗，当你在塔楼里搞你自己的黑暗魔法的时候，也许已经听到过‘黑心扬’的呼喊。有人说把他关在塔楼的房间里是因为那儿的墙壁最厚，但是从没人找到过那个房间。”

“我没听到过，”维克多说道，“我自己要驱赶的魔鬼已经够多了。”

“也许你应该好好听一听有没有他的呼喊。有个传说是这样的：他会在晚上用拳头沉闷地捶打石壁，呼唤他的主人撒旦来解救他。”她做出一个好像恍然大悟的表情，“也许能释放他的人就是你：也许‘黑心扬’就是你一直在找的‘心魔’。或者也许他会来找你。有一个说法是建造这个封闭房间的石匠大师也是个术士，还是‘黑心扬’的同伙。他造了一个暗门和暗道通向城堡下面的山中隐藏的洞穴。根据这个传说，‘黑心扬’的阴魂一直就在封闭的塔楼房间里，但是在月圆之夜，他会从地道和洞穴溜到外边的树林里，寻找猎物满足他的杀戮欲望。”她恶作剧地笑了，眉毛都笑弯了。精致漂亮又无所畏惧的布罗乔娃完全俘获了维克多的心。

“我在火车上遇到的考古学家说城堡下面的洞穴和地道是地狱的出口，造城堡是为了封住它。你听说过吗？”

布罗乔娃笑着说道：“是的，我听说过一个。当地人给城堡起的另一个名字是佩克尔那·布拉纳，地狱之门的意思。塔楼有很厚的围墙，可能是打仗时的防御工事。但是根据刚才的说法，这里要么是一座狩猎城堡，要么是地狱出口的塞子。反正这里不是战略要地，也不会被敌人袭击。但是塔楼的确是理想的监狱。”

“你是不是说过塔楼治疗室也有故事？是个谷仓？”维克

多问道。

“啊哈，”布罗乔娃抬起眼睛说道，“也许打算用作谷仓，但是据说‘黑心扬’在那儿做了许多事情——都是些神秘的事情。有传说讲他在那里招待客人，有可能是因为厚厚的墙壁可以挡住尖叫声。当然，当地人也说那里是他做黑暗弥撒和召唤魔鬼的又一个地方。而现在，你就在那个房间里召唤你的魔鬼。”

“我想可能是你抄了太多病历的缘故吧。”维克多笑着说道，但是他看向布罗乔娃身后，看向山上的城堡，又有了被关在里面的感觉，“也许我们应该回去了……”

第五章

托瓦尔没有坦白，也不会坦白。

斯莫莱克一共审问了他六次，每次的供述都一样，或者至少前三四次的供述都是一样，后面那两次，托瓦尔似乎不再想和任何人说话。不是托瓦尔回避问题，而是根本没听见问题。他就坐在那里发呆，眼睛盯着某个地方、某个时间，或者两者兼而有之。无论怎样哄骗、诱导，甚至威胁，都不能把他从自己的内心世界拽回来。

一次又一次的审讯，一天又一天的流逝，托瓦尔越来越不像活在这个世界上，或者活在他的身体里。审讯的时候，不再给他套上连在椅子上的手铐或脚链：让他去哪儿他就去哪儿，带到椅子前他就坐下来，拉拉他的手肘他就会站起来。

斯莫莱克痛苦地接受了事实：再也问不出他和那座公寓的东西了，再也问不出其他被谋杀的女人的细节了。他们搜查了他和那个内外足妓女同居的地方，没有发现沾血的皮围裙，没有锋利的凶器，没有和斯莫莱克发现的那颗玻璃珠相同的珠子。

眼看着托瓦尔在沉默呆滞的痛苦中愈陷愈深，有好几次审讯斯莫莱克邀请了巴托斯医生过来，想请他从专业角度评价嫌疑人的精神状态。

“队长，如同我早就建议过的那样，”又一次徒劳无功的审讯结束后，他和斯莫莱克站在走廊上抽烟，巴托斯说道，“你真的应该请一个合适的精神病专家过来。我能力有限。”

“我只需要知道你的看法就够了。我完全搞不懂托瓦尔，他既不像一个有罪的人，也不像一个无罪的人。有时好像他都不知道我在房间里陪着他。”

“或者，更准确的说法是，他不在房间里陪着你。”巴托斯说道，“你是否留意过轻推他一把之后他才会动一下？或者站在椅子前才会坐下来？这种现象叫作蜡像屈曲——紧张性抑郁障碍的前兆。就我看来——再次重申我不是专家——他好像患了梦呓性精神分裂症，醒着也会做梦。他很快不会说话，不会动，不会对刺激做出反应。如同我刚才所说，完全的紧张性抑郁障碍。”

“那是什么造成的呢？”

巴托斯弹了弹落在皱巴巴的西服上的烟灰。“他处于极端的恐惧当中。让他恐惧的原因是面对面见过魔鬼，哪怕魔鬼就是他本人的另一面，是他心中的魔鬼。又也许那晚他真的见到谁了——可能是‘皮围裙’，对方的意志力比他强大，控制力比他厉害。但是我要告诉你，你必须要请一位精神病专家了。如果你想知道托瓦尔是不是‘皮围裙’，这是唯一的可能。”

“好吧，我会给这位罗曼内克教授打电话，看看他能否帮忙。”

门打开的时候他们还站在走廊上。一个警察挽着面无表情的托瓦尔的手肘，本就瘦小的他在警察面前显得愈发矮小。他扶着托瓦尔走出审讯室，沿着走廊向牢房走去。

斯莫莱克和巴托斯一言不发地在一旁看着，直到两人在走廊的尽头拐弯。

“这个电话宜早不宜迟，”巴托斯说道，“要打在他不再和任何人说话之前。”

斯莫莱克刚要回答，突然听到有人在拐角大叫。跑过去的路上他才想起来那是托瓦尔的声音。巴托斯医生跟着跑了过去。

转过拐角，斯莫莱克面对面看到了托瓦尔。大块头的押送警察倒在地上，十分惊愕。很明显他的鼻子被撞破了。警察局大厅的淡黄色和绿色墙壁上的一块血渍清晰地显示出撞击位置。

斯莫莱克一动不动，伸出手制止巴托斯不许他上前。

“回到拐角后面去。”斯莫莱克用平稳的语气轻声说道。

“但是——”

“按我说的做。”斯莫莱克说道。他的眼睛紧盯着托瓦尔，眨都没眨一下，或者说是紧盯着托瓦尔从倒地警察身上拿走的配枪。

“托瓦尔……”斯莫莱克举起双手，“托瓦尔，这样做只会给你带来更大的麻烦。把枪给我。”

听到这句话，托瓦尔把枪对准了斯莫莱克的脸。“站着别动。”托瓦尔说道，镇静的语气和十分有把握的动作让斯莫莱克觉得费解。他似乎不再害怕，也没有最近审讯中常见的呆滞和梦呓。斯莫莱克心想以前那些是不是他装出来的，是否他就是一系列残忍但精心策划的谋杀案背后那个处心积虑、有条不紊的凶手。

斯莫莱克在心里暗暗计算着他和托瓦尔之间的距离，估摸着逃走需要的速度以及中枪的概率，但结果让他绝望。

“站在那儿别动，”托瓦尔再次说道，“我不想伤害你。我不想伤害任何人。”

“那么把枪给我，托瓦尔。”

“你会拿到的，但首先你得向我保证一件事。”

“托瓦尔，我不可以和你做交易。”

“我没说我想做交易。我什么也不想要，你什么也给不了我。我也不是什么都不要，我要你向我保证。我需要你的一个保证。”

“保证什么？”

“我再也受不了他在我的脑袋里了。我希望你能明白。他在我的脑袋里，他做过的事情在我的脑袋里，我再也受不了了。”

斯莫莱克听到其他警察赶来的声音，也许是巴托斯去通知的。

“把枪给我，托瓦尔。现在！”

“你向我保证。”

“保证什么？”

“你知道，他是魔鬼，”托瓦尔一本正经地说道，“他是本葛，必须要阻止他。我希望你保证你会阻止他。”

“我保证。”斯莫莱克说道。

“谢谢你。”托瓦尔说道。

警察局大厅响起一声震耳欲聋的枪声。枪声让斯莫莱克全身的肌肉本能地一阵紧张。但他毫发无伤，却看见托瓦尔的后脑勺上鲜血、头骨、脑浆融在一起。枪口抵在下巴上扣动扳机的地方被火药灼成了灰黑色。

托瓦尔像一张断了腿的桌子一样蜷缩着倒在地上。一个瘦小的生命就这样结束了，一段卑微的人生就这样结束了。

过来的警察围在斯莫莱克身边，巴托斯俯身检查托瓦尔躺在地上的尸体，深红色的血液正在中弹的头颅四周散开。斯莫莱克绞尽了脑汁也想不明白他说的话到底是不是在认罪。

第六章

回城堡的路上天突然暗了，抬头看去，乌云正在城堡尖尖的堡顶上方聚集，整个山谷陷入突如其来的昏暗之中。

走到半路的时候，天色更加阴暗了，天空变成蓝灰色，乌云密布，带来暴雨的威胁。乌云聚集之后，暴雨从天而降，把身边的树叶打得啪啪响，不过几分钟，他俩已经全身湿透。

“跟我来！”布罗乔娃抓着维克多的手腕把他带向主路旁边的一条狭窄的小路。

“去哪儿？”

“别管了，跟着我就是，”布罗乔娃说道，“去一个躲雨的地方。”

他跟着一路小跑，布罗乔娃被雨淋湿，略感冰凉的手指一直扣在他的手腕上。小路的边上，树木浓密而阴森，维克多产生了幽闭恐惧症的反应，那种奇怪、可怕的感觉又来了。

“跟上！”布罗乔娃笑着催他，她意识到维克多没有说话，于是紧紧地抓住他的手。维克多跟着她走，心想树林里怎么可能有躲雨的地方。走了大约六十米，前方豁然开朗，出现一个大约二十平方米的空地。在空地中央，一块露天大石板上有一个精致的木制建筑，低矮的歇山式屋顶的四角和深色柱子上都是精美的雕刻。建筑的木头曾被浸过油，几乎是全黑的，在阴暗的雨天，它看上去隐约像个潜伏在树林里的精灵。教堂女巫帽形状的尖顶竖向天空，尖顶上有个装饰球，球上有个弧形的底座，上方竖着一个东正教的十字架。

密林中的一座古老的斯拉夫教堂。

从造型与雕刻来看，维克多认为教堂建于中世纪。这是一个用来拜神的幽静甚至神秘的地方，考虑到在波希米亚的历史上，宗教信仰和政治归属变来变去，这个教堂也不那么让人觉得奇怪。真正让维克多觉得奇怪的是，尽管饱经风霜，教堂却维护得非常好，一定是村子里还有人在照看着。

布罗乔娃拉着他走了过去。“快点。”她命令道。

他们挤在低矮的门廊躲雨。维克多拉开门闩，推了一把厚重的橡木大门，看不出门上了锁，但是没能推开。

“我以前也想进去过，”布罗乔娃说道，“但是门太结实了，我想是不是哪儿有个暗锁。门廊躲雨已经足够了。”

他们安静地站在门廊处，注视着钢条般的雨柱哗哗地落在身边幽暗的树林里。树林里的雨景有种奇怪的美，站在门廊里，欣赏着大自然的这番杰作，他俩心旷神怡。维克多惊讶地发现尽管在树林里他会习惯性地不自在，但此刻却感到放松。一定是因为布罗乔娃在自己身边。

“这就是树林，”维克多说道，“隐藏着各种秘密。你怎么知道这个地方的？”

“我经常在树林里散步。如你所言，我们需要时不时离开城堡。我听说在城堡和村子之间有座古老的教堂，所以就想找找它的具体位置。它一定在这儿几百年了吧。”

维克多打量着教堂，它阴暗沉闷，和树林的气氛很配，但又有种说不出的不配。“也许这里就是‘黑心扬’举行招魂……”他突然笑着转向布罗乔娃做出吓唬的动作。这个无心的举动让他们的脸近得差点就接上吻了。

“雨在变小，”布罗乔娃尴尬地说道，“在下一场大雨到来之前我们得赶回去。”

维克多盯着她的眼睛说道：“我想也是。”

布罗乔娃向外面走去，突然她停下脚步，木柱上的什么东西吸引了她的注意力。她凑近仔细看了看，皱了皱眉头，然后用大拇指在上面擦了擦。

“很奇怪，”她说，“以前从没见过。”

“什么东西？”维克多问道。

“有人在这儿刻了东西。”

维克多笑着说：“这里到处都是刻的东西。”

“不，你看。”她侧过身让维克多查看。

“我看看……”维克多说道，“是某种文字，用刀刻上去的。”

“这是什么文字？既不是拉丁文，也不是西里尔字母。是格拉哥里字母[1]吗？”

“正是。”维克多说道。文字一共四行，是有人精心刻上

1　西里尔字母和格拉哥里字母都属于斯拉夫语言字母，格拉哥里字母是现在已知最古老的斯拉夫语言字母。

去的，字母的每一个弯、每一个角都经过一丝不苟的雕刻，十分精美。“真奇怪……”

“什么？”

“如果这样的建筑上有格拉哥里字母，应该是几个世纪前就有了，但是这个看起来很新。你看……”

布罗乔娃又仔细看了一遍，她耸耸肩说道：“你说得没错。我肯定上次来的时候没有。看来有个文物破坏者。”

“如果能在古老的斯拉夫教堂上如此涂鸦，那么此人一定相当厉害。这些文字是什么意思呢？”维克多从口袋里掏出笔记本把这些字抄了下来，“我和你说过的一个朋友——菲利普·斯特罗斯塔——对这个有研究。下次见到他的时候我问问他能不能翻译出来。”

第七章

接下来的一周维克多和每个病人完整地聊了一次，没有使用麻醉剂。维克多的想法是通过接触他们所患精神病的表面，可以为随后的麻醉治疗研究做好准备，到那时他就能进入病情复杂程度不一的每个病人内心的阴暗深处。

奇怪的是，无论用药与否，里奥斯·穆拉德克对他做过的事情描述完全一致。维克多决定下次要稍微加大剂量，绕过穆拉德克的表面人格，直接和哈乐奎对话。也许他能在那里找到“心魔”的具体证据，从而证明他的理论是正确的。

和其他几个病人聊天的结果各不相同。尽管都是严重的暴力精神病患者，每个人的病情却各有特点，就像你在路上偶遇的陌生人各有各的特点一样。比如说穆拉德克和“伐木工”帕维尔·泽莱尼，就非常不理解为什么自己会被关进精神病院，为什么会有那些指控，又为什么自己会被诊断为精神病。这种情况即所谓的“自我排斥”，他们认为那些罪行与自己毫无关系，因此坚决拒绝承认。

其他几个人，比如一本正经的海德威卡·瓦伦托娃和“玻璃收藏家”迈克尔·麦克哈克，都认为自己的暴力行为可以理解，甚至是完全正当的，把他们关在这儿有点小题大做。和许多疯子一样，错觉变成了看待世界的正确方式，而他们却已经适应。这属于“自我协调”——对他们的治疗极为困难，因为在他们眼中错误已成了正确，别人都是不正常的、精神错乱的，只有他们自己的逻辑才是标准的、说得通的。

然而沃伊捷赫·斯卡拉的情况却完全不同。即使用了镇静剂，斯卡拉也必须身穿特制的束身衣绑在椅子上接受谈话，身旁还有两个警卫。这个杀人狂魔的气场大得让维克多感到震撼，他身边的空气仿佛都充斥着神秘而强大的电流。维克多想起布罗乔娃说过其他病人必须和斯卡拉隔离，以免被他的超强妄想症感染。罗曼内克教授也解释过巡逻的警卫查看他的次数要多于其他病人。

“无论你想做什么，”罗曼内克曾这样警告过他，“千万注意是你进入他的大脑，而不是相反。”

在他们第一次完整谈话的时候，斯卡拉非常狂热地把他的恶行又复述了一遍，他利用每一个机会歌颂邪恶的伟大。虽然他对自己的所作所为供认不讳——事实上是乐在其中——他的确也和其他病人一样，拒绝承认自己有精神病。

他说自己是个坏人，而不是疯子。

那个星期维克多给菲利普打了两次电话，两次都没人接，这让他更加担心了。另外还有一件事，他从林中教堂的木柱上抄了些格拉哥里字母在笔记本上，如果有一个人能把它译出来，那么非菲利普莫属。

罗曼内克教授经常找维克多聊天，但是在第一周的后面几天，他把自己关进了房间，留下命令说不许打扰他。这和布罗乔娃说的一模一样，除了维克多，没人认为教授的做法有什么不正常的。

和所有的病人聊过之后，维克多制定了一个治疗时间表，然后去药房取他所需的药品。卡拉克医生负责药品的分发。维克多尽力掩盖他对卡拉克本能的反感，随着对他的了解逐渐加深，本能的反感变成了理由充分的讨厌。

卡拉克似乎对维克多一直心存疑虑，每次都要盘问他为什么需要这些药品，比如阿米妥钠、硫喷妥钠、苯巴比妥或东莨菪碱，但每次都感觉他好像只是对维克多的治疗方法有职业兴趣。当他问维克多为何需要剧毒的木防己苦毒素的时候，他的真实想法已经昭然若揭。

“麻醉治疗是一种新兴的、发展迅速的疗法，”维克多遏制了怒火解释道，“我把阿米妥钠和巴比妥酸盐调配出计算好的小剂量。但是病人的新陈代谢能力不同，反应也不同。如果巴比妥酸盐调配过量，木防已苦毒素是最好的解药。”

卡拉克暂时没有回答，他像一只身披实验袍的秃鹫用死亡凝视的眼神盯着维克多，心中在不停地思考。

“你认为这种疗法能取得什么成果呢？”卡拉克最后问道，“减轻病情？彻底治愈？”

“我当然知道这些病人再也出不去了，但是至少我可以尝试帮他们心神安宁。”

“心神安宁？你觉得那些怪物做过那些事情之后还配享受心神安宁？”

维克多难以置信地直摇头。“你难道不明白他们不需要为那些事情负责吗？他们是病人，而我们在立志做医生的时候就宣誓过要竭尽所能地帮助所有病人。我想如果让我找出他们的‘心魔’，并且受到自我的控制，所有的反常行为都会终止。这是在对病人的潜意识进行手术：心理肿瘤切除术。”

秃鹫一样的卡拉克笑了起来，只差一点点就像是嘲笑了。“这些人是畸形人，非常严重的畸形人，只不过畸形的方式你看不出来罢了。就像无论怎么做手术都不能治好驼背，或者恢复先天残缺的四肢，这种隐性的畸形是治不好的。”

“我觉得医生有这样的观点很奇怪，”维克多说道，“你是说我们不应该治疗病人吗？”

“医生的职责是补救，有时补救是针对社会的，而不是针对个人的。”卡拉克抬起头认真地俯视着维克多，“有时医生的作用是预防，不是治愈。我们需要确保绝大多数人的身体和精神是健康的。对人类进化最大的威胁就是畸形退化。如果我们不允许身体和心理畸形退化的人繁衍，如果我们将他们从社会中除去，受益的是整个社会。我们都会受益。”

“所以你相信优生学了？”维克多难以置信地问道。

“治疗缺陷的最好方法是不要让缺陷有出现的机会。”

维克多摇摇头。“对不起，卡拉克医生，恐怕我不太喜欢生活在你的完美世界里。”他收拾好了药品说道，“现在，我要继续去为病人尽我最大的努力了。为了他们，也为了全社会。”

第八章

维克多对里奥斯·穆拉德克的治疗没有取得任何进展，既没有把他的两种人格成功隔离，也没能证明“心魔”理论的正确性。他让穆拉德克穿上小丑服装，希望能借此解开他无意识深处隐藏的秘密。这样做是因为考虑到他的职业就是小丑。但就穆拉德克个人而言，温文尔雅的他坚信自己无罪，却被关在这个地方，他非常想不通。维克多只能表示抱歉。穆拉德克是有道理的：无辜的皮埃罗为什么要替恶毒的哈乐奎背上罪名？

维克多希望对第二个病人进行的麻醉疗法能收获一些成果。“食草动物”海德威卡·瓦伦托娃。

医护人员对晚上的治疗时间有些抵触，维克多解释说他想要的是治疗时间能和病人的自然生理节奏同步，他说如果要让大脑接受半麻醉状态，首先身体要接受。

于是，晚餐后两个小时，瓦伦托娃被带进了谷仓改造成的塔楼治疗室。维克多的印象依然是她就是个一本正经的乡村女教师：身体过度瘦弱，全身上下全部穿着灰色；裙子、衬衫、羊毛衫、长筒袜，全都又旧又土气。让他担心的是，自从上次见面之后，她又瘦了一些。

即使事先给她注射了镇静剂，瓦伦托娃被带进来的时候，还是用不信任的目光看着四周，尤其是看着维克多。她只许女护士帮助她躺在治疗床上，而且坚持认为她一个人躺在这儿“休息”的时候身边有个男人非常不雅。维克多于是把床稍做调节，让她更像是坐在那里。

为了让身系绑带的瓦伦托娃减轻疑虑，维克多告诉护士说她需要先留在房间，等瓦伦托娃被麻醉剂完全控制后再离开。终于，她的身体不再僵硬，自我意识渐渐消退，维克多可以自由地引导她的思想了。

几分钟过后，她逐渐进入思想的深处，维克多让她从在这里度过的十年时光之前，另找一个时间描述一下真正的自己。

“我希望你找出你所有的烦恼开始的那个时间，”他说道，“你是旁观者，用别人看你的眼光看自己。找到那个时间，我们一起去。”

她听话地闭上眼睛，房间里没有任何声音，趁着她在内心时空往来穿梭的时候，维克多认真打量着她的侧脸。她五官端正，没有缺陷和异常，除了因为营养不良，脸颊凹陷，眼窝深陷。她长得不难看，也不好看。她的长相实在难以描述。维克多明白了，这就是一张不会被注意到的脸庞，一张你转身就会忘记的脸庞。

她结束了内心的旅程，说道：“我在那里。”

“在哪里？”

“一个派对。生日派对。”

“你的生日派对？”

她摇摇头。“我班上的一个女生。她很漂亮，家里有钱。她爸爸在斯柯达公司担任要职。开始她并没有邀请我，我知道的，但是我想是我妈妈和她妈妈说了些什么。”

“你和妈妈关系好吗？”

“是的，我们相依为命。这是妈妈经常说的话。家里只有我们两人，我们必须相依为命。”

“你没有兄弟姐妹吗？”

“没有。也没有朋友。我还在襁褓里的时候爸爸就去世了。我只有妈妈。”瓦伦托娃说话的声音像个孩子。

“你快乐吗？”

“不，我不快乐。我从没快乐过。我很孤独。妈妈想尽一切办法让我开心，但我总是感到孤独。没人注意我。”她的声音开始断断续续，三十年前的苦难仿佛又在眼前。

“瓦伦托娃，我需要你置身事外。记住我刚才说的，你是一个旁观者，你要置身事外。继续讲派对的事情，但是你看到的自己要和别人看到的一样。你描述的时候要作为一个旁观者，而不是亲历者。你明白吗？”

“我明白。”她恢复了成年人的声音。

“描述你自己吧。你看到的自己。”

“一个隐形的女孩。一个命中注定要孤独的女孩。”

“为什么这么说呢？为什么你命中注定要孤独？”

“我很普通。我很害羞。我并没有因此被人欺负或者取笑——要是能那样可能会更好，至少这意味着有人注意我了。

完全没人注意我。如果真的有人注意了，也是因为他们觉得我很怪。我很怪。我想是因为孤独的童年让我古怪。但是我只想被人注意。”

“讲讲派对吧。”

“妈妈给我做了一条裙子。这是我见过的最漂亮的衣服了：粉红色带蕾丝的丝绸裙子。‘你看上去很漂亮。’穿上裙子后妈妈对我说。那一次我相信了她。我站在镜子前面，开心极了。非常非常开心。我想象着其他女孩儿会用什么语言夸我的新裙子，想象着大家一起快乐地玩耍，想象着我会交很多新朋友。也许从那天起，一切都会改变。”

“派对上发生了什么事情？”

“什么也没有。新裙子没有改变什么。没人注意我，没人和我说话。我把礼物给了马尔凯塔，派对的主人，她说了谢谢，对我微笑，但是之后就没有和我说过一句话。她不是对我无情，也不是没有礼貌。如果我不是站在她的面前，她是不会想起我也在派对上的。不单她，所有人都一样。甚至没人注意到我的新裙子。我意识到新裙子固然漂亮，但是裙子里面没有人。我开始想我是不是一个不存在的人。我自忖自己是不是虚构出来的。大家在一起玩游戏，但是都忘记了我。马尔凯塔从她父母那里接过了礼物：一条小狗。好漂亮的小狗啊。大家都去抱它。”

“你抱了吗？”

“抱了一会儿。我喜欢那条小狗。我希望我也能有一条那样的小狗。我想也许只有狗，而不是人，才可能会注意到我，才会不管我长什么样都会爱我。马尔凯塔唤小狗回到她的身边，我轻抚着它，小声地求它不要走，但是它拼命挣脱着跑回马尔凯塔的身边。

“大家一起玩，一起笑，互相拥抱，小孩子才有的那种开心的拥抱。我就坐在一边看。之后也是这样。”

“但是后来发生了什么事情，对不对？最后发生了什么？”

“我想要离开，但是妈妈总是让我去和别的孩子玩。甚至最后连她也忘记了我，和其他妈妈聊了起来。我想再抱一次小狗，但是它想挣脱，它想离开我去和其他人玩，去加入开怀大笑、兴高采烈的孩子们。所以我让它走了。我独自一人坐在花园的最里边，看着他们所有人。那天很热，阳光刺眼。没人注意天气，但是那样的天气最能让人深切地感受孤独，造成的伤害也最深：阳光普照，一切都是那么的明亮，那么的炽热。

“突然之间，马尔凯塔开始大喊大叫。她的脸都要扭曲了，急得通红。我告诉你啊，那时的她一点也不漂亮。大家也开始喊，到处乱跑。”

“发生了什么事？”

“小狗不见了。一定是他们玩的时候没注意让小狗跑丢了。如果小狗和我在一起就不会有那样的事情发生了。我不会疏忽它的，我会好好照看它。

“大家都在找，但是找不到。然后所有人都说我是最后一个见到它的人，但是我说它跑到马尔凯塔那边去了，和大家一起在玩。但是他们只是盯着我，盯着我的裙子。

“他们在花园最里面的灌木丛里找到了它。太可怕了。一定是什么野兽、狐狸或者猛禽干的。如果你亲眼看见也会这么认为的。

“找到小狗的时候马尔凯塔厉声尖叫。然后她对着我咆哮。她说是我杀了它。他们都说是我杀了它，但是我没有。我只是抱了抱它。但是连我妈妈都用奇怪的眼神看着我——惊讶、难过、担忧的眼神。

“马尔凯塔的父母说他们会报告学校，甚至会报警。但是我什么也没做。我不可能对那个可怜的小东西做出那些事情。再说了，我问他们为什么没有见到血，为什么我的裙子干干净净，我的手也是。回家之后，妈妈让我直接回房间换掉裙子，但是我还想再看一眼镜子里的自己。我想看着我的裙子，假装自己漂亮，让自己再开心一次。”

“你开心了吗?”

“没有。看着镜子的时候，裙子还是那样的漂亮。但是我看到了镜子里自己的脸。我一定尖叫了，因为妈妈冲进了房间。

“就在镜子里，我的裙子上方，我的脸不见了。没有眼睛，没有嘴巴，没有鼻子，没有任何器官，只有一张平整的脸皮，一张空白的人皮面具。”她恍惚的眼睛看着维克多问道，“你明白了吗？我看到了别人眼中的自己。我看到了我什么也不是。等我再次看着镜子的时候，我看到裙子已经被人毁掉了。有人在上面沾了血。我看到了没有脸的自己和沾了血的裙子。”

“然后呢，瓦伦托娃?”

“然后他们把我送进了特殊学校。”

第九章

商店比他想象的要高级很多，它位于克里门科瓦大街拐角处的一幢法国新艺术派风格的大楼一楼。“新艺术派”的捷克译文非常奇特——赛赛赛。店门上面的店名——佩特拉斯玻璃珠宝店——用金色字母书写，也是法国新艺术派的风格。字母是石雕而成，优美曲折的笔画还是新艺术派的风格。

如店名所示，橱窗里摆满了各种类型、功能、尺寸的玻璃制品，琳琅满目，却陈列整齐，花瓶、首饰、水杯、水瓶、台灯、书镇，应有尽有。每件商品都设计时尚，他凑过去看价格牌上用黑墨水书写的一行小字，发现每件商品都价值不菲。

当他走进店门的时候，收银台后面的女人露出了可想而知的不屑表情。她四十出头，苗条、自信、神秘、优雅，和这里的环境很相配。她的头发梳得整整齐齐扎在脑后，涂着深色眼影和深红色的唇膏。向她走过去的时候，他看到了她迷人的双眼：明亮的、淡祖母绿色的眼睛仿佛看穿了他的心。他突然有了一个想法，也许她被雇用就是因为这双漂亮的眼睛。店里的商品加上这双眼睛，一切就都完美了。

她一身黑色衣服，里面是一件中式高领的丝绸衬衫。他明白了，黑色是精心挑选出来的颜色，能够突出而不会暗淡精美项链上面斑斓的光泽，项链紧贴在喉咙处，成扇形展开在衬衫上。项链使用了许多人造白金的链子和卡扣，这样既保持了项链整体的结构，又让菱形的祖母绿色、深绿色、蓝绿色的项珠串在一起。

他想，她简直就是个展览的样品，集模特和店员于一身。

“我来找老板，我想他的名字应该是佩特拉斯先生。”他直截了当地说道，然后递上自己的铜质刑警徽章。他发现自己对女店员的傲慢充满厌恶——而事实上，他是被深深地吸引了。“我是刑事科的卢卡斯·斯莫莱克队长。”

“什么事呢？”她依然冷淡，依然美得让人无法专心。

斯莫莱克无奈地叹了口气。“我想和店主聊两句。哪里能够找到他？”

女店员指了指销售大厅尽头的一扇门。“那里是办公室。你在那儿先等着。”

“我没多少时间……”他刚开口，却发现对方已经去招呼一位身穿皮草的中年妇女，语言也换成了德语。

斯莫莱克穿过销售大厅。光滑的展柜就像一片汉白玉海洋上闪闪发光的岛屿，摆满了制作精美的玻璃制品。大厅黑玛瑙外表的柱子和墙壁的四周都装饰着传统的飞檐。斯莫莱克心想警察的薪水不适合购买这里的任何一件商品。三个女店员站在各自的柜台后面，每个人的穿着都和见到的第一个女店员相似，她们显然保持相同的意见，没一个人招呼走过去的斯莫莱克。

他敲了敲门，没人答应，于是他直接走了进去。除了一张大办公桌上的一个大盘子里面堆放着的文件之外，办公室里空空如也。一个半满的水晶烟灰缸可以算作商店尚有库存的唯一证据。和富丽堂皇的销售大厅比起来，这里没有任何装修，极其务实。斯莫莱克坐在办公桌前面的一把椅子上等待店主的到来。

门开了，他转过来站起身，但开门的却是漂亮迷人的女店员，于是他又坐了下来。

“我以为你帮我去找店主了。”他极不耐烦地说道。深色头发的女店员走到桌子后面，坐在皮椅上。

“我就是店主，”她说道，“我叫安娜·佩特拉索娃。”

“哦，我明白了，”斯莫莱克说道，“很抱歉，我——”

“我能为你做什么呢，队长？”她打断了斯莫莱克。他无法确定对方的无礼是因为感觉到自己迷上了她而让她不高兴呢，还是因为她不喜欢警察。他发现现在，一般而言，人们都不喜欢警察。他把手伸进外套的口袋掏出一块手帕，小心翼翼地放在办公桌上打开了。手帕中间是一个玻璃珠，有豌豆那么大。玻璃珠的中心好像有一朵小小的白色玫瑰花蕾。

佩特拉索娃夫人从抽屉里拿出鉴赏珠宝用的放大镜放在自己眼前，另一只手拿起玻璃珠在涂着深红色指甲油的指尖转动，仔细观瞧。她放下放大镜，把玻璃珠放回手帕上。

“不是我们店里的，”她轻蔑地说道，“再说了，我们最近没有东西被偷。”

“我不是为这个原因来这里的，佩特拉索娃夫人。我需要你帮忙看看这东西来自哪里。”

她耸耸肩。“很难说。波希米亚玻璃的制作方法并不独特。哪里来的都有可能。”

“如果你能帮忙，我将非常感激，”斯莫莱克恳求道，“这不是一件普通的失窃案。真的是非常重大的案件。”

“有多重大呢？我能问问吗？”

“有个女人被谋杀了。这颗珠子是在尸体附近被发现的，它不是那个女人的东西。”

安娜·佩特拉索娃睁大了祖母绿色的眼睛，举止中的冷淡有所收敛。“‘皮围裙’？是在布拉格小城被分尸的那个可怜的女人吗？我以为你们已经抓到凶手了，报纸上说他在被你们拘留的时候自杀了。”

“恐怕我不能对此做任何评论，佩特拉索娃夫人。我能说的只有这是个非常重大的案件。”

她盯着他看了看，心里合计着这番话，然后倾身向前又把珠子拿在手上，这次看得更仔细了。

“我从没见过这种特别的设计，可能是国产的——我是说波希米亚玻璃。可能是亚布洛内茨产的，大部分波希米亚玻璃都产自那里。有些亚布洛内茨的玻璃厂搬到德国的莱茵兰去了，所以也有可能是那里产的。莱茵石，外国人称之为平面切割玻璃，其实只是德国出产的亚布洛内茨玻璃而已。”她耸耸肩，“但也有可能来自波希米亚，德国，法国，波兰，俄罗斯——哪里都有可能。很抱歉我只能帮到这儿了。”她说道。斯莫莱克也能看出她的确尽力了。她把玻璃珠放在手帕上，斯莫莱克小心翼翼地将它包好后放回口袋。

“谢谢你付出这么多时间。”无奈的斯莫莱克站起身来说道。

安娜·佩特拉索娃没有起身，她皱了皱眉头，好像突然想到了什么。“有一个人也许能帮你——如果你很着急的话，”她说，“他是波希米亚玻璃的专家。也可以说，是个迷恋玻璃的专家。”

“我真的很着急。那人是谁？”

“迈克尔·麦克哈克。没有人比他更懂波希米亚玻璃。他拥有——曾经拥有——全世界最多最全的玻璃收藏。”

“哪里可以找到他？”

“你还不知道？”佩特拉索娃真的吃了一惊，“好吧，我知道那些不愉快的事情发生在比尔森，不是布拉格。请你相信我，斯莫莱克队长，你将毫不费力地找到这位特别的波希米亚玻璃的专家。”

“为什么这么说？”斯莫莱克尽量让自己听起来没有烦躁。

“迈克尔·麦克哈克，”她那双明亮的祖母绿色的眼睛盯着斯莫莱克说道，“是‘六大魔王’之一，就关在奥卢城堡刑事犯精神病院。”

第十章

维克多安静地抽着烟，他的病人平静地半躺在检查床上，完全没有平日里常见的紧张情绪。万向台灯的微弱亮光似乎只在强调塔楼是封闭的，无法逃脱的。维克多又一次感觉到自己被封闭在塔楼的石墙里，有那么一阵子，他觉得自己很难想象墙外就是沉睡的森林和浅天鹅绒色的平原。

海德威卡·瓦伦托娃犯下了恐怖的罪行，貌似毫无同情怜悯之心，但她同样也是一个悲伤、孤独的孩子：一个穿着漂亮裙子在镜子前旋转的普通的、害羞的孩子，等待着去参加派对，满怀着无法实现的期待。

但是她曾经做过更可怕的事情：哪怕使用过药物，她已经进入了朦胧状态，维克多也无法问出来。

她被送进了问题儿童学校。在教育界，大家对那个地方讳莫如深，有很多关于那个学校的可怕谣言。瓦伦托娃在那里待了三年，然而她却什么也不记得。无论在那段被遗忘的阴影里发生过什么，终究是不好的记忆，瓦伦托娃拒绝让它再见天日。他曾努力想要进入那段黑暗的经历，尝试过不同的方法，却都徒劳无功。

“你从学校出来后发生了什么事呢？”他决定在以后的治疗中再去问学校里面的事情。

“我回到了妈妈身边。她照顾我，但不像从前那样了。她总是盯着我，看着我在什么地方，做什么事情。我离开的日子里她变老了——老了许多，远远不止三岁。接下来的两年我读了普通学校，然后去了一家玻璃厂上班。”

“你有男朋友吗？我是说在你结婚之前。”

“我不像那些漂亮的女孩一样，没人注意我。有些女孩不那么漂亮，但是有人注意，因为她们在男人面前放得开，但是我不想那样。我非常听话，非常害羞。再说了，大家都知道我曾经在接收精神病小孩的学校待过，他们都觉得我是个怪人。”

“但是你希望嫁人？”

“我非常希望嫁人。我害怕一个人的孤单。害怕一辈子孤单地活着。但是，我知道没人会和我说这事，我知道我永远也找不到我真正想嫁的人。可能我不会有男人，永远也嫁不了人。可是，虽然我很普通，但我也是个现实中存在着的人啊。所以我下定决心要在某个方面不同寻常。”

“那么你决定在哪个方面不同寻常呢？”维克多问道。

“做饭。我决定成为街区最好的厨师。这个城市、这个地区最好的厨师。我会做各种荤菜——主要是猪肉——各种汤，甜点，面包，点心，什么都会。”

“荤菜？我以为你是个严格的素食主义者。”

“那时候不是。在我意识到肉是那么肮脏、那么恶心之前不是。那时候，我做的荤菜可受欢迎了。大部分是用猪肉做的。我做出来的猪肉能像一片雪花一样从餐刀上飘落，然后融化在你的舌头上。再怎么普通的生肉我都能做出最精美的菜肴。

“我别无所长，只会做菜。男人都对肉感兴趣；他们要的就是肉。所以我认定要为自己赢得一个男人的最好方法就是给他最美味、最精致的肉。他们不想从我身体上得到的，就让他们去我的餐桌上得到。

“开始我只为自己和妈妈做，后来我确定我的手艺已经完美了。妈妈说我做的饭很棒，我会成为一名伟大的厨师。然后我把我做的午饭装在保温盒里带到工厂和女工们分享。她们开始注意到我了。我的脸不容易记住，但是她们都会记住我做的菜。没多久我就调到了工厂食堂。就连那些一般都是去饭店吃饭的老板都开始在食堂吃饭了。还带着他们的客户来。”

“你就是用这个办法找到了丈夫？”

在药物的作用之下，她突然想到了什么。“那年春天妈妈过世了，失去了唯一关心我的人，我发现自己陷入了彻底的孤独。我非常害怕自己会突然消失，不再存在，却没人发现。我害怕再次在镜子里看到没有脸的自己。但是，莫里奇出现了。莫里奇经常来我们工厂的珠宝部买东西，常常在食堂吃饭。他最后向我请求了。”

“请求你嫁给他？”

“是的。他向我求婚是因为我会做饭。或者至少部分原因是这样。我想也许他误以为妈妈去世时给我留下了不少钱。

他有这个想法可能是他的姐姐这样和他说过。所以当莫里奇·瓦伦塔向我求婚的时候，我同意了。哪怕我只有十九岁而他四十岁；哪怕他又胖又矮又丑，我还是同意了。”

“你就这样结婚了。他爱你吗？”

东莨菪碱和阿米妥钠再次无法控制住她激烈的情绪反应，她苦笑着说道：“爱？爱和婚姻有什么关系？爱和任何事情有什么关系？你不明白，也没人明白真正的孤独是什么滋味。大家都感受过孤独，但那种感觉是短暂的传染病，就像感冒一样。我小时候和长大之后感受到的孤独，像癌症一样。

“莫里奇知道孤独和没人在意是什么样的。我们结婚是为了拯救彼此，但没想到结果是变成两个更孤单的人。莫里奇变成了一个喜欢挖苦、充满恶意的人——总是挑三拣四，找我的碴儿。我告诉你，他喜欢我做的饭，怎么吃也吃不厌。但是他说过什么吗？他夸过我吗？从来没有。

“你问我他爱不爱我——我告诉你他爱的是什么：他爱我做的蘑菇土豆汤，西冷牛排配奶油酱，炸肉馅饼，还有，虽然他从没和我说过，他爱吃我做的烤猪肉配酸泡菜——没错，莫里奇最爱吃的就是我做的烤猪肉、馒头片加酸泡菜。”

“你们之间没有爱吗？”

“没有。他利用一切机会取笑我：说我长得丑，很无聊，说我活得像只老鼠，要是换了他会做得更好。‘你不是艾迪娜·曼德洛娃，也不是安妮·奥德拉。’他总是这么说我。他这么说是因为他知道我认为女演员都不检点，或者也许是因为他知道我偷偷地嫉妒她们的美貌。当然，我从没有鼓起勇气回击过他，并说：‘你也不是卡雷尔·拉马克。’”

“是吗？你对丈夫的感觉如何？”

“没有感觉。他是个简单的人，你不会有什么感觉。但是他生意做得不错，”她仿佛心里平衡了一些，“他经常外出，主要卖些玻璃珠宝，挣的钱不少。那也是他有时会去玻璃工厂的原因。他去那里买金刚石切割而成的水晶和玻璃珠，里面镶着陶瓷的小花。还有项链、耳环、手链什么的。结婚之后，他坚持让我辞去了工作。我们住在姆拉达-博莱斯拉夫市中心的一个大公寓里，他把所有的货都放在食品储藏间的一个保险箱里。他在国内到处跑，外出一次差不多一个星期。他有一辆爪哇牌的摩托车，样品箱绑在车子后面，小小的肥脑袋上戴着皮盔和风镜。头盔太小了，他看上去很滑稽，就像一头在摩托车上表演平衡术的小肥猪。他骑着摩托车，颠簸着上了路，看着他离开的背影我很开心。”

“你喜欢两人分开的时候？”

“我没有太多一个人过的时候。只要他不在家，他的姐姐伊特卡就会过来待上至少一个晚上。‘我是来看着你的。’她这样和我说。他们从没有让我忘记我曾经在那个特别的地方待过，‘精神病学校’，这是他们俩对那儿的叫法。伊特卡是个邪恶、歹毒、尖刻的巫婆，和莫里奇一样是个胖子，长着一张相同的肥猪脸。她利用一切机会夸奖她的弟弟同时贬低我。而我呢，唉，太懦弱了，不知道反抗。我只知道他们俩都喜欢我做的菜——那也是她经常来的原因。但是两人从没有夸奖过我做的任何一道菜。”

“好了，海德威卡，”维克多说道，“我需要你找到一个特别的时刻。我希望你带我们去你被捕的那一天。你记得那是怎么一回事吗？”

“哦，那一天？”

“那一天，”维克多说道，“我们能一起去吗？”

她沉默了一会儿。维克多常常觉得很奇怪，为什么病人需要时间去寻找一段特别的记忆。仿佛不是在心里的文件中翻阅查找，而是踏上一段通往内心世界的旅程，在只属于自己的世界里徜徉。

“发生在厨房，”她终于说话了，“我所有的日子开始于厨房，停留在厨房，终结于厨房。莫里奇外出了，但是快回来了，他的姐姐说过来吃午饭，所以我早早就准备了馒头片儿。那天我的感觉很奇怪，我也不知道为什么，但是我决定做一顿最美味的美餐：让伊特卡，还有如果能及时回到家的莫里奇，不得不承认我是个伟大的厨师。

“不知怎么回事，那晚我没睡好，第二天一早起床的时候，我感觉很奇怪，”她皱了皱眉头说道，“不，不是我觉得奇怪，而是这个世界让人觉得奇怪，你明白吗？一切都是原来的样子——公寓，外面的街道，透过厨房的窗户看到的后院——但是统统都被移到了另一个星球，置身于另一个太阳下面，形成了另一种光影。太奇怪了。就在那时，他来到了厨房。”

“莫里奇？”

“不是。”

“那么是谁来到了厨房呢？海德威卡。”

“一个天使。一个男人。很难说清楚他到底是什么。他是我见过的最漂亮的人。他赤身裸体，非常完美。他的身体，他的脸庞，太完美了。”

“难道你不觉得一个赤身裸体的男人突然出现在你的厨房是件很奇怪的事情吗？”

“不，不，你不懂。这不是一个普通的男人。他很美，他是个天使。他的皮肤是青铜色的，头发是明亮的金黄色，浑身散发着光芒，好像连空气都在发光。他不仅仅是个漂亮的天使，你还不明白吗？他是那个最美丽的天使，堕落的天使。”

“撒旦？你是说魔鬼在姆拉达-博莱斯拉夫你家的厨房里现身了？”

“那正是我要说的话。他对我说话，但是嘴唇不发出任何声音。他说的话就这样出现在我的脑海里。他向我解释了很多。他站在厨房，但人却不在那里，仿佛他是从另一个世界投射过来的。他美得炫目，等到我完全适应之后，他才和我讲了小狗的故事。

“他对我说是他伤害了那个可怜的小东西。他向我解释了事情的来龙去脉——把这段记忆放进了我的脑袋。是他让人们把我送进了那所学校。他说他很抱歉，也不需要宽恕，但是他来这儿的原因是要对我做些补偿。”

“那么他是怎么做的呢？”

“让我成为所有食物的主宰，成为男人胃口的主宰，让我成为史上最伟大的厨师。让所有人记住真正的海德威卡·瓦伦托娃。他向我传授食品知识的时候没有说话，把文字和图形直接放进我的脑袋里。食物是他的媒介。最好的食谱全在魔鬼手里。只用了一瞬间，他就把所有食物的烹饪历史放进了我的脑袋，还有关于烹饪的全部技巧。他向我解释每一餐都是一个礼物，一次契约，一种表达。没有生命的生肉在厨师手中获得新生，并且得到升华，成为一种最纯粹的、让每个人都能感受到的快乐。他和我说饮食关乎嘴巴、舌头、心灵和记忆。

“然后他告诉我如何改进我做的烤猪肉配酸泡菜。他告诉我如何才能让烤猪肉变得经典——用魔鬼的食谱——变成一道让我的丈夫和大姑子永远不会忘记的佳肴。他把食谱放进我的脑袋，太完美了，实在是太完美了。食谱上这道菜所需时间更多。因为猪肉需要小火慢炖，所以比我平时需要的时间更多。于是我就开始准备，我挑选了最好的切割肉，也备好了迷迭香腌汁。”

两人沉默了一阵子，房间里只有K1录音机工作的声音与海德威卡平缓的呼吸声。

“我准备了一个早上，想象着伊特卡和莫里奇可能会有的反应——尽管他们不愿承认，但还是没能隐藏住心中的喜悦，最后终于不得不夸奖了我。

“伊特卡如约前来吃午饭。她问我莫里奇在哪儿，我说不久就该回来了。‘他的摩托车为什么在这儿？’她问道。我告诉她莫里奇把摩托车留在家里改乘火车了。我可以看出她看我的神情充满怀疑，但是那又怎样，她从没用其他的神情看过我。‘那我还是得好好看着你。’她说道。”

“然后你给她上了午餐？”维克多问道。

“我给她上了午餐。先上的是自制的香肠——德国人称之为血肠——天使给的食谱。”

“我把血、切碎的猪肝块、面粉与马郁兰、孜然和胡椒粉混合在一起。天使说等它凉了再上，还要切成薄片，当开胃菜，然后再上烤猪肉配酸泡菜。”

“天使——这位发光的天使——整天陪着你？”维克多问道。

“他整天都在那里：有时光亮都能刺痛我的眼睛。其他时候他身上的光芒会改变颜色，但是他的确很美。”

“你难道不害怕吗？”

“有几次他变颜色的时候我有些害怕。他的光芒会变成黑色，但又与一般的黑暗不同。那是一种闪亮的黑暗，充斥着整个厨房，让所有的东西都失去了颜色，黯淡无光。但是也就持续了一会儿。

“开胃菜过后，我上了主菜。我告诉你，那是我做过的最棒的烤猪肉配酸泡菜。猪肉烤得很完美。所有的菜都很完美。我可以看出伊特卡也是这么认为的，虽然她什么也没说。我看着她吃。她和她的弟弟一样，像个小肥猪。她吃得狼吞虎咽，肉汁都从下巴上流了下来。我可以从她的眼中看出：这是她吃过的最美味的一顿饭，最纯粹的味觉享受。但是，她是伊特卡，她什么也没说，尽可能地隐藏着心中的快乐。”

“魔鬼呢？你们吃饭的时候魔鬼也在厨房吗？”

“他在那儿！哦，他真漂亮啊！他就坐在桌子的另一端看着我们，嘲笑着伊特卡的吃相。他发出青铜色、红色、金色的光芒，真是太美了，但也太亮眼了，无法直视。他在我的脑海中告诉我他看得见我们，我也看得见他，但是伊特卡看不见。他说很高兴看到我用了他的食谱。

“伊特卡吃得一滴不剩。她用馒头片蘸了最后一滴肉汁，甚至还吃了我盘子里剩下的馒头片。吃完之后，她依然没有说好吃。她太吝啬，太小气了，就是不愿意承认。但是她的确问了我猪肉是哪儿来的。”

“你告诉她了?”维克多问道。

“是的，我告诉她了。我告诉她的时候天使笑得好开心啊！他的笑声在我的脑袋里，伊特卡当然是听不见的。然后她开始拼命尖叫，更像是啼叫，她吓坏了，无法从餐桌前站起身。”

“她尖叫的原因是你告诉她刚才那是她弟弟?”维克多问道，“你谋杀、碎尸，还烹食了……”

“我告诉她实际上莫里奇昨晚就回来了，还有那天早上，美丽的天使是如何教我趁他睡觉的时候用我的圆角刀割断了他的喉咙。

“天使在解释食谱的时候，莫里奇躺在那儿抽搐，鲜血一股股地流进了盆里。他的血质量很好，浓稠，油腻。天使和我笑得多开心！莫里奇不再抽搐之后，天使清楚仔细地向我说明如何切割肉块，如何取出最鲜美多汁的肉块。这太有趣了，你知道吗，太令人着迷了，而且我还曾试图向伊特卡解释切割肉块时一些关键的技术要领，但是她不听，就只是在不停地尖叫。

“邻居们一定是听到了伊特卡的尖叫声过来敲门，但是我没理他们。他们一定打电话报了警。而此时，美丽的天使在唱歌给我听。多么美丽的曲子啊。最后警察赶来的时候，他们发现了莫里奇在浴缸里的残尸。”

“伊特卡呢?”

“警方在厨房找到我的时候，我把她的头……”

维克多没有说话。房间再次鸦雀无声，除了录音机转动的声音和安静的海德威卡均匀的呼吸声。他的手放在病历本上，里面夹着现场的照片与警方的报告，病历里面还有不解的邻居们写的说明材料，他们都说莫里奇·瓦伦塔是个细心、忠诚、感情外露的丈夫，他精心呵护着心理脆弱的妻子；还有关于他的姐姐伊特卡的说明材料，她一直全心全意地照顾着弟妹，因为她带给了弟弟幸福。

“之后你见过撒旦吗？”维克多最后问道。

“啊，是的，见过很多次。事实上，他就在这里。在这个房间里。美丽的天使全身散发着光芒，就站在这个房间里。”

维克多感到一阵激动，也许现在正是和他一直在寻找的东西产生直接接触的时候：瓦伦托娃潜意识深处的“心魔”。“我能和他说句话吗？”

“不行，”海德威卡皱着眉说道，“你也许不行。他不会和你说话的。”

“他在哪儿？”

“你不知道吗？”瓦伦托娃说道，“你难道看不出来吗？他就站在你的身后。魔鬼就站在你的身后。”

第十一章

天气已经转冷，食物的热气和食客们身上的热量让餐桌旁的厚玻璃窗户蒙上了一层雾气。这里所有的东西都很厚重、密集、结实：这是个由砾石玻璃、深色木头、坚硬石块、厚重传统构成的地方。不管你怎么看，这个曾经的客栈可能已经有超过两百年的历史了。

想在布拉格找到一家能迎合他特殊口味的地方并不容易。在这座城市和这个国家，猪肉是最常见的主食，找到能让他专注于菜单的饭店是件难事。也许在家里自己做饭吃更加合理，但是他既没有时间，也不想把有限的空余时间用来煮扁豆。

所以，几年前他找到了这个地方之后大家都知道去哪里找他。他经常来这里点一杯酒和一盘菜。布拉格警局的人都知道如果他们在局里和家里找不到斯莫莱克的话，马场咖啡店是他们应该去的第一个地方。

店名为什么叫作马场斯莫莱克无从得知，也丝毫不感兴趣。在布拉格拥挤的古老市中心，他无法想象这里曾经有过赛马场或者竞技场。也许这仅仅是店主新的爱好，因为他手绘了一幅蓝马的图案在店门上面；还有一种可能，也许店名比咖啡馆之前的客栈更加古老，比旧城区更加古老，是从遥远的第一代移民那里传下来的。

这就是这个国家的特色，斯莫莱克一边心不在焉地搅拌着菜汤一边想道：无论你多么渴望新事物和拥抱未来，古老的、过去的事物一直就在身边。

现在，他坐在桌前开始用餐，饭店里厚厚的古老墙壁让他与外面的城市隔绝开来。他很疲惫，心情也不好。自从托瓦尔在警局自杀之后，他几乎没睡多少觉，即使他睡着了，托瓦尔也会经常出现在他的梦里。除了他，也许还包括巴托斯医生，其余每个人都相信托瓦尔死前说的话等于是认罪了：他无法从脑袋中赶走的魔鬼就是托瓦尔本人，是他杀害和肢解了那些女受害者。

大家都认为，托瓦尔杀死自己的时候等于也杀死了魔鬼和“皮围裙”。

然而斯莫莱克却不这么认为。他坐在他经常坐的那张桌子前，旁边的砾石玻璃窗户上凝结着厚厚的雾气。他想是否自己行动迟缓、犹豫不决意味着真正的“皮围裙”依然在这座城市逍遥法外。坐在舒适安全的咖啡馆里，斯莫莱克感到一阵愧疚，外面不知道什么地方，那个人形的魔鬼，可能就走在某条街道上，悠闲地寻找着下一个受害者。

离开警局之前的那通电话并没有让他的坏心情得到缓解。和他通话的是奥卢城堡刑事犯精神病院的混账院长罗曼内克教授。一开始还觉得他是个通情达理、客气礼貌的人，但当他说想见迈克尔·麦克哈克的时候——美丽的安娜·佩特拉索娃说他是波希米亚玻璃的顶级专家——罗曼内克变得极不配合。

斯莫莱克很快明白对方不配合是因为担心警方要对他进行问讯，也许他还是其他案件的嫌疑人。斯莫莱克解释说他感兴趣的不是他曾经犯下的施虐罪和谋杀罪，而是他在玻璃方面的专业知识。罗曼内克同意他四天之后过来，并且解释说如果警方想要得到有用的信息，需要等上一段时间才能让焦躁的病人放心地接受有人要探视他的请求。他还说事实上，病人的主治医生是他的同事维克多·科萨雷克医生，他就要对病人实行一种开创性的治疗方案，一种由药物辅助的深度疗法，也许会让病人好几天都神志不清。尽管斯莫莱克强调事态紧急，罗曼内克依然礼貌地拒绝了他。

斯莫莱克没有说出他想去精神病院的另一个原因：对托瓦尔进行一次死后的心理诊断。也许那里的专家们能够解释到底他是在和心里的魔鬼抗争还是他真的是活在对某个人的恐惧之中。巴托斯医生是正确的，他应该早点去寻求他们的帮助。

他喝了一口汤，味道很好，就是调味品放得有些多了。主厨，同时也是店主的母亲玛塔总是认为斯莫莱克的饮食中缺少肉类，因此她必须多放些香料、盐、胡椒粉补充味道。外面已经天黑了，斯莫莱克用衣袖擦了擦窗户上面的雾气，他从玻璃上看到的只有自己和咖啡店大厅的倒影。

他对自己的长相非常满意。英俊，魁梧，五官分明，相貌堂堂。但是他总觉得自己的外貌具有欺骗性，也许这样的外貌同时也显得普通、单纯，甚至是无趣。如果斯莫莱克对自己某一方面确信无疑的话，那就是，他绝不是一个普通、单纯的人。

这给他帮了不少忙：许多嫌疑人的落网就是因为低估了他无趣的外表后面敏锐的智慧。

美丽富有的女老板安娜·佩特拉索娃突然闯入了他的思绪。自从上次见面之后，他很多次不由自主地想起她的脸庞。他一边吃着饭，喝着酒，一边遐想她见到自己时的感觉。是否自己的鲁莽与单纯只能衬托出她的优雅与世故？他是否长着一张不讨人厌却转眼就忘却的笨警察的脸？

他努力不去想着她的样子，但那形象却挥之不去。他知道自己再也见不到她了。而且即使他能鼓起勇气走进她的店里邀请她喝一杯或者吃个饭，看场电影或者表演，结果会不会被她取笑呢？取笑自己的冒失？这番假想的见面让斯莫莱克大失所望。不会有这样的事情，他再也见不到美丽的佩特拉索娃了。

这是最奇怪的事情。他不需要抬头，听见厚重的橡木大门关上的声音，听到迎着石阶而上的跑步声进入咖啡馆低矮的拱门的时候，斯莫莱克就知道他们是来找他的。有坏消息在等着他。

他抬起头看到了值班警员米列克·诺沃特尼，还有两个身穿制服的警察。

第十二章

维克多整日和精神异常的病人打交道，他常常感到惊讶的是，对于自己的内心世界，他似乎并不十分了解。他曾计划买辆汽车，这样往返于布拉格会方便一些，但是他一直忙于适应新工作，这件事也就搁置下来了。这次他搭乘火车去布拉格。他没想到的是，抵达马萨里克车站大厅的时候，他想起那个与想象出来的魔鬼进行斗争的精神分裂病人。那个迷失的小伙子，他的痛苦没有被医生终结而是终结于警方的子弹。

维克多想到的不是自己的安全曾受到了威胁，而是现在已看不到当初发生的事故一点点痕迹的火车站，是他的专业技能遭遇挫折的地方。火车站如今已恢复如昔，但他心中依然感到难受。在走出车站的时候，他碰巧看到了那个穿着大号制服戴着大号平顶帽的搬运工，对方也认出了他，和他微笑着打了个招呼。

在来的路上，维克多也许没有想别的东西，因为此行带有要完成任务的使命感。窗外的景色他视而不见，他一心只想着去找他的好朋友菲利普·斯特罗斯塔，想着到底是什么可怕的事情发生在了他的身上。维克多给他打过很多次电话，一次也没接通。他知道自己的朋友正在经受不知原因的深度抑郁症与无法控制的狂躁症。维克多的担心已经达到了警戒值：他害怕菲利普也许会做些出格的事情伤害自己。

他叫了辆出租车直接去了菲利普的公寓，位于老城区最东边的一栋曾经很漂亮的法国新艺术派风格公寓楼的顶楼。他知道那台用熟铁和彩色玻璃装饰的漂亮电梯这些年来一直故障不断，所以他直接走进楼梯间上了五楼。上楼的时候，楼梯间只听见他的脚步声，让他感到宽慰的是，他听到了楼上门闩转动开门的声音，很明显菲利普听到了他上楼的声音在给他开门，因为顶楼除了他住的公寓之外没有别的房间。

但是当他到了顶楼的时候，很吃惊地看见公寓门口站着一个女人，她长相普通，一头黑发，站在门框下面，房间里面传来婴儿凄厉的啼哭声，在寂静的楼梯间里回荡。

维克多脱帽介绍了自己，并说自己来找菲利普·斯特罗斯塔。

“哦，他是上一个租客，”她心烦意乱地说道，显然着急地想去看看婴儿哭闹的原因，“你等等。”她转身进了房间，留下维克多一个人站在门口，等她再次出来的时候，怀里抱着一个孩子，已经不哭了，正躺在她左手的臂弯里。“我们从没见过他，我们搬进来之前好几个星期，他就收拾完自己的东西搬走了，但是留下了这个。”她递给维克多一张字条，

“我想这是他的转寄地址，万一他的信和东西被送到这里来。反正他就只留下了这个。也许你能在那里找到他。”

维克多盯着字条看了看，感到一阵困惑。等他记住了地址之后，他把字条递还过去。

“你留着吧，”她说，“没有东西寄过来。你也是我们搬来之后唯一一个来找他的人。我想没人需要这张字条了。”

“为什么？”维克多不解地问道，“你们什么时候搬进来的？”

“大约两个多月之前。快三个月了。”

“两个多月？”维克多吃了一惊。他突然意识到有三个月，也许四个月，菲利普没有邀请他到公寓来过了，他们见面都在市里。为什么他要悄悄地搬走呢？

他皱着眉头仔细想了想，忽然想到了什么。“但是我有一个电话号码，”他争辩道，“就是这个地址……”

“这儿没有电话。”年轻的妈妈长着一张东斯拉夫人的宽脸，说话带着口音，也许是乌克兰人。她的脸色和说话的声音现在有了一些不同的东西：她正在越来越怀疑站在家门口的陌生人。她看了看维克多的身后，看了看楼梯间，再回头看了看房间。

维克多因为被凭空怀疑感到恼火，但是他转而意识到自从“皮围裙”系列谋杀案之后，布拉格的报纸上到处都是提醒市民注意陌生人的通知。于是他笑了笑，立刻为自己造成的麻烦向她道歉，并对她提供的帮助表示感谢，然后下楼回到大街上。

这压根儿就不是所谓的家越搬越好。按照女人给他的地址，他来到老城区东南角弗尔硕维采区的一个阴暗的大院子里，地面铺着碎鹅卵石。这里不是个好地段，一些曾经壮观的建筑如今已经破败，有些公寓的隔壁就是金属工厂，因此楼身都脏兮兮的。

所有置身于烟雾和煤灰之中的新艺术派风格的公寓都局促地建在这块大院子里，住在这儿的人好像还不少，但是有微弱的迹象表明这里即将被遗弃。空地的一角停着一辆摩托车和一辆汽车，又老又破，锈迹斑斑，貌似上次被发动是很久以前的事了。

维克多花了很长时间去寻找字条上的门牌号，附近也没有可以问路的人。他刚想敲一户人家的门想要寻求帮助的时候看到了两幢房子之间有条过道，过道墙壁上一块肮脏的搪瓷指示牌上写着此路通向71和73号楼的方向。过道又长又暗，一户边门在围墙一侧的人家飘出了煮着卷心菜的味道。维克多惊讶地发现过道通往另一个院子，73号楼原来并不是公寓楼，而是和它附近的建筑一样，是马房改造而成的房子，改装没花什么钱，也不专业，勉强可以住人而已。

一个比他年纪大一点的人，双肘撑在一幢公寓楼二楼的石头窗台上，身子探在外边，正在抽着他的烟斗，他百无聊赖地俯视着维克多走了过去。

菲利普过来开门的时候，看到站在门口的维克多，他的表情十分惊愕——也许这不是让他高兴的意外造访吧。维克多心想也许他自己的表情也十分惊愕：菲利普瘦了，面色苍白，十分憔悴，头上的金发也是乱糟糟的；他穿着一件开领衬衫，很久没洗过了，下巴上的胡子也许要刮上整整两天才能刮干净。他身上的西服也是皱皱巴巴的。菲利普是个穿着很讲究的人啊，虽然衣服不算昂贵，但都很时尚。他糟糕的衣着与身体状况让维克多忧心忡忡。

“我的上帝，”维克多说道，“你这是怎么了？”

“我怎么了？”菲利普面无表情地盯着他，那双蓝眼睛也不如以前有光泽了，“没怎么啊。真的没怎么。”

“我能进去吗？”

菲利普的眼神再次陷入一阵茫然。“当然。”他站到边上让维克多进了门。

马房被改造成了一个大房间，厨房在一侧，生活区在另一侧。向前走几步就是摆放着一张床的走廊。两扇关着的门是生活区的尽头。让维克多感到安心的是，房间虽然凌乱，但是很干净，这是菲利普的一贯风格。还有，房间里到处都是书：堆放得满满当当的几个书架挡住了所有的墙壁，餐桌上堆着书，墙角的皮椅子上也堆着书，菲利普过去把书拿开，让维克多坐下说话。

“你这是怎么了？”维克多再次问道，“不要告诉我什么都没发生。很明显发生过什么事情。为什么你不告诉我你搬家了呢？我真的好担心你。”

菲利普耸耸肩。“没什么好担心的。我丢掉了在大学的工作，仅此而已。你知道我管不住自己的嘴巴，有什么疯狂的想法都会说出来。我现在正在适应新环境……”他漫不经心地用手指了指现在住的房间，“我想等我找好了工作再和你说的。这种事情多少有些不好意思和你说吧。”他在对面的一张破旧的皮沙发上坐了下来。

“天哪，菲利普，很抱歉听到你这么说。接下来你打算做些什么呢？”

“我正在做一件事。我在写东西。我写了两部戏剧寄给了城市大剧院的弗兰蒂泽科·朗格尔——他没有给我回信，但是我觉得有把握。这是第一次有人写超现实主义戏剧，主要讲的是古斯拉夫的众神生活在当代布拉格的故事。如果城市大剧院乐于演些机修工的蹩脚戏剧，我的稿子也许会石沉大海……”菲利普的语气恢复了过去的激情，和他沉闷的外表格格不入，“还不止这些呢，我正在写一本书。”

“一本书？什么书？”

菲利普的双眼仿佛被重新点燃的火焰。“一本巨著，一本重要的巨著，一本目前为止关于波希米亚神话和传说的最权威、最全面的巨著。我和你说，维克多，这本书会引起关注的，我也会引起关注。”

“那这之前你怎么活？”维克多示意他看看可怜的居住环境。

“我的零用钱，”菲利普说道，“我爸爸有钱，却没时间陪我，经常给我些钱作为补偿。不多，但是足够应付我目前需要的开支。”

“听我说，菲利普，我必须要问清楚。你有没有使用毒品？可能暂时会让你感觉好一点，但最后的结果只会更坏。”

菲利普嗤之以鼻。“我看上去像个吸毒的人吗，我的老朋友？我还以为你对我很了解，知道我不会干那种事呢。”然后他加重了语气，好像在迁就维克多，“没有的事，我没有吸毒。即使一个人生活，我也会保持开朗的个性。”

他们坐着聊了很多。菲利普时不时地会陷入莫名的沉默，维克多则不停地好言相劝。看到自己的朋友依然充满活力，身体还算健康，维克多总算松了一口气，但他担心的是，他用的是精神病医生的方法帮助菲利普摆脱烦恼。有些时候，菲利普会变得异常兴奋，口若悬河，在狭小的房间里走来走去，手舞足蹈地描绘着他的伟大理想。似乎他最兴奋的时候就是说起他作品的主题波希米亚神话和传说的时候。维克多对此很烦恼，因为他知道这种表现的根源是偏执狂。不过他并不十分担心：他想起和罗曼内克教授讨论过潜意识与神话传说的关系。维克多暗想菲利普书写这样的鸿篇巨制也许是在探索自己内心世界的秘密，找寻自己心中的魔鬼。

“我想你会对我的作品特别感兴趣。你看，古波希米亚人的信仰有三个基础，”他突然又兴奋起来，“第一是二神论，也就是光明之神和黑暗之神统治一切。光明由光明之神斯瓦洛格主宰，黑暗由黑暗之神切尔纳伯格与莫拉纳——掌管黑夜、冬天和死亡的女神——共同主宰。第二是四元素精灵，也就是来自自然界的神灵和魔鬼。第三是死亡崇拜，主要是说逝者生活在维列斯统治的异界，从洞穴进出。”他惊讶地摇着头问道：“难道你听不明白吗？我是说，你是荣格学说的支持者，你不明白我的意思吗？这不是和荣格学说几乎如出一辙吗？”

“很多地方是相似的。”维克多说道。他仿佛看见了菲利普眼中的火焰，这让他又一次十分苦恼。“我们认为不同文化的神灵和魔鬼拥有相同之处是因为他们出自共享的原型。还有，听起来你找到了让自己感兴趣的主题。”

“哦，是的，是的。”

过了一会儿，菲利普走进厨房拿着两个酒杯和一瓶冰爵酒回来了。维克多注意到酒杯很精致：杯柄是斑斓的紫罗兰色、绿色和蓝色的荧光玻璃制成，钟形的杯身是磨砂玻璃制成。

“新酒杯啊，”维克多用指尖捏着杯柄在手里转动，“以前从没见过。”

菲利普耸耸肩。“别人送的礼物。一个知道我在做这些事情后崇拜我的女粉丝送的。”他倒满酒杯后坐到维克多的对面。他们边喝边聊，喝了一会儿，维克多留意到菲利普已经两杯下肚了，他只喝了一杯。

最后，显然是在酒精的作用之下菲利普更加兴奋了。他询问了维克多的生活和新工作，维克多简单说了几句，没有谈及任何一个具体的病人。他想起在密林深处的教堂门廊上抄下来的那张便条，于是和菲利普描述了教堂的样子，也说了这是新刻的字迹。

“我想这是格拉哥里字母，也许是一座斯拉夫教堂。”维克多说道。

“让我看看。”菲利普伸出手说道。维克多把便条递给了他，菲利普找出一个笔记本开始翻译。

维克多发现他不需要借助任何参考资料，虽然家里到处都是。

“啊，这就很有趣了……”菲利普从笔记本上撕下那页纸，连同原文一起还给了维克多。

我来了，我不走，因为
这里是邪恶安身之处。
我来了，我不走，因为
这里是魔鬼藏身之所。

第十三章

家能够反映主人的品位，这句话用在这里再恰当不过了。斯莫莱克站在精致的门廊下，拼命抑制着即将不可避免地见到安娜·佩特拉索娃时的复杂心情。他处处都能感受到她的品位，他想让这种感觉多停留一会儿，就这样感受着她的存在，感受她的性格，然后再进去见她。

她的家和他想象中差不多，除了他本以为她可能住在离市中心她的商店不远的一幢公寓里。而事实上，她住在城市北部伏尔塔瓦河对面布贝内克的一幢大别墅里，前面是漂亮的花园广场。

她住的地方有太多东西能让他想起她商店的销售大厅。房柱和地板是同样的大理石和黑玛瑙材质；墙壁是同样的冷装饰：明亮，没有任何图案，这样可以最好地展示墙上挂着的现代派和至上主义绘画派作品中大胆的线条与色彩。

当然还有玻璃：细颈花瓶与碟碗的边沿上使用了闪亮的螺旋形饰品和栩栩如生的紫罗兰色、绿色和蓝色。门廊处摆放着一个斯莫莱克见过的最精美的手工玻璃制品：一个一米半高的铀玻璃花瓶。花瓶的外观设计极其精巧，几条管状凹槽像蔓须一样从球形的花瓶底座向上螺旋形伸展，在细长的瓶颈处聚拢，然后又在花朵形状的瓶口处散开。花瓶的雕刻工艺足以让人啧啧称奇，但是真正吸引斯莫莱克的是花瓶上使用的荧光色彩：孔雀蓝似乎真的在闪闪发光。

似乎他来到这种地方不太真实，这些天太多不真实的事情把他折磨得够呛。像他这样的负责谋杀案的警察需要留意生活中常人视而不见的地方。他也已经习惯处理各种离奇古怪的案件。警察这份职业，需要把所有的巧合当成疑点，然而，他经手过太多的案子牵涉了无法解释的概率和巧合。

但是，站在佩特拉索娃家的门厅里，斯莫莱克却很害怕即将见到她，他故意很惊奇地站在原地欣赏着荧光玻璃花瓶，甚至连他脚下的地面都觉得没有必要再看下去了。

这件事，即使在斯莫莱克看来，也实在是太巧合了。

“队长？”米列克·诺沃特尼问道。诺沃特尼是他手下一名一心想要往上爬的年轻警察，他从马场咖啡厅把他接了过来，现在正站在他的身边。

“在哪儿？”斯莫莱克问道。

“卧室。”诺沃特尼指了指楼梯。

斯莫莱克迎着螺旋形的楼梯上了楼，传出说话声的那间卧室告诉了他三个卧室哪个才是他要去的地方。走进房间之后，他发现说话的人是法医巴托斯和一个穿制服的低阶警员。

她在里面。安娜·佩特拉索娃在里面。

她躺在床上，眼睑深深的那双眼睛正盯着他。他希望自己能回到楼下，站在门厅欣赏那个花瓶，那里才是能让人平静，充满优雅和品位的地方啊。而这个房间只有嘈杂、恐惧、痛苦和一张他熟悉的脸。

最让他恐惧的就是安娜·佩特拉索娃的脸。那是一张完美的脸，原封不动，依然美丽。脸上仔细地化过妆，五官精致，洁白无瑕，头发整整齐齐地扎在脑后，和上次见到时一样。深红色的嘴唇微微张开，露出了一点点洁白漂亮的牙齿。她的脸完美无瑕，保留着原样，既没有受过伤害，也没有被鲜血弄脏。

但是其他部位，脖子以下的其他部位，只有残缺不全的肉块、血液和骨头。

在驱车前来的路上，他已经有了心理准备，知道即将会见到什么。他在楼下的门厅处磨蹭，想鼓起勇气让自己能坚强地面对即将见到的恐怖场面，但终究还是被击垮了。看到她蜷曲的尸体依然在轻微地抽搐，他感到一阵难受，太阳穴在急促地跳动。

瓦茨拉夫·巴托斯先到的现场，他正在检查尸体还剩下些什么。他转过身对斯莫莱克说道："看来那个吉卜赛小子是无辜的。"

"要么还有同伙，是他在继续作案。"斯莫莱克说道。

"她叫安娜·佩特拉索娃，"诺沃特尼说道，"在新城区的市中心有一家玻璃珠宝店。"

"我知道。"斯莫莱克说道。

"你知道？"

“我知道。她的名字，她的商店。我知道她。”

“你认识受害人？”

“我是这么说的。两天前我在她的商店和她说过话。”

“两天前？”

斯莫莱克转向诺沃特尼，脸色很难看。“是的，两天前。我要不要把我说过的每句话都重复一遍？”

诺沃特尼摇摇头，他噘着嘴若有所思地说道：“不，不，队长。就是这件事，嗯，实在太——”

“太巧合了？”

“嗯，是有点。你和她说了些什么？”诺沃特尼问道。

斯莫莱克盯着年轻的诺沃特尼。即使上司的不满让诺沃特尼感到不自在，他也没有流露出来。他只是在做他该做的事。他只不过是在斯莫莱克身上例行公事：他的上司和受害人过去是什么关系，什么性质的关系，上次见到她是什么时候。

“玻璃珠，”斯莫莱克说道，“在上一个现场找到的。我拿过去咨询她的意见。她没能帮上忙却建议我去找迈克尔·麦克哈克，说他才是真正的专家。不幸的是，他被关在奥卢城堡，但是我已经安排好了和他见面。”

巴托斯医生一直在俯身查看受害人的尸体，这时半转过身在斯莫莱克的肩膀边问道：“你要去奥卢城堡？”

“早就要去了。现在至少要等一等了。有了这件新案子，这件事要拖上几天。”

巴托斯郁闷地点点头，很明显他有话要说，但是不想说了，他转过身去继续工作。斯莫莱克知道他弟弟的事情，虽然和巴托斯没有任何关系，但是他弟弟的丑闻几乎毁掉了巴托斯的前途。他的弟弟，一个天才的科学家，被列为“六大魔王”之一，正关在那座远方的精神病院。

“我有新发现了，”诺沃特尼说道，“‘皮围裙’在谋杀和案件调查有关系的人。”

“哪怕只有一点点牵强的关系。和你说的一样，也许是巧合。但这是什么该死的巧合。”

“你去见她是为了问你在布拉格小城区现场发现的一颗玻璃珠？”

斯莫莱克点点头。他紧盯着诺沃特尼的脸，刚才诺沃特尼着重地说出“你”这个字的时候，斯莫莱克差点想把他臭骂一顿。没错，斯莫莱克是发现了一颗玻璃珠，而且是在所有人离开了现场之后发现的。这又是一个巧合。

他知道诺沃特尼不会真把他当成嫌疑人，但是他也知道这位年轻的警察是多么想要往上爬。那张年轻的脸庞尽管稍显稚嫩，但他却颇有心机，表面上极讲原则，甚至到了冷酷无情的地步。诺沃特尼太清楚了，怀疑足以成为污点毁了一个人的前途，却能照亮另一个人的前途。现在是充满变数的时候，未来会怎样谁也说不准，尤其是当这样的时候让野心勃勃的年轻人看到了机会。

只有一点确定无疑，斯莫莱克必须振作起来。有些事情他无能为力：年轻的下属怀疑他不合时宜地影响了这起案件；他被受害人深深地吸引；还有自从见过面之后他总是会想起她。他甚至努力说服自己，加速的心跳不是因为他认识受害人，而是因为现场有太多血的缘故。

无论你之前见过多少次这种场面，无论你是一位多么富有经验的警察，血液总是能引起你的一些本能反应。浅灰色的丝绸床单上沾满了黏稠的深色血液。为了更好地欣赏墙上挂着的艺术作品，房间被刷成了白色。但是现在只能在墙上欣赏凶手留下的艺术作品：动脉喷溅而出的血液在墙上留下一道弧形，而在那片雪白之中最显眼的是凶手用受害人的血液在床头上方用手指写下的那个词——贱货。

“你觉得嫌疑人是德国人吗？”诺沃特尼问道，“或者希望我们认为他是德国人。”

斯莫莱克摇摇头。他想起来在审讯托瓦尔的时候，托瓦尔说本葛让他看杀人的时候也用这个词咒骂过玛利亚·莱曼。“你知道这个词的意思吗？”他问道。

“当然知道。意思是下贱的女人。”

“不止这些。他是用德语说的，他的意思是她是个德国贱货。目前为止，所有的嫌疑人都拥有部分或者全部的德国血统。除了这次，他好像说错了。佩特拉索娃不是德国名字。莫非是结婚后改了名字？”他满腹疑问地看着低阶警员问道。

“我不清楚，队长。据邻居们说，她一个人住在这儿。我已经派人去问了，等会儿看看会不会有线索。”

“有人看到过访客吗？”诺沃特尼看了一眼斯莫莱克问道，“男性访客？”

“目前没有。邻居们说她是一个不喜欢和别人打交道的人。”低阶警员回答道。

“你有什么发现，巴托斯？”斯莫莱克问道。

“她所有的内脏都被取走了。这你自己也能看出来。这回他离开现场的时候把受害人的器官带走了。我不得不说，这更加印证了我说过的凶手是‘开膛手杰克’的崇拜者：阴道和子宫都被取了出来，这和伦敦的案件一致。”

“那么他真的是在模仿那个英国杀手了……”斯莫莱克既像是在对大家说话，也像是在自言自语。就在这时，一个年轻的警察走了进来，手上拿着几张纸，他对低阶警员说了几句话，然后低阶警员走到大家的面前。

“我们已经问过邻居了，还在楼下的一个橱子里找到了她的身份材料。”低阶警员递过身份证，斯莫莱克拿过来仔细看了看。

“该死……”斯莫莱克把身份证递给诺沃特尼，“身份材料上说她是来自西里西亚的德裔捷克人。她的闺名是安娜·迪特里希。”

“据我的人从邻居那里得到的信息来看，”低阶警员说道，“她嫁入佩特拉斯家族，丈夫大概四五年前死的，把商店留给了她。”

“这么说，凶手真的是有计划地在杀人，”诺沃特尼对斯莫莱克说道，“你真的不知道她是德裔捷克人？”

斯莫莱克恶狠狠地瞪了他一眼。“要是我知道的话，一开始就会说的，诺沃特尼助理警探。我只见过她一面，还不到二十分钟，谈的是公事。”

“当然是这样了，队长，我很抱歉。”诺沃特尼向他道歉，却达到了他的目的：年轻的警察和低阶警员的脸上都露出了惊讶的神情。谣言很快就会出现。

“还有别的发现，”低阶警员说道，“你们得去看看。在外面。”

年轻的警察带着低阶警员、斯莫莱克、诺沃特尼和巴托斯穿过前门，绕了一圈来到别墅的另一侧。他打开手电筒照在白墙上。

“一定是他离开现场的时候干的，”年轻的警察说道，“我想那也是受害人的血。”

“可恶！”斯莫莱克骂道，“这就是我们需要的东西，虽然是政治动机。”

“不是政治动机，”巴托斯说道，“至少在我看来，这还是在致敬。在伦敦的谋杀现场，‘开膛手杰克’在墙上留下过一模一样的话。只不过此时此刻，这种话带有更深的政治动机。”

斯莫莱克叹了一口气，他把墙上用鲜血书写的句子又读了一遍。和在卧室的墙上留下的脏话一样，这句话也是用德语写的。

犹太人必须受难。

第三部分

“玻璃收藏家”与“伐木工”

第一章

喝完那瓶酒之后，维克多什么也不想再喝了。他知道这个城区并不十分安全。事实上，他非常沮丧地记得菲利普现在住的这个地方距离“皮围裙”上次作案的两个现场只隔着几条街。

但是他注意到菲利普的心情变好了不少：显然是因为体内酒精的作用，他变得越来越放松了，不过在焦虑情绪的释放过程中，他一会儿很兴奋，一会儿又很消沉。维克多希望他能保持放松，这样他才可以更好地观察他真实的心理状态。所以，当菲利普坚持去当地一家酒吧的时候，维克多没有拒绝。

维克多始料不及的是，他在菲利普身上使用的方法和他在自己的病人身上使用的方法并没有什么不同。只不过他让菲利普平静下来的药物不是东莨菪碱和阿米妥钠，而是冰爵酒和啤酒。

走出菲利普租住的房子的时候，天已经完全黑了。维克多认得菲利普穿的那件深色长外套：这件衣服当初他买来的时候看上去很时尚，也很贵，非常合身。现在这件衣服松松垮垮地披在他的身上，看上去既破旧又松弛，不再时尚。他的帽子看上去也很破旧，而且被他拉到了眼睛上方，好像他不想看见维克多，也不想看到其他人。

他们从后门进入了一个黑暗的小院子，这是他和邻居共用的。锁门的时候，门上那把旧锁吱吱地晃了两下，但是他没有把钥匙放进口袋，而是抬起门口的一块石板把钥匙放在了下面。

“我总是丢三落四，”他解释道，“尤其是和别人在一起的时候。”

夜晚的空中飘着寒冷潮湿的细雨，让维克多高兴的是，酒吧只有三个街区的路程。弗尔硕维采是个拥挤的城区，到处是曾经很漂亮的公寓楼和狭长的街道，四通八达的大街小巷两边高墙林立，走上两步就能看见作坊、工厂和货场。

不管曾经是多么高档的住宅区，现在住在这里的居民大多是工人，主要是捷克人，也有一小部分德国人。虽然苏台德区的德国人被称为乡巴佬，但是在布拉格，曾经的奥匈帝国留下来的是构成了社会精英阶层的德国人。在工人居多的弗尔硕维采，德国人很少，但干的都是轻松体面的工作：经理，工头，技术工。

菲利普带他去的酒吧有个德国名字，这让维克多非常惊讶。酒吧在一个地下室里，下去的楼梯很陡，弧形的窗户顶稍稍高出人行道，很像一头露出水面窥探动静的河马的眼睛。酒吧里面很热闹，也很热，空气中弥漫着啤酒的味道和厚厚的雾气。维克多看到的大部分客人都是工人装扮，有些客人坐在别人看不清的角落。在走向吧台的时候，他听到聊天的人们既有说德语的，也有说捷克语的。维克多昂贵又时尚的衣着——衬衫，领带，西服，礼帽，外套——似乎引来了许多目光，这让他心中感到一丝不安。

维克多为两人各点了一杯啤酒，他决定赶快喝完走人，但是菲利普凑过来在菜单上加了两杯苹果白兰地酒。角落里有张桌子收拾干净了，菲利普拿着啤酒和白兰地酒走了过去，一边晃着头示意维克多跟他一起过去。

维克多坐了过去，两人开始喝酒聊天，维克多问他为什么被学校解雇以及他有没有可以上诉的理由，但是菲利普不愿多谈，甚至多次回避这一话题，于是维克多意识到他变得失常绝不仅仅是因为被解雇。

“艾琳娜和我分手了。”他终于说道，耸了耸肩膀装出无所谓的样子。

“听到你这么说我很难过，”维克多说道，“她是个好女孩。她很适合你。”

“才不是。她是个婊子，是个荡妇。更有甚者，她是个德国婊子。”菲利普突然毫无预兆地恶狠狠地骂道。他的声音很大，邻桌的两个人转过身来看着他。维克多也没想到他会突然这么暴躁，他微笑着朝那两个人表示歉意之后，他们才悻悻地转过身继续喝酒。

“女人都是婊子。所有的女人。”菲利普继续骂道，表情再次变得阴沉，“她们整日说谎，欺骗成性，背着你乱搞，但还想把你玩弄于股掌之间。她们认为自己无所不能。但是我告诉你，那个把她们切碎的人——你知道，就是‘皮围裙’——他会让她们后悔。也许那样的一个杀人狂才是解决女人的真正办法。”

“看在上帝的分上，菲利普，这不是你真正的想法。”

“不是吗？”他不屑地盯着维克多的眼睛说道。突然之间，他的怒火与轻蔑全都不见了，肩膀耷拉了下来。“当然不是。我不知道自己怎么了。我这些日子动不动就发脾气。和每个人发脾气，和关心我的人发脾气，比如说你。这是我被解雇的原因。”他的肩膀耷拉得更沉了，几乎是用一种可怜的目光看着维克多。

“事实上，我没有通过申诉再回到查尔斯大学的可能了，或者其他任何大学。我打了系主任费伦茨。”

“你打了他？”

菲利普点点头。“而且没有收手，把他的两颗牙打掉了。他们当场就把我解雇了，还报了警。我在牢里待了四天，但是最后老费伦茨发了善心，撤回了对我的指控，条件是我不再去把学校的走廊墙壁涂黑。我想，这个结果还算公平。”

“天哪，菲利普，”维克多摇着头说道，“这也是艾琳娜离开你的原因吗？”

“不是，在这之前她就和我闹掰了。可以说，我们俩是因为政见不合。我那时太天真了，我以为我可以相信德国人。我更天真地以为我可以相信女人。你知道艾琳娜是来自北方的利贝雷茨吗？你知道那儿的人都是德裔捷克人吗？但是他们应该是忠于国家的好人——政治上的温和派以及捷克的德国人成立的社会民主工人党的成员都是。有人反对加入德国，但主张成立一个自治的联邦捷克政府，你听说过这种屁话吗？但你说的好女人艾琳娜就属于这一类——支持康拉德·亨莱因和苏台德德意志人党。这个愚蠢的婊子什么都不懂。她根本什么都不懂。不管我怎么给她解释，她就是不明白这些德国人的走狗想要干什么。”菲利普开始咆哮，热情再次高涨起来。维克多越来越感到不安，因为身边说话的人大部分都说着德语。

“从现在开始再过十年，不，五年，甚至还不要，我们自己的国家就会没有了。我和她说过，我真的和她说过；我告诉她亨莱因和他的支持者将来连个撒尿的地方都会找不到，因为那个奥地利的小个子自大狂将会把捷克变成德国的一个省。”

“够了，菲利普，冷静……”维克多看到邻桌的那两个人，还有刚才没有转身的第三个人已经停止说话，正在给对方使着眼色。

“什么？这里不让聊天吗？两个朋友不能在这里聊聊政治吗？”他说话的声音太大了，更像是说给旁人而不是维克多听的。

维克多手肘撑在桌子上向菲利普靠了过去，他平静地小声说道：“你当然可以，但是要分时间和地点。这样的时间，这里不是个好地点。现在谈政治的时候要当心，菲利普，不要在公开场合谈。”

“胡说八道，”菲利普提高了嗓门说道，“就让他们听见吧。每个人都得听见。让他们知道那个奥地利的小王八蛋和他的苏台德走狗会把我们带向何方。”听到这句话，邻桌的一个人和同伴说了句什么，然后他们突然站起身走过来围住了维克多和菲利普，每个人看上去都处于爆发的边缘，他们毫无表情，眼中充满敌意。菲利普连忙站了起来。

“干什么？”他大声喊道，“你们他妈的想干什么？”他把剩下的啤酒倒在酒吧的石头地面上，手上拿着空酒杯在块头最大的对手面前挥舞。菲利普无所畏惧，又意图使用武器，这让大块头愣了一下，他向后退了一步。维克多利用对方迟疑的机会，赶紧站到他们两人中间。

“好了，先生们，”维克多举起手说道，平静的口吻就和他对自己那些有潜在暴力倾向的病人一样，“我的朋友今天心情不好，所以有点喝多了。没别的。我这就带他回家，不会再给各位添麻烦了。刚才的事情我替他向诸位道歉。”他把手伸进口袋掏出几张五克朗的纸币和一把铜币放在桌上，“请用这些钱买杯酒喝吧。我们这就走。”

他转向菲利普，看见他的脸上依然充满怒气，一副不买账的样子，于是他把双手放在菲利普的肩上小声却坚定地说道：“看在上帝的分上，菲利普，你不会真想让我们两个死在这里吧？赶紧走，我带你回家。”维克多拿下他手上的空酒杯放在桌子上，整了整衣帽。菲利普还在隔着维克多的肩膀对那三个人怒目而视，却顺从地被维克多一路拉到门口。

“晚安，胆小鬼们……”维克多拉着他向门口走去的时候菲利普依然不依不饶。

来到街上的时候，菲利普一把挣脱了维克多。“我不需要你的帮助。我要你帮忙了吗？你以为你是谁？你来找我就是为了管我的闲事？我没要你帮忙。我不是你的神经病病人。我不是你的傻瓜工作对象。”

“你当然不是，菲利普，”维克多说道，“你是我的朋友。

正因为你是我的朋友，我才这么关心你。我最担心的是你明明知道那是一家德国人的酒吧，却偏偏要去，还故意惹事，是不是这样？你已经不能控制自己了。”

菲利普已经不像刚才那么激动了，但依然有些焦躁。“让我回家吧，维克多。让我一个人生活吧，你回到你的地方去，回到你的事业和未来中去。你看不出来你应该离我远点吗？我是个麻烦，我知道。好像有我的地方就不会太平。这就是我为什么离开你的原因。要是你知道——”菲利普突然打住了。

“要是我知道什么？”维克多转过身看着菲利普问道。昏暗的路灯下，菲利普看上去面色更加的苍白了，甚至不那么真实了，仿佛他是一个幽灵，是维克多的影子，仿佛他根本就不在那里。

“还是不说吧，”菲利普说道，“过去我们开玩笑的时候总是说我们是一枚硬币的正反两面。其实我们不是。我们不是同一枚硬币。我们是不同的货币，用不同的材料铸造出来的。你是优质材料，我是劣质材料，这就是问题的根本所在。你无法阻止我想要做的事情，但是如果你在我身边，却可能会毁了你想要做的事情，你的未来。你还是别管我了。”

“你是我的朋友，菲利普，朋友之间不应该这样。我不会——”

维克多还没来得及说完这句话，只见在公寓区的一个三岔路口，三个人从一间房子后面走了出来，站在他们前面路灯下的那团白色亮光里。

第二章

“你打算什么时候去奥卢城堡?”

“你说什么?”斯莫莱克转过身去问坐在副驾驶座位上的巴托斯医生。这个问题很突然，他甚至没有专心观察路况。在警局讨论完了案情之后，他答应送巴托斯回家。现在卷宗已经归档，现场描述已经比对结束，现场拍摄的恐怖照片也已经冲洗，他和巴托斯都被一整天的调查折磨得疲惫不堪，而且不管这样的事情对他们而言是多么司空见惯，想到一定还有下一起案件会发生，精神上的折磨也让人受不了。

“我问你什么时候去奥卢城堡。我想，如果你不介意的话，我想和你一起去。”

“为什么呢?”斯莫莱克问道。

“得了吧，队长，”无精打采的巴托斯不满地说道，“你知道为什么。多米尼克关在那里。我敢说局里的每一个人都知道我的弟弟就是‘六大魔王’之一。”

“是的，”斯莫莱克说道，“我知道。这就是你想去那儿的原因吗？”

“我从没去过那里。我是说，去那里见过他。我想，如果你要去那儿，也许可以帮我安排一下。要是能陪你一同去，我会非常感激。这么做有点傻，我知道，但是我真的很想再见他一面。五年了，每次当我想到要去见多米尼克的时候……”巴托斯叹了口气说道，“我想去见我的弟弟等于去见他曾经犯下的恶行。”

“我知道。”斯莫莱克说道。他当然知道瓦茨拉夫·巴托斯的弟弟就是才华横溢的物理学家多米尼克·巴托斯。正如他所言，布拉格警局的每个人都知道。有些人，包括斯莫莱克在内，甚至认为巴托斯医生选择法医这份职业是为了弄明白他的弟弟为什么会犯下那些罪行。

“我很乐意为你做出安排，”斯莫莱克说道，“我也很乐意开车去那儿的路上有个伴儿。”

说定了之后两人都陷入了沉默。布拉格的夜色掠过警车的窗户，不断变换着图案，有的像印象派的线条作品，有的是巴洛克式的黑色轮廓，有的是棱角分明的暗影。终于，他们到了巴托斯住的公寓楼前。

“上去喝一杯吗？”巴托斯下车后靠在斯莫莱克的窗边问道。

“不，谢谢。今天太忙了。”这是句实话，而且他可以看出同样疲惫的巴托斯下车后露出的轻松神态，知道这样的邀请只是出于礼貌。

“那就下次再聊吧。谢谢你送我回家。”巴托斯想了想，说道，“今天的现场，他对那个女人的所作所为，看来他要给自己增加点特色……”

“什么意思？”

“提升。他通过细节透露出这个意思。显然他的灵感来自‘开膛手杰克’，但是恐怕他现在的动机不仅仅是模仿他的事迹和手法。”

“你到底什么意思？”

“我感觉他真正要模仿的是‘开膛手杰克’的名气。他希望自己在名气上不仅仅能和他相提并论，而是要完全超过他。他想要自己的名字让更多的人知道，持续的时间更长。你知道这意味着什么吗？”

“就是说还会有更多的受害者出现。他不会收手。他会继续作案直到我们把他抓到。”

巴托斯点点头。“等我们到了奥卢城堡之后，我强烈建议你咨询一下那儿的专家对‘皮围裙’有什么看法。晚安，队长。”

“晚安，医生。”

斯莫莱克注视着邋遢的小个子法医走进了公寓。他喜欢巴托斯，但让他烦恼的是，他是一个变态杀人狂的哥哥，还对“皮围裙”的作案心理有如此深刻的理解。

第三章

维克多根本来不及辨认袭击者其实就是酒吧里的那三个德裔捷克人，甚至都没来得及注意到对方已经突然动手了，他只知道自己倒在了湿滑的鹅卵石地面上。当一只穿着工作靴的脚恶狠狠地向他踢过来的时候，他冷静地向边上一滚，对方没有踢中他的脸，但踢中了他的太阳穴，维克多感到一阵剧痛。他惊愕地躺在地上，知道下一脚是无论如何躲不过去了。但是什么也没发生。等他足够清醒了之后，他听到了尖叫声。那是很响亮的接近咆哮的尖叫声，几乎不是正常人能发出的声音，更像是疯子、精神病患者发出的大声尖叫。

维克多站起身，他明白了为何对方没有继续踢过来。攻击他的那个人正倚在公寓的墙上，脸色惨白，捂着自己的右前臂，夹克衫的袖子在路灯下可以看到变成了深红色。他的两个朋友试图靠近他，但菲利普挡在他们中间，只见他手里拿着一把明晃晃的长刃刀，在路灯下闪着恶意的寒光。只要他们想接近倒在地上的朋友，菲利普就在他们面前挥舞着手里的刀，而且还一直在咆哮，疯狂地嘲笑着他们，嘴里骂个没停。他挑衅着对手，笑他们没种，侮辱他们的种族，嘲讽他们的懦弱，威胁对手要宰了他们，甚至还说要是让他找到他们的妻子，他也不会放过她们。

维克多看到那几个人不再怒气冲冲：很清楚他们知道这场街头斗殴比他们想象的要更加糟糕和危险，他们完全控制不了场面。袭击者成了被袭击者。他们的脸上露出了莫名的恐惧，因为正常人都不知道遇到神经病该怎么办。维克多赶紧向菲利普跑了过去。

“让他们走。”他大声说道。菲利普转过身，愤怒地看着维克多，拿着长刃刀指着他。

“让他们带上朋友一起走，”维克多的语气更加镇静了，“他们已经得到了教训。”

菲利普转过身对那两个人怒目而视，然后晃了晃脑袋示意他们可以带走受伤的朋友。两人稍微迟疑了一下，赶紧跑过去搀扶伤者，朝着酒吧的方向跑了。

“我们最好离开这儿，”菲利普说道，“虽然事情是他们挑起来的，那几个混蛋还是很有可能会报警。”

维克多没有说话，跟着菲利普朝他的租屋方向走去。

“不，”菲利普说道，语气中带着疲惫但是很坚定，“是时候我们必须分开了。你难道不明白吗？去做各自要做的事情去吧。”

“但是菲利普，你需要帮助。我不知道什么事情——”

“你最好离开这儿。这帮德国佬随时会带更多的人来这儿，或者带着警察来。你赶紧的，说不定还能赶上末班车。”

说完这句，没有任何道别，菲利普快步走进布拉格迷蒙的夜色中，消失在街角，消失在视线里，也消失在维克多的人生里。

独自一人站在空旷的街头，维克多突然感到自己正置身于危险之中。他捡起地上的帽子，理了理外套，掸去上面的尘土，迅速朝火车站的方向走去。

第四章

斯莫莱克回到公寓的时候已经是凌晨四点多了，他决定睡上几个小时再去上班，但是当他躺到床上的时候，脑海中不断地出现昨天晚上现场的残忍画面。从来没有一个受害者和他有如此直接的私人接触。他甚至开始怨恨死去的佩特拉索娃。为什么接触的时间那么短，却给他留下了如此深刻的印象？为什么会这样？她美丽的外表之下还有什么令他如此着迷？

他躺着抽了会儿烟，四肢沉重，胸口不停地起伏，迫切地想睡上一觉反而让他睡不着了。他试图赶走脑海中正在折磨他的那些画面。遇到这种情况，他经常使用的办法是回忆自己的童年，想想和父亲一起度过的快乐时光，一起在村边那条蜿蜒的小河里钓鱼，或者一起在光影斑驳的密林里朝着北方散步。不一会儿，遥远的童年记忆平复了他的思绪，他终于睡着了。

斯莫莱克做了一个梦。

梦里的世界，所有的东西都很大。过去梦到童年的时候，梦里的东西都和现在一样，但这次，他变成了小时候的自己，只有十岁，这让他很烦恼。他感到自己很渺小，很脆弱，很无助。甚至连他梦中的场景——凭借童年的记忆重塑的场景，也是他经常逃避而去的目的地——也带有危险。他看到的所有东西都是颗粒状的质地，带着锋利的坚硬边角：所有的细节都是如此清晰和刺眼，他的眼睛疼得无法继续看下去。

他在村子里奔跑，村子和他记忆中的一样，只是房屋更大，而且清晰得刺眼。村子上方的天空也不一样了：乌云在翻滚，黑色的云朵中夹杂着胭脂红，正以极快的速度迅速掠过远方的地平线。

小斯莫莱克知道自己的任务：妈妈让他去爸爸的肉店拿一公斤香肠回家做晚饭。她用自己的母语——德语——吩咐小斯莫莱克做这件事。她利用一切机会向他灌输德语，从他出生之后就一直和他说德语。

在他的童年时光，德语同时也是训诫与惩罚时使用的语言。

他继续在村子里奔跑，经过教堂的时候，他发现教堂洋葱头形状的穹顶尖塔比记忆中的更大、更高、更尖，就像一根充血的尖针刺向天空。他来到一个屋檐低矮的白色房子，那是爸爸的肉店，进去之后发现店铺前面没人。接下来，和三十年前的那天相同的是，他不由自主地走向通往后室的门，走进父亲店铺里的禁地，然后被从店铺后面传来的奇怪尖叫声吸引而去。

和记忆中的真实经历一样，他喊了声爸爸，没人回答之后他便走进了门后的肉品储藏室，在梦里，门变大了，就像一张黑色的大嘴。储藏室里突如其来的黑暗与寒冷同样让他起了一身鸡皮疙瘩，他看到自己身边挂满了屠宰好的生肉，盘子里面装着切好的碎肉与香肠。

他循着急迫的尖叫声向前走去。

当他来到后院的时候，斯莫莱克突然又变回了长大后的自己。父亲同样还是在那里侧身对着他。斯莫莱克恍惚间觉得和父亲同时出现在这个地方以及两人是相同的年纪非常不可思议。父亲转过身对他和蔼地微笑，而他双腿间夹着的东西在拼命挣扎。

“很高兴看到你在这里，”父亲说道，“你可以帮我……”

斯莫莱克笑了笑，低头去看即将被屠宰的动物。那不是一头小猪，而是安娜·佩特拉索娃！她一丝不挂，拼命尖叫，美丽而充满恐惧的脸哀求地看着斯莫莱克，乞求他的帮助。

父亲举起手中的大头锤就要砸下去了。

“不！”斯莫莱克大声喊道，“住手！”

父亲的手停在半空，他皱了皱眉不解地问道：“为什么？”

“你不能砸她的头，”斯莫莱克说道，“她的脸必须保持完整。”

“哦，当然了……”父亲点点头，“真高兴你能来这儿，我们得把这件事做好。”他指了指肉品储藏室的门，“你去那里把工具拿过来。”

斯莫莱克回到冰冷的储藏室。然而他发现，似乎挂着的生肉和盘子里的碎肉比刚才要多，看起来也更清晰。而且都是人肉！原先的猪肉变成了女人的肉，胸腔全被切开，内脏均已取出，乳房耷拉着悬在两侧。在一个盘子里，他看见了布拉格小城的女受害人玛利亚·莱曼的头，没有五官，满脸红肉，瞪着没有眼皮的大眼睛在向他无声地控诉。

斯莫莱克找到了工具，那是父亲需要的。那也是自己需要的。

他从抽屉里取出剔骨刀，轻轻地关上储藏室的门，取下钩子上挂着的东西，一直在等待着他的东西。

皮围裙！

他从钩子上取下皮围裙——一件和父亲身上一样的皮围裙——穿在身上，然后拿着刀走向后院。

安娜·佩特拉索娃需要他来拯救。

第五章

回到奥卢城堡竟然让他如释重负，这着实令维克多感到意外。在布拉格那个疯狂的夜晚之后，待在这座城堡竟然不再让他压抑，而是得到了一种安全感，一种强烈的温馨和舒适。两天后第一次见到布罗乔娃的时候，他明白这种感觉更多是因为她的缘故。

“那么接下来你打算做什么呢？”布罗乔娃问道。城堡食堂的咖啡厅和城里的咖啡厅没什么不同，两人坐在那儿聊着天。

“做什么？什么也做不了，”维克多说道，“菲利普是我的朋友，但他不听我的话。我是精神病医生，但他不是我的病人——而且我也不知道是否有需要医生介入的临床证据。”他郁闷地耸了耸肩，“我担心在街头的那件事之后，我最好还是听从他的意见离他远点儿吧。”

“街头事件？”布罗乔娃皱着眉头问道，“发生什么事了？”

维克多叹了口气。他原本决定不和任何人提起这件事。让他感到幸运的是，笨拙地踢在他太阳穴上的那一脚没有留下任何印记：没留下瘀伤，也就不需要向罗曼内克和同事们解释了。但是布罗乔娃是唯一一个他可以信任的人，所以他把在酒吧和随后发生的事向她说了一遍。也提到了那把刀和菲利普突然爆发的狂躁。

“菲利普再也没人可以依靠了，”讲完了之后，维克多说道，“他有个女朋友，名叫艾琳娜·克鲁赛尔。她是个好女孩，对他的影响不小，但是分手了。我不在他身边，大学的工作丢了，女朋友也分手了，菲利普无依无靠，他不是那种会引导自己生活的人。”

“听起来他的麻烦你帮不了啊。”

维克多突然显得很伤心。“即使我能为他做些什么，他也不会接受的。不管怎么说，我不能让自己陷入他那样的境地。我想菲利普正处于抑郁性躁狂症的边缘，因为很明显他无法控制自己的冲动，但这不足以使他精神失常，而且也不是他所作所为的借口。如我所说，我无法控制他，没有理由把他当作我的病人对待，而且现在我离他这么远，也没法照顾他。我还要顾及我自己的工作。这样说是不是听起来有些自私了？”

“不，听起来很理智，”布罗乔娃肯定地说道，“但是凭我对你的了解，你会着急，你会担心。”

“是的，我会忍不住这样。”

“你是否还有别的事没有告诉我呢？”看到他的脸色变得很差，布罗乔娃问道。维克多盯着她看了一会儿。的确有：他对菲利普隐约产生了不好的怀疑，但是他不会对任何人说，自己也不愿意相信。

他摇了摇头。“我只是累了，”他说，“而且很难过。”

两人郁闷地陷入一阵沉默。过了会儿维克多说道："是有一件事——菲利普把那些字翻译出来了。"

"真的吗？"

他递过翻译好的字条，布罗乔娃大声念了出来。"我来了，我不走，因为这里是邪恶安身之处。我来了，我不走，因为这里是魔鬼藏身之所。"她微微一笑，"嘿，你明白了没有？我告诉过你，'黑心扬'还活得好好的，而且就在这个城堡里。晚上他拿着刻刀溜了出去，把这些字刻在教堂的柱子上了。他就是要让当地人知道他还在研究黑暗魔法。"

"难道你不觉得这也太有点儿，呃，不可思议了吗？甚至太吓人了吗？"

布罗乔娃耸耸肩。"也许是当地的某个青年想要吓唬村民。"

"当地青年会写格拉哥里字母？而且还指望有人看得懂？"

"那么你怎么认为呢？伟大的科学家。"布罗乔娃调皮地问道。这样的她看上去真迷人。"难道树林里面住着魔鬼？或者真的是'黑心扬'写的？"

"我更担心的是城堡里的魔鬼。这里的魔鬼指的就是城堡里关着的病人。"

"胡说八道。这些字不可能和任何病人有关系，他们不可能溜到树林里去。"

"也许吧，不过如果你再读一遍，你的理解就会完全不同：'魔鬼'指的是某个病人，'我不走'不是说他喜欢魔鬼，而是要看着他，关着他，说不定在等待机会杀了他。"

"你说什么？"布罗乔娃觉得难以置信，她笑着问道，"是这里的某个员工干的？"

维克多耸耸肩。“或者是某个受害者的家人，一个要么和某个病人有关系，要么和他们的罪行有关系的人。都有可能，你明白吗?”

“我不明白。这番话本身就没有什么意义。”布罗乔娃说道，“为何他要闪烁其词? 为什么要选择一个古老的斯拉夫教堂? 我们都是受过教育的人，不该相信这种东西，但你却去找你的专家朋友把它翻译出来了。”

“我想你是对的，”他笑着说道，“但是的确很奇怪。”

“因为奇怪对你而言是常态，对我们所有人而言都是常态。”她呷了一口咖啡说道，“顺便和你说一下，我已经把所有的治疗录音誊写好了，不要再去想那些含糊的字句了，让我瘆得慌。说说你下一个治疗对象是谁?”

“我已经接触了穆拉德克、瓦伦托娃、泽莱尼和巴托斯。当然我接下来要对迷人的沃伊捷赫·斯卡拉展开治疗，我肯定，这一定会很有趣。除此之外，我真的很想跟进穆拉德克，尤其是瓦伦托娃的治疗工作，看看能不能让她的‘美丽天使’现身。”

“你觉得‘心魔’会如此轻而易举地现身吗? 这似乎有点儿，嗯，太没创意了吧。”

“我知道你的意思。但是瓦伦托娃并不是一个很有想象力和创意的人。甚至她虚构出来的东西也没有创意：她做出来的美味荤菜和别人吃完之后的喜悦只是从性和道德的角度对肉体这一概念进行隐喻。她坚持素食很明显代表着禁欲。恐怕这是弗洛伊德学说主张的最直接、最原始的东西。不管怎样，这些事情都要先等一等了，我正在准备安排两天后‘玻璃收藏家’迈克尔·麦克哈克和警方的一次见面。罗曼内克教授说，警方需要他在玻璃上的专业知识。”

“你还没听说吗?”布罗乔娃说道，“这次见面要推迟几天。‘皮围裙’又在布拉格杀人了，所以要来这里的警察——”

“又杀人了?”维克多打断她问道。

“是的。一个做生意的女人。挺重要的一个人呢。”

“什么时候的事?”

“两天前的晚上。怎么了?”

维克多摇摇头:“没什么。”

但是一直笼罩在他心头的疑云又出现了。他想起菲利普反常的暴躁、诉诸暴力时的迅速和对女人的仇恨。最重要的是，他想起路灯下闪着寒光的那把致命的长刃刀。

“这么说这次见面取消了?”他最后问道。

“不，没有取消，只是推迟了。据罗曼内克教授说，布拉格警方依然很想和麦克哈克谈谈。原因当然是受害者是做玻璃生意的。但是警方强调说他们和麦克哈克谈话并不是因为他是任何案件的嫌疑人——他们需要的仅仅是他的专业知识。”

维克多点点头，突然他又想到一件事情：菲利普拥有一对波希米亚风格的酒杯，装饰华丽，做工精致，和他住的地方格格不人。

第六章

被带进治疗室的时候，维克多发现和瓦伦托娃与穆拉德克一样，麦克哈克看上去也不像是个杀人凶手。他个子不高，身材微胖，戴着无框眼镜，看上去有些清高。圆滚滚的头顶光秃秃的，像一个大鸡蛋，头顶的边缘留着一圈黑色的短发。

维克多对他的印象主要是烦躁，近乎病态的烦躁。带进治疗室的时候，他对自己被绑在治疗床上行动不便感到烦躁，对维克多烦躁，对警卫烦躁。

对地球转动的速度太慢感到烦躁。

强烈的、不停的烦躁，维克多知道这是自大狂或者自恋症的症状：极端自私；认为全世界乃至整个宇宙都应该围绕他们旋转；所有人，所有的东西都必须只能满足他们的需求。

在治疗过程中，这种强大的意志力是最难控制的：病态膨胀的自我就像一个强壮的看门人守护着通向潜意识的大门。麻醉治疗的关键之处就是战胜病人的自我，让他们的意志屈服于医生的意志，最终把门打开。

因此这次治疗，维克多加大了催眠药的剂量。

药品的作用就像是在剥洋葱，麦克哈克的防御被一层又一层地剥开。首先是解除身体的防御，坐立不安的身体和乱动的手指平静了下来；然后是表情和眼神恢复了平静。接下来他特有的、持续的烦躁消失了，他第一次在维克多面前显得有些安静。催眠药的作用非常明显，就像三聚乙醛用在癫痫患者身上效果立竿见影一样。维克多决定再给他一些时间恢复平静，然后进入他的内心世界。

等待的时候，维克多再次打量了一番谷仓改成的治疗室。圆顶的天花板很高，交错的弧形房梁和治疗室唯一的大门一样，使用的木材已有了几百年的历史。墙壁也是弧形的，密集的墙砖用厚重的石块制成，墙上薄薄的石灰层已经泛起褶皱，仿佛在诉说着过往：损毁与修复过的石块，古老的穿墙石、黏合剂、固定板无一不是历史的见证者。也许，在那段不为人知的过去，真有一扇门的后面囚禁着可怕的“黑心扬”。

又也许，和当地传说一样，这里有一扇暗门可以让他溜出来。他突然意识到这就是这间治疗室的作用，就是自己的作用：让病人心中的魔鬼溜出来。

维克多给他注射第二针的时候，麦克哈克没有抗拒。可能是因为他的意志力在减弱，也有可能仅仅是因为他很满意自己毫不烦躁的状态。过了一会儿，维克多按下录音机上的胶木按键开始了他的治疗，引导麦克哈克进入当初做会计的那段岁月。即使加大了镇静剂和催眠药的剂量，麦克哈克依然在滔滔不绝地自吹自擂，他夸大了自己的功劳，吹嘘自己在每一件事上的重要性。

有几次，他甚至说维克多无权问他这些问题。但是，当混合镇静剂继续发挥药效之后，他的强大自我开始层层剥落，麦克哈克终于变得顺从了。

他听话地讲述了自己的故事。

“一开始我在比尔森市政府做会计，”他解释道，“毫无疑问，我是部门里最重要、最有效率的雇员。其实，我应该马上就被提拔为部门负责人——市长说过类似的话。没有人比我更敬业。没人像我那样明察秋毫。也没人像我那样全心全意为政府工作。我敢肯定你能够想象到我有很多情人，但是我一心一意工作，没有承诺过和她们任何人结婚。”

“那么为什么没有继续在那里工作呢？”维克多意识到，即使增加了催眠药的剂量，他依然拥有比平时更强大的意志力，能够左右谈话的进程。麦克哈克不断地夸大自己的重要性，使得谈话很难进入他的内心深处，而且难免会在自我的表层遭遇搁浅或者触礁。“为什么你放弃了工作转而收藏玻璃？”

“我一直收藏玻璃——主要是波希米亚玻璃，也有一些是意大利玻璃——从我小时候就开始了。我很小就学习了关于玻璃的所有知识。我的父母很有钱，我的家族都是有钱有势的人，后来母亲去世了，没多久父亲也去世了，他们留给我很多钱，算是一笔财富吧，我就开始专职收藏玻璃了。很快我的玻璃买卖就干得有声有色，只靠赚到的钱就可以养活自己。”

依然是夸大其词。维克多从档案中得知麦克哈克的家庭背景至多是中产阶级或者小康家庭，而不是大富大贵；而且他继承的财产虽然不少，但是也没有他说得那么多。有一点是正确的，他是波希米亚玻璃制品和玻璃历史的主要权威。

维克多知道在某一方面有专长的人容易偏执。

麦克哈克也继承了父母在塔波斯卡大街上的别墅，别墅很大，但有些破旧，靠近比尔森火车站的调度站。据病历档案描述，别墅一共三层，有一个大地下室和一个阁楼。自从成为房屋唯一的主人之后，他把顶楼和阁楼改成了玻璃收藏室。后来他越来越入迷，又把地下室改成了重重设防的收藏室，用来存放他最珍贵的藏品：他不希望被别人看到和欣赏的珍贵藏品。

“我知道，”维克多说道，“你的收藏获得了业界的高度认可。你是波希米亚最好的玻璃收藏家之一。”

“不是之一，而是唯一。我有好多漂亮的藏品。”

“但是卡尔巴克不也收藏玻璃吗？他不是也收藏了很多吗？”

“他才没有。”麦克哈克激烈地表示抗议，药物无法控制他的激动情绪，“比我差远了。”

“但是你认识卡尔巴克，对不对？”

“安东·卡尔巴克是个书呆子，一头狂妄的蠢猪。”麦克哈克说道。他的自我依然存在——虽然变弱了，但依然模糊地、朦胧地存在，试图控制一切。维克多心想要不要再进行一次注射增强药效，尽管这次的剂量本就已经很大。

“他号称拥有全欧洲最多、最大的古波希米亚玻璃收藏，”麦克哈克继续说道，“但是他说了谎。彻头彻尾的谎言。我的收藏比他多，多出很多。他有弗利德里希·温特制作的玻璃作品，我非常羡慕，这一点并不假，但是我有好几件格奥尔格·斯瓦恩哈德的玻璃作品，无论是历史价值和经济价值，都比他的更珍贵。我甚至还有一块卡斯帕·莱曼大师亲手制作的凹雕玻璃板。卡斯帕是鲁道夫二世的御用宝石大师。这个宝贝几乎是无价之宝——卖给我的那个傻瓜丝毫不知道它的价值。我比那个乡巴佬可懂的太多了。还有，我收藏的亚立斯玻璃[1]也比他多。我不知道卡尔巴克是哪根神经搭错了，竟然声称他的玻璃收藏要强过我。”

“但是你的确和他吵过一架。我是说关于某件藏品的所有权你们吵过一次。所谓‘魔鬼高脚杯’？”

“是的，但是最后归了我。我从他的鼻子底下拿走的。”

“和我讲讲‘魔鬼高脚杯’。”

1 Hyalith glass，创于波希米亚。

第七章

“是‘魔鬼的高脚杯’，不是‘魔鬼高脚杯’，”麦克哈克纠正道，“这是玻璃制作者最难以置信的手工杰作。不对，不是手工，而是艺术，制作于十七世纪，是从来没有人使用过的荧光铀玻璃杰作。酒杯好像是活的：杯柄会扭动和旋转，杯身使用了许多色彩和图案，如果你长时间盯着看，会发现这些图案在螺旋旋转，变换着形状。我告诉你，我曾连续盯着看了好几个小时，完全被它迷住了，我看到了杯子的内部，看到它在动，它在变。我发誓我在里面看到了好多张面孔。杯子是卡尔–海因茨·克莱因菲尔德制作的。你知道作品中蕴藏着个性，伟大的作曲家因为他们的音乐而不朽，画家因为他们的绘画而不朽，那么‘魔鬼的高脚杯’让克莱因菲尔德永远活着。”

“你说有个关于克莱因菲尔德和酒杯的故事，是不是？背后有一段传说。”

“是的，但是，我告诉你，花了无数个小时研究之后，我信了。我相信传说是真的。我在酒杯里看到了真实的传说。”

“那么是个什么样的传说呢?”维克多问道，虽然他知道答案。

“克莱因菲尔德和斯瓦恩哈德一样，都是卡斯帕·莱曼大师的徒弟。斯瓦恩哈德的名气更大一些吧。克莱因菲尔德为大师工作了二十年，几乎可以和他的师父不相上下了，但永远差那么一点点。

“记住国王本人也曾研究过炼金术和巫术，克莱因菲尔德是著名的炼金师金·巴雷斯的朋友，他们两人研究出了一种新玻璃，几乎可以称之为神奇的新玻璃。但是克莱因菲尔德并不满足：他嫉妒莱曼大师的手艺，据说他召唤了撒旦来帮他设计最漂亮、最完美的玻璃作品。

“有人说新玻璃是用古老的玻璃珠熔化后制成的，那种玻璃珠叫作‘佩伦的眼泪’——佩伦是古斯拉夫神话中的雷神，据说第一块玻璃就是他把霹雳打进一个沙坑后制成的。等‘佩伦的眼泪’熔化之后，魔鬼把地狱之火熔进了玻璃，火红的烈火和棕红色的余火让玻璃拥有了独一无二的、令人着迷的品质。

“但是还缺少一种原料——最重要的原料——能让它变成有史以来最不同寻常的高脚杯的原料。魔鬼说等酒杯制成后，他只会把这种神秘的原料告诉克莱因菲尔德一个人。

“克莱因菲尔德痴心于制成这个酒杯，他向魔鬼献出了自己的灵魂。这么做让他很开心。作为回报，魔鬼说只要酒杯保持完整，他就不会索取克莱因菲尔德的灵魂。根据传说，魔鬼在半夜来到他的作坊和他一起制作，他吹了一口气熔化了玻璃，用他的利爪塑形，在此过程中，他一直向克莱因菲尔德保证当清晨的第一缕阳光照进窗户的时候，他就可以震撼地看到酒杯的最终成品。他的确感到了震撼。破晓时分，‘魔鬼的高脚杯’制成了，非常精美。克莱因菲尔德完全被迷住了，但又总觉得似乎有点美中不足。”

“哪里美中不足呢？”维克多问道。

麦克哈克静静地躺在检查床上，茫然地盯着上方的圆形屋顶，房间里只剩下录音机转动的声音，维克多又一次感到了压抑：他和一个被捆绑的疯子关在同一个房间里。

“据历史资料记载，那天早上，克莱因菲尔德被人发现坐在他的工作长椅上，死了。”麦克哈克好不容易继续说道，“头发全白了，眼睛盯着做好的‘魔鬼的高脚杯’，杯子就放在他前面的椅子上散发着光芒。有人说他献出了心脏，但我知道真相。

“你看，就在太阳从地平线上升起的那一刻，阳光照进了玻璃，魔鬼把最特别、最神奇的最后的原料加了进去，这是他向克莱因菲尔德保证过的。为了让‘魔鬼的高脚杯’获得它赖以成名的扭动与旋转，魔鬼将克莱因菲尔德的灵魂囚禁在了酒杯里。今天他依然在里面，他被关在玻璃监狱里呼号了三百年。等到酒杯破碎的那一天，他才会获得自由。但是如果酒杯真的碎了，魔鬼当然也会过来取走他的灵魂。”

“我明白，”维克多说道，“所以你就开始对这个传说着迷了，是不是？”

“着迷？不。如果你像我一样花了无数个小时盯着杯子里面看，你就会相信传说是真的。我和你说过我在杯子里看到一张脸，好吧，我现在向你发誓我看到的是谁：就是卡尔-海因茨·克莱因菲尔德。我亲眼看见他被囚禁在杯子里的灵魂，看到他在呼号。我刚才说过，伟大的作曲家或者艺术家永远活在他们的作品里，而那就是克莱因菲尔德的命运。永远活在作品里不是修辞用法，而是字面意思。一个活死人——没有休息，不分昼夜，整日呼号——被关在自己的邪恶杰作里。”

维克多沉默了一会儿。房间里再一次只能听到磁带轻轻转动的声音。

“你是从什么地方听到这个传说的？”他最后问道。

“什么地方？每个人都知道克莱因菲尔德和魔鬼的传说。这是玻璃制造业的行业神话之一。”

“奇怪的是，”维克多毫无批评的口气，“我找不到这个传说的记载。事实上我也找不到他是莱曼大师的徒弟的记载。似乎只有你一个人知道这个传说。”

“胡说八道，每个人都知道。”镇静剂和催眠药让他的抗议显得有气无力。维克多感觉到他就要睡着了。

“我懂了，”维克多说道，“这个传说其实隐喻的是你和安东·卡尔巴克是死对头，你不会不同意吧？为了能超过他，超过他的收藏，你不惜出售自己的灵魂？”

“不，根本不是那样！”如果没有药物的作用，他的抗议一定会更加强烈，“我已经超过他了。”

“但是你已经承认你杀了卡尔巴克，对不对？你承认他是因为你而死的，对不对？”

“是的，他活该。”

“讲讲这件事。”

“他起诉我，说我偷了他的‘魔鬼的高脚杯’。”

“是你偷的吗？”

“我只是拿回了属于我的东西。收到传票的时候我联系了他，请他到我家来解决这件事。我让他以为我要把酒杯还给他。他是个自大的人——狂妄自负，自以为是——所以他根本就没考虑过危险，考虑我是个危险的人。他来了之后，我告诉他自己非常抱歉，也不想惹麻烦。我说我想把这件事公平地解决：我还给他杯子，他可以从我这里拿走任何一件藏品——只要他喜欢，然后他撤案。

“我有一瓶上佳的托卡伊葡萄酒，喝了几杯之后他有点儿兴奋了。那个傲慢的蠢猪真以为他搞定了我，羞辱了我，我就让他一直这么以为下去。我乞求他的原谅，告诉他我有几件藏品可以比肩‘魔鬼的高脚杯’，而且他可以拿走。我告诉他这个传说，还跟他说我有里面装着灵魂的杯子。无价之宝，我最好的藏品。我解释说它们被放在地下室。还告诉他除了‘魔鬼的高脚杯’，再也没有任何玻璃制品能与之相媲美。”

“他跟你下去了？”

“是的，我真的想看到他见到陈列柜上我的藏品之后的反应。”

“他的反应如何？”

“他被征服了。目瞪口呆。然后他开始发了疯似的对我大声咆哮，说我是个疯子，还说他要去报警。但是我在葡萄酒里面放的毒药起了作用，他只爬到地下室楼梯的一半就不行了。”

“他死了？”

“没当场死在那儿。我把他拖进地下室里我进行创作的一个搪瓷浴缸里。脱掉他的衣服，绑得结结实实的，省得他乱动。然后我把模具套在他的头上。这是我在以前的创作过程中学到的经验教训：如果乱动，熔化的玻璃中就会出现气泡。”他停了停，一本正经的样子，“你知道，用卡尔巴克进行创作，是我太自负了。如果用一个我不认识的人或者和我没关系的人，也许今天我还在继续丰富我的收藏。”

“我明白你的意思。”维克多说道。他瞄了一眼警方在麦克哈克的地下室里拍摄的照片：房间里有一个业余玻璃制作者用得上的火炉，一个陈列柜上摆放着工艺粗糙的细颈花瓶，和花瓶不同的是，瓶口上方塞着一个密封用的球，而不是开口的。一共十二个，其中的十一个里面都装着一个年轻女子的头颅。在收藏玻璃的途中，麦克哈克在全国各地猎取受害者——每年杀一个，把她们的尸体装在汽车后备厢带回比尔森。没有人发现这些失踪案件是有关联的。

这些头颅装在密封的玻璃瓶里，即使是最初的几个受害人的头颅到现在也没怎么腐烂。第十二个头颅是男性。安东·卡尔巴克。

维克多从病历上抬起头来的时候发现麦克哈克已经睡着了。他试着叫醒他，但是麦克哈克在药物的作用下已经沉睡，接下来的几个小时都不可能被唤醒。维克多知道，用了这么大的剂量的确有些冒险。他别无选择，只能结束治疗。他记下时间，然后关上了录音机。

维克多转过身走向治疗室的大门，就在他准备喊警卫过来把麦克哈克送回病房的时候，他突然听到有人说话。

“你还在找我吗？医生。”

声音来自他的身后，麦克哈克躺着的地方，但那不是他的声音。这个声音更加低沉，在治疗室的墙壁四周回荡。

而且说的是英语。

维克多转过身，吃惊地问道："你说什么？"

没人回答。麦克哈克依然在沉睡，或者在假睡。维克多走过去用力摇了摇他的肩膀。

"你刚才说什么？"维克多问道。

麦克哈克微微动了一下，但丝毫没有苏醒。

警卫过来送走了麦克哈克，维克多独自一人静静地站在治疗室的中央，仿佛想要抓到那句话的回音。

他越想越觉得不可能，那个比尔森的普通会计变成的女性杀人狂怎么可能会改了嗓音用英语和他说出那句话，维克多说服自己一定是听错了。

要是没关录音机就好了。

第八章

第一次和布罗乔娃来这里的时候，维克多就知道村子里的这家墙厚檐低的小客栈一定已经有了好几百年的历史。每次进入大门的时候，维克多都要稍稍弯下腰才不会碰到门楣，门楣是厚重的黑色橡木做的，上面有精美的雕刻。但是，在今天之前，他从没留意过雕刻：树枝和树叶交错纠缠的图形象征着一片森林，雕刻的中央是一个穿着披风和农夫靴子的壮硕男子，男子长着一个熊头，半转身露着侧脸。维克多觉得这个雕刻除了制作方式略显粗糙，有点土里土气之外，整体上和城堡办公厢房木板上的雕刻风格是一样的。

他们进去选了一个靠窗的座位。店里还是只有几个人，但这回没人盯着他们看了。维克多猜测在这样的地方，不被注视差不多就是被接受了吧。

长着漂亮胡子的客栈老板面带微笑，过来上菜的时候很客气地用德语说了句“请慢用”。

到今天为止，维克多和布罗乔娃一共下过四次山，每次都是先在村子里的客栈吃饭，然后回去的路上特意经过密林里的教堂。他们的关系越来越亲密，两人都知道下一步就是成为恋人了。但是维克多知道不能着急：尽管布罗乔娃并不掩饰对他的喜爱，她的心理依然脆弱。

两人坐在窗边，窗外的景色主要就是那座让人感到压抑、无处可逃的城堡。他注意到布罗乔娃脸色苍白，双眼无神，还有黑眼圈。但是维克多问她身体有没有问题的时候，她摇了摇手指，让他不要担心。

“昨晚没睡好，没别的。我们还是说说你那个病人吧，你肯定你听到他用另外一种声音和你说话了？”客栈老板上完菜一走她马上就问道。维克多和布罗乔娃两人单独在一起的时候习惯说德语。

维克多皱着眉头。“真相是我不知道听到了什么。毫无疑问是麦克哈克在说话，但是声音却变了很多——我可以发誓他说的是英语，但是那也说不通。他当时没有意识，所以只可能是梦呓——睡觉时胡乱说话。我只希望要是没有关录音机就好了。”

“但是很明显你受到了惊吓。”

“说实话，我担心的是这会不会是我的学术偏见：也许我仅仅是希望相信自己听到了麦克哈克的另一面在说话——也就是他的‘心魔’——而事实上他仅仅是在说梦话而已。”他摇了摇头说道，“只是有点儿太……不同寻常了。”

“说梦话不是很寻常吗？说话的声音完全变了不也很寻常吗？”

维克多耸耸肩。“你说的当然有道理。可能是我想太多了吧。”

“你还要继续给他治疗吗？”

“当然要，我要让他做好和警方见面的准备。但是我也要对其他病人进行治疗。我开始绝望了，我找不到可以证明我的理论的证据。我已经安排好了帕维尔·泽莱尼的治疗时间——罗曼内克教授在他的病历上称他为‘伐木工’。”

布罗乔娃边吃饭边点头说道：“一点没错。他的工作，应该是他过去的工作就是伐木工。我想可能具体工作是护林员，在捷克的西里西亚。”

“我知道，”维克多说道，“他的病历我全部看过。”

“很可怕吧。”

“岂止是可怕？有时我想自己应该去做产科医生。我要面对的是光明和生命，而不是黑暗与死亡。我想把生命带到这个世界。”

布罗乔娃把餐刀和餐叉放在餐盘里，往后靠在椅子上，皱着眉头装出一本正经的样子，好像在认真打量着他。“是吗？想做产科医生的话，你还是把表情放轻松一点吧。”

“我的表情？”

“少一点正经。少一点……”她努力寻找着一个恰当的字眼，“……古板。你这样会吓到婴儿的。也可能会吓到他们的妈妈。”

“谢谢你的提醒，”他郁闷地说道，“我会改进我的服务态度。”

一个上了年纪的女人拎着一篮子蔬菜走进了客栈，紧挨着他们的桌子向前走去。和其他人一样，她也没多看他们一眼，但是维克多向她打招呼的时候，她没有任何反应，目光中带着冷淡和鄙视，一言不发地穿过拱门走进了后厨。

客栈老板过来收拾盘子，正好看到了这场失败的寒暄。“老鲁泽娜过来送本季的最后一次蔬菜，”他解释道，“村子里的菜园就数她家的最好了，但是她擅长的是种萝卜和西葫芦，而不擅长和人打交道。如果你觉得刚才她失礼了，我替她向你道歉。”

“她对每个人都那样吗？”布罗乔娃问道。

老板耸耸肩。“恐怕是的。但是和这里的大多数人一样，她也不喜欢巫师堡被用作，怎么说呢，用作现在的用途。你知道的，‘六大魔王’被关在里面哩。我无所谓，但是你知道当地人怎么说的吗？尤其是乡下人。他们会凭空猜测，夸大其词。”

“那他们认为我们到底在那里干些什么呢？”布罗乔娃问道。

“哦。村子里关于城堡的谣言可不少。各种各样的猜测。有人说你们在搞可怕的实验，诸如此类的。我不想冒犯任何人的政治立场——我也不知道你们俩的立场，我对此毫不关心——但是这里是个非常传统的捷克小乡村，有很多人说巫师堡是苏台德纳粹党人用捷克病人做实验的地方。”他笑着说道，漂亮的胡子显得更迷人了。然后他摇了摇头，忙不迭地矢口否认：“其实最让大家闹心的谣言是有个病人从‘黑心扬’的神秘地道中溜了出来。我不知道你们是否听说过，山上的树林里有个古老的小教堂。”

布罗乔娃正要准备说知道——太知道了——但是被维克

多拦了下来，他轻轻地捏了一下她的手。

“当地也有那个教堂的很多传说。有人说那里是‘黑心扬’举行仪式的地方，就是黑暗弥撒之类的仪式。但是也有人说城堡里有一条地道穿过洞穴群直达教堂——暗门要么就在教堂里面，要么就在那附近。据说‘黑心扬’在被囚禁的时候用过这条暗道——本来他应该是被关在城堡里的，但是他会在晚上悄悄地出来继续残杀妇孺。这当然不可能了：教堂和附近的所有地方这么多年被一次又一次地搜查，从来没人发现过那条神秘的暗道。”老板耸了耸他的宽肩膀继续说道，“话说回来，请忘了老鲁泽娜吧。这个愚蠢的老蝙蝠从来不和陌生人说话，也很少和我说话。请继续享用美餐。”

吃完之后，维克多和布罗乔娃在村后的湖边散步。湖的形状像个肾脏，说是湖泊，其实更像是个大池塘。维克多远远地看见老鲁泽娜站在村边，隔着幽暗的湖水盯着他们，好像在默默地诅咒。过了一会儿，她把空篮子挎在手上，转过身朝相反的方向走了。

天空灰暗，太阳躲在薄薄的云层里面，像个白色的餐盘，这样的天气让人无精打采。维克多庆幸老鲁泽娜没有朝他们这边走过来。湖边的小路很窄，路边暗黑的密林仿佛就要扩张到湖边和村庄里了。

密林不可阻挡的长势让维克多感到一种奇怪的焦躁，他紧盯着密林深处树与树之间的空隙，然后又拿出计划在今晚进行治疗的“伐木工”的病历，想通过阅读病历缓解自己的烦躁。事实上他知道，烦躁的真正原因是小湖和树林让他想起了童年，想起了老家村边的热则列湖——捷克语的意思是“魔鬼之湖”。热则列湖在捷克西部，湖边就是茂密的波希米亚大森林，和这里风景几乎一样。他也想起了妹妹淹死的那一天。他长久地注视着密林深处，好像期盼能见到吊在某棵树上的母亲的脸庞。

“你没事吧？”布罗乔娃似乎感觉到了他有些心神不宁。

“不好意思，”他笑着说道，“我在想工作上的事情，也许我们应该回去了。”

沿着树林里的小路回城堡的路上，布罗乔娃一只手挽着维克多的手臂，一只手放在他的前臂上，依偎着走在一起。这是爱意无拘无束的表达，是两人关系亲密的象征，维克多非常开心，因为他一直犹豫要不要让自己来捅破那层窗户纸。

“一起去看看那座小教堂？”她突然说道，声音像个开心的少女。可是，苍白的脸色与黑色的眼圈让人无法理解她为何突然如此开心。“去看看能不能找到‘黑心扬’的神秘地道。”

“好吧。”维克多犹豫了一下之后说道。

和第一次去教堂躲雨时一样，布罗乔娃牵着他的手走在前面。灌木丛和树木的黑色树枝仿佛是伸向路上的黑手，一路上想要把他俩抓住。维克多的压抑感又一次出现，他想要离开。

密林的前方是那片豁然开朗的空地和深色木头建成的教堂。布罗乔娃带着维克多走到门廊下面，突然，她把维克多拉到身边，温暖的身体紧紧地贴着他，迫不及待地、不顾一切地和他接吻。维克多猝不及防，不知所措，却又感到十分甜蜜和开心。只是他不明白为何这一切来得这么突然。

“我要你在我身边，”维克多说道，“我要我们在一起。”

“你在我身边。我们在一起。”说完她又一次吻了他，“此时此地，我们在一起。此刻，我感觉好幸福。”

“我说的不是现在，我说的是明天，是未来。我要我们永远在一起。”

“我们没有明天。”她推开维克多，嘴角的笑容渐渐退去，“我们没有未来。没有我们的未来。你不明白我们只能活在当下吗？从来未曾这样过，维克多，人们只能活在当下。我们要抓住所有的机会活在当下。我们也好，任何人也好，都没有时间向前看，去规划未来。”

“为什么？因为德国现在的局势吗？政治局势？”

“我们身边发生的事情不是所谓的‘政治局势’，维克多，而且也不仅仅发生在德国，捷克也一样：恐怖的事情就要来了。那是一场可怕的风暴，所到之处，无一幸免。”她用纤细冰凉的手指抚摸着维克多的脸，“你设想的我们俩的未来也不会幸免。”

“为何你如此肯定？”

“只要用点心，每个人都可以看出来，”她皱着眉头，表情恍惚，“我做过这样的噩梦，维克多。这也是昨晚没有睡好的原因。可怕的噩梦啊。”

维克多搂住她的肩膀，凑近她的脸轻轻问道：“什么样的噩梦啊？”

“我梦到了死人，晚上看上去就像一个个黑影，无声无息地向前走，像鬼魂一样。好多死人，多到数不清。我知道，他们中有好多人其实不知道自己已经死了。和我一样的人。”

“和你一样的人？”

“犹太人。成千上万的犹太人。维克多，和我一样的犹太人。”

第九章

玻璃店关了门，也没有张贴告示说明何时再营业，似乎随着女主人的离世，商店也走到了尽头。尽管丈夫去世得早，佩特拉索娃女士从未想过自己有一天会猝然辞世，她没有留下任何关于后事的安排。她的律师很明显为这事忙得团团转，努力想要从一堆堆资料中找到如何处置玻璃店的有效文件。

斯莫莱克是来向她的律师询问是否有熟悉她生活习惯和性格的生意伙伴与好友的。作为调查谋杀案的警察，熟悉死者是他的工作：了解他们的习惯、癖好和弱点，问出死者活着的时候藏着的秘密，而且他需要尽快记住这些从未谋面的人。

和安娜·佩特拉索娃不同，斯莫莱克见惯了死亡，他知道生命是何其脆弱。

弗朗兹·施耐德律师五十好几，说话轻声轻语，是生活在布拉格的德国人，他在新城区靠近查尔斯广场的瑞兹尼卡大街拥有一家中等规模的律师事务所。斯莫莱克拜访他的时候，尽管他也很想帮忙，但提供不了多少有用的信息。佩特拉索娃女士不喜欢和别人打交道，除了生意往来，或者说是合法的生意往来之外，没有关于她的其他信息。施耐德律师承认她不是一个容易接触和了解的女人。

也许施耐德不熟悉他的客户，但是他说起佩特拉索娃的时候，斯莫莱克怀疑这位长相平凡的中年律师可能暗恋着她。这一点很好理解：斯莫莱克也不熟悉佩特拉索娃，但她的音容笑貌就是挥之不去。

但是，施耐德有店里三个服务员的姓名和地址，而且如果斯莫莱克想要进店看看的话，他还有一串店里的钥匙。

斯莫莱克认出玛格达·图莫娃就是他经过玻璃店大厅时见到过的一个服务员。和佩特拉索娃一样，她也拥有漂亮的身材，但是脸庞没有佩特拉索娃那么精致完美。和初次见到她时的看法相同，斯莫莱克认为她被雇用的两个原因是既懂得销售以及本人就是很好的展示品。

玛格达的姓名和地址是佩特拉索娃的律师提供的。她和两个女性室友合住一间公寓，斯莫莱克过来拜访的时候，只有她一个人在家。开门的时候，玛格达没有放下门后的门链，等到斯莫莱克出示了他的警察证件之后，她才把门打开了。佩特拉索娃的死对她的触动不小，她看上去像丢了魂儿一样，做什么事情都无法专心。

“哦，我记得你。”斯莫莱克进门的时候她说道，“你来商店找过夫人。就在她出事前不久……”她低下了头。

“是的，”斯莫莱克说道，“我不想让你更加伤心，但是有几个重要的问题需要问你。”

“好的。”玛格达带着斯莫莱克走进客厅。

她身上穿的不是玻璃店的黑色工作服，而是浅蓝色的女衬衫，外面套着一件玛琳·黛德丽同款的羊毛衫，下身是一条宽松的提花长裤，褐色的披肩发没有扎在脑后，而是随意地垂在肩膀上方。这是一副标准的城里人打扮，而且价钱不菲，可是她说话的时候却带着些许摩拉维亚乡下口音，给斯莫莱克端来咖啡的时候，她竭力掩盖自己的农村口音。

“我会提供所有能提供的帮助，”她把咖啡递给斯莫莱克后坐在他的对面，“可怜的佩特拉索娃夫人。她对我们几个女营业员都很好。虽然要求严格，但她是个好人。”

斯莫莱克问了几个常见的问题，但是，和在律师那边的结果一样，佩特拉索娃从不对身边的人讲自己的事情。斯莫莱克非常奇怪她为何如此执着，到底想要隐藏什么秘密。在他的办案生涯里遇到过很多这样的事情：一些看上去生活简单、不和别人交往的人，常常都有见不得人的秘密。

“她有男性朋友吗？她的丈夫是五年前去世的。她提到过自己可能感兴趣的男人吗？或者你有没有见过她和别的男人在一起？”

“从来没有。但这并不意味着她没有仰慕者，”玛格达说道，“我知道她年纪大了，但是好多男人喜欢她，有的人比她还要小。她从来不与顾客打情骂俏——一般而言她的态度是，怎么说呢，冷淡，高傲。但我觉得那是装出来的。我猜这可能也是她具有女性魅力的原因之一。我都数不清有多少顾客走进店里仅仅是想买一个烟灰缸，走出去的时候却买了一套酒杯加醒酒器。施展完了她的魅力之后，我们给那些倒霉的家伙包装商品，她会冲我们眨眼，告诉我们她又一次成功了。”

“难道就没有一个人让她觉得值得相处吗？”

玛格达摇摇头。“这让人感到难过，虽然她漂亮又有钱，我想可怜的夫人应该是孤独的。你知道，丈夫的去世给她的打击很大。那是我还没有为她工作之前的事情，但是我听说了。而且她好像对男人也不感兴趣。”

“我知道。”斯莫莱克无可奈何地叹了一口气。过去，在进行案件外围调查的时候，只要他足够耐心，总能发现一些线索，然后顺藤摸瓜地调查下去。

“她喜欢你，你知道的。”

“请再说一遍？”

“佩特拉索娃夫人喜欢你。这也是为什么我记得你来过店里的原因。你走了之后，我也说不准，反正她的表现和平时不一样。”

这番话犹如一记重拳狠狠地砸在他的胸膛上。这既是他想听到的话，又是他不想听到的话。

“有什么不一样？”他问道。

“我说不清，小事情吧，但是可以看出来。只有女人才能从别的女人身上看出来。反正我知道她喜欢你。”

“你敢肯定这不是因为我拿了东西给她看过的原因吗？我带了一个玻璃珠，想听听她的意见。有没有可能是这个原因让她的表现不一样了呢？”

玛格达笑了笑。这是斯莫莱克来到她家后第一次见到她微笑，或者说情绪不错。“我敢肯定。男人这方面的直觉不行，你也是吗？我看得出夫人喜欢你。”她的好心情转眼就消失了，“可怜的夫人，她应该过上幸福的生活。”

郁闷的两人静静地坐着喝咖啡，谁也没有说话。突然，玛格达想到了什么，身体像被电流击中一样在颤抖。

“有件事……你问我有没有什么不同寻常的事，我突然想起来了。”

“什么事？”

“也许不算什么事。”

“玛格达，”斯莫莱克急切地说道，“请你告诉我。”

“有个男人进店看珠宝，一看就知道是买不起的那种人，但是他想看看店里有哪些玻璃珠。我几乎已经忘记他了……”

“招呼他的人是佩特拉索娃夫人吗？”

“不是，这就是重点。夫人不曾和他接触，也不知道他来过店里。是我招呼他的。我把珠子拿给他看，但是他好像对珠子不感兴趣，对我也不感兴趣。他不停地去看夫人，一直那样看，我都快要发火了。”

“什么时候的事？”

“就是你来的同一天。事实上，是你走了之后大约一个多小时。”

“他买了什么？买了玻璃珠吗？”

“没有，我还在给他介绍的时候，他突然转过身，什么话也没说，就走出了商店。”

“你是说这件事发生在我和佩特拉索娃夫人谈话之后吗？”

“是的。”

“他长什么样子？你能描述一下吗？”

“这也是重点。我记得他从来没有看过我的眼睛。他个子很高，穿着一件皱巴巴的、不干净的黑色外套。看上去有好几天没刮过胡子了。我看不清他的脸，因为他戴着一顶黑色的宽边旧帽子，拉得低低的，低到几乎遮住了眼睛。我记得当时我就在想：‘这样怎么看得见我拿给他看的东西呢？’但是现在我明白了，他是不想让我看见他的脸。”

“你当时认为他不怀好意吗？”

“什么意思？强盗吗？也许有一点。但是他很镇定，说话的声音很轻，很深沉，受过教育的样子，从他的衣着根本看不出来，虽然那身衣服当初买的时候可能并不便宜。”

“他说德语还是捷克语？”

“捷克语，也许带点儿德语口音。我说不准。”

“夫人见到他了吗？”

“没有，她正忙着招呼另外一位客人。我打算稍后告诉她这件事，但是店里太忙了，我把这事儿给忘了。他就一直那样盯着夫人看，但是我认为夫人没有注意到。我应该告诉她……”玛格达的脸上闪过一丝恐慌，“你认为是他？如果我告诉夫人的话——哦，天哪，你觉得如果我告诉了夫人，是不是就能救她一命？”

“不，玛格达，”斯莫莱克语气十分坚定，他安慰道，“没有证据表明他就是凶手。而且，就算他是，你即使告诉了夫人也改变不了什么。你什么也做不了。”

“真的吗？”

“真的，玛格达。”斯莫莱克说道。

离开公寓的时候，想到自己曾经推测过的真相，想到事情可能会有另外一种结局，斯莫莱克的内心十分痛苦。玛格达描述的那个顾客和托瓦尔口中的神秘人几乎一模一样。托瓦尔说过神秘人从阴影里走出来，教他偷取玛利亚·莱曼的钥匙后再潜入她的家中。

这么说的话，不管有多大的价值，斯莫莱克现在至少获取了“皮围裙”的一些外貌信息。

第十章

上山回城堡的路上，维克多和布罗乔娃一起手挽着手，在靠近大门的地方，手松开了，两人保持着距离。这样做不是故意为之，他们也没有谈过是否要把两人的关系公开，只是本能的反应而已。走进城堡，在一个四处无人的地方，他们再次拥吻。但是当维克多终究要离开的时候，她用惊人的力气紧紧抓住他的手臂。

“今晚你结束治疗之后，到我的房间来。”她的表情极其认真，换作别人也许不能察觉。

“好的。”维克多说道。他还想继续说些什么，但是布罗乔娃猛地转过身，朝着员工住宿区走了。

维克多决定在对帕维尔·泽莱尼进行治疗之前，先去罗曼内克教授那里汇报一下工作，告诉他最新的治疗情况，或者把之前没汇报的补充一下。去教授的办公室需要路过厨房和餐厅，靠近那里的时候，三个身穿白色夹克的强壮警卫飞快地从他身边跑过。与此同时，他听到了餐厅里一阵撕心裂肺的女性的尖叫，维克多飞跑了过去，几乎是紧跟在警卫的身后来到了餐厅。矮胖的秃子麦克哈克缩成一团坐在墙角，血淋淋的手上藏着什么东西。餐厅对面站着一个女护士，双手捂着脸，鲜血顺着指缝和手臂向下直流。三个警卫飞奔过餐厅，一路撞飞了好几把椅子，他们一赶到麦克哈克面前就把他迎面摁倒在地，把他的双手死死地按在地板上。一个血淋淋的破玻璃杯从他的手上松脱，滚到一边，他大喊大叫，拼了命地想要拿回，但是毫无希望。

看到麦克哈克已经被控制住了，维克多连忙跑向受伤的护士。他认出来受伤的护士是吉塔·霍拉克娃，她长得很漂亮，身材苗条，一头黑发，大约二十岁，维克多之前曾留意过她。虽然他极力要求，但是吉塔不想把双手从脸上拿开。当他终于成功地帮她松开颤抖的双手的时候，维克多明白了她为何始终缄默。伤口上的压力消失的一瞬间，鲜血从伤口处往外直喷，沾满了两人的双手。吉塔的右脸从眼睛下方到笑肌留下了一道深深的、丑陋的、不规则的伤口。透过鲜血和翻开的肌肉，维克多甚至能看到颧骨上的白骨，他立刻意识到即使伤口全部恢复，也会留下难看的疤痕，受伤的颧骨和笑肌会让她以后的笑容显得狰狞——如果她还能笑得出来的话。

他掏出一块干净的手帕，叠成一个小方块，让她压在自己的伤口上。

“我马上带你去医务室，”他的语气很坚定，也不容置疑，“我们会在那里给你治疗。”他转过头朝警卫喊道：“病人被控制住了吗？”

“是的，医生。”领头的警卫回答道，他强健的膝盖正压在麦克哈克的背上。麦克哈克在可怜地哀号，不是出于恐惧和疼痛，而是因为想拼了命地拿回属于他的战利品，眼睛死死地盯着地上那个他够不着的破杯子。维克多看到地上他松开的手掌四周鲜血像光晕般散开，一定是握着破玻璃杯的时候伤到了自己。

“给他穿上束身衣送回病房区，”维克多说道，“给他注射五十毫克阿米妥钠，等六十秒，再注射五十毫克。等他安静了之后，带到医务室来。”

维克多伸出一只手搂住吉塔的肩膀，另一只手帮她压着伤口，扶着她走出餐厅去了医务室。一路上，他能感觉到吉塔在害怕地颤抖，他担心这样吉塔可能会昏过去。吉塔在哭泣，但她努力压制着眼泪，尽量减少嘴部运动。

“刚才怎么了？”维克多问道。

“我不知道。他很安静。我把他带进餐厅，他坐在座位上，没惹任何麻烦。他被带进来之后没有任何意外情况出现。我去给他拿杯喝的，回来的时候，他手上拿着那个玻璃杯。我不知道杯子从哪里来的。我是说，只有员工可以用玻璃杯，而且都要收回的。”她颤抖得更厉害了，“我不知道这是不是我们这里的玻璃杯。看上去不大一样。”

“快到了，”维克多安慰着说道，“这儿离医务室很近了。”

“他坐在那儿一动不动，双手抱着杯子盯着看，盯着里面看，好像里面有什么东西似的。我让他把杯子给我，他却看着我，好像觉得我是个疯子。于是我就去他手里拿……”她接近崩溃了，维克多知道他必须承担她身体的大部分重量，因为她的双腿快撑不住了。

他们穿过一道道门来到医务室，普拉特纳医生和两个护士已经在那儿等着他们。他们三个赶紧跑上前来从维克多手里接过受伤的吉塔。卡拉克从一间厢房走了出来，吩咐护士把伤者送进治疗室放在病床上。

维克多站在普拉特纳身边和他描述了事情的经过。

“我们会照顾好她的。我亲自缝合伤口。”普拉特纳说道。他示意维克多看看自己的夹克和衬衫，“你最好回去换一身干净的衣服。”

维克多低头看见衬衫、领带、夹克的领子和肩膀上都染上了大块的深色血渍。他默默地注视着血渍看了一会儿。

“你没事吧？”普拉特纳问道。

维克多回过神来。“我没事，”他难以置信地摇头说道，“罗曼内克教授是对的，有时你会忘记我们的病人病情有多严重，他们又是多么危险。”

“这就是你我的不同之处，”普拉特纳的表情十分认真，“我就从来不会忘记。”

第十一章

维克多注视着白色搪瓷洗脸池里鲜红的血水旋转着流进排污口的钢圈。他从水龙头上掬了把冷水拍在脸上，又按了会儿脖子后面。

“玻璃收藏家”的举止令他感到意外。虽然犯下了严重的罪行，但是他从未对医护人员使用过暴力。他们需要调查为何本应该回收的玻璃杯会到了他的手上，同时弄清楚是什么事情或者行为引发了他的反常举动。

他用毛巾擦了擦脸和脖子，换上干净的衬衫和领带。沾了血的衬衫和领带无法再用了，但是他把夹克叠好，外面包上棕色的纸再扎上绳子，指望医院的洗衣房会有什么妙招能将血渍清洗干净。他看了一眼洗脸池上方镜子里的自己，把眉毛上方的浓密黑发梳理了一番。梳头的时候，他发现自己的脸色憔悴，眼睛下方出现了黑眼圈，和布罗乔娃一样。

他想也许这都是城堡的原因。也许和疯子一起待在这座令人压抑的城堡，外面是让人透不过气来的暗黑的森林，一个人的活力早晚会被耗尽。只有布罗乔娃觉得这里让人感到安全，她害怕的疯子在外面，在封闭的石墙和阴暗的森林外面。

不管怎样，他首先要做好自己的工作，完成自己的学术探索。这个关着可怕的精神病囚犯的医院，是唯一能让他完成探索的地方。

他决定在对所谓的“伐木工”帕维尔·泽莱尼进行治疗之前先去医务室看一看。普拉特纳已经下班了，只有他的助手，不苟言笑的卡拉克在那儿。

“我想看看吉塔护士的情况，”维克多说道，“可以吗？”

卡拉克耸耸肩。“跟我来。”他领着维克多走过医务室的走廊，“我们给她使用了镇静剂。普拉特纳医生给她清理并缝合了伤口。他的手艺真是精湛。吉塔护士太在乎自己的外貌了。这个傻女人。大惊小怪的。”

“大惊小怪？”

“再往下六英寸就会切到颈动脉和颈静脉。我想那时候她就不会在乎自己的外貌了。”

维克多想要说些什么，但是他们已经走进了治疗室。室内的灯光很暗，吉塔安静地躺在病床上，没有睡，正盯着天花板发呆。一块厚厚的棉垫用纱布和绷带固定在她的伤口上，但是维克多发现她的脸颊肿胀，伤口已经开始出现瘀伤，衣领上方皮肤上涂擦的紫色碘酒使得瘀伤十分显眼。

看见维克多的时候她微微一笑。肿胀的脸颊限制了受伤一侧的嘴部动作，她的笑容显得僵硬和扭曲。维克多不知道最后能恢复多少。他握住吉塔的手询问她的情况。

“我没事。”她说道。她向维克多表示感谢，维克多回答说她应该感谢的是普拉特纳医生：卡拉克告诉他普拉特纳让手术很成功。

她看向卡拉克，眼中似乎带着冷淡。

“普拉特纳医生对我很好，”她说道，“你觉得会留下难看的伤疤吗？”

维克多装作没听到背后卡拉克的叹气声。“会有伤疤，但是我认为不会太严重。普拉特纳医术高超，肯定会将疤痕的程度降到最低。也许用点化妆品就能盖住。”他用微笑隐藏谎言：伤口他亲眼见过，知道有多严重，“你要多休息，会好起来的。”

“再次说声谢谢，”吉塔说道，“我知道要是没有你，我可能会……”

“别说了。好好睡一觉吧。”

维克多跟着卡拉克走到外面的走廊，他和卡拉克道别，并解释说要去对下一个病人进行麻醉治疗。

“他以前从没添过麻烦。”

“什么意思？”维克多问道。

“迈克尔·麦克哈克，以前从没有给我们添过麻烦。”

“我知道，但是正如罗曼内克教授所言，你一刻也不能放松警惕。我们这里的每个病人都无法预测，而且可能还有致命的危险。”

卡拉克耸耸肩。“我只知道之前他从没有惹过任何麻烦，这一切都是从你对他进行所谓的麻醉综合疗法开始的。”

维克多难以置信地摇头说道："你是说他袭击护士是因为我的治疗？或者甚至是因为我临床处置失当？"

"我只想说治疗引起了他的反常暴力行为，我这么说是非常公道的。也许你把他身上潜在的但是被控制的暴力释放出来了。"

"失敬失敬，卡拉克先生，您这番话说明我对自己的治疗方法是否会奏效还有许多不甚明了之处。我对精神病学与心理学还有甚多不解之处。"

"好吧，这么说吧，"他的语气中公然显露出蔑视，"精神病学就是治疗治不好的人。还弄出那么多的术语定义不同的病人，其实一个词就足够了：'疯病'。这是骗人的研究，是伪科学，故意把简单的问题复杂化。人偶尔会天生有缺陷，有人是身体缺陷，有人是心理缺陷。啊，当然了，这些所谓的研究会炮制出一个伪专家——这就是为什么你信奉的心理学之父，弗洛伊德是犹太人的缘故。心理学不仅是伪科学，而且还是犹太人骗钱的勾当，嗯，具备双重危险。"

"那么，如果你真的相信你说的话，为何还以上帝的名义在精神病院工作？还有我要顺便提一句，我是荣格心理学的信徒，不是弗洛伊德的信徒，而且这和他是犹太人一点关系也没有。"

"我在这里工作是因为这里需要我，是因为我要把疯子与正常人隔开。把他们关起来，至少在找到更好的办法之前把他们关起来。"

"普拉特纳医生和你的看法相同吗？"

"这只是我的看法。普拉特纳医生怎么看是他的事。既然话已经说开了，你沉迷其中的戏法我认为不会有什么积极的效果。事实上，我认为你的治疗方法可能是有害的，如果你再不收手还会有更多这样的袭击事件发生。”

维克多看着瘦瘦高高、弓着腰、活像一只秃鹰的卡拉克，强忍着心中的怒火，他真想一把抓过他，狠狠地一拳打在他的脸上。如果这就是所谓的“优秀人种”，这个世界只能靠上帝来拯救了。

“我没有时间听你在这儿胡说八道，”他说完就转过身背对着卡拉克离开了医务室，“我还有很多戏法要去变。”

第十二章

维克多提前来到塔楼的治疗室，把设备准备好了之后他坐着休息了一会儿，他想先让自己的心情恢复平静后再进入病人的内心深处。让他感到格外烦躁的不仅是因为吉塔疏忽了罗曼内克的警告导致病人成功袭击，还因为卡拉克对他的那番挤兑。

其实在这之前他就一直心神不宁的原因是麦克哈克的暴力行为也许真的和他的治疗有关系。如果他听到的那个声音真的是他不经意释放出来的“心魔”说出来的呢？更让他心神不宁的是卡拉克的想法；布罗乔娃对迫害的恐惧，折磨她的充满屠杀与毁灭的噩梦；以及卡拉克似乎要把她心中虚幻的恐惧变成现实。

维克多独自一人坐在墙厚顶高的圆形治疗室想着这些事情。不知何故，他想到了几个世纪之前的那个更可怕的疯子。根据传说，那个疯子就关在墙后的某个地方。独自一人待在房间并没有让他恢复平静，刚才想起的种种事情让他的内心十分复杂。

维克多意识到，出于某种说不清楚的原因，他真的有些害怕了。

有人敲门，维克多打开门看到罗曼内克教授站在走廊，他皱着眉，心事重重的样子。

“我只是想感谢你临场反应非常及时，”罗曼内克教授说道，“非常不幸的突发事件，是我们严重缺乏安全意识造成的。”

“请进，教授。”

罗曼内克教授走进治疗室，他仔细打量了一番治疗室的构造，房间中央的检查床和办公桌，以及录音机的录音盒、卷轴和电线。“我只占用你一分钟时间，”他说道，“我只想感谢你救了可怜的吉塔。还有你的临场处置。”

“这没什么。”维克多说道。他知道这不是罗曼内克来这里的真正原因。“你已经查清楚他是怎样在厨房拿到那个玻璃杯的了吗？”

罗曼内克的眉头锁得更紧了。“这就是重点——从我们搜集的碎片分析，这不是食堂或厨房的东西。这种蓝绿色的玻璃杯主要是装饰品而不是用来喝水的。现在看起来好像是他带进来的：藏在身上带进食堂的。如我所言，我们严重缺乏安全意识。”

“如果不是食堂的东西他是怎么弄到手的呢？”

“这就是让我们不解的地方。”罗曼内克不说话了。过了一会儿他问道：“科萨雷克医生，你是否认为有可能是对麦克哈克的麻醉综合治疗引起了这件事情？”

维克多强忍着心中的无奈：这才是罗曼内克此行的真正目的，他和卡拉克一样产生了怀疑，只是表达的方式更加委婉而已。

“绝不可能，教授。”维克多坚定地说道，“事实上，这些治疗应该能平缓而不是加重病情。和你一样，麦克哈克的暴力行为让我也十分震惊。有个警察想要见他的事情进行得怎么样了？”

“我来处理，”罗曼内克教授说道，“恐怕会取消。或者会推迟。你今晚有病人要治疗？”

“是的，”维克多说道，“西里西亚人帕维尔·泽莱尼。”

罗曼内克盯着维克多看了好一会儿。“很好。再次表示感谢，科萨雷克医生。”

第十三章

帕维尔·泽莱尼来自西里西亚的摩拉维亚，一个普通的伐木工，智力水平低下。除了知道西格蒙德·弗洛伊德出生在那里之外，维克多对西里西亚知之甚少。那里不是一个他想去的地方，而且他发现自己很难听懂许多西里西亚人讲的拉赫方言。通过他的病历介绍和之前与他短暂的一番交谈——没有药物辅助，维克多发现虽然他有时会不自觉地使用拉赫方言，但他的捷克语整体而言还算标准。病历同时还显示尽管他的智力处于正常水平的最低值，但是他不具备读写能力。

泽莱尼进来的时候穿着一件整洁的白衬衫和西裤，显然是院方提供的。他是个大块头，身材非常匀称，除了下巴上一点点青色的胡子茬之外，整张脸刮得很干净。

这是维克多第一次和他正式见面，泽莱尼的外表让他觉得有种说不出来的奇怪：他一身城里人的普通装束，除了强健的体格之外，看不出他是乡下的体力劳动者。事实上，泽莱尼有张英俊的面孔，五官端正，明亮的绿色眼睛说明他是个很聪明的人，但是病历上却明确显示他智力低下。

进来之前，泽莱尼已经被注射了少量的镇静剂，带他到检查床上固定的时候他没有丝毫抗拒，但是维克多发现这次一共来了四个警卫。和麦克哈克不同，泽莱尼有袭击工作人员的前科，强健的体格和波动的情绪让他成为需要特殊护理的病人。

等他被固定好了之后，维克多给他注射了混合镇静剂，然后等待药物发挥药效。泽莱尼进入朦胧状态了，维克多打开录音机开始了他的治疗。

药物似乎很快就瓦解了泽莱尼的意志，仿佛和其他病人相比，他的意志力是用细线织成的，他没有抵触，十分顺从地回答着维克多的问题。对于他这样的大块头而言，柔弱的声音有些出乎意料，不出意料的是他的口音——夹杂着西里西亚方言和波兰方言的捷克语。

维克多成功引导他进入了内心深处，他开始讲述自己的故事了。

“我们很幸福。我和我的妻子，我们很幸福。萨罗塔是个美丽的姑娘，一个健壮的姑娘，和我在一起她感到幸福。我们两个人就像一枚硬币的两面，不知道你是否能明白我的意思。那样的生活维持了四年。四年幸福的时光。”

“是什么改变了这一切呢？”维克多问道。

“孩子——两个双胞胎儿子——他们到来之后，一切都突然不一样了。但是在这之前就已经变了。她变得鬼鬼祟祟，神神秘秘。和刚开始那样，她还是从不对我说谎。就像我们刚结婚时那样。”

“她说了原因吗?”

“她说是森林的原因。她说森林让她害怕。不是森林里面藏着什么东西，而是森林本身。我哈哈一笑——我这辈子都在森林工作和生活。我用自己的双手给我们搭建了一个木屋，在庄园里的木屋。那里很美，但是它在森林深处。她担心等孩子们到了上学的年纪会很麻烦，因为木屋离村子有三公里地。

“离我们最近的是庄园经理的家，但也有一公里多地。”

“是因为她感到交通不便、感到孤独了吗?”

“我想是的。但她不是这么说的。她说是森林。是森林让她害怕——她说在树影之间看到了什么东西。她说那些影子是活的，说那里到处都是鬼怪与精灵。她说小时候家里人给她讲过森林里住着魔鬼、仙女和女巫。我给她解释她看到的不过是光线在树木缝隙之间的变化，但是她不听：她说森林里面都是我们无法理解的东西。我怎么说她都不能冷静。我们无法离开森林，因为我的工作在那里。我的工作就是在森林里干活儿。”

“你怎么看呢？从你的话里，你是不相信森林里有精灵的，对吗?”

“我没那么说。我是和萨罗塔说我不相信——但是我刚才说了，我这辈子都生活在森林。你想要理解森林的做事方式就得在森林里工作和生活。”

“森林的做事方式?”

“森林是活的。不是说森林里有树木、苔藓、植物、动物——它们只是森林的一部分，就像手指、头发、皮肤是身体的一部分——我说的是森林本身是活的。森林就像一个向四周蔓延的人，身体里面有黑暗也有光亮。还不止这些呢——森林会做梦。梦里有各种各样的东西，有好东西，也有坏东西。”

“精灵是好东西还是坏东西？”

泽莱尼慢吞吞地点了点头，他头部的运动频率因为药物作用已经大大地降低了。“他们都是梦的一部分。你明白吗？森林做的梦和人做的梦，好像交织在一起，纠缠在一起。就像一棵新树的树根和一棵老树的树根交织在一起，分不开的，你明白吗？如果你在森林里待的时间足够长，你就会做它的梦。你就会看见树影之间的魔鬼、天使和精灵。我想那就是萨罗塔身上发生的变化。我想她看到了精灵却无法理解。”

“这么说你觉得她有幻视——我的意思是，看到了不存在的东西？”

“他们是存在的，他们是真正存在的。他们会捉弄你，捉弄的方法叫作‘如影随形’，意思是踩着你的脚印在你身后看着你，但是等你转身的时候，他们已经躲到树后面去了。我们生活在卡拉克诺斯大森林——德国人称之为鲁贝泽尔森林——森林里的男精灵叫作莱西，女精灵叫作薇拉，还有黑魔鬼赛特，当然还有森林之神，伟大的维列斯……森林是他们的家，因为他们是森林梦出来的。”

“但是你没有和你的妻子说过这些吗？”

“那样只会让她更害怕。我想也许不用多久，她就会习惯了。只要在森林里生活的时间足够长，见到精灵的时候你就会习惯。我想她终究是习惯了。”泽莱尼叹了口气，因为镇静剂的缘故，他没有显得很伤心，“萨罗塔变了，我是说，她又变了。这次的变化很大。她不再抱怨森林，而且总是要到森林里去走走，还带着两个孩子。但是她不想再了解我。她不想让我靠近她。”泽莱尼停下来思索一个恰当的表达，“她不想让我行使丈夫的权利。”

“她没有解释原因吗？”维克多问道。

“没有，她只说自己累。但是我知道。我知道真相。她和别人睡觉。有人做了她的丈夫。”

“怎么可能呢？你说你们住的地方很偏僻。”

“她到森林里幽会。我搞清楚了，她在森林里有个情人，趁我上班的时候还会把情人带回家。还有其他的迹象。”泽莱尼再次无力地点了点头，确定自己的推断正确无疑，“孩子们看我的眼神也开始变得奇怪。他们不想和我说话，也不想和我一起玩了。他们三个人——我妻子和两个孩子——一起去森林的次数越来越频繁。

“我的两个双胞胎儿子——有个星期六，我不上班，看到他们在屋子后面玩，他们不知道我能听到他们讲话，但是我听得到。我听到了。我听得很清楚。”

“他们在说些什么呢？”

“这就是我要说的——我不知道他们在说什么。我听不懂他们说的是什么。他们在说话，声音非常低，好像不希望有人能听到，讲着奇怪的语言，我以前从来没有听过的语言。”

“德语？”

泽莱尼摇摇头。“我不会讲德语，但是听到德语我能分辨出来。不是德语。不是德语、捷克语、波兰语、俄语。不是正常人说的任何语言。说出来的字很奇怪，根本不像是字，更像是噗噗、咳咳、嗡嗡各种奇怪的声音。不是人和人在讲话，你明白我的意思吗？不是这个世界上的任何语言。我知道我该做些什么了，但是我需要证据。

“但这并不容易。庄园总是让我干活，干不完的活。我每天要完成额定的工作量，下班的时候经理带着马队把我砍好的木头拖到木场。这意味着每天第一缕阳光唤醒森林的时候我就得出门，所以我没有时间盯着他们。但是有一天，天空几乎完全黑了下来，暴风雨就要来了，经理和我说他顺路送我回家。这意味着我可以比平时早一点回到家。但是我并没有直接进家门，而是从路上跑开钻进了森林，我躲在树丛中暗中观察到底怎么回事，然后抓他们个现行。我看到了。我看到他了。”

“你看见谁了？”

“我先听到了他们的声音——从木屋里传来的。我妻子的声音——像个妓女叫床的声音。孩子们一直在外面玩。过了会儿，他走了出来。‘灰人’。他个子很高，比任何人都要高，都要瘦，全身灰色。他从屋子里走了出来，我看清了，他不是人。他的鼻子又长又尖，嘴巴很大，好像在笑，但又不像，那就是一张扭曲的嘴，因为我看到他长了好多牙齿——有一百个，可能还不止。又长又尖的牙齿像针一样。他全身上下都是尖的，不只是牙齿：他的脸上长满了棱角，眼睛又硬又尖像钻石。他没有走在路上，而是直接转头回了森林，走进了森林深处，浓密黑暗的森林深处。他好像融进了树影里，他好像融化了。但是我看了那么长时间，我认出他了。我知道‘灰人’是谁。我非常清楚。”

“那么你认为他是谁呢？”维克多问道。

泽莱尼的声音低沉到仿佛是在窃窃私语。“我知道他是谁——他是不死鬼柯西切。你知道他是谁吗？森林里永远不死的魔鬼。那时我明白了我的妻子是森林女巫，是不死鬼的姘头。一切都清楚了，你明白了吗？那时我全都明白了。萨罗塔一直都是魔鬼的姘头，但是也许这还不是事情的全部。她还是沼泽女鬼：色诱男人，还偷走别人的小孩，调包换成自己的。人们管沼泽女鬼叫迪沃泽卡。接下来我看见了。我什么都看见了——萨罗塔就是沼泽女鬼、窃孩女妖迪沃泽卡，她正准备去森林，在肮脏的沼泽里和柯西切苟合。孩子？我明白了他们并不是我的孩子：我的孩子已经死了，萨罗塔用两个丑陋的低能儿将他们调了包。他们是柯西切的崽子，我听到他们讲的话是森林语。是森林里的魔鬼与地下的鬼神说的语言。”

“你相信这一切，是吗？”维克多问道，“现在依然相信？”

“当然了。这些事都是真的。如果不是真的，我为什么会那样做？”

第十四章

“但是你看见的所谓‘灰人’，”维克多说道，“难道你不明白他不可能是不死鬼柯西切吗？那只是个斯拉夫神话里的人物。他并不存在。也没有什么被调包的丑陋低能儿和沼泽女鬼迪沃泽卡。这些只是迷信的说法，神话故事而已。”

“不，他是真实存在的。神话是真的。我也知道我该怎么做。你明白吗，我杀不死柯西切因为他真的永远不死。他把自己的生命藏在身体外面很远很远的地方。你知道这个故事吧——很久很久以前，柯西切来到布扬的一座神秘岛。他把自己的生命变成银针，藏在鸡蛋里，藏在鸭子身上，藏在野兔身上，藏在一个铁箱里埋在一棵神奇的绿橡树下面。只要他藏好了自己的生命银针，没有人——你，我，任何人——有办法杀死他。而且他还有让人起死回生的本事：吹一口气在死人的嘴里，死人就能复活，但是失去了灵魂。所以我一定要用我的方法。那件事做起来很痛苦，但是我知道只能这么做。”

“你的意思是用斧头杀了自己妻子和孩子，把他们砍死了？”维克多问道。

“是的，”他一本正经地说道，“但不完全是那样。怎么说呢，他们不是我的妻子和孩子，不是我的家人。他们是魔鬼的家人，是柯西切的丑陋小崽子和邪恶的女巫。光用斧头砍死还不够，你明白吗？如果柯西切找到他们，他只要吹口气，他们就会活过来，变成没有灵魂的活人。”

维克多又看了病历一眼，里面有好多张警方拍摄的照片，但是他很难用职业的冷静查看这些照片，他发现自己根本看不下去。

“你能够理解我为什么要那么做，是不是？”泽莱尼问道，“我必须把他们分散在森林里的许多地方。你知道，我一定要让柯西切无法把他们还原。”

维克多叹了口气。忽然，泽莱尼病历里陈述的烦琐病情与罪行让他感到沮丧，他不可能在他身上找出所谓的“心魔”。这个没文化的普通伐木工只是一个手段残忍的普通精神病患者，他残杀妻儿的原因是偏执的妄想症。他没有分裂人格，没有需要引出的邪恶的另一面，无法给“心魔”理论提供证据。

有那么一会儿，房间里只有录音机的卷轴有节奏转动的声音。

泽莱尼似乎喜欢这样的安静，他迷糊地看着维克多，眼神中没有疑虑和烦躁。维克多突然做出一个决定，他一把抓起注射器，重新吸满一管镇静剂，大声地对着录音机确认这次的剂量。

“你在干什么?”泽莱尼问道。

“没什么，泽莱尼，”维克多说道，“我在和录音机说话。我要给你再注射一针，你会更加放松，但有可能你会更加瞌睡，所以请尽量保持清醒。”

“好的。”

维克多等了几分钟让药物生效。泽莱尼已经进入了朦胧状态，既没有睡着，也不是很清醒。

“我想和‘灰人’说话。”维克多说道。他觉得自己的心跳在加快：增加的剂量达到了他敢于使用的极限值，也许还不止。他知道这样做是在用病人的生命探索自己的理论。“我想和不死鬼柯西切说话，”他催促道，“你在吗？你在帕维尔·泽莱尼的身体里沉睡吗?”

没有任何反应。

“柯西切，你在吗?”

房间里依然只有卷轴转动的声音。维克多发现泽莱尼的呼吸变浅了，声音变小了，间隔变长了。这是危险的肺换气不足症状，是镇静剂过量的症状。

“帕维尔？帕维尔？能听到我说话吗?”

没有回答。

“帕维尔?”

他的呼吸已经几乎听不到了，胸腔在微弱地起伏。维克多后悔自己不冷静地给病人额外使用了镇静剂。

感到泽莱尼现在呼吸困难，十分危险，维克多一只手慌乱地去拿注射器，一只手去药品锡盒翻找装着解毒剂木防己苦毒素的瓶子。慌乱之间，药瓶从手中滑落，在桌面上向前滚去。他连忙去抓，但是没抓住，瓶子掉在了地上。

维克多走过去想捡起来，但是瓶子已经碎在地上，黏稠的药水像一颗晶莹的泪珠滴在灰色的石板地面上。他急忙跑过去晃了晃泽莱尼的肩膀，但是他毫无反应。

“帕维尔？”维克多又晃了一次他的肩膀问道。看到他还是没有反应，维克多使用了擦胸骨急救法，他捏起泽莱尼胸部的一块皮肤转动，期待会出现疼痛反应，但是依然失败了。泽莱尼闭着眼睛一动不动，已经气若游丝。维克多跑向办公桌，他想按下报警器喊一个警卫进来帮他去取解药。

身后传来大口喘气的声音。维克多转过身看到泽莱尼已经恢复了意识：十足的、充满活力的意识。他那双让人误以为聪明的眼睛，现在看上去真正充满了智慧。这双眼睛正死死地盯着维克多。

维克多愣在原地，迷惑不解。他身上用了那么多镇静剂，不可能这么快恢复意识啊。更不可思议的是，他的意识竟如此充沛，如此清晰，如此专注。

“你没事吧，帕维尔？”

泽莱尼没有说话，仿佛能洞察一切的翠绿色眼睛紧盯着维克多。

他终于开口了，但是声音却变得完全不同。深沉、洪亮、霸气的声音让治疗室仿佛变成了他的圆形剧场。

“你可以叫我霍布斯先生。”他用地道的英语说道。

第十五章

“我从来没有议论过你的弟弟，巴托斯医生。”斯莫莱克递给他一根烟，巴托斯接了过去，斯莫莱克先给他点上，然后再给自己点上，“但并不意味着别人不会这么做。”

“是的。”巴托斯坦率地说道。他坐在斯莫莱克办公桌的对面，环视了一圈办公室。这是一间位于布拉格警局三楼的办公室，充满了工作气氛：到处都是办公文件、法律书籍、警方手册，没有任何私人物品或者任何能看出办公室主人的物品。

只有一间窗户，但是十分宽大，附近没有高大的建筑物遮挡房间的光线。当初搬进来的时候，斯莫莱克就调整了办公桌的位置，搬到了窗户的正前方，这样他就可以背对着阳光工作，而任何访客都必须面对阳光，就像现在的巴托斯一样。

这个方法是他从查理四世的故事中学来的。查理四世在卡尔施泰因城堡的谒见厅整体上光线昏暗，却有两扇高大明亮的窗户，王座就摆在这两扇窗户之间，大臣们站在迎面而来的光线中接受国王的接见。

阳光下无法隐藏谎言，这是国王和斯莫莱克都明白的道理。

“但是我想大家都这么想过，”巴托斯最终无奈地说道，“认为我干这份工作是因为我弟弟的原因，还有他犯下的罪行。”

“是这些原因吗？”

“不是。”巴托斯苦笑一声，然后吸了口烟，陷入沉思。蓝灰色的烟圈在冬日寒冷的阳光里袅袅升起，“我们每天要对付的是谋杀案件和杀人凶手，我们知道现实当中普通的杀人犯是什么样的，几乎每一起案件的凶手都是没文化的人或者智力低下的人，主要是醉鬼和不法之徒。所以这些案件对我没什么用，我无法分析出我弟弟的作案动机。多米尼克犯的案子——谋杀案——十分不同寻常。但那是因为他本身就不同寻常：他的智力，他的志向，还有他的病。如果我真想解开这个谜，我应该去做精神病医生，而不是法医。”

“你真的一无所知吗？你从没怀疑过他有心理问题？”斯莫莱克问道。

巴托斯的神情显得十分悲伤。“我弟弟是我见过的最绅士的男人。在他眼中，这个世界，这个宇宙，充满了各种神奇的现象，我们看得到却无法理解的神奇现象。所以他成为一名科学家，他想解开更多的谜。

“他成了一名物理学家，毕生致力于探索宇宙中蕴藏的力学原理。他研究的东西叫作量子力学，我们已知的一切，我们奉为真理的一切，完全被颠覆了。甚至像我这样懂些科学知识的医生都无法理解他的研究。那是一个颠覆的、反常识的领域，如果想要探索下去，需要心智十分强大才行。我想多米尼克的心智可能还不够强大。可能在某个时候，他找到了自己一直在找寻的神奇现象，结果发现却是黑暗，怎么说呢，黑暗奇迹，黑暗到他的心智无法对付。他致力于寻找理性与科学，但找到的却是疯狂与魔法。他开始相信……”

斯莫莱克缓缓地点点头。“你认为他不需要为自己的行为负责，对吗？因为他有精神病，对吗？”

“是的。”他似乎思考了一会儿，“是的，我是这样认为的。”

“然而你到现在都没去看过他。”

“我想可能是因为我还没有原谅他吧。他犯下的罪行太可怕，太恐怖了。即使我知道多米尼克不可能伤害任何人，即使知道所有的证据都说明他有精神病，我还是无法原谅他。”

“但是你现在想去看他了？”

“当我听说你要去那里之后——”

“恐怕要继续向后推迟了，”斯莫莱克说道，“我们要拜访的病人刚刚袭击了医护人员。”

“那你还要去？”巴托斯皱着眉问道。

“下周。如果你想跟我去的话。”

“我去。”

两人没有说话。巴托斯心事重重地抽着烟。“我看到了肖像师画的嫌疑人画像，”他说道，“根据玻璃店的女店员的描述画的。”

“我已经把图片给了《人民报》和《布拉格日报》。其他的报纸大部分也都有了。这下子能帮不少忙呢，”斯莫莱克说道，“高个子，没刮胡子，穿着破旧的黑外套，戴着帽子。”

“我想也许会帮倒忙。”巴托斯说道。

“为什么这么说？”

“他将化身为传奇。我认为没人能从那张插图中认出嫌疑人来。凶手只需刮个胡子，换件外套——如果看到了图片，他可能已经这么做了。但说真的，这又很像‘开膛手杰克’那件案子了。人们不顾他是现实中存在的开膛杀手，反而更愿意将他演绎成传奇和神话。那件案子在伦敦造成的影响就是这样。现在我担心布拉格人民也会这样做。如果人们在报纸上看到了那张根据目击者的描述绘成的图片，他们会认为那是个神，而不是人。一个谁也不认识的鬼神只会存在于神话故事当中，而不是现实世界中。”

“你认为这么做会帮倒忙？”斯莫莱克问道。

“我觉得老百姓会喜欢这种刺激的新闻，反而不会害怕现实。现实当中遇到了，他们也没有办法，所以只能尽量不去招惹麻烦上身。也许这就是神话产生的原因。”

斯莫莱克凝视着飘浮在阳光里的一串蓝灰色烟圈。“巴托斯医生，你还记得我们和托瓦尔的谈话吗？当时我问你是否相信疯狂的心理是独立的存在，就是说疯子在杀人的时候自己并不知道。”

“记得，但是托瓦尔已经死了，可凶手还在杀人。如果你想说的是我弟弟，他不是那样的。”

“不不，别误会，我只是泛泛而谈，”斯莫莱克说道，“你认为真有所谓分裂的人格这种说法吗？”

巴托斯耸耸肩。“是的，我们讨论托瓦尔有没有这种可能性的时候，我已经查过类似案件的资料。”

“有可能一个人格对另一个人格的所作所为一无所知？哪

怕他在杀人？”

“是的，据我看到的资料，这种现象也不算罕见。很多时候，人格分裂之后，一半的人格会毫无顾忌地释放最深处的欲望而另一半却毫不知情。这种行为通常伴有无法无天和丧尽天良等表现。”

“那么一个人怎么会这样的呢？”斯莫莱克问道，“是天生的吗？一个孩子在成长的过程中身体里有另一个人或更多的人？”

“我想还是等我们去精神病院的时候问专家吧，但是我的理解是可能有一件事，比如说童年的创伤，导致了人格的分裂。人们经常在内心深处藏着不可告人的秘密，他们自己也不知道，可能是因为这些秘密属于另一个人格。他们不需要面对发生在自己身上的事情，或者面对自己做过的事情，因为这是另一个人格干的。他们在心里创造出了另一个人。”

斯莫莱克惊讶地摇头说道：“那么，拿‘皮围裙’来说，有可能他杀了人但自己全都不记得了？”

巴托斯想了想说道：“我不认为‘皮围裙’是这种人。我觉得他很清楚自己的目的。但是，严格来说，还是有一点可能的。但是你最好祈祷不是这样。”

“为什么？”

“通常，所有的凶手都想尽可能地掩盖自己的罪行：毁灭证据，遮掩痕迹，”巴托斯说道，“在你说的这个案子里，凶手不想让别人知道他的罪行，这里的别人包括了他自己。他不遗余力地向另一个人格或另几个人格隐藏证据。记住我们说的不是同一个人，而是同一个身体但是有两个或两个以上的人格。他们的行为彼此独立，大部分时候并不知道对方的存在。”

“但是一定有证据，这是肯定的。”斯莫莱克说道，“一定会留下痕迹。好比在心里面留下的指纹证据。”

“你说的痕迹是什么呢？”

斯莫莱克想了想。“梦，”他果断地说道，“你觉得有没有可能被封在记忆里的罪行会在梦里出现？”

“梦？”巴托斯想了想，然后点点头，“是的，事实上，这是最可能让另一个人格现身的方式。”

第十六章

维克多做的第一件事就是看了一眼录音机：磁带还在转动，桌上的麦克风连接正常，所有的声音都被录下来了，他舒了一口气。

他深吸了一口气。“你是谁?”

“我告诉过你了,”他用英语说道,“你可以叫我霍布斯先生。”

“我的英语……”维克多努力地想用英语表达，心里面在迅速思考为什么这个文盲伐木工的英语竟然比他还要好，“我的英语，不太好。你在哪里学的英语?”

“很多年以前。英语作为母语我用过很长很长时间。我会好多语言——就像不同的季节穿不同的衣服一样。如果你英语不行，我可以和你讲法语、德语、捷克语、波兰语、俄语……”

维克多注视着完全清醒过来的病人。这是怎么回事啊。这一切无论如何都是说不通的。简直是荒谬。他又看了一眼录音机：转动的卷轴让他稍稍安心了一些。

“你喜欢我和你说捷克语还是德语？”泽莱尼用德语问道。维克多注意到他的德语发音十分完美，没有任何口音。

“那就德语吧，”维克多说道，“你是不死鬼柯西切吗？”

“不死鬼柯西切？”泽莱尼开心地笑着说道，笑声在治疗室里回荡，让维克多感到十分不安，“我听说你之前曾想要召唤魔鬼。你好像是个巫医啊，不像个精神病医生。你自己也说过，柯西切是个神话人物。”他停了下来，英俊的脸庞既带着微笑也紧锁着眉头，“但是某种程度上，我想我就是他吧。我和他有很多相同的地方，比如我也是不会死的。”

“帕维尔，”维克多说道，“我需要你解释为什么你会这么多的语言。你怎么学的？为什么你的声音也变了？”

他摇摇头。“我不是帕维尔·泽莱尼。但是你已经猜到了，我是另一个人，很不一样的另一个人，你无法理解的另一个人。我知道所有的一切因为我早就在了，在我借助那个傻伐木工的身体说话之前我就在了。我见过许多事情，可怕恐怖的事情，你无法想象的事情。”

“你到底是谁？”维克多感到自己的喉头发紧，声音处于咆哮的边缘，他努力想让自己保持镇静。

“我告诉过你两遍了，你可以叫我霍布斯先生。”

“我是说你到底是什么？”

“啊，亲爱的科萨雷克医生，你已经知道了答案，但是不敢让自己相信。”泽莱尼看了眼涂着蓝色和白色油漆的墙壁，又抬头看了一眼头顶木制的拱顶，“寻找魔鬼最可怕的危险，我亲爱的医生，就是你也许会真的找到他。”

“你是说你是魔鬼？”维克多的心跳在加速。

“我是说你没有经过认真思考就贸然踏上了寻找魔鬼的旅程。你要寻找的魔鬼既在疯子心里，也在正常人心里；既在别人心里，也在自己心里。但是你没有花时间认真思考你也许会发现什么。”

“那么我发现了什么呢？”

“你发现了我。”

“泽莱尼犯罪的时候——杀死自己妻儿的时候，是你吗？”维克多问道，“是你杀了他们吗？”

“伐木工的妻子走进了森林的阴暗处。她在那里发现了魔鬼、神灵和四元素精灵。她想杀掉最让她害怕的那个魔鬼，这是她自找死路。她找到了她想要的，她找到了我。而现在，亲爱的维克多，你就站在一样的阴暗处。你来到了这里。你迷失在内心的丛林里。你得小心了，不然也是死路一条。”

“你能给我指条路吗？”

“找到光明？”检查床上的英俊病人不怀好意地笑了，“我要光明有什么用呢？那不是我们俩要去的地方，对不对？但是我会带着你，别害怕，跟我来，亲爱的科萨雷克医生，我会带你走进无法想象的黑暗。但那是以后的事情，现在我得走了。”

“为什么？”维克多问道，“为什么你得走？”

“你给他注射了那么多镇静剂，你的病人就要死了。但是别担心，我们还会继续聊的。”

说完这句，他闭上了眼睛。

“帕维尔？”

泽莱尼再次失去了反应，呼吸再次十分困难。维克多猛按警铃，两个警卫快步走了进来。

“帮我到药房去拿木防己苦毒素，”维克多大声说道，“三瓶。快去。”

听到警卫奔向药房的脚步声在石板地面的走廊上渐渐远去，维克多走过去俯视着泽莱尼，他想用疼痛刺激法看看他会不会有反应。但是，泽莱尼毫无反应，他面色苍白，命悬一线。

维克多暗自想到，原来“心魔”躲在这里。

躲在死亡边缘。

第十七章

帕维尔的“心魔”仿佛还在圆形的治疗室里游荡。听到自己的声音让维克多感到有些不自然，听到“霍布斯先生”深沉的声音让他心中更加不安。

磁带播放结束的时候，维克多把胶木的重播按键转到停止位置。他和罗曼内克教授、普拉特纳医生，还有布罗乔娃一起站在治疗室里。讨论完泽莱尼的录音之后布罗乔娃要负责誊写。

“但是这不可能啊，”罗曼内克注视着空空的检查床说道，“你说这个声音是——我是说他一开始讲的是流利的英语？我一点英语也不会说。”

“据我所知，”维克多说道，“虽然我也不怎么会讲，但这听起来肯定是英语。我无法理解这个看似简单、应该是不识字的西里西亚伐木工为何会说其他语言。”

“不仅仅是外语，”普拉特纳说道，他的表情和罗曼内克一样难以捉摸，他也注视着空荡荡的检查床，仿佛能从上面找到答案，“他的德语也很好。你们注意到他的德语了吗？有文化、受过教育的人才能那样说德语。有些甚至是古色古香的德语。会不会泽莱尼隐瞒了自己的身份？”

“我不明白你的意思……”罗曼内克说道。

普拉特纳对维克多说道：“你相信录音里的声音是泽莱尼所谓的‘心魔’说出来的吗？”

“我不知道，”维克多皱着眉说道，事实上，在发现“心魔”短暂的兴奋之后，他现在开始疑虑重重了，“但是我相信，不管我们听到的是什么，一定有重要价值。”

“不妨暂时认为你是正确的。是‘心魔’还是别的什么东西，比如泽莱尼的人格中隐藏的另一面——他知道的一切，他会的一切，一定都只属于泽莱尼。所谓的‘霍布斯先生’不可能知道泽莱尼不知道的事情，也不可能做过泽莱尼没有做过的事情。”

“是的，我也这样认为。”维克多说道。

普拉特纳转身对罗曼内克教授说道：“我要说的就是这个意思。既然我们在磁带里听到的是泽莱尼的话，那么泽莱尼一定会说英语和德语。他不可能是他装出来的那个没文化的乡巴佬。”

“那么他是谁呢？”罗曼内克教授问道。

普拉特纳耸耸肩。“我不知道。但是记住他犯下过恐怖的罪行。也许他之前还犯下过其他的可怕罪行，然后用一个虚假的身份隐姓埋名开始逃亡。科萨雷克医生是正确的——至少部分正确。也许泽莱尼——或者真实的他——以前也杀过人。也许他受过教育，有文化，但是有精神病，用伐木工的身份来伪装自己。”

“我觉得不可能……”维克多说道。

“是吗？”普拉特纳有些惊讶，“我还以为你和大家一样都认为这是一种可能的解释。我不仅仅是说泽莱尼，或者真实的他，躲起来是为了逃避警方和惩罚，我想说的是他想要躲避的人还包括他自己。也许他有严重的健忘症，真的不知道或者不记得自己的过去。”

维克多想了想，点头说道：“神游状态——这是有可能的。事实上，这是唯一说得通的解释。普拉特纳说泽莱尼内心的任何人格，包括‘心魔’在内，只可能是他自己的人格，这样说是正确的。任何人格都不可能比泽莱尼知道的更多。”

“你和泽莱尼说过他讲的那些话吗？”罗曼内克问道。

“说过了，”维克多说道，“我给他解完毒，等他完全清醒之后说的。我甚至给他放了一段录音。他什么也不记得，还发誓说那个声音不是他的，和他毫无关系。他非常激动，好像真的很害怕。”

“也许他害怕的是要面对他深藏在心里的什么东西，”普拉特纳说道，“不为人知的过去和身份，或者是深藏的罪行。”

“但是我们有他的档案，”罗曼内克说道，“我们知道他的出生时间和籍贯。”

“他有父母或者兄弟姐妹吗？”布罗乔娃问道。

维克多看了看档案。“没有健在的亲属。当然，他的妻儿也已经去世。只有工头和几个工友——但是他们也是在他干了那份工作之后才认识他的。他的妻子在这之前也不认识他。”

“有可能有一个叫泽莱尼的人被他剁碎了埋在森林里，”

布罗乔娃说道，“这再清楚不过了，他根本长得就不像个普通的伐木工。也许在森林里工作之前他遇到了真正的帕维尔·泽莱尼。”

“然后杀了他取而代之？”维克多的语气中带着怀疑，“这么说似乎太离奇了。”

“是很离奇，”普拉特纳说道，“和一个文盲会像歌德那样说德语同时还会说流利的英语一样离奇。”

“那我们怎么办呢？”维克多问道。

罗曼内克教授说话了。“继续你的治疗。看看能不能让‘霍布斯先生’再出来一次。在这期间，布拉格警察局要来这里见迈克尔·麦克哈克，时间是下周。我认为把泽莱尼的事情和他们谈谈是个不错的主意，看看警方是否在找一个和泽莱尼相似的人，一个过去十年一直在逃避追捕的人。”

维克多点点头。大家默然站在原地，每个人都是第一次听到这样离奇古怪的事情，心情无法平静。圆形的塔楼治疗室里时间仿佛凝固了，静止了。

“好吧，科萨雷克医生，”罗曼内克最后说道，“不管是否证明了你的‘心魔’理论，有一件事是确定无疑的：你释放了一些黑暗的东西。”

第十八章

那天晚上，在结束了泽莱尼的治疗之后，维克多和布罗乔娃做爱了。

忙完了工作之后，他如约去了布罗乔娃的房间。他发现布罗乔娃为两人准备了一顿小小的晚餐。医院有严格规定，不许员工在宿舍吃饭和做饭，但是布罗乔娃悄悄地从客栈老板那里买来了冷切肉、奶酪、面包和一瓶葡萄酒。

两人喝酒聊天，刚开始的那一点点拘谨不久就消失了，如今他们两人在一起的时候，很快就能心意相通，现在，这种感觉又出现了：仿佛他们已经认识了好几辈子而不是几个星期。

维克多把布罗乔娃拉进怀里吻着她的嘴唇，一开始两人还有些放不开，但很快布罗乔娃近似疯狂地回报以热吻，没有防备，但又如此迫切，他们开始做爱。维克多享受着她的美丽与激情，但布罗乔娃如此迫不及待让他稍感意外，仿佛她不想放过这一幕，这一刻，这一生。

事后他们躺在床上抽烟，随意地闲聊。聊到泽莱尼的时候，布罗乔娃看出维克多依然有心事。

“这也太奇怪了，”维克多说道，“我还是无法理解。但话说回来，精神病学就是解决怪事的。”

“你知道有件事我一直没有问过你吗？”布罗乔娃突然显得很感兴趣，“我从没问过你为何要当精神病医生。”

“为什么要当精神病医生，”维克多耸耸肩，“这是我的专业……我不知道……我想没有什么特别的原因吧，可能是我对这方面感兴趣。”

布罗乔娃凑近他的身边，她摇了摇头笑着说道：“也许我认识你的时间还不够长，但是我知道你不是一个随便选择职业的人——随便做任何事的人。你做的所有事情——我知道的不多——目标都是很清晰的。那么请告诉我，科萨雷克医生，真实原因是什么呢？为什么你决定这辈子要从事精神病研究，探索人类心理最黑暗的深处呢？我肯定这里一定有某个深藏的、不为人知的秘密……”看到维克多的脸色有变，她连忙收敛了语气中的调侃。“对不起，”她说道，“我不应该打听……”

维克多摇摇头。“没关系。真相是什么，我也不常多想，但是我知道我为什么要做精神病医生；我确切地知道那是我十二岁时的一件事。我的母亲，患有严重的抑郁症。所有精神疾病中最严重的一种病。后来她自杀了。她在树林里上吊自杀，是我发现了她。”

布罗乔娃从床上坐了起来，拉过毯子遮住自己的乳房。“天哪，维克多，对不起，我不应该这样——”

“没关系，”他苦笑一声，“很久以前的事了，但是我一直想要弄明白她所处的境地——是什么精神状态让她选择了自杀。某种程度上，我可以理解她为什么这么做。和我妹妹有关。”

“你妹妹？”

“我有一个妹妹。七岁的时候意外死亡。淹死的。妈妈一直为此责怪自己，那份内疚和痛苦让她渐渐无法承受了。”

“天哪，维克多，我……我不知道该怎么说。对不起，我不该和你开玩笑，拿你家人……”

“没关系。”温柔的笑容在那张冷酷英俊的脸上显得很不相配，就像一个迷失在异乡的陌生人的笑容，“这件事已经过去了。”

“我父亲知道吗？”

“知道一点。荣格博士也知道一点。他们俩问我的第一个问题就是为什么我对精神病学和心理分析感兴趣。荣格博士和我说精神病学需要解答不同的人不同的心理问题。他还说最难的问题是自己的问题。我想他是正确的。”

一阵短暂的沉默。布罗乔娃搂着维克多的手，头倚在他的肩上。过了一会儿，两人又尴尬地聊了些今天各自做过的事情，但是维克多可以看出布罗乔娃因为引出了一段痛苦的记忆心情很不好。最后，她说起自己和卡拉克的矛盾，说他在表明反犹太立场的时候越来越肆无忌惮了。

“要不要我去告诉罗曼内克教授？”维克多问道。

“罗曼内克教授也无能为力，”布罗乔娃说道，“现在大家都害怕这种人。没人想与他们为敌，因为有可能他们会掌权——有可能德国发生的事情会发生在这里，卡拉克那样的人会手握权柄。他们会的。”

“我才不怕卡拉克那样的人呢。我去和教授说。”

布罗乔娃松开手，拼命摇头。“不，不，不要那样做。这样只会让事情变得更糟。”

“不能让卡拉克——”

“别惹麻烦。”布罗乔娃打断了他，“不管你是否能接受，现在能做的唯一一件事就是逃离捷克，逃离欧洲。这是唯一的希望。”

维克多感到惊讶，他轻轻笑了一声。“你不是认真的吧。”

“为什么不是？为什么不应该把精神病院留给这些疯子？”她示意维克多看向令人压抑的城堡四壁，以及墙壁后面更多的虚幻的墙壁，“普拉特纳，卡拉克，还有所有的苏台德纳粹党徒都把希特勒视作救世主和种族保护者。相信我，只要德国纳粹党打进捷克，普拉特纳和卡拉克一定会和其他杂碎一起上街挥舞万字旗。”

从布罗乔娃的嘴里听到这样的捷克脏话不太常见。通常他们两人都用德语交谈，维克多心想她为何说起捷克语了。布罗乔娃情绪低落，愁眉不展，脚下的这片土地为什么突然变得不一样了，从小到大，她都认为自己是一个波希米亚的德国人，突然这个身份就不属于她了。尽管维克多不停地安慰她，但是可以看出她真的十分难过。

“在密林里的教堂，”布罗乔娃说道，“我和你说我们没有未来。我们只能活在当下。唉，昨晚我做了一个梦——最离奇的梦。这个梦整天都在我的脑子里，我认真想了想，现在我改变主意了。”她用一只手撑着身体，侧身看着维克多。就像画家在勾描线条一样，维克多用手指滑过她的上臂与肩膀。她的皮肤光滑而柔软。

“又做了个噩梦？”他关切地问道。

她眉头不展。“是，又不是。这个梦太可怕了，和其他梦不同。比任何梦都更加离奇——你知道我最近经常做奇怪的梦——但是这个梦的意思是我必须逃离欧洲。”

“什么样的梦？”

“小时候，我在夏天经常去维也纳。那时候我不知道为什么每年都要去那里，但是现在我知道是因为父亲的工作。研讨会之类的事情。去维也纳我非常开心——能看到许多穿着漂亮衣服的人，去动物园玩，逛商店，去咖啡馆。我记得弗洛伊德博士也经常去维也纳，还有荣格博士。当然，那时我还不知道他们是谁，也不知道他们和父亲是什么关系。这些都是他后来告诉我的。”

“你在梦里梦到的就是这个时候吗？”维克多问道，“你小时候在维也纳的事情？”

“是的，但是很多东西都变了——你知道在梦里很多东西会有所不同，但是你不会在意，觉得很正常。梦里的一切和我的记忆几乎都一样：我穿着我最喜欢的有蓝色小花的夏日连衣裙，还有我最喜欢的蓝色凉鞋。但是在梦里它们不一样了：我的凉鞋，还有我的脚，都脏了，我站在臭水沟里。我父亲的鞋子也一样，都被臭水沟弄脏了。”

“臭水沟？”

“是的。只要我们在路上遇到其他人，弗洛伊德博士，我的父母，还有我都必须站在臭水沟里给他们让路。荣格博士不要，他站在人行道上。我问妈妈为什么要这么做，她说：‘为什么？孩子，因为我们是犹太人。这是我们应该站的地方。’然后她微笑着看着我，就像回答了小朋友提出的一个天真的问题一样——你知道，因为问题的答案太简单了。”

维克多微笑着看着她，把她脸上的一缕黑发拨向脑后。“既然你最近总是感到焦虑，再加上还要忍受卡拉克那个混蛋，这个梦不难分析。”

“不，不，我还没说完。最后我们全都离开人行道，在臭水沟里走。没有人出去，仿佛这样做是正常的。我们开始沿着臭水沟向前走，路上不断地有人加入我们。都是犹太人。后来我们走出了维也纳，突然身边全是树。一片大森林。没人质疑为何我们还继续走在臭水沟里。没有人行道了，只有一条臭水沟笔直地通向森林深处。然后我们来到一片空地，臭水沟的尽头是一个砖石广场，到处是雨水和垃圾。

“非常奇怪，所有的犹太人都接受了这一切，我是说我们站在那里，不说话，也不动，没人做出哪怕一点点的努力试图逃出去，逃到森林里去——逃离等待着我们的结局。”

“什么结局？”维克多问道。

布罗乔娃还是愁眉不展的样子。“我也不确定，但是我可以猜到。不管是什么，一定是不好的结局，但是我们都站在那里等待。我问妈妈我们在哪里，她用一路上相同的平静而迁就的口吻告诉我说我们在我们应该在的地方，在我们的旅途一开始就注定了的目的地。就在那时，天空突然乌云密布，然后我就醒了。”她看着维克多，双手捧着他的脸，微凉的手指触摸着他的脸庞。再次说话的时候，维克多感到了她的语气中有和他做爱时的那种迫不及待。“你跟不跟我一起走？”

“走？去哪里？”

“哪里都行。我们离开欧洲，去美国。”

他犹豫了，不安地笑着说道：“我有工作……”

“在美国你也能找到工作。你可以在那里得到研究资助——我肯定比在这里更容易。如果纳粹控制了这里，欧洲的精神病研究就不存在了。你知道——你知道他们认为精神病学和心理学是犹太人的骗术。请相信我，如果那些混蛋控制了这里，精神病治疗会交到屠夫手里。如果去美国，我也能找到工作。我们就能摆脱这一切，这一切的疯狂。”她好像看懂了维克多的心思，把手从他的脸上放了下来。“对不起，”她扭过头说道，“我们才刚刚认识。这是我的烦恼，不是你的。”

他抱住她的肩膀，让她转过头来看着自己。“不是那样的。不会是那样的。我不知道这里的事情会不会变得像你说的那样可怕。我想我们还是看看再说。”

“到那时就晚了，”她沮丧地说道，“我能感觉到森林里的空地是真实的。我知道我为什么会做那样的梦。我知道森林里的空地意味着什么，意味着大屠杀。他们过去就这么做过：把犹太人带进森林，杀死他们，尸骨任由野鸟和野兽蹂躏。那就是梦里等待着我们的结局。那就是他们现在想干的事情。”

“听我说，布罗乔娃，等我做完这里的研究我们再谈这件事。如果事态依然严重，我保证我会带着你和你的父亲离开这里。我向你发誓。好不好？”

她点点头。“好吧。”但是她的目光游离，仿佛蒙着一层阴影。

第十九章

因为上次的治疗遇到了极不寻常的事情，罗曼内克坚持下一次进行治疗的时候他必须旁听。一开始维克多是抵触的，他解释说要想让麻醉治疗达到效果，现场只能有两个自我：处于主导地位的提问者的自我和处于被主导地位、意志被药物削弱的被提问者的自我。

“我保证不会说一句话，我就安静地坐在你们俩的后面，”罗曼内克用镇静的、乡村医生般的口吻说道，“我不会干预，如果有问题，我会给你递张字条，但是其他时候我就只是个安静的旁观者。我希望你能理解为什么我觉得有必要坐在那里，科萨雷克医生。那段录音让我感到困惑，甚至是非常不安。我只想听听‘霍布斯先生’是如何解释他存在于一个不可能的宿主身上。”

尽管维克多表达了抵触，但是他也觉得让罗曼内克教授旁听能给他安全感，这似乎有些奇怪。虽然他更愿意一个人和病人待在一起，但出于某种难以解释的原因，维克多发现自己害怕霍布斯先生再次出现，如果罗曼内克也在场的话，他也许会感觉好一些。

上次的治疗让他发现霍布斯先生躲在自我意识最黑暗、最难以抵达的深处。因此，在确定手头有足够的解毒剂之后，他使用了和上次相同剂量的东莨菪碱和阿米妥钠混合镇静剂。

这一次，警卫给他系上绑带的时候，帕维尔·泽莱尼似乎更加烦躁，维克多心想会不会是因为他虽然矢口否认霍布斯的存在，但是其实也害怕他会再次出现。镇静剂开始在泽莱尼的体内产生作用，他渐渐安静下来。

罗曼内克教授坐在维克多身后的暗处，录音机也已经开始工作，维克多用捷克语和泽莱尼交谈，引导他进入内心的最深处。泽莱尼的反应迟钝，无精打采，那么大剂量的镇静剂让他的身体和心理都像灌了铅一样沉重。他时不时地抗议说他想要睡觉。

“你需要保持清醒，帕维尔。我需要和你谈话，你得保持清醒。你还记得去林场工作之前的事吗？”维克多问道。

“什么意思？”

“帕维尔，你在哪儿学的英语？还有德语？虽然你想不起来，但是你一定在某个时间、某个地方学过。所以我要问问你的过去。也许是一段你忘记的往事，也许是你的内心将它藏起来不想让你知道。我想要问的是你到林场工作之前的那段时光。”

“我不会说英语。也不会说德语。如果你觉得我会，那么胡说八道的人是你。如果你相信，那么疯了的人是你。你为什么认为我会说英语和德语？”

“因为那晚你说过——之前我和你说过这件事，还记得吗？我去病房告诉你治疗的时候你的声音变了，还有你和我说德语。一开始是英语，但是因为我听不懂，你改说德语了。”

“我不会说德语。”

“但是你的确说了。你说的时候我在场。这意味着你一定什么时候学过。”

“如果那晚我会说，为什么我不记得？为什么我现在不会说了？”

“你不记得是因为你被麻醉了——我的意思是药物让你感到瞌睡了，就像现在一样。所以请回答我的问题：在去林场工作之前的事情你记得些什么？告诉我你在遇见萨罗塔之前的人生。”

“萨罗塔？”

“是的，你的妻子萨罗塔。在遇见她之前你是干什么的？”

“萨罗塔？萨罗塔在这儿？”

维克多深深地吸了一口气掩盖他的无奈。“帕维尔，你不记得了吗？萨罗塔已经死了。你杀了你的妻子和孩子。”

虽然身体被药物控制了，泽莱尼还是在生气地摇头，仿佛维克多说了一句蠢话。“我知道她死了。我当然知道。我知道是我杀了她，为什么杀了她——因为她做了不死鬼柯西切的姘头。但是她在这儿吗？”

泽莱尼的回答让他再次生气地摇着头。“这个地方很特别，”泽莱尼的声音几乎听不到了，“这里除了活人还有别的东西。除了疯子还有别的东西。”他闭上了眼睛，呼吸开始变得微弱。

“帕维尔，别睡。”维克多说道，“我知道你想要睡觉，但是你得先回答几个问题，然后才能睡，在这之前不行。我需要进入在这些事情之前的那个你的内心深处。只有你才能照亮那片黑暗。想想在去林场工作之前的事情。遇到萨罗塔之前的事情。”

“我在另一个林场工作。在这之前还有另一个林场。我一直在森林里工作和生活。我从没学过用母语读书和写字——我肯定没有学过别的语言。当然我学过其他东西。很多东西。我学习和树木有关的知识，学习关于季节的知识，学习森林的树叶变换颜色的知识。这些就是我学的东西，我记得的学过的东西。我不记得别的。”

“也许是你强迫自己不要去记，”维克多说道，“也许之前你有过不同的人生，但是你的内心强迫你把它忘掉，因为那是一段可怕的人生。这种选择性的遗忘是常事，比你想象的要常见。我知道这么说有点让人难以接受，难以理解，但是我觉得有可能你不是帕维尔·泽莱尼。你盗用了帕维尔·泽莱尼的身份和经历。”

“胡说八道，”药物抑制了他的激动情绪，“你说我不是我？我是别人？这是什么傻话。怎么可能有人觉得他们不是自己呢？我知道自己是谁。我知道我是谁，做过些什么，为什么做。”

“那么告诉我你的过去吧。告诉我你小时候的事情，”维克多说道，“你是在哪里长大的？”

泽莱尼把档案里为数不多的那几条信息重复了一遍。他只说了个大概：就像是一幅简单的素描而不是复杂的肖像画。

只列举了人生旅途中的规定站点，而没有描述旅途的细节、风景、意外的停靠站。他所说的和官方档案中的记载并无二致。不多，也不少。

“好吧，”维克多说道，“记得我和你说过的内心的海洋吗？它很深，不同的你现在或曾经待在那里。我要你潜到大海深处——比我们之前到过的更深的地方。我希望我们进入深海的黑暗处，找到不同的你，也许你自己都不知道有个你在那里。我希望能找到最神秘的那个你：躲在最下面，没有人看得到的那个你。”

过了一会儿，泽莱尼说道：“你要找的人不在那里。”

“什么意思？”

“他。你要找的那个他。他不住在下面。他不住在我的身体里面。”

维克多不说话了，他盯着泽莱尼，竭力不让自己转头去看坐在后面的罗曼内克教授。从上次的治疗中他知道自己要找的“心魔”藏在黑暗的深处，藏在死亡的边缘。为了找出“心魔”证明自己关于精神病的黑暗结构理论，他必须把病人推向死亡的边缘。泽莱尼曾经短暂地停留在最黑暗的深处，后来是解药把他救了回来。如果维克多操作失误，他就死了。

他必须在那一刻先找出“心魔”，然后再给他注射解药。

他知道罗曼内克教授一直坐在后面，充满耐心，一言不发，但是他一定也在对自己进行评价。他会对自己的能力做出怎样的评价呢？友善但严格的教授现在会不会后悔当初聘用了自己？

“我想和霍布斯先生说话，”维克多突然用德语斩钉截铁地问道，“我想和之前跟我说话的人谈谈。”

“我不知道你在说什么。”泽莱尼说道。

维克多用捷克语重复了一遍。

“我不认识什么霍布斯，”泽莱尼说道，他的声音很沉重，眉头只能皱起一半，“你之前就问过我了。我没有说过那些话，你却说我说过。我已经告诉过你了，我不会德语。”

“帕维尔，那么和我说话的人是谁呢？如果不是你，如果你身上没有霍布斯先生，那么是谁呢？”

“也许住在这儿的人是他。”泽莱尼茫然地说道。

“谁？”

“他住在这里。那个人住在这里。我说过，你要找的人不在我身上。他住在这里，住在这个地方。他现在就在这里。就在这个房间听我们说话。”

维克多回头看了看教授。

“你的意思是他是罗曼内克教授？”他转过头来问道，“他只是坐在那里听听。而且那晚他不在这儿。”

“不，不是他。”

“那么你说的人是谁？这里除了我们没有别人。”

“啊，有的。还有一个人。一个躲在更黑暗的地方的人。”药效深度发挥的麻醉剂让他警告的语气显得有气无力，一阵睡意袭来，他的语速变得更慢了，“我能感到他的存在。一个坏人，一个被关在墙里的人，他和我不同，和其他人也不同。他在这里已经很久很久了。他就像‘灰人’。也许他就是‘灰人’。也许他就是不死鬼柯西切。”

“帕维尔，那晚和我说话的人是他吗？是他通过你和我说的话吗？”

“我说过了，没人通过我说话。你难道还不明白吗？他就在这儿。他戴着面具，他就在这儿。他就在这儿的某个地方。他被关在这些墙里。他是……”泽莱尼的声音听不到了，眼睛缓缓地闭上了。

“帕维尔？”维克多走到他的身边推了一下。

“什么事啊？”泽莱尼的回答含糊不清。他的眼睛只睁开了一半。

“不要睡，帕维尔。睡了就会去另一个地方，那里我们找不到真相。”

“真相？”

“你的身上有真相。我知道你是唯一一个能告诉我们去哪里找霍布斯先生的人。”考虑到病人身后还有一位安静的观众，维克多努力不让自己的声音听上去绝望，“你觉得住在这儿的人是霍布斯先生吗？你说的房间里的另一个人是他吗，帕维尔？”

泽莱尼断断续续地嘟哝了几句。房间里只剩下他的呼吸声和录音机转动的声音。过了会儿，只剩下录音机的声音了。泽莱尼的呼吸声在变小，次数在减少，随时会消失。

维克多看向坐在后面的罗曼内克，他的脸在暗处无法看清。“对不起，教授，没有用了，”维克多说道，“他呼吸越来越困难，非常危险，我要给他注射解药把他救回来。”

维克多按下报警器召唤警卫进来把他送回病房。等待他们进来的这会儿工夫，他拿出注射器吸了一管解药走到泽莱尼身边，拍了拍被绑带固定的前臂找到静脉，然后将针头缓缓地刺入皮肤。

“好了。”看到解药全部进入了泽莱尼体内，维克多轻声说道。没有恐惧。没有担心。

维克多从没想到过害怕：他对病人使用了那么多镇静剂，正让他处于潜意识深处和死亡边缘，应该不会有任何危险。他也从来没有想过现在正是在死亡边缘，在他上次遇到霍布斯先生的地方。

因此，当看到泽莱尼右手手腕的皮绑带没有扣紧的时候，他首先想到的是为何在刚开始给他注射的时候自己没有发现。

突然，泽莱尼又毫无道理地完全清醒过来，这段时间解药是来不及生效的。维克多刚把针头从他的静脉中抽出，泽莱尼猛地伸出右臂狠狠地掐住维克多的喉咙。维克多赶紧抓住他的手腕，拼命想把他的手拿开，注射器、橡胶压脉器、金属托盘从他的手上滑落，掉在石头地板上。

感觉到泽莱尼掐住他喉咙的手臂丝毫没有放松的意思，维克多开始发慌了。他低头看着泽莱尼，那张英俊的脸庞已经扭曲，充满愤怒，眼睛睁得很大，闪烁着令人恐惧的、毫无人性的怒火。泽莱尼粗大有力的手指紧扣着维克多的喉咙，他的呼吸都已经很困难。但是他无法动弹，只能眼睁睁地看着泽莱尼的眼睛：毫无人性的眼睛，充满冷漠、黑暗、无边的怒火。

身后几米远的地方，但是现在却好像隔着十万八千里，维克多听到罗曼内克教授在大声喊叫，然后是钢管椅倒在地上的声音。

泽莱尼死死地掐着维克多的喉咙，把他拉到自己的嘴边，贴着他的耳朵说道:“你以为你可以在你的老板面前显示你的本事。”他又开始说着德语,声音也变了。维克多随即从自己的恐惧中意识到,霍布斯先生再次从死亡阴影里现身了。“你以为你可以把我拿出来给别人看,就像蹩脚的魔术师从帽子里变出一只兔子?你到现在还不知道我是什么人。你不知道我不会平白无故地出现。你不知道对我不敬会有什么后果。”

维克多感觉到有人在拉他,帮他挣脱泽莱尼的控制。原来是罗曼内克教授和两个身穿白色夹克的警卫。然而他依然被牢牢地扣着脖子,空气无法进入他难受的肺部。

“我还会回来的,”他轻声对着他的耳朵说道,“我会回来告诉你真相,你会失去双眼。我会让你恐惧,恐惧那么美妙,那么明亮,会烧瞎你的眼睛。”

维克多感觉到又进来了几个警卫,他们用力扒开泽莱尼死死扣在他脖子上的手指。突然他挣脱了,连忙大口喘着气。

几个警卫把泽莱尼从检查床上放了下来,把他摁在地板上,强行给他穿上束身衣。但是维克多可以看出泽莱尼没有丝毫反抗,霍布斯先生已经走了,他又回到了半清醒状态,介于镇静剂和解药的双重药效之间。

不管在他耳边说话的人是谁,不管说的是什么,现在什么都没有了。

就在维克多拼命呼吸的时候,罗曼内克教授过来扶着他的肩膀把他带到椅子前坐下,还替他松开了领带和衣领。“你没事吧?”他问道。

“你听到了吗?”维克多的眼神狂乱,他绝望地问道,“你听到他说话了吗?你听到霍布斯先生说话了吗?”

第四部分

“通灵师”与藏骨堂

第一章

接下来的一周，在一个像潮湿的石板一样寒冷灰白的日子，卢卡斯·斯莫莱克队长启程前往奥卢城堡精神病院。虽然很少离开布拉格去农村，但每次去的时候，他都有一种回家的感觉。城堡下方的山谷里，一座座红顶屋和大部分波希米亚的定居点一样，看不出十九世纪的文明给它们带来过多少改变，二十世纪的文明更是毫无踪迹。

瓦茨拉夫·巴托斯坐在警车的副驾驶座上。尽管天气并不怡人，挡风玻璃上的那根雨刮器单调而机械地刮来刮去，两人的心情并未受之影响，一路上相谈甚欢。斯莫莱克突然发现自己很健谈：如他所言，他从未像今天这样能“侃”。巴托斯心情很放松，但有时有些迟钝，斯莫莱克觉得自己今天的自信多少和这有些关系。

他们聊了好多话题，但是他很感激巴托斯从未提及安娜·佩特拉索娃的案子，仿佛这位医生已经感觉到自己喜欢过她，而这次出差，虽然时间不会很长，却是一个很好的机会让自己暂时不必理会那件残忍无情的谋杀案。

同样，斯莫莱克也没有再问巴托斯为什么要跟着一起去：因为他的弟弟就关在那里。但是当他们沿着蜿蜒的山路从村子里驶向城堡的时候，巴托斯什么话也不说了，陷入了深深的沉默。

斯莫莱克早已习惯掏出证件就能一路畅行无阻，但是在通过石桥、进入城堡的天井把车停好之前，他被反复检查了好几次证件，这让他感到有些意外。

通向城堡入口的巨大拱门下面，两个人站在宽大平整的石阶上等着他们。其中的一个人中等年纪，穿着肩扣式的齐膝白大褂，看上去更像是个外科医生而不是精神病医生。他面相和善，举止文雅，向斯莫莱克介绍自己是院长安德烈·罗曼内克教授。他的身边站着一个年轻人，罗曼内克介绍说他是维克多·科萨雷克医生。

“他是现代精神病学领域最有前途的人才之一。”罗曼内克向两位客人介绍道。

斯莫莱克留下的第一个深刻印象是年轻的医生和城堡的环境太配了：科萨雷克身材瘦高，外表英俊，透露出威严的贵族气息。不难想象，换作五百年前，科萨雷克就是身穿铠甲的高贵骑士。而罗曼内克教授尽管是这儿的负责人，看上去却完全没有贵族范儿。

让斯莫莱克留下的另一个深刻印象是他们两人看到巴托斯的时候好像非常吃惊。

“难以置信……”罗曼内克教授盯着巴托斯看了好久才回过神来，“对不起，请原谅我……”

“我非常理解。”巴托斯说道。他的确理解他们惊讶的原因。斯莫莱克却不能理解两位医生为何如此惊讶。“我可以见我弟弟吗？”

“当然可以。”罗曼内克和蔼地笑着说道，“当然可以，当然可以。先生们，请跟我来。”

跟着罗曼内克走过条条走廊的时候，斯莫莱克惊讶地发现这里根本就不像个精神病院。罗曼内克带着他们走进了自己的办公室。斯莫莱克坐在维克多的对面，他发现他的咽喉处有淡紫色的伤痕。

“有个病人挣脱了控制，”维克多解释道，他下意识地摸了摸自己的脖子，“怪我自己太不小心了。不管预防工作做得有多好，这类事情还是会发生。这也是为何和迈克尔·麦克哈克的这次见面被推迟的原因。很抱歉，他弄伤了一位护士的脸。”

“但是现在他已经能够和我们见面了？”斯莫莱克问道。

“是的，”维克多说道，“但是请你理解我们无法保证他头脑十分清晰。就和大部分病人一样，他平时看上去很正常，但有时候会陷入幻觉，胡言乱语。你是不是想问他关于玻璃的事情？”

“是的。”斯莫莱克不想多说。

“那可是他最喜欢的东西了。”

“现在可以见他吗？”

罗曼内克教授回答道：“我们已经安排了巴托斯医生和他的弟弟在食堂见面。斯莫莱克队长，我希望你能理解这么安排是因为最近麦克哈克先生袭击了护士，你们的见面必须在十分安全的场所进行，还要有警卫在场。”斯莫莱克点点头。

罗曼内克站起身，示意大家跟他走。“你知道的，队长，你应该花些时间和科萨雷克医生好好聊聊。他是黑暗心理治疗领域真正的顶级专家。布拉格的那几件可怕的案子背后就是这样的黑暗心理。我想他提供的信息会对你有用。”

“如果有我能帮上忙的地方……”维克多说道。

“我将感激不尽，”斯莫莱克说道，“坦白地说，这也是我来这里的另一个原因。我必须承认我实在无法理解‘皮围裙’的疯狂心理。”

“科萨雷克医生的研究是开创性的。”罗曼内克教授说道。沿着走廊去隔门——将办公区与员工住宿区和病区隔开的大门——的路上，罗曼内克简单介绍了维克多的“心魔”理论。“也许让科萨雷克医生自己给你介绍会更好。”

维克多十分勉强地开始介绍自己的“心魔”假设，介绍的时候，他能感觉到斯莫莱克不太相信。而巴托斯则显得很感兴趣——差不多是很激动——想要了解更多。

“你有没有对我弟弟进行麻醉心理治疗？”巴托斯问道。

“还没有。目前为止，我对他进行的治疗都没有使用镇静剂。”

“但是你会这么做，是吗？”

“是的。”

“你觉得——我是说，这样做有可能治好他？”

维克多想了想说道：“我在这里有两个角色：科研工作者和精神病治疗医生。我的任务是既要研究又要看病。然而，我肯定你也知道你弟弟的心理问题十分复杂，病情很严重。

也许更实际的结果是减轻病情而不是彻底治愈。”

“奇怪的是，”巴托斯说道，“我弟弟的研究和你的研究在很多方面都很相似：用科学的方法检验无法测量的、不可触摸的事物。我担心多米尼克迷失了方向。”他想了想，“科萨雷克医生，可不可以在对我弟弟进行麻醉治疗的时候让我旁听呢?”

“那样恐怕不太好，”维克多本想继续说下去，但话到嘴边又收住了，看了眼穿着皱巴巴的西服的小个子法医，“我想也许可以。但原因只有一个，因为你具有医学背景。你应该知道，如果我允许你在场，你必须始终在你弟弟的视线之外，绝对不可以和他说话。你始终不可以说话。”

“我就负责听。”巴托斯说道。

第二章

罗曼内克教授和维克多带着巴托斯和斯莫莱克来到餐厅，餐厅的布局和布拉格城里的咖啡馆几乎一模一样。一个深色头发的小个子毫无表情地坐在一张餐桌前，身旁站着一个警卫。

就在那一刻，斯莫莱克终于明白了为什么两位医生看到巴托斯的时候会大吃一惊。无论从哪个角度看，桌前的那个人简直就是瓦茨拉夫·巴托斯的翻版：他衣着整洁，头发一丝不乱，举止泰然自若，甚至有一点点刻板。除了脸上的那条斜长的伤疤之外，多米尼克·巴托斯长得几乎和他哥哥没有任何不同。

“我们是双胞胎，”巴托斯感觉到了斯莫莱克的震惊，他解释道，“我是哥哥，比他早出生两分钟。对不起，之前忘了跟你说。”

罗曼内克教授带着巴托斯走到桌边，多米尼克毫无表情地看了他一眼，没有认出他来。

“请你跟我来，队长，”维克多说道，“迈克尔·麦克哈克在警戒室等你。”

“我不知道他们是双胞胎，”斯莫莱克跟着维克多走过大厅的时候说道，“我知道巴托斯的弟弟疯了，被关在这里，是所谓的‘六大魔王’之一。但是我不知道他们长得这么像，就像在照镜子。瓦茨拉夫·巴托斯是个好人，看到他弟弟这样的结局真让人难过。”

“大家都说多米尼克·巴托斯也是个好人，”维克多说道，“好人和坏人一样，都有可能患上心理疾病。他们不需要为自己的罪行负责——他们生活在不同的世界，充满错觉和幻想的世界。”

“多米尼克·巴托斯就是那样的吗？”

“我们叫他‘通灵师’，”维克多苦笑一声，“罗曼内克教授喜欢给病人起一些诗情画意的绰号，你知道什么是通灵吗？”

斯莫莱克摇摇头。

“古时候有人相信可以通过和死者交流获取知识。巴托斯教授是天才的科学家，但是有妄想症，他信了，怎么说呢，信了魔法。嘿，我们到了……”

维克多指了指隔门。和大厅里的其他门一样，隔门是用厚重的橡木制成的，但是加装了固定钢条，还上了两把牢房门上使用的锁。维克多的皮带上用腰链拴着一大串钥匙，他掏出钥匙打开了门。

“请进，你自己去吧。有个警卫负责你的安全。”

斯莫莱克说了声谢谢然后走进房间。和城堡其他地方不同的是，房间没有窗户，墙壁刷成了明亮的白色，壁灯里的灯泡放出刺眼的光芒，整个房间十分亮堂。房间中央有一张桌子和两把椅子，也都是白色的。一个秃头的矮胖子坐在那里，看上去他不会给任何人带来危险。他身后的墙边站着一个穿着白色夹克、系着黑色领结的强壮警卫，就像是个随时需要接过点菜单的服务员。

斯莫莱克坐到麦克哈克的对面，他介绍了自己，也说明了此行的目的。

“很好，你找对人了，”麦克哈克微笑着说道，“我是欧洲顶级的玻璃专家。也许是全世界顶级的。”

“是的。”斯莫莱克从口袋里掏出手帕，把它放在桌上打开后露出里面的玻璃珠，“你能告诉我这个玻璃珠是哪儿产的吗？”

麦克哈克伸手把珠子拿了起来，身后的警卫向前走了一步。斯莫莱克微微摇了摇头，警卫站回墙边。麦克哈克用手指捏着玻璃珠转动，仔细观瞧。

“我没有放大镜。他们不允许。”

斯莫莱克笑了笑，从口袋里掏出一个珠宝店用的放大镜放在桌上。“我早就想到了。”

“可以给我吗？”麦克哈克满怀期待地问道。

斯莫莱克看了看麦克哈克身后的警卫，只见他摇了摇头。

“恐怕他们不允许。”

麦克哈克叹了口气，他拿起放大镜仔细查看那颗珠子。

“有人说可能是亚布洛内茨玻璃。”看到麦克哈克一言不发，斯莫莱克说道。

“谁说的？”

“安娜·佩特拉索娃。也是她推荐我来找你的。”

“是啊，佩特拉索娃夫人，我是做生意的时候和她认识的。她推荐对了人，”麦克哈克把放大镜从眼前拿开，另一只手仍然拿着玻璃珠在手里转动，“她告诉你来找我，那就对了。玻璃的产地她说错了。”

“不是亚布洛内茨玻璃？”

“根本就不是波希米亚出产的玻璃。这是个仿制品，但不是在这里生产的。”

“那么是哪里呢？”

“我得说这是圣塔文场出产的，可能在卡特斯洛特路上。”他用英语说的街道名字。

“英国产的？”

“伦敦。拉特克利夫，伦敦东区。”他往后靠在椅子上，语气中充满自负，“那里批量生产玻璃珠，但是大部分都比不上这个的品质。你知道吗，现在伦敦东区有很多犹太移民，大部分来自波兰和波希米亚。许多人移民前在玻璃厂工作过。伦敦东区的贫民窟和血汗工厂区有各种各样的简陋玻璃作坊，大规模仿制廉价的亚布洛内茨玻璃，品质比德国的莱茵石仿制品还要差。这个玻璃珠虽说品质好一点，但比起真品还是差了太多。”

斯莫莱克想了想他说的话。在他看过的“开膛手杰克”案件的资料中，他记得至少有两个嫌疑人是来自中欧的犹太人。其中一个叫扬·皮泽，他被逮捕的原因仅仅是因为他有个著名的绰号：“皮围裙”。

“你认为这个玻璃珠有多久的历史了？”斯莫莱克问道。

麦克哈克耸了耸他的窄肩膀。“很难说。这种珠子主要用途是衣服上的廉价饰品，或者说是连衣裙上的装饰珠。现在已经过时了，所有生产这种玻璃珠的作坊都倒闭了，取而代之的是生产玻璃窗的大工厂。”他再次把玻璃珠拿在肉鼓鼓的指间转动，噘起嘴唇说道，“我得说大约有五十到一百年的历史。维多利亚时代的东西。”

“刚才你说是哪儿产的来着?”

“拉特克利夫。”麦克哈克提醒道。

“那儿离白教堂很近吗?”

“我的专长是玻璃，斯莫莱克队长，不是英国地理。”

问完了所有问题之后，维克多带斯莫莱克去了员工休息室，他在那里等待巴托斯和他弟弟的见面结束。维克多坐在他的对面，跷着二郎腿，咖啡杯放在皮椅的扶手上。休息室和整个城堡一样，有种说不出的威严，斯莫莱克觉得维克多也有种说不出的威严。他在心中戏想要不要问问他有没有贵族血统。

然而，他只和他谈了“皮围裙”的案子，把托瓦尔·比哈里的所有情况和他简单说了说。那个吉卜赛小骗子宁愿轰烂自己的脑袋也不愿活在折磨他的记忆中。

维克多默默地听着，斯莫莱克说完之后，他说道:“听起来这个吉卜赛人描述了自己人格的某个恐怖部分，而不是在犯罪现场出现了另一个人。你的结论是对的，他把自己心理上的黑暗和暴力部分虚构成了一个魔鬼，而他认为这个魔鬼是他身外的另一个人。这样的结论合乎逻辑。”

“这主要是巴托斯医生的结论，不是我的。”

“但是理论上说，吉卜赛人不可能是新案件的凶手，这就让事情变复杂了。”

“我们有嫌疑人的外貌描述，可能作用不会很大。你见过吗？我们已经登报了。”

“我还没见过。”维克多说道。

斯莫莱克从夹克口袋里掏出一份叠好的报纸，打开后递给维克多。

维克多看着肖像师绘出的图片，他感到自己的心跳在加快。那顶帽子，那件外套，还有身材，都和菲利普一样。他告诉自己这不可能，完全不可能。然而警方在报上要寻找菲利普和他心中已经对他起疑这两件事是不谋而合的。他必须告诉斯莫莱克他有个朋友就是那身打扮，而且举止失常，仇恨女人，崇拜“皮围裙”。

“没什么进展吧？”他漫不经心地说道，把报纸还给了斯莫莱克。

“没有，”斯莫莱克叹着气说道，“如果发现了新的证据我还能来征求你的意见吗？”

“当然可以。只要是为了抓到凶手，我很乐意为你做任何事。”

“现在，凶手不是托瓦尔，有没有可能真正的凶手并不知道自己是凶手呢？所谓的人格分裂？”

“我每天要对付的就是‘人格分裂’。这也是‘六大魔王’是我的研究对象的原因。不管是主动还是被动，每个人都把罪行推给他们身外的一个魔鬼。”

“这么说有可能‘皮围裙’不知道自己是‘皮围裙’，你知道我的意思吗？”斯莫莱克问道。

“很有可能。人格彻底分裂成独立的身份是很罕见的，但是我们这里的病人已经证明这种现象的确存在。如果你追查的凶手也是这个情况，那么破案难度就更大了。”

“巴托斯医生也是这么说的。他还说是童年或者其他时候的创伤导致了分裂。”

“没错。只有一个独立的人格承受着创伤带来的痛苦，但也是这个人格做出反常的行为。你的案件里面，反常的行为就是杀人。”

维克多不说话了。心中有个声音在呼喊：*告诉他菲利普。告诉他菲利普·斯特罗斯塔可能就是“皮围裙”。不，我需要时间。我需要好好想一想。*

“斯莫莱克队长，”他说道，“我不太想在给多米尼克治疗的时候让他的哥哥巴托斯医生旁听，但是我已经答应他了，我觉得也许你也去旁听是个不错的主意。多米尼克·巴托斯是‘六大魔王’之一，他也是一个极好的病例，可以证明患者会虚构出一个独立的、行为自主的魔鬼，这和你的吉卜赛嫌疑人一样。当然，只有多米尼克应该为自己的行为负全部责任。”

“你觉得我们要抓的凶手也是这样的？”

“我觉得有可能。”*告诉他菲利普。*“我们都有只为自己考虑的心理。所谓本我，存在于我们潜意识的深处。本我是冲动的，不稳定的，有潜在暴力倾向的。而我们的自我则让本我受到约束。在本我内部，我相信有一个地方是我们所有的邪恶思想——个别的或者集体的——的聚集之处。”

“这就是你的‘心魔’理论？”

“没错，”维克多说道，“我们对于魔鬼的概念——个人的，文化的，精神的——都存在于此。这也是我如此命名的原因。每个人都有‘心魔’，它很强大，我们常常会沦为它的受害者，但是我们的自我会约束绝大多数‘心魔’。但是精神严重错乱的时候，‘心魔’会溜出来，成了独立的生命——在病人眼中甚至拥有了人形，是一种控制着他们、令他们无法抗拒的外部力量。如果你能把自己做过的最坏的事情归咎于另一个人，‘心魔’理论就不难理解了。你明白了吗？”

“就像托瓦尔。”斯莫莱克说道。

“巴托斯教授也一样。另外，如果吉卜赛人不是‘皮围裙’，真凶依然逍遥法外的话，那么，他也是一样。历史在重演。”

“什么意思？”斯莫莱克问道。

“如果凶手的灵感真的来自五十年前的一个英国凶手，讽刺的是，元凶自己可能也是‘心魔’的受害者，‘开膛手杰克’有可能是一个从未被怀疑过的人的‘心魔’。”

斯莫莱克叹了口气。“连自己都被隐瞒了的凶手。”

“有可能。”维克多说道。*告诉他菲利普。**告诉**他。*“但是也许他终究会露出破绽让你逮到。”

“有个问题我必须要问，”斯莫莱克说道，“不管你觉得多么荒唐，我想问一下，有没有任何病人在你们不知情的情况下跑了出去？”

维克多刚要回答，门开了，瓦茨拉夫·巴托斯走了进来。他们俩都能看出他很难过。

“你什么时候给我弟弟治疗？”他问维克多。

“今晚，”维克多说道，“病人吃完晚饭后一个小时。”

第三章

“就是这儿吗？”巴托斯问道。他和斯莫莱克环视着塔楼：密密麻麻的墙壁，深色的木质穹顶，安全检查床，深黑色的方形K1型金属录音机外面包着皮革，里面是拉绒的金属线轴。和第一次踏入这个房间时的感觉一样，维克多出现了幽闭恐惧症带来的不安。

“以前是个谷仓，”他说道，“但是根据传说，‘黑心扬’曾被关在这儿过。如果真是这样，这里一定能找到他的遗骸。我没有发现还有别的门能通向塔楼的其他地方。楼顶有两条箭形的裂缝，不可能从那么小的地方出入。我想这间屋子的墙后就是城堡后面的那块巨石。”

“你还检查过有没有其他出入口？”斯莫莱克问道。

“看过。我没发现。”

“你确定吗？想想你这儿的病人，还有布拉格的‘皮围裙’系列案件的特殊性，我觉得你能够理解。”

“我确定。”维克多打断了斯莫莱克，“任何情况下，如果没有钱、食物，甚至包括外套，从这儿去布拉格可不容易。”

“除非你在外面有朋友，或者说同伙。”斯莫莱克说道。

“这里很偏，因为它的历史和现在的用途，当地人对城堡是敬而远之的。”维克多耐心地笑着说道，但是他突然想起了密林教堂上刻着的格拉哥里字母，想起了传说里说造教堂是为了堵住地狱的出口，想起了村民关于洞穴群和神秘地道的流言。“好吧，现在我想请两位就座。”他指了指靠在墙上的两把金属折叠椅。

“等会儿灯光会变暗，你们都坐在阴影里，多米尼克看不见你们。我必须强调你们需要保持安静：除了我，多米尼克不可以知道有旁人在场，这一点很重要。尤其是你，巴托斯医生，如果你弟弟知道你在这儿，虽然注射了镇静剂，但他会只想和你说话，而不是我。”

“我明白。”巴托斯说道。

等两人都坐好之后，维克多打开了万向灯。他的心中很焦虑，不知道该不该告诉斯莫莱克菲利普的事，于是他等了一会儿缓解自己的情绪。毕竟，目前为止所有的怀疑都是基于直觉和巧合。斯莫莱克给他看的那张图片上的人可以是任何一个有一顶深色帽子和一件深色外套的人。

维克多对门口的警卫点了一下头，警卫便关了大灯，然后去走廊把多米尼克推了进来。

接下来是标准的操作流程：几个警卫把顺从的多米尼克·巴托斯带上检查床固定，维克多给他注射混合镇静剂，坐下来等待药物生效，然后打开录音机。

然而这一次他减少了剂量。他希望多米尼克顺从地讲出自己所有的故事。维克多知道有人在场，但是很奇怪，他想独断专行。如果巴托斯像泽莱尼那样，也冒出个意外的、他自己的“霍布斯先生”，维克多希望只有他能控制和观察。

多米尼克安静地、不慌不忙地回答着维克多的问题：简洁、明确，正如他的动作和穿着。他确认了自己的姓名、籍贯和早期生活的一些细节，含糊地说着和他爱着的也爱着他的哥哥度过的快乐童年。

“你知道为什么你在这里吗？在这座精神病院里？”维克多问道。

“因为我的实验。因为我用来研究超维共振理论的那些实验对象。”

“你是说那些被你杀了的人吗？”

“他们都是量子旅客，是我送到了另一个维度去的‘黑暗穿越者’。”

“你承认你杀了他们吗？你承认他们都已经死了吗？”

“死了？”多米尼克皱着眉头陷入沉思，“问题是，他们到底是死了还是仅仅是穿越了。”

维克多想了想。“你之前是个科学家吗？”

“是的，量子物理学家。我现在也是科学家：我依然在研究宇宙，研究它的力学原理。好奇心是无法束缚的，医生。囚禁并不能让探索的心灵枯萎，只不过让它对宇宙的探索范围变小了而已。这就是我现在做的事情。”

“你提出了超维共振理论，也许待会儿你需要用外行能听懂的语言给我解释一下。”

“但是，科萨雷克医生，你不是外行。”多米尼克说道，“你在你的领域也是科学家，有朝一日，你的研究和我的研究会密不可分。有一天人们会理解大脑的量子力学：人类的心理也有量子叠加、量子纠缠和无限多维。”

“从头开始说吧，巴托斯教授。”维克多轻轻地催促他。剂量减轻意味着他不能像平时一样完全掌控他的病人。“让我们回到一切开始的地方。”

“什么一切开始的地方？”

“你开始相信通灵。你开始出现幻觉，”维克多说道，“你开始杀戮。”

第四章

“我想一切始于我离开查尔斯大学，”多米尼克说道，“他们认为我因为过度工作出现了神经衰弱症状，但不是那样的。真正原因是沮丧：我完全无法用我的理论解决问题。我的脑子开始发痒，就像里面有粒沙子。我知道答案近在眼前——令人抓狂的眼前——但是我就是不知道朝哪个方向走才能抓住它。

“我知道如果继续待在大学，我的研究永远也不可能有结果，因此校方同意我长期学术休假。我搬到了库特纳霍拉，我和哥哥一起长大的地方。

“我在城市东部的塞德莱茨租了个地方：一个漂亮的三层楼房，前主人是个艺术家，那里也是他创作的地方。楼房里有个朝南的双层工作室兼温室，一个人住真的足够大了。

“我租这个房子的真正原因还有女房东。她很端庄，但总是闷闷不乐的样子，年纪在四十到四十五岁之间，住在楼房附带花园里的一个小屋里面。时间长了之后，我从每个星期给我送一次货的爱八卦的食品商那里听说，霍拉克娃夫人——罗萨莉·霍拉克娃，我的房东——丈夫是个艺术家。后来丈夫死了，她经济拮据，不得不把主屋出租而自己住进了小屋。

“我承认我对霍拉克娃夫人有些心动——这么漂亮的一个女人，即使心里不快乐，也活得很有尊严。但是除了每月付房租的时候，我很少有机会能和她说话。当然付房租的时候也仅仅是说两句而已。但我的确能经常看见她：她整洁的小屋前有个小得可怜的花圃，她在里面种满了五颜六色的各种植物。

“她在小花圃里面有条不紊地干活儿的时候，我经常在楼上的房间里看着她。那些活儿不需要多长时间，她常常是静静地坐在树荫下的一把椅子上，好像很喜欢盯着自己那双纤细雪白的双手，那双手真漂亮啊，一动不动地放在她的大腿上。

“爱八卦的食品商告诉我，她的丈夫奥斯卡·霍拉克是个小有名气的画家，他的画很像阿尔丰斯·穆夏的风格，人物和背景的灵感都来自斯拉夫神话。霍拉克温和的性格与强壮的体魄显得不太协调：食品商说霍拉克是个大块头，体格粗壮，相貌英俊，但是留着难看的胡子。

“我承认，每周他来送货的时候我都给他咖啡喝，想让他多讲一点。据他所说，奥斯卡·霍拉克后来性情大变。他对自己创作的一幅帆布画很不满意，后来不满变成了执着。他十分固执地想要创作出一幅最黑的油画。他不断地尝试，用黑油彩和各种粉末混合，有沥青、木炭、煤粉，还有用海洋生物制成的进口墨水，价钱贵得离谱。”

“他要画的主题是什么？”维克多问道。

“维列斯。斯拉夫神话里的冥神——更像是鬼而不是神。他是冥界和森林的主人。霍拉克一心想要用最黑的黑色画出维列斯所在的森林里的阴影。后来我发现霍拉克想要画的是维列斯本人，他想充分展示自己对纯黑色的运用。好了，我该换个话题了，我住的地方离塞德莱茨的诸圣公墓不远，你知道这个地方吗？”

维克多点点头：“我从没去过，但是听说过。也叫人骨教堂，或者藏骨堂。”

“没错，”多米尼克说道，“一个很特别的地方。霍拉克忘我地创作，不断修改他的维列斯帆布画，尝试各种新的黑色色调——但是为数不多的离开创作的时候，他都去那座教堂。他在上千根人骨中间一坐就是几个小时，对教堂里装饰的骨架和头骨进行素描。然后呢，他将这些素描作为那幅画的背景素材。你知道的，维列斯不仅是森林之神，也是地狱之神。

“诸圣公墓的牧师越来越担心他会出事，许多邻居也有相同的担心。大家最同情的人就是他的妻子霍拉克娃夫人。丈夫的精神状态急转直下，毫无疑问，她为此深深地苦恼，她被丈夫冷落，简直就是被抛弃了。

“说起来让人伤心，不久霍拉克找到了解脱。没有给妻子或者邻居留下一句话，他在一个下雨的早晨出了门，没有穿外套，也没有戴帽子。三天后人们把他从靠近奥卡里的一个小湖里拖了上来。他一定是走着去那里的，而且知道去那里是为了寻死。真是太让人伤心了。

“显然，把他从湖里拖上来费了好大的劲，他可是大块头啊，而且还缠在漂浮在水面上的水草里。他的身躯太沉重了。

“丈夫的去世让可怜的霍拉克娃夫人深受打击。她没有经济来源，只好卖了丈夫的画作，把主屋出租，自己搬进了小屋。”

“他创作的那幅画呢？”维克多问道，“画的维列斯。”

“哦，被她烧掉了。据说那幅画已经完成，色彩非常完美。见过的人都说那是霍拉克最好的作品：好到见过画中的维列斯的人都感到害怕。他们都说画作的背景——他从藏骨堂的素描中得到的灵感——简直栩栩如生：人骨之间的黑色阴影好像在蠕动。这就是霍拉克娃将它付之一炬的原因。不仅仅是这幅画让她的丈夫精神失常，还因为她自己也感到害怕。

“两年后，我租了她的房子，看着她一年四季摆弄花草排解忧闷，渐渐地我心动了。”

“那么你有没有做些什么呢？”维克多问道。

“天哪，绝对没有。我是个内向的人，科萨雷克医生。非常害羞，不喜欢和别人打交道。而且，我也没有时间去做谈恋爱这种傻事——我有工作要做，不能分心。安静的生活才能让我研究我的理论。”

“什么理论让你如此焦虑？”维克多问道。

“我相信整个宇宙是个无限复杂的结构，无限的不同层面或者维度以某种量子能级交错在一起。这种交错我称之为超维共振。”

“和另一个现实交错？”维克多问道。

多米尼克点点头。“镜像世界。你有没有在镜子里看着自己身后的东西？换个角度看看镜子里的你生活的房间和世界，你会不会认为那才是真实的世界，而你以为的真实世界其实是镜像？”

“我没有，”维克多说道，“但是我接触过的有些病人患有反复性记忆扭曲，他们有这种类似的错觉。”

“我说的不是错觉，”多米尼克说道，“在量子物理学看来，认为不止一个而是存在很多的现实世界并不是痴人说梦。我用数学的方法寻找镜像中的裂变：一个极小的缺口把自己的镜像与另一个世界相连，把一个现实连向另一个现实。但是我的发现依靠的是直觉而不是计算。你看，自从有了人类，超维共振就被我们所知。我们知道它的存在，本能地害怕它——还给它起了个名字叫到现在。”

“什么名字？”维克多问道。

“鬼魂，”多米尼克一本正经地说道，“超维共振就是死人的鬼魂。”

第五章

“鬼魂？”维克多说道，“虚构的超自然存在为何能在你的科学思维中获得一席之地？”

多米尼克笑着说道：“科学不能理性地解释一个现象时，迷信可以非理性地解释它，而这并没有减少这一现象的真实性。让我告诉你我是如何获得这一发现的吧，也许你听了之后就会明白了。

“我承认我长时间地超负荷工作。我对工作十分投入，强迫自己长期保持清醒，最后我的身体都忘记了睡觉这一机能。

“但是我取得了突破。啊，真正的突破。如果我可以证明我的理论，那么我们对于宇宙、物理、人类的认知——我们存在的方式、原因、地点——都将彻底颠覆。

“还记得我说的照镜子与从镜子里反向观察吗？是的，我即将可以证明这就是宇宙的运行方式了。只有一点稍有不同，宇宙不是一面镜子，而是一个无尽的大厅里面摆满了镜子，存在无限多的现实世界。我发现自己可以看见死者的世界——身体死亡之后人的意识前往的那个地方。”

“你是科学家，巴托斯教授，”维克多感到不满，“你不能去信……”

多米尼克·巴托斯打断了他。“艾萨克·牛顿是有史以来最伟大的科学家，然而他也从事炼金术研究。他的思想超前，超越了同时代的思维与科技，他在迷信与魔法中寻找点点真相。我也一样。我让自己的思想向其他大门敞开。

“我日以继夜地工作，唯一的休息就是看着美丽的霍拉克娃夫人安静地坐在花园里，或者出去短暂地散个步让自己清醒一下。有一天散步的时候我路过诸圣公墓。我想起食品商说过奥斯卡·霍拉克经常去那儿，于是我决定进去看看。

“我立刻被它的强大力量和无处不在的死亡气息震撼了。四五万具尸体，去除了肌肉，只剩下骨架，骨头从关节处拆开重新组合，这是我见过的最神秘的移动艺术。墙壁、穹顶、拱廊用骨头和头骨装饰；精巧的枝形吊灯使用了人体的每一根骨头，共有一百多盏；骷髅头制成的巨大花环；门框、拱门、祭坛的天盖、雕带使用了颌骨、锁骨、胸骨、肩胛骨；闪亮的圣体匣是用漂白过的腓骨和尺骨装饰的。还有一个用上千个骷髅头做成的金字塔，一个又一个地平衡地堆在一起，粘在一起，好像是某种神秘力量的作用。

“每次去教堂，我都能感受到平静，仿佛超负荷工作的大脑得到了一种放松。我想到霍拉克一定也有相同的感觉，他在创作陷入僵局的时候在骨头堆里获得了灵感，而我在科学研究上获得了突破。

“欧洲的所有原始文化都相信有另外一个世界与我们所处

的世界共存：在特定的时候，特定的地点，比邻而存的不同世界的帷幕会被揭开，人类、神灵、魔鬼共处于同一个世界，活人与死人得以交流。我意识到藏骨堂就是这样的一个地方。

“我每周去一次，后来每隔一天去一次，再后来每天都去。我坐在教堂里，感到自己内心平静，思路清晰。从每次十分钟到二十分钟再到几个小时。后来我开始看到他们了。”

“看到谁？”维克多问道。

多米尼克皱着眉头。“我有时一个人安静地坐在漂白的骨头旁边，突然感到身边有个人无声无息地走进了教堂。但是当我回头去看的时候，却什么人也没有。

“后来人越来越多，都是无法触摸的黑影，我在余光里看到他们在动，就像一闪而过的影子，转过头却发现他们不见了。这样的事情越来越多：黑影在我的余光里转瞬即逝。

“过一会儿，他们又会出现，不再消失。我走进教堂，安静地盯着骷髅金字塔。不到一分钟，我就感觉到他们来了——我称他们为‘黑暗穿越者’——在我的余光里飞奔，他们从不说话，比黑夜还要黑，黑得多。突然之间，我明白了为什么霍拉克追求最黑的色调。我想那是因为‘黑暗穿越者’拥有真正的黑暗特质。在我们的世界，黑暗不能独自存在——黑暗无非是没有光的缘故。但是我看到所有飞逝而过的‘黑暗穿越者’，他们拥有真正的黑暗，从里到外都是黑暗。他们就是我一直在找寻的超维共振。”

“告诉我，多米尼克，”维克多问道，“那段时间，你睡不睡觉？”

被绑着躺在检查床上的多米尼克轻轻笑了一声。“我没有时间睡觉。也很少有时间吃饭。”

“那么你知不知道所谓的‘黑暗穿越者’是典型的因为睡眠不足导致的视觉障碍和心理幻觉?”

“我知道，但是神秘主义者和先知几千年来都是这么做的，这样他们才能进入一种意识状态帮助他们看到鬼神——但是他们真正做的事情是透过量子帷幕看到另外的维度。我也进入了相同的状态，但是我用科学的方法去理解这件事。

“有一天，我坐在骷髅金字塔前面的时候，我感到他出现了。我的意思是我感觉到了——就像电荷在空中放出火花在我的皮肤上噼啪乱响。我在余光里看到了一个‘黑暗穿越者’。但是这个更大，非常大，也更黑，好像黑得更密更浓。我第一次感到了害怕。我转过头去，和以往一样，‘穿越者’在我看见他之前彻底消失了。但我发现了最奇怪的事情：我感觉到他出现的地面上留下了短暂的痕迹，好像石板是潮湿的。但不一会儿就干了。

“那次经历让我害怕，也让我激动。我取得了突破——或者说他让我取得了突破。一切都变了。

“我开始在别的地方瞥见‘黑暗穿越者’，不仅仅是在教堂，在街上也看见，把我吓一跳，我还以为是汽车从我身边驶过。只要我一回头，他们还是会消失，但是现在他们让我瞥一眼了：给我几分之一秒的时间看他们一眼。但那只是开始。

“有天晚上，午夜时分，我正在验算，忽然从温室那边传来很响的声音。我担心是坏人闯进来了，于是拿起壁炉里的拨火棍走了过去。没有灯光，但是那晚是一轮满月，夜空明朗，我看见了他。”

“谁?”

“一个大个子，十分高大魁梧，黑得让人难以置信，像一团立体的剪影。我打开离我最近的灯，但是灯光似乎无法照亮他，好像他是一块饥渴的海绵吸收了所有的月光和灯光。我和他说话，让他走近一点，走进灯光里，让我看清楚，还要他解释为什么出现在这里。他向前走，但是不说话。他越走越近，我越看越害怕。

“他太大了，我是说他的身体比一般人的身体大：大块头，高个子，十分强壮，像个狗熊。他穿着到脚踝的羊毛大衣，脸几乎全被胡子遮住了，卷曲漂亮的深黑色胡子，随风摇摆。最奇怪的事情是他全身湿透：外套上浓密的羊毛卷儿，他的头发，满脸的胡子，都在滴水。他的脚下已经有了一汪水，我却看不出他从温室一路走来在石板上留下的湿脚印。最让我害怕的是他的双眼，深深地藏在凌乱的头发与胡须里。那双眼睛——通红的眼睛，好像要燃烧。就在那时，我明白了他是谁，为什么要来找我。”

“淹死的画家吗?”维克多问道，“奥斯卡·霍拉克的鬼魂?”

“奥斯卡·霍拉克?不，不是他。每当我看着他，他身边的一切都在变暗，他放出黑色的光，赶走所有的光明。我立刻就明白了他是谁。

“黑暗之神，冥王维列斯。”

第六章

“维列斯被召唤过两次：第一次是霍拉克，第二次是我。我们俩向无尽空虚呐喊的声音得到了回答。答案就是他——黑暗之神解开了宇宙万物之谜，解开了无尽维度之谜。

“他向我解开了一切。他的声音很低沉，仿佛声音来自我脚下的地面，来自更下面的泥土和泥土下面的岩石。他解释了他的维度与我的维度，解开了一直困扰着我的谜团。他还告诉我必须要怎么做。他让我把旅客送往他的世界，那里是弥合生死两界的鸿沟。穿越不同现实世界的旅客可以看到彼此的维度。这是人类科学史上最伟大的发现。但首先我得创造‘黑暗穿越者’。”

“‘黑暗穿越者’如何创造？”维克多问道，尽管他知道答案。

多米尼克皱了皱眉，仿佛让他困惑的不是问题的难度而是竟然有人问了这个问题。“当然是让活人变成死人。”

他暂时沉默了。维克多意识到他的哥哥正沉默地坐在身后的阴影里，听着他的孪生弟弟胡言乱语。

“你如何挑选受害者？”维克多问道。

“维列斯建议我从儿童开始，他的意志很难违背。他和我说了些奇怪的事情：我们现在所处的时代，对儿童而言，将会是最黑暗的时代，所以最好先将他们送走。留在这里，等待着他们的事情更加可怕。

“但是我认为儿童不能理解我将赋予他们的超能力，他们的意识还未成形，还不够成熟。说实话，这个建议让我很痛苦。

“因此我开车去布拉格，那是我第一次认真尝试创造‘黑暗穿越者’。我选择的地方是兹科夫——城里最差的地方，有很多妓女。我决定找个妓女做实验。

“那是个夏日的夜晚，我驱车来到兹科夫，把车停在离一个酒吧不远的地方，酒吧名叫野鸡酒吧。很多年以前我听人说过那里可以找到妓女。那晚夜色怡人，月光朦胧，天空是温暖的天鹅绒色。如此美好的夜晚在这样蹩脚的地方开始我的使命真让我遗憾。

“酒吧里面很昏暗，光线不足，倒是符合我的要求；墙上镶嵌着油腻的棕色木板，空气中弥漫着香烟和雪茄的烟雾。柜台上面摆放着一个难看的填充野鸡玩偶，眼睛染成了蓝色，很可能是为了表示酒吧的名字。顾客大部分是些无精打采、独自一人的老酒鬼。我在人最少的角落找了个位子，点了杯啤酒，尽量不让自己显眼。我的外表起了很大作用：我哥哥和我都长着不容易被人记住的脸。

“一个不容易被记住的小个子男人在温暖的夏日夜晚，无所事事地观察着其他顾客，没有恶意，没人注意。我就像一只躲在房角的老鼠。但是老鼠的真面目是狮子，酒吧里的女人是毫不知情的猎物。她们不知道我掌握着她们的命运，我将会决定谁会留在当前的维度，谁又会被我送往另一个维度。我有了一种感觉：沉默的力量强大到难以置信。

“有三个女人我觉得是妓女。有一个喝醉了，发出刺耳的笑声，听不出一点快乐。我立刻取消了她的资格，她不是合格的维度使者。另一个更年轻，更安静，更漂亮。她很神秘，我想可能是个吉卜赛人，但是走路的样子不太稳，好像是个瘸子。我决定跟踪她，但是有个小个子年轻人从街上走了进来，一看就不像是好人，也是个吉卜赛人，他和她拥抱在一起，像是情侣关系。

“只剩下最后一个了。她的年龄和举止都介于前两个人之间。从远处看上去挺迷人、健康、年轻的一个女人。离开酒吧的时候她没有揽到生意，我就跟着她来到街上。天鹅绒色的夜晚，温暖又柔和。我的心怦怦跳，不是因为恐惧而是因为欣喜。我感到过去几个月的疲惫与压力一扫而光。我发现这件事一点也不痛苦：我为之兴奋。

“她朝着我的汽车的方向走了过去，在走过去之前我赶了上去，我的运气真好。我真的不知道招妓的第一句话该怎么说，但是好像一句你好就足够了，她问我是不是想找个伴儿，我说是的，然后指了指我的汽车。她犹豫了，说她住的地方很近，然后打量了一番空旷的街道，又打量了一番我。显然她认为我没有危险，我打开车门她就爬了上去。

“在车内灯光的照射下，我发现所谓的年轻健康不过是因为用了许多化妆品。她的呼吸中带着烟酒味，一颗堕落的灵魂散发的辛辣味。她的笑容也是虚假的，空洞的，她全身上下都是这样，我开始后悔选择了她。她一上车就问我有什么要求，和我说了许多令人作呕的动作，好像是在介绍她的卖淫菜单。

“我向她解释我的目标是科学研究，她笑着说她才不关心我怎么称呼那事儿，只要给钱她就做。我把车开出城市，她开始焦虑和抱怨，我只好给她更多的钱，很多很多的钱，她不再抱怨，但是依然焦虑。

“一路上我都在和她聊天，说些愚蠢的废话让她确信我就是看上去的那种人：没有危险，孤身一人，不会给任何人带来伤害。但是我觉得我比之前几个月都更有活力，更加清醒，我终于要和另一个维度取得联系了，我要把这个女人变成‘黑暗穿越者’。

“那晚她将踏上旅程。”

第七章

“我在城外找了条车辆稀少的公路把车开进了森林，停好车以后她打开车厢灯，解开纽扣露出乳房。

“她是个非常愚蠢的女人，我再次告诉她我对性不感兴趣，清楚地跟她讲她拥有了多么难得的机遇：她将成为一名穿越维度的旅客；她将体验无法想象的奇妙旅行；她将成为有史以来第一个回来讲述自己维度旅行故事的人。她压根儿不明白我在说什么，我意识到选择智力低下的人去穿越是一个错误。

“情况越来越糟。我掏出了匕首。当明白穿越之前要变更形态交出生命的时候，她开始变得不可理喻。她拼命尖叫，像鹰身女妖那样用指甲挠我，要我放她走。那显然是不可能的。不管她是否愿意，不管她是不是‘黑暗穿越者’的合适人选，我都不会让她告诉任何人我取得的突破。”

“所以你杀了她？”

“你根本就不知道熄灭一个人的生命有多难，尤其是你没有经验，对方还乱动，一点也不配合。她不停地尖叫，绝望地抓住车门的把手，最后她终于把门打开了。四面都是开阔地，而且一片漆黑。在那个漆黑的没有月亮的夜晚，我甚至想过维列斯会不会在看着我做的一切。

“我知道要是让她跑出去我就再也抓不到她。我伸手去抓她，都忘了手上还拿着匕首，就这样，匕首刺进了她的肋骨之间。说实话，熄灭生命竟如此简单，我没有想到。她张大了嘴巴呼叫，但是只能呼出些热气，发出嘶嘶声——我想她应该是休克了，或者我可能戳中了她的肺。我拔出匕首插在她的脖子上。说真的，我觉得很厌恶，也很麻烦。我感到刀柄抵到了她的骨头，可能是颈椎，但是我肯定切断了她的颈动脉和颈静脉，因为鲜血喷出一道弧线，把车里喷得到处都是：挡风玻璃、座椅，还有我身上。她不停地叫着，呼着热气，发出嘶嘶声，叫声很凄厉，身体在疯狂地扑腾。到处都是血，到处都是。”

多米尼克摇了摇头，十分烦恼的样子。

“很快她就停止了呼喊和挣扎：声音变小了，喘息和扑腾变成了间歇性的抽搐，当身体的热量随着鲜血流干的时候，她颤抖了一下。一切都结束了。她凝视着挡风玻璃外的夜色死在座位上。我坐在车里，身上又湿又黏，空气中一股潮湿的青铜味。

“最后，我得说费了好大的劲才把她的尸体放进了后备厢，因为我的身体是用来从事脑力劳动而不是体力劳动的。我把座椅、仪表盘和挡风玻璃擦了一下。我还得把夹克扔掉，那晚很闷热，只穿衬衫开车的司机并不罕见。尽管我把所有的东西都擦了一遍，但是经不起仔细检查：挡风玻璃上黏糊糊的，车里面还是有股青铜的臭味。

“我把车开回塞德莱茨，停在房子的后门附近。我仔细观察了一番，确定没人看见我。霍拉克娃夫人一定已经睡了，因为小房子的灯是关着的。我很满意没人看到我，于是把那个女人的尸体搬到了过渡室。她将在那里被转换成‘黑暗穿越者’。”

“过渡室？”维克多问道。

“我在地下室里搭建的：所有需要用来将一个三维的身体转换成多维的‘黑暗穿越者’的工具和设备都准备好了。有一张很大很重的桌子，还有好多盏台灯，这样工作的时候就能看得清楚。好几桶用来去除肌肉的氢氧化钾，屠宰刀，还有屠夫使用的其他工具。”维克多听到身后传来声响，是斯莫莱克队长从椅子上站了起来，他过来递给维克多一张字条，然后回到阴影里的座位坐好。维克多拿过字条读了一下。他叹了口气。

“多米尼克，”他问道，“你有没有穿着什么东西不让自己的衣服弄脏？”

“当然穿了。”

“围裙？”

“是的。还有长手套。”

“围裙，是皮做的吗？”

多米尼克看了一眼维克多，非常困惑。“不是的，围裙和手套，和氢氧化钾一样，是同一个人卖给我的。镀锌橡胶做的。”

“我想彻底弄清楚一点，多米尼克，”维克多说道，“你是否已经承认犯下的所有谋杀案？是否还有警方不知道的受害人？”

“除了谋杀和受害人这两个词我不同意之外，其他的我都承认，我为我做过的所有事情负责。一个科学家为什么要为他的研究感到羞愧呢？”

“你没有隐藏任何其他罪行。没有我们不知道的罪行。”

“是的，没有。”多米尼克的眼神一亮，他好像明白了什么，“哦。我明白了。我知道你为什么要问我围裙的事了。在这儿我们偶尔也可以看看报纸。你想问的是布拉格的那个凶手吧，警方正在拼命找他。不不不，亲爱的科萨雷克医生，我不是‘皮围裙’。我被关在这儿呢，怎么可能是他？再说了，‘皮围裙’只是个普通的杀人犯，而我从来都只是真理的探索者，一个科学家。”

“在地下室去除受害人骨头上的肌肉的时候，”维克多问道，“你是一个人吗？”

“是实验对象，不是受害人，”多米尼克纠正道，“但我不是一个人。维列斯也在。他教我需要做些什么以及如何去做。但是他耀眼的漆黑暗淡了灯光，虽然我特意买了好多盏明亮的台灯，有时还是看不清楚。他也发现了这个问题，于是站到最里面的角落里远远地指导我的工作。

“第一个实验对象的研究并不顺利，就是那个兹科夫的妓女。在给她去肉的时候我犯了各种错误——毕竟我是个物理学家，不是解剖学家——地下室被我弄得又脏又臭。

“但是维列斯一直在和我说话。他唯一不满意的时候——维列斯愤怒的时候太可怕了——就是我把肢解好的四肢放进了氢氧化钾桶里溶解肌肉。他的声音穿透了我的身体，他命令我把四肢取出来，因为溶液会腐蚀骨头。维列斯说骨头是人的精华，最高贵的精华，必须尊重骨头。

“我请求他的原谅，立刻把四肢从溶液里拎了出去。然后他给我解释条顿去肉法——古日耳曼人的传统方法，去除肌肉，只保留最高贵的骨头。他告诉我条顿去肉法就是我今后的方法，骨头上的肉需要泡在腐蚀性溶液里去除掉，除不掉的肉放在水和葡萄酒里煮一个晚上。

“我按他说的做了，花了好长好长时间。维列斯一直站在角落，他全身潮湿、漆黑，好像都渗进了墙壁、地板、天花板。我问他冥界的事情，他说那是一片巨大、黑暗、潮湿、无尽的森林，各种树枝和树根交错在一起。他说冥界森林里的树很密、很高、很茂盛，那里永远都是黄昏，永恒的黄昏与不断变幻的阴影。他解释说那些阴影就是我在藏骨堂看到的阴影。它们是他的传令兵与使者，也是死者的亡灵。

“其他人的亡灵——身前犯过滔天大罪的人——被囚禁在树里。你可以看出是哪些树，因为它们是扭曲的，腐烂的，爬满了虫子，那些虫子钻到他们的肉里，却从来不吃一口。有时他们的灵魂被囚禁在树根的枝节里，树根都生长在冰冷潮湿的土壤里，那种孤独让他们陷入永恒的疯狂。亡灵森林没有尽头，但是有一颗心：那里是森林里最黑暗的地方，也是维列斯的王座所在地，他在那里发号施令，派遣‘黑暗穿越者’前往人间，提醒生者他们其实微不足道，终究难逃一死。”

多米尼克停了下来，但是维克多也没有继续提问。维列斯对地下森林的那番描述让他心中感到不安。他想起了自己的童年，想起在森林里茫然不知所措，害怕有魔鬼躲在那里，他想了好一会儿，直到身后传来的一阵动静让他回过神来。

“那个女人后来怎样了？她的尸体怎样了？”维克多问道。

“最后我终于做完了。她留在桶里的肉慢慢地——比我估计得要慢——变成了黏稠的肉糊，白净的骨头被我取出放在换形桌上。然后黑暗之神维列斯开始召唤她现身。我很兴奋，也很害怕：他的声音回荡在地板里，墙壁里，我的太阳穴与下巴里，我的天灵盖里。我自己的骨头也在跟着颤动，这是最可怕也是最神奇的声音。

“然后，啊，然后我就看到她现身了。我觉得空气中充满了神奇的能量，漆黑无比，比黑曜石还要黑的能量聚集在她那堆骨头的上方。她出现了！在那充满期待的一刹那，她出现在我眼前的空中。她变成了一团漆黑的小火花，就像是悬浮在地下室潮湿空气中的一颗黑暗的小星星。在那一瞬间，她的黑暗之光四射，我兴奋无比，欣喜若狂，我终于创造出了能穿越维度的‘黑暗穿越者’。但她无法完成这个使命，她的黑暗灿烂只维持了一会儿，随后就不见了。”

“但你没有放弃继续尝试？”

“我反复尝试。我必须到更远的地方，到城里最差的地方寻找醉鬼、妓女、流浪汉，反正没人惦记他们。我不再顾忌儿童，趁他们玩耍的时候把他们拐走，但我只挑那些生活在社会边缘的儿童，大部分是吉卜赛儿童和流浪儿。我想今天执迷于‘社会净化’的那些人会感谢我的付出。

“五个，十个，二十个。我开始擅长不露马脚地诱拐和熄灭生命了，我可以像屠夫一样娴熟地剔除骨头上的肉了。氢氧化钾都开始不够用了，地下室里弥漫着肉糊的臭味。我担心臭味会飘到上面的主屋里去。没有人打扰我的工作，除了每周来一次的食品商——他仍然期待着我的咖啡，还有每月来收一次房租的女房东，美丽的罗萨莉·霍拉克娃夫人。”

“所有的受害人，嗯，所有的实验对象，”维克多问道，“你在他们身上都没能实现你的目标吗？”

多米尼克摇摇头。“没有一个人的‘黑暗穿越者’形态能维持超过几秒钟。每个人都在骨堆上方一闪而过，然后无影无踪。后来我意识到错在了什么地方：我得到的研究对象都是些堕落的、放荡的、智力低下的人。我需要寻找配得上这个研究的人：道德与智力无可挑剔，能心甘情愿地接受人类最伟大的穿越维度旅行任务的使者。一个不留恋现在的维度与生活的人。”

“所以你决定谋杀女房东？”

“所以我决定让霍拉克娃夫人和她的丈夫相聚。”

第八章

“我在过渡室准备好了一切。霍拉克娃夫人的精华，哪怕是剔除的肉，都不可以和之前那些下贱的研究对象放在一起，所以我新备了两个桶：一个装着新买的溶液，另一个装着水和葡萄酒。看着她坐在花圃，白嫩精致的双手叠在大腿上，我想象着那些骨头该是多么洁白精致啊，像瓷器一样。我知道她是正确的选择。我知道这一次我能够实现我的目标了。

“终于又到了她例行收房租的日子。一般我都是把钱装在信封里放在前厅的桌子上。我想把钱亲手交给她，甚至还邀请她喝咖啡，但她总是婉言谢绝。但是，那天我极力要求，甚至还显得有些不高兴，我说房子有些问题，想和她谈谈。

“她刚走进房子就说有股臭味。我告诉她我就是想和她说说臭味的问题，我还说好像是从地下室传来的。我让她和我一起下去，带她看看我认为臭味产生的地方。

“刚开始她不太愿意，但是我说如果这个问题得不到解决我就不再租下去了，于是她同意了。我一边走一边看着她美丽的脸庞，结构太完美了。我仔细地看着她的脸骨、精致的弧形头盖骨、漂亮的颧骨、说话的时候一颤一颤的下颌骨的关节。维列斯说得没错，人的精华，人的灵魂，都在骨头里，霍拉克娃夫人美丽的根本原因就是她的骨头。我渴望看到她没有人肉包裹的骨头，我想剥去骨头上面的那层肉。

“我让她走在前面进入地下室。臭味让她恐惧，她抱怨说看不清前面的路。

“‘因为他在这儿，’我告诉她，‘那是他放出的黑暗。’‘谁？’她不解地问道，‘你在说什么？’于是我告诉她维列斯，告诉她为何她的丈夫难以完成他的维列斯画作，为什么他那么痛苦，为什么始终找不到最黑的黑色。我跟她说她很快就会回到丈夫的身边。说到这儿的时候，我们已经来到楼梯下面了，上面的门缝射进来一点点亮光，她决定回上面去。但是我在后面挡住了她，她想把我推开，我反过来推了她一把，把她推进了漆黑的地下室。

“‘你要明白，’我说道，‘你得自己去看。’然后我打开大灯给她看地下室。

“她变得歇斯底里，大声尖叫。我想那是因为她看见了食品商。你知道的，那天早些时候他来送货。如果我没有锁门，他一般都是直接把东西放在厨房，然后大声喊我，我再过去给他准备咖啡。我已经厌倦了这么做，因为他已经没有更多的八卦可以讲了。因为那个——因为房间里面的臭味——我打算锁上厨房，给他留一张便条告诉他送货的时候把食物放在大门口就行。

“但是那一天，我太兴奋了，一心想着如何将霍拉克娃夫人转变成‘黑暗穿越者’，我都忘了他要来送货，直到听到他在厨房喊我。等我过去的时候，他已经坐在餐桌前了，显然是在等待咖啡。他开门见山地问我房间里的臭味是怎么回事，还非常不礼貌地称之为‘臭气熏天’。他说闻起来好像有东西死在地板下面了。我告诉他的确是腐肉的臭味，趁他坐在那儿摸不着头脑的时候，我从抽屉里拿出一把刀砍断了他的脖子。这是我在收集实验对象的时候学会的技能：如果砍断气管，他们就不能喊救命，只会拼了命地呼吸，然后你就可以毫不费力地把他们干掉。我就是这样对他做的。

“总之，我没来得及处理他的尸体，打开灯的时候，霍拉克娃看见了他的头放在墙上的架子上，身体躺在角落里的地面上。为了让她闭嘴，我被迫动了手。我必须小心，我可不想让她的精致头盖骨受损。她站在原地愣了会儿，我不得不再次向她解释我们要做的事，以及即将完成的壮举。

“维列斯在地下室等着我们，你知道的。我把他介绍给霍拉克娃夫人，但是她冲我咆哮，说我疯了，说什么人也没有。我告诉她维列斯真的在这儿，他来自她丈夫所在的世界。但是她已经彻底失去了理智，不停地冲我咆哮说什么人也没有，说我是个疯子。

“我没想到她那么少见多怪，只好再次动了手，这次用的力量大了一些。她重重地摔倒在地，昏了过去。对她动手让我很不满意：她被选中的原因是她本应该成为第一个自愿的维度旅客。

“我把她抱到桌子上，决定当场割断她的喉咙，省得她再添麻烦，然后再脱掉她的衣服，去掉她的肉，只留下精致美丽的骨头。我把剔骨刀放在她的头旁边开始解她上衣的扣子。那是一件漂亮的蓝色丝质女衬衫，我不想它沾上鲜血。

“一阵响声吵到了我。有人在按门铃，我转过身去听，心里想着我到底有没有把所有的门都关上。”多米尼克不说话了，他有些生气地摇了摇头，甚至有些遗憾，“本来已经成功了，你知道的。我相信这次一定会成功。但是等我再回过身去的时候，她已经醒了。她那双明亮的蓝色眼睛睁得大大的，没有恐惧，只有愤怒与仇恨。她手上还拿着我的剔骨刀。她向我砍了过来。”多米尼克停住了。在昏暗的灯光下，维克多看着他脸上从鼻梁上方到下巴的那道深深的伤疤，“她砍到了我的脸，再次砍过来的时候，我抬起了手臂。”固定在手腕绑带上的那只手失去了一根小拇指，正在微微地颤抖。“她又刺了过来，我倒在地上，胸口插着那把刀。我能够听到她边爬楼梯边大声呼叫，我听到敲门声越来越响。然后我就被抓住了。我请求维列斯救我，我不想被抓住，我要他带我去黑暗森林，但是他在阴影里一言不发，一动不动。我让他失望了。”

维克多看到一滴眼泪从他的眼角滑落，顺着伤疤流过他的面颊。

“你依然相信维列斯和你一起在地下室吗？”维克多问道。

“是的。”

“那为什么霍拉克娃夫人看不见？”

“但是她看到了。这就是我要说的。她不停地说只看到了黑暗。‘但是你难道不明白吗？’我说，‘你已经看到了维列斯，维列斯就是黑暗。’只要有黑暗的地方，只要有阴影的地方，黑暗之神就在那里。”镇静剂已经开始模糊他的意识，多米尼克尽可能地清醒地看着维克多说道，“他总是在黑暗里。现在他就在这里，在你背后的阴影里。”

第九章

维克多、斯莫莱克、巴托斯医生一起去医院的食堂用餐。

罗曼内克教授和两个人在那里等着他们，他介绍那两个人分别是普拉特纳医生和他的助手卡拉克医生，并解释说他们会作陪。斯莫莱克注意到普拉特纳和卡拉克都别着苏台德德意志人党的胸针。餐厅里只有他们六个人，所有的病人都在几个小时前用过餐，现在被关在病房里。

穿着白色夹克、戴着领结的餐厅警卫给他们上了捷克烤鸭——烤鸭配土豆团和红叶卷心菜——还有啤酒。斯莫莱克注意到卡拉克只和普拉特纳说德语。

开始用餐的时候，罗曼内克教授用他惯有的热情询问斯莫莱克和巴托斯是否觉得治疗很有趣，但是两人都默不作声，罗曼内克的热情顿减。“我很抱歉，巴托斯医生，”他说道，“是我考虑不周。你一定觉得很难受吧。”

“可以这么说。”巴托斯勉强地笑着说道，“我也不知道自己想要什么。虽然我知道多米尼克犯了罪，但没想到会那么严重。”他对维克多说道：“有可能维列斯是真的吗？我的意思是我知道我弟弟疯了，但是你觉得有可能有什么人利用了他的疯病吗？”

“你是说有一个同案犯说服了你弟弟他是古老的斯拉夫神灵？”维克多的语气中流露着怀疑。

“事实上，我也很想知道，”斯莫莱克说道，“同样的案情可以应用到‘皮围裙’系列案件中我们抓到的吉卜赛人身上，尤其是这一案件似乎还会继续。”

维克多摇摇头：“这两起案件我都认为是宿主的人格分裂出了另一个人格。根据你的描述，吉卜赛嫌疑人应该是分裂出了一个他不承认的外在人格，你弟弟的案子也同样如此，巴托斯医生。即使不知道这个人格的存在，案件也只可能是他们自己犯下的。”

“话虽这么说，”斯莫莱克说道，“托瓦尔的身上有很多地方我无法理解，而且‘皮围裙’还会在布拉格继续作案。和麦克哈克那番交谈不是让我更清楚了，而是更加的困惑了。”

“哦？”罗曼内克教授说道，“我还以为他会积极配合的。”

“他是很配合，而且非常开心地向我展示什么才是真正的玻璃专家。但是如我所言，帮助不大。案件排查的时候，一颗玻璃珠可能会有用，也可能毫无作用。”斯莫莱克耸了耸肩，“至少我能够在这里享用如此美味的晚餐。病人一般都是这样吃吗？”

“的确如此，”罗曼内克自豪地回答道，“我们相信均衡的、丰富的饮食很重要。虽然我必须承认有一位病人的饮食需求十分独特，有时难以对付，但我们总是尽可能地满足她。”

桌子的最远端，卡拉克“哼”了一声，斯莫莱克注意到普拉特纳盯着他的下属看了一眼，眼神中带着警告。

“我觉得你并不赞成这么做，卡拉克医生，是吗?”斯莫莱克问道。

“我觉得政府的钱用在别的地方可能会更好，”卡拉克说道，“吃得这么阔气……”

“我从不会用阔气这个词，”维克多打断了他，“不如你向巴托斯医生解释一下为什么你认为他的弟弟每天只吃面包和水会有好处。”

“你他妈的知道我不是……”

“够了，先生们，”罗曼内克打断了卡拉克，“有客人在的时候请不要争论。”他对斯莫莱克和巴托斯说道：“和所有的医疗机构一样，如何最好地开展工作，我们有不同的专业观点。”

“我明白，”斯莫莱克说道，他瞥了一眼卡拉克的方向，“观点常有不同，不仅仅是在医疗领域。”

夜晚出奇地寒冷，古堡尖顶像个巫师帽伸向天空，夜空中漆黑无云，繁星点点。维克多和罗曼内克教授送斯莫莱克和巴托斯上车。

“斯莫莱克队长，我希望此行没有让您感到失望，”罗曼内克教授说道，“巴托斯医生，我希望也没有让您感到难过。欢迎您随时来探望您的弟弟。”

“我会的，谢谢您。”巴托斯说道。但是从他的口气中可以清楚地感到他不想再来了。

“谢谢您让麦克哈克和我见面。”斯莫莱克说道。他转向维克多："谢谢您让我旁听。您说得没错，旁听的确能帮助我更好地分析托瓦尔的案子。我很抱歉给您递了那张字条，但是我肯定您能够理解。"

维克多点点头。

斯莫莱克上了车，巴托斯沉默地坐在副驾驶座位上。"您帮了很大的忙，科萨雷克医生，"他摇下窗户玻璃说道，"再次表示感谢。"

"如果需要什么帮助，请不要犹豫给我打电话。"

斯莫莱克点点头，戴好手套的双手放在方向盘上。"还有一件事，科萨雷克医生。您在治疗的时候，巴托斯医生的弟弟说维列斯在房间的阴影里面，您觉得他知道我们在那儿吗？"

"不知道，"维克多说道，"有臆想症的人生活在自己的世界里，一个和我们的世界不同的维度里。"

"那么他终究取得了成功，"副驾驶座位上的巴托斯说道，"他总算把自己和另一个维度联系上了。"

第十章

凄冷的东风仿佛在悄悄地诉说严冬即将来临。前几天也一直是阵雪的天气。维克多向布罗乔娃建议说在来年春天之前再去一次村里的小饭馆。两人出发的时候，阴沉的天空已经开始飘雪，厚厚的雪花仿佛逗留在空中，随风四处飘散。

身后城堡的肩墙已经渐渐发白，公路两边密林的树尖和树枝上盖上了一层白霜。那天早上，布罗乔娃已经誊抄了多米尼克的治疗录音，下山的路上，他们聊着录音的内容。

“罗曼内克教授现在还不知道我给多米尼克用的比平时少，”维克多说道，“我的意思是我没有给他使用标准的镇静剂剂量。”

“是吗？不过他好像彻底坦白了曾经的罪行，那么多似乎也够了。”

“我不喜欢他的哥哥和那个警察在那儿旁听，”他说道，“在泽莱尼出现了那种表现之后，我想尽可能控制场面。我已经打算再给多米尼克治疗一次，没有旁人。我相信他在很多方面和泽莱尼是相似的。我和霍布斯先生说话的时候，其实是在和泽莱尼潜意识深处的某个分裂人格说话。我想多米尼克肯定也是这样，他觉得自己不得不杀人也是因为另一个人格：斯拉夫神话人物维列斯。如果我可以让多米尼克进入泽莱尼的那个状态，我相信我可以直接和‘维列斯’对话。”

布罗乔娃打了个冷战，她裹紧了衣领贴着耳朵，不仅仅是因为寒冷。“我浑身都是鸡皮疙瘩。真的。他描述维列斯的时候我真怕了。你打算什么时候再给他治疗？”

“我要安排一下。我打算先给泽莱尼再治疗一次，但是在这之前，我想对‘鬼畜’沃伊捷赫·斯卡拉进行第一次治疗。这意味着所谓的‘六大魔王’我都治疗过一次了。”

维克多和布罗乔娃停下脚步站到路边给一辆货车让路，那是刚给城堡送完燃料回去的货车。脚下的那层雪花薄得好像是透明的，下面的青草清晰可见。货车过去之后，两人陷入沉默，只有雪花飘落的声音。看到维克多没有继续说下去的意思，布罗乔娃看着他问道：“怎么了？”

“有件事我得告诉你，”他说，“关于菲利普。”他说起报纸上的那张图片，还有警方正在找这个人。

“你不会真的以为是菲利普吧？”维克多说完之后她问道。

“不会是他。”维克多皱着眉头，眯着眼睛，显得有些茫然，“也许吧。我也不知道。可是他的行为非常——他非常仇恨女人。他也说过认识一个做玻璃生意的女人。然后他的外貌和警方的描述也很相似……”

“那谈不上描述，维克多，可能是任何人。但是你听着，如果你真的有一点点怀疑是你的朋友菲利普，你必须告诉那个——”

“斯莫莱克队长。”

“你必须告诉斯莫莱克队长。”

“然后菲利普被抓了，有可能他是被冤枉的呢？”维克多叹了口气，抬头看着天空，好像答案会随着雪花飘落，“菲利普行为失常，警方会因此怀疑他的，哪怕他是无辜的。”

“你自己决定吧，”布罗乔娃说道，“但是更多的女性会有生命危险。”

“你说得没错。”维克多郁闷地说道。他们继续朝着村庄走去。

出事了。

快走到村边的时候，他们感觉村里比平时吵闹。下山的道路在靠近村边的地方有个急转弯，他们刚转过弯，就看到许多村民聚在一起激烈地讨论着什么。当看到他们俩时，他们说话的声音立刻变小了，投射过来的眼光充满了怀疑。

维克多和他们点头打招呼，说了声早上好。但是没人理他，他们走过去的时候，村民的眼中满是敌意。

“出什么事了，”一走到没人的地方，维克多立刻凑近布罗乔娃低声说道，“我不喜欢这样。也许我们该回去了。”

“我想看看到底怎么回事，”布罗乔娃说道，“也许仅仅是他们对城堡的成见。”

走到小饭馆所在的村子中央时，布罗乔娃的说法不攻自破。那里有更多的村民，更多怀疑的目光，还有两辆来自姆拉达-博莱斯拉夫的警车停在广场上，几个身穿警服的警察围在一个正在发号施令的警官身边。

两人走过来的时候，一个村民对警官说了句什么，他也转过身来看着他们。

“天哪，”布罗乔娃轻声说道，“为什么我什么也没做却有负罪感？”

“我们去吃午饭吧，”维克多说道，“问问饭店老板发生了什么事。”

走进小饭馆的时候他们心情更加郁闷了。留着漂亮胡子的老板没有像往常那样热情地和他们打招呼：他穿着外套，戴着帽子和围巾，穿着一双沉重的皮靴，显然正要出门。

“今天打烊了，”他没有任何道歉，“我要出去帮忙找人。”

“找人？”布罗乔娃问道。

“我想你们最好还是回城堡吧，”他说，“村子里有个小女孩失踪了。小乔兰卡……在找到她之前你们还是不要再来村子了。”

“和我们有什么关系？”维克多愤愤不平地问道，“如果要找人的话，我还可以帮忙呢。”

“你知道我们这里是个什么样的地方，”老板说道，“这里是个小村子，村民的关系十分亲密，大家世世代代生活在这里。如果发生了这样的事情，如果发生了任何坏事，首先怀疑的就是外人。但不仅仅是这样，谣言已经满天飞了。有人说是山上城堡的精神病院的原因，‘六大魔王’中的一个人从‘黑心扬’的神秘地道跑出来了。大家认为是城堡里的人抓走了小乔兰卡。”

“太荒谬了，”维克多抗议道，“我们的安全措施是无懈可击的，没有人可能逃走，更别说来去自由了。地道只是民间的传说，从来没有任何证据表明城堡有暗门或者神秘地道之类的东西。”

“也许是那样，”老板说道，“但这并不能保证你待在村子里会安全。”

维克多刚要准备再次抗议，布罗乔娃把手放在他的胳膊上说道：“他是对的，维克多，我们还是走吧。”

维克多叹了口气点头说道：“好吧。”

他们转身离开了小饭馆。村子里有一条人迹罕至的小路通向上山的公路，虽然要绕点路，但不会遇到什么人。似乎现在所有的村民都在广场上。维克多轻轻地推了一把布罗乔娃的手肘让她走快一点。

靠近村边的地方是最后的一块平地，再往前就是密林覆盖的陡峭山路了。那里有一大块地方被开垦成了农田，坚硬的冻土上已经有了厚厚的一层积雪。这个时节田里面没有长任何庄稼，但是他们看到了两个穿着黑衣服的人影。走近了之后维克多看清了其中一个人是位年轻妇女，心烦意乱的样子，另一个人是位戴着黑色头巾、满头白发的老妇人。老妇人正在往田里撒着什么东西，好像是面粉或者草灰，寒冷的空气中泛起一团团的白雾。她一边撒嘴里一边念念有词。年轻的妇女好像没有看到维克多和布罗乔娃从她的身边经过，她的眼睛通红，面色苍白，哭了很久的样子，但是老妇人却在两人走过的时候停了下来，她的眼中充满了仇恨的怒火。维克多认出她就是给饭店送蔬菜的老鲁泽娜。她往地里撒的东西都装在她手上的那个黑色皮袋子里面。哭泣的年轻妇女胸前紧紧地抱着一个小孩子玩的洋娃娃。

布罗乔娃和老鲁泽娜打了声招呼，但是她的回应依然是怒目而视。他们走过去之后，老鲁泽娜做了一个最最奇怪的动作：她扭过头，扭到不能再扭的时候，朝着左肩膀后面吐了三次口水。然后她转回头默默地念着咒语，把草灰撒在地上。

“那到底是什么意思？”维克多问道。

布罗乔娃凝视着前方漫长、冰冷的回堡之路。“这是古波希米亚农村的说法，”布罗乔娃说道，“如果你朝自己的左肩后面吐三次口水，魔鬼就不会找上你。”

第五部分

蝴蝶和石太阳

第一章

上次斯莫莱克队长来这条街的时候，夜色朦胧，雾气缭绕，今天是阴天，和那晚一样，即使在白天，街边的建筑物也笼罩在一片阴暗之中。

先不用管街景如何，这里的声音显然很奇特。

一阵听起来像雷雨的声音，也像是湍湍激流的声音，从四面八方响起，声音很响、很尖、很急。他刚下车就出现了这种声音：有人用硬币在敲击窗户玻璃，显然是想引起注意。他什么也没看到，但是对面方向街道的深处传来了硬币敲击玻璃的第二声，第三声，第四声。就像燎原之火一样，他头顶的所有窗户都开始响起这个声音，街道两侧的窗户，还有他从所站的地方看不见的窗户都有人在敲硬币。

他穿过街道前往托瓦尔的公寓，敲击声依然在四下里响起，但是他没有理会。这个街区住着很多小偷和妓女，罗姆人和辛提人，犹太人和匈牙利人，无政府主义者和共产主义者，迥然不同的人群却有着共同的特点：他们都不喜欢警察。

斯莫莱克知道用硬币敲击玻璃是提醒大家有警察来了。

托瓦尔的公寓在二楼。斯莫莱克有警方从托瓦尔身上搜出的钥匙，但是当他来到门前的时候，他看到托瓦尔的情人——患有内外足的索拉·玛佳正开着门等着他，表情带着些许敌意。斯莫莱克又一次对她的美貌感到惊讶，因为这不像是一个妓女拥有的姿色。玛佳长着一双大眼睛，黑橄榄色的虹膜，淡棕色的皮肤，浓密油亮的黑发。她身穿一件红色丝质衬衫，灰色的裙子紧贴着身体，但是裙子比当前的流行款式长了几厘米。她站立的样子有些倾斜，好像是在挑逗，但其实是跛足的缘故。斯莫莱克还注意到穿着矫形靴的那只脚放在另一只脚的后面。

“你好，索拉，”斯莫莱克说道，“我想问你几个问题。”

“还有什么要问的?”她往边上站了站让斯莫莱克进门。索拉·玛佳知道斯莫莱克同情她，托瓦尔死了之后，他撤销了对她的指控。

“托瓦尔的事情让我非常烦恼，”他坦诚地说道，“我想问你一些他在入室杀人之后的事情。他说过关于那晚的事情吗？你觉得他在那之后有什么变化吗?”

索拉耸耸肩，带着斯莫莱克走进客厅，她的窄肩膀随着跛行的脚步上下起伏。公寓非常干净，斯莫莱克为自己的偏见感到遗憾，他原以为即使是住在城里的吉卜赛人，居住环境应该也是邋遢和不讲卫生的。他一直认为自己是个不受偏见影响的人，但是，当前的时局、邻国的偏见似乎已经波及了这里。

“我可以坐下吗?”斯莫莱克问道。索拉无精打采地点了点头。他坐在一张小沙发上，上面盖着一条色彩鲜艳的毯子。和沙发主人的肤色一样，毯子上的图案仿佛来自遥远的过去，属于异乡的文化。斯莫莱克心想永远被当成异族、永远不被人信任是什么滋味。

索拉坐在对面，小腿交叉，健康的腿挡在跛腿前面：这种下意识掩盖缺陷的动作是一辈子养成的习惯。索拉举止彬彬有礼，斯莫莱克觉得有些奇怪。她是个吉卜赛人，是个瘸子，小时候靠偷窃为生，长大了靠卖淫，然而她也有不为人知的一面。他想起科萨雷克医生说过每个人都拥有不止一个人格，不止一个潜在的自我。

“你去过野鸡酒吧吗？”斯莫莱克问道。

她点点头。“每天晚上我做完生意，托瓦尔都会去那儿接我回家。为什么问这个？”

“其实也没什么。我想告诉你也许你侥幸逃过了一劫，没别的。”斯莫莱克说道。他想起多米尼克说过酒吧里有一个年轻的跛足妓女曾被他选为目标。

索拉默不作声，也不想细问，因为她的一生不知道侥幸逃脱过多少劫难。

“我想问那晚托瓦尔入室杀人后和你说过些什么？”

索拉再次耸了耸她的窄肩膀。“我知道的他都告诉过你了。他疯了似的，大喊阴影里有本葛和魔鬼。我不知道花了多少时间让他不要再去想这些东西。他在家里坐了好几天，不敢出门，整天盯着门发呆。他也不让关灯——所有的灯都必须日夜开着。他变得执迷，不能看见黑暗，为了防止家里的灯泡用坏了，他还让我买了几个备着。”

她指了指角落里的一扇落地灯，灯头非常奇怪地塞进了墙角的一个壁龛里。“那个角落灯光照不到，晚上是黑的。托瓦尔把灯头塞了进去，他说家里不能有一点点黑暗。他像一个受到了惊吓的孩子——你知道他原本是个无所畏惧的人。那晚看到的东西永远地改变了他。你不要问了，我的回答是不，我根本不相信他会对那个女人做出那样的事，他不是‘皮围裙’。我知道你想让他是，把案子结得干干净净，但是托瓦尔不会伤害女人和孩子。”

斯莫莱克想了想索拉说的话，然后点了点头。“你承认他的行为有些怪异，也许还有精神不稳定的迹象——好像有妄想症，或者突然怕黑了。你不知道他的脑子里可能在想些什么。我问过专家了，他们说很有可能托瓦尔不知道自己在干什么。”

“但是他没病，”索拉抗议道，“在那晚之前他一切正常。是那晚他看到的东西让他疯了。是那晚之后，而不是之前。我费尽口舌才让他敢于再次出门，说服他晚上出门花费的口舌更多。那晚你们把他抓了。回家的路很长，因此我们走在街道更亮的那一边。这也是我们从你身边直接走过的原因：托瓦尔想走路灯更多的那边。你从门廊里出来时看见他的脸了吗？他吓坏了，他以为你就是那个让他害怕的人。那个有了生命的影子。”

第二章

对下一个病人进行治疗前的准备工作维克多做得更加仔细："六大魔王"里面，沃伊捷赫·斯卡拉是最阴暗、最危险、最暴力的一个。

治疗之前，维克多例行探视了里奥斯·穆拉德克，那个马戏团小丑变成的儿童杀手。穆拉德克似乎已经接受了被囚禁的现实，虽然他感到不解或者不公平。在接受治疗之后，维克多过来看过他几次，他们聊天的时候没有使用镇静剂。穆拉德克依然坚决否认哈乐奎是他自己的隐藏人格。

穆拉德克十分配合，也没有攻击性，因此得到了一些小小的奖励。奖励之一是维克多允许他化装成小丑，同时可以看一些关于喜剧艺术的学术书籍。通过这些小奖励和轻松的谈话，维克多觉得他和穆拉德克的沟通比麻醉治疗时更有效果。

他会和穆拉德克坐上一个小时聊聊各种面具的作用，也聊聊喜剧艺术和荣格心理学的主要概念，一般穆拉德克都把自己化装成皮埃罗，这样似乎能给他带来心灵的平静。

然而今天，维克多发现自己很难把注意力放在穆拉德克身上。即将对斯卡拉进行的治疗像一团乌云笼罩在他的心头，站在窗边俯视着村庄的时候，他感到有些不知所措。虽然他矢口否认失踪的小女孩和城堡有关系，可是想到村子和关着好几个精神病罪犯的城堡这么近，他隐约有些担心。现在他在和一个儿童杀手交谈，可想而知，心情不会好到哪里去。

“谢谢你允许我化装，”穆拉德克坐在维克多的身后化着皮埃罗的装，“我觉得自己更加完整了。”

“不客气，”他依然在俯视村庄，在巍峨耸立的城堡面前，村子显得那么的渺小和脆弱，仿佛四周茂密的森林能把它一口吞掉，“我希望这样能帮你更清楚地想起一些事情。”

“哦？”穆拉德克说道，“什么事情？”

“我们已经谈过很多次了，里奥斯，”维克多心不在焉地说道，他想知道那个女孩找到了没有，怎么样了，“那些孩子。你想起那些孩子了吗？”

“哦，”穆拉德克也心不在焉地说道，“我全都想起来了。”

“你说什么？”维克多一阵惊喜，转过身来。惊喜立刻变成了惊吓。

里奥斯·穆拉德克站在房间中央，他已经化好装了。但是维克多看到的不是皮埃罗，穆拉德克把他的上半张脸涂成了血红色，眼睛周围画着黑色的菱形，上面抵到眉毛，下面抵到脸颊。下半张脸涂成了黑色，嘴唇画得很夸张，一边上翘着像在狞笑，另一边下耷着像在做鬼脸。

面部彩绘而已，但是效果很恐怖。

“我说我全都想起来了。那些孩子。孩子的恐惧更深、更纯粹、更让人陶醉，这是成年人比不了的。我想起品味他们的恐惧和痛苦时的感觉。”

“你是哈乐奎?”维克多问道，他看见穆拉德克手里还拿着那把化妆刷。

“我是哈乐奎，全部都是我干的。我就是你想要找的人。”

“可你也是里奥斯·穆拉德克，你也是皮埃罗。”

“不止这些呢，我还是更多的人。”他向维克多靠近一步，倒拿着化妆刷，刷柄朝前，好像拿着一把匕首。维克多骂了一声，都怪自己大意让病人获得了一把潜在的武器。穆拉德克从温和的皮埃罗变成了残忍的哈乐奎：喜欢品味孩子恐惧的疯子。现在他手里还有了简单的武器。维克多想起罗曼内克教授说过他的前任因为疏忽付出了一只眼睛作为代价。

“里奥斯，把刷子给我。”维克多伸出手，眼睛紧紧盯着穆拉德克，但是他无法解读恐怖脸绘下面的表情。

穆拉德克低头看了看手里的刷子，好像都忘了它的存在。他抬起头看着维克多，面孔狰狞，涂成黑色菱形的双眼闪烁着明亮的凶光，红色的脸上露着扭曲的笑容，张着嘴巴显出一口白牙。维克多意识到这就是受害人看到的脸，他们看到的最后一张脸。

没有任何预兆，穆拉德克发出一声尖厉的狂叫朝着维克多扑了过来，举起手中的刷子像是挥舞着匕首。他个子并不高，但是突如其来的袭击还是让维克多失去了平衡，他向后摔倒，头撞在窗框的石拱上。维克多惊慌失措，倒在地上，穆拉德克过来骑在他的身上，他回过神来，及时躲开了刺向他眼睛的刷柄。维克多挥拳猛击穆拉德克的眼睛，但是躺在地上，他无法施展全力。穆拉德克还在狂叫。维克多抓住他的手腕使劲掰开他手里的武器。

两人继续缠斗，穆拉德克贴着他的脸说道："你只顾着看窗外了，对不对？你只顾着想那个失踪的小女孩了，是不是？你只顾着思考我是如何溜出去抓到她的，对不对？"

德语！他说的是德语！电光石火之间，维克多甚至在想那是不是泽莱尼的霍布斯先生。但那不可能啊，绝对不可能。

维克多来不及多想了，他用尽全身力气将穆拉德克一把推开。瘦小的穆拉德克仰面摔倒在石头地板上。只听见砰的一声，好像是两块石头相撞在了一起。

"来人啊！"维克多挣扎着站了起来，他大声喊道，"我这里需要帮忙！"

他已经可以听到他们跑过来的脚步声了，于是走到躺在地上的穆拉德克身边，想在警卫赶来之前先把他控制住，等他们过来之后再把他绑起来。但是穆拉德克一点没有反抗，也没有动。他静静地躺在地上，睁着大眼睛看着天花板。地板上，一团深红色的血液正在涂着哈乐奎的脸庞四周散开。

警卫们匆匆赶到房间的时候，维克多伸手示意他们不要急。现在没这个必要了。里奥斯·穆拉德克的后脑勺倒在地上的时候被撞碎了，他已经死了。

"六大魔王"只剩下五个。

第三章

斯卡拉的治疗被推迟了。想到那些意外的事情和头上、脖子上隐隐的疼痛，维克多担心也许罗曼内克教授不会允许他对斯卡拉进行麻醉治疗，那么他在奥卢城堡的工作也就结束了，他对人类心理的“心魔”探索还没有真正开始就已经结束了。

头上的伤并不重，但是维克多还是被送到了治疗室，卡拉克医生给他处理的伤口。在给他的头皮缝唯一一针的时候，卡拉克意外地没有发表意见。他只说普拉特纳紧急出差去了姆拉达-博莱斯拉夫，但是他已经在电话里得知了穆拉德克的死讯，现在正在回来的路上。

卡拉克给维克多处理好伤口，在垫纱布的时候罗曼内克教授走了进来。他要求维克多把穆拉德克袭击他之前的事情按时间顺序陈述一遍，不能遗漏任何细节。维克多不顾头上的疼痛照做了。很显然，在确定维克多只是受了些轻伤之后，罗曼内克教授责怪了他几句，他认为维克多不应该忽视他的警告让病人获得了可以当作武器的东西。

维克多扶着治疗台的边缘稳住身体，坐起身子开始了他的陈述。按照罗曼内克的要求，他没有遗漏任何细节，除了这两个之外：他没有说穆拉德克好像知道村子里的很多事情，还知道有个小女孩失踪了，也没有说穆拉德克能讲一口完美的、古色古香的德语。

维克多知道只要告诉其中任何一个细节都会让他的全部陈述遭到怀疑。无论如何，这些事情都让人无法理解。维克多对第六个魔王的麻醉治疗很有可能会被取消。他因为放松警惕已经导致了两起暴力事件，他也能够感到罗曼内克对他的热情不如从前了。但是维克多有种强烈的感觉，他正处于某个重大发现的边缘，虽然现在他还无法解释。在此之前，最好还是不要和罗曼内克说起。

他讲到一半的时候，布罗乔娃来到了医务室，看上去有些慌张。她想赶紧过去看看维克多伤得怎么样，但是发现维克多正在汇报工作，于是放慢了脚步。在确定维克多伤势并不严重之后，她退到靠门的墙边听着他们说话。

“你说得没错，如果我不允许他化装，这件事也许不会发生，”维克多汇报完了之后说道，“我不是说化妆刷不可以用作一种有效的武器，但是你难道不觉得化装之后他可以直视自己的‘心魔’了吗？他把自己化装成哈乐奎释放出了我在他心里一直想找到的东西。哈乐奎就是穆拉德克的‘心魔’。”

“现在他已经死了。”罗曼内克直言不讳地说道。他想了想：“科萨雷克医生，我想问你一件事，希望你能够理解。这两起事件的病人之前都很温和，我想是否存在一个诱因——在穆拉德克身上是你允许他化装；在麦克哈克身上是来自食堂外面的一个玻璃杯。我的问题是：是否你为了得到你期待的反应故意这么做的？”

“你说什么？”

“坦率地说，除了出现的那几句鬼魅的声音之外，你的麻醉治疗研究目前并没有取得成功。我们都曾处于过这样的境地，科萨雷克医生：自己的理论无法取得进展，心里十分苦恼，于是想走捷径，或者想弄出更轰动的成果出来。”

“你不觉得引出泽莱尼身上的霍布斯先生算是成功？”维克多竭力压制着语气中的愤怒，“但是我先回答你的问题，教授。我让穆拉德克化装不是为了诱发他的暴力行为，而且我绝对没有给过麦克哈克任何玻璃制品。”

“很好。”罗曼内克点点头。过了一会儿，他用不想引起争执的口吻说道：“我觉得你应该休息几天好好养伤。但是如果明天你觉得可以的话，我想请你去布罗乔娃小姐那里让她把你的陈述记录下来，然后我把这份记录交给上级。在这期间，你不要再做治疗了。你明白了吗？”维克多点点头。

“我担心你给我们医院招来了麻烦，科萨雷克医生。普拉特纳医生去了姆拉达-博莱斯拉夫向警方说明情况。”

“警方？”

“他们迫于压力，要就村子里失踪的那个小女孩一事来调查我们。村民们都认为她的失踪和我们有关系。”

“还是老一套。”维克多按了按脖子：隐隐的疼痛加剧了，不能不按几下，“是关于神秘地道和‘黑心扬’之类的说辞吧。”

“也许吧，”罗曼内克说道，“但是警方和我说他们想检查这里，第一件事就是调查穆拉德克的死因。所以尽快写份完整的书面报告。这件事结束之后，我想和你认真探讨一下治疗的效果。”

罗曼内克教授走后，维克多想躺下来，但是一阵眩晕袭来，他极力不让自己倒下。卡拉克对他理都没理，布罗乔娃赶上前来扶住他的手臂。

“我负责把科萨雷克医生安全地送到宿舍。”她面无表情地对卡拉克说道。

“你当然会。”卡拉克头也不回地说道。

到了宿舍之后，布罗乔娃让维克多坐在他的办公桌前，然后给他倒了杯水。她走到维克多身边轻轻地吻着他的额头，嘴唇紧贴在他乌黑浓密的头发上。

“你没事吧？”她问道。

维克多叹了口气。“不，我有事。我杀了人，我杀了我的病人。”

“最悲观地说，那也只是正当防卫，是个意外。虽然让人痛苦，但是个意外。”

“我不应该让事情坏到那个地步。我不应该给他创造机会。罗曼内克教授是对的。”

“你觉得他会取消你的研究吗？”布罗乔娃问道，“不让你继续麻醉治疗了？”

维克多突然变得更加焦躁。“他不能那样做。他不可以那样做。”

“维克多，你怎么了？哪儿不对劲了？”布罗乔娃看出他的表情有些异样。

他又叹了口气。“那件事很疯狂——我在汇报的时候没有说——穆拉德克和我说的是德语，还知道那个失踪的小女孩。我完全无法理解。”维克多喝了口水，吃下卡拉克给他的止痛片，“他怎么可能知道那个失踪的孩子？”

布罗乔娃点了一根香烟递给维克多，然后自己也点了一根。她坐在房间一角的一把扶手椅上。“很可能是他偷听到的：也许有几个警卫在闲聊的时候被他偷听到了。”

“但怎么解释他会说德语？”

“他不是在都德勒布斯克长大的吗？”布罗乔娃说道，“那儿不是有很多人说德语吗？他很有语言天赋，说话很流利。”

“现在我们再也无法知道真相了。”维克多郁闷地说道。

“菲利普的事情你决定好了吗？”

“决定什么？”

“你会告诉警方你担心的事吗？”

“我不知道。也许吧。罗曼内克教授让我休息几天。我想去布拉格找菲利普。”

“要我陪你去吗？”

“不要。菲利普对女人不太——”

“如果你这么想，那么你就不应该去找他。你应该去找警察。”

“菲利普举止反常不代表他就是‘皮围裙’。我想找个机会和他好好谈谈。但是首先我要完成那份书面汇报。”

“明早再做吧。我觉得今晚你应该好好休息。”她再次轻轻地吻了吻维克多的额头。

第四章

“你依然要去布拉格吗？什么时候动身？”布罗乔娃问道。第二天，他们在办公室，维克多口授，布罗乔娃记录。

“如果可以的话，今晚就动身。”

“你有轻微的脑震荡，不应该去。”

“没事。”维克多淡淡一笑，“普拉特纳医生给了我很多止痛片，我觉得没事。”他没有说实话：他的头和脖子疼得很厉害，“我真的得去，我要找到菲利普。”

“你想知道他到底是不是‘皮围裙’？上帝，如果你觉得有这个可能，你应该——”

“别担心，如果我找到证据的话，就直接去找斯莫莱克队长。但是现在只是一些隐约的怀疑。”

口授一结束，门外就传来敲门声。维克多还没来得及说请进，罗曼内克和普拉特纳已经表情严肃地进了房间。他们身后跟着一个穿制服的矮个子警察，肩章上闪闪发光的星星和杠杠表明他是一位高级警督。

“这位是卡罗米克警督，”罗曼内克介绍道，“他来调查里奥斯·穆拉德克的事情，同时还要检查我们的安保状况。”

维克多认出这位四十好几的警督就是他和布罗乔娃在村子里见到的那位，当时他用怀疑的目光看着两人从他身边走过。对于警察而言，他的个子太矮了，但是他的脸上写满了智慧与权威：宽宽的眉毛，高高的颧骨，绿色的眼睛。刚开始维克多觉得他打量自己和办公室的眼神同当时一样充满怀疑，但随即意识到他只不过是在冷静观察而已。

“你知道我们找到了失踪的小女孩了吗？”卡罗米克问道。他说话带着波希米亚西部口音，也就是当地口音。

“真是太好了。”维克多说道。

“我并没有说她活着，”卡罗米克冷冷地说道，“昨天找到的。大概就是在你和病人打斗的时候。她淹死了，尸体漂浮在村后的池塘里。”

维克多感到内心深处一阵难受。他想到了另一个小女孩——他去世已久的妹妹——想到她缓缓地、安静地沉入水底，在黑暗的河水里，她明亮的连衣裙渐渐地暗淡了。他现在的表情一定背叛了他想到这段往事的痛心。

“科萨雷克医生，你怎么了？”卡罗米克问道。

“什么？啊，是的。我的头和脖子还有点疼。昨天的事情，你已经知道了？”

“我知道，”卡罗米克的眼睛像探照灯照在他的脸上，“怎么说呢，那个女孩喜欢到处乱跑，家里人也警告过她很多次不要去水边玩。当前，我们认为这是一场意外的悲剧。”

“当前？”罗曼内克问道。

“没有证据表明这是人为伤害，但是我担心村民们只想听一种解释。”卡罗米克耸耸肩，示意大家环顾城堡。

“不会吧，”普拉特纳叹了口气，“这些人什么时候才会——”

“这些人是我的乡亲，”卡罗米克并没有恶意，“我就出生在村子里。十六岁才离开。他们都是我的乡亲，我知道他们的恐惧和感受。这个地方，这座城堡，总是给他们的心里蒙上阴影。”

“可是这儿被用作精神病院才三年啊。”维克多抗议道。

“我说的是城堡，不是精神病院。精神病院——”他努力寻找恰当的表达，“我想可以这么说吧，只是它最新的化身，无法避免的化身：会关这么多坏人在这里是可以想象得到的。”

“我不明白你的意思。”

“村民们得知城堡要被改作精神病院的时候，他们强烈抗议，写信给地方政府和国家机关，写给卫生部。但他们无奈地接受了现实。在还没有一点风声的时候他们就知道‘六大魔王’会被送到这里来。”

“他们怎么会知道？”

“因为他们太了解这个地方了。他们世世代代生活在城堡的阴影里，知道魔鬼喜欢把这里当作他们的家。这个地区发生的所有可怕事情都和城堡有关系。它对邪恶的人、邪恶的事特别有吸引力。这就是为什么他们刚刚得知这里要被改成精神病院的时候就知道‘六大魔王’会被送过来。每个人都知道磨难要开始了。”

“但那只是迷信。”

“不是迷信，是经验。小女孩失踪了他们怀疑城堡你觉得很难接受，但她不是第一个失踪的女孩，之前的事情都和城堡有关系。当初这里曾经驻扎过卫戍部队，有个士兵迷恋上了当地的一个女孩，但那个女孩对他毫无感觉。他伏击了那个女孩，把她强奸后杀害了。军方逮捕他的时候，他发了狂，开枪打死了好几个长官和战友，然后躲进森林里，直到几个星期后才被抓到。

“战争结束的时候随着奥匈帝国的垮台，卫戍部队也被调走了。在政府接管并把它改造成精神病院之前，这里空空荡荡，被人遗忘了。但即使在那段时间，人们也说接二连三发生的事情是城堡引起的。当地有好多女孩儿失踪，本村的、邻村的都有。当然大家都说是‘黑心扬’又现身了。村民们聚集了好多人上山搜查城堡，他们发现了一个流浪汉在塔楼，还铺了张床，但从没有人见过塔楼亮过灯。流浪汉说铺床是为了睡得暖和。”

“有人认识他吗？”

“没有，他到处流浪，乞讨，有机会的时候也偷农场的东西吃。他路过村子大概一个多月以后才有了第一个女孩儿的失踪，没人想到是他。其实那段时间，他一直就住在城堡里。”

“他为什么要那么做？”

卡罗米克耸了耸肩，轻蔑地说道：“城堡虽然废置，但又不是废墟。当初造的时候就是为了长久使用，因为各种传说，当地人从不靠近城堡和密林里的教堂，所以他在那里过得像国王。他在树林里下套捕捉野兔，日子过得很舒坦。他并不知道当地的传说，也无法理解为什么从来没人过来，但他从没有想过他的运气为什么那样好。”

“失踪的女孩都是他杀的？”

“哦，他们有证据——村民们发现他的时候找到了一件首饰，是其中一个失踪女孩儿的，但是人一个都没找到。”

“他被警察逮捕了吗？”

“很不幸，我们——我是说警方——没能及时赶到现场。你要理解找到他的人是一群愤怒的村民，他们害怕城堡，他们找到他的地方正是传说和‘黑心扬’有关的地方。恐怕他们是直接把他拖出了城堡，从石桥上扔进了山谷，我们没有机会审讯他。但是首饰的确是女孩儿的，一点没错。”

“但那是赤裸裸的谋杀，”维克多说道，“他应该接受审判，你们也可以知道他到底和失踪的女孩儿有没有关系。他可能是无辜的。”

卡罗米克耸耸肩。“我同意你的看法，也不赞成村民的做法，但是我们不能责怪任何人。再说了，他们也给了他机会解释为什么他会有那件首饰。他说有天晚上他听到了尖叫声，但是不敢去看声音到底是从什么地方传来的。第二天早上他发现了一扇打开的暗门，他说暗门通向城堡下方的洞穴网，可是他不敢走进去看，但是他在门口的地板上发现了那件首饰。”

“什么样的首饰？”

“我不是很清楚，但是有一个失踪女孩儿的母亲认出那是她女儿的东西。”

“他认罪了吗？”

卡罗米克摇摇头："他从头至尾都坚称自己是无辜的，最后还是被扔进了山谷。是的，可能他是无辜的，对吧？"

维克多点点头。他不想问为什么卡罗米克对事情的来龙去脉这么清楚，为什么警方赶到现场的时候正好晚来了一步。

"流浪汉杀了那些女孩，大家对这个结果满意吗？"维克多问道。

"也有人说是'黑心扬'干的。但是之后再没有女孩子失踪，大家也就认可了就是流浪汉干的。听我说，我想让你明白的是大家知道'六大魔王'在这个地方——出于同样的原因一个流浪杀手被吸引来了，也是同样的原因'黑心扬'在这里安了家。从历史开始的时候，这里就有人居住，但总有邪恶的东西和他们同住在这片土地上。住在石头里，住在森林里。这里像块磁铁把坏人都引来了。有种神秘的力量赐予他们勇气和力量净干坏事。"

"恐怕我无法接受这种说法，"维克多说道，"暴力和精神病与地理、地质没有关联。最可怕的邪恶可能会出现在最想不到的地方。"

卡罗米克耸耸肩："我就知道这些。"

"流浪汉说这里有个神秘通道，这就是你来的原因吧？"维克多问道，"你觉得穆拉德克利用这个神秘的地道从病房溜进了山下的村子？"

"我没有这么说。我只想检查所有的可能性。而且我觉得我已经说得够清楚了，想让村民放心不是件容易的事。我的看法是村民们不信任城堡的任何事物，他们的理由是正当的，也是长期存在的。昨天在这里死去的是中欧最臭名昭著的诱拐犯和儿童杀手，另外这里还关着另外五个魔王。”

“我们都很理解，”罗曼内克教授说道，他朝维克多使了个眼色，“卡罗米克督察，为什么不去四处看看呢？”

卡罗米克点点头，转过身对维克多说道：“看完了之后如果方便的话，我想和你聊聊穆拉德克先生是怎么死的。”

“再过半小时，书面陈述就能全部打出来了。”布罗乔娃抢着回答道。

“那太好了，”卡罗米克笑着鞠了个躬，“如果没有带来太多的不便，我还是想亲耳听听科萨雷克医生怎么说。”

“没问题。”维克多说道。

第五章

这次去布拉格维克多没有乘火车。

那天下午他乘了辆出租车去姆拉达-博莱斯拉夫，到车行取了他分期付款购买的那辆塔特拉57型黑色轿车，车是二手的，用了三年。到了晚上，尽管布罗乔娃十分担心，而且路上车辆稀少，还结着薄冰，他还是独自开车前往布拉格。

那么熟悉的城市，开车经过那些熟悉的街景却是一种陌生的体验，另外，布拉格是座千年古城，人们对汽车相当抵触，认为那是暴发户用来炫耀的东西。但是开车可以很方便地直接前往菲利普在弗尔硕维采的公寓。大街小巷行人寥寥无几，地上的积雪也不多，但是想到菲利普主动挑衅那几个德国人的往事，维克多一点也没有下车散散步的那份闲情逸致，只想尽快见到他的朋友。

他终于找到了那个大院子，一眼认出了角落里盖着积雪的生锈的摩托车和汽车。月光下面，在积雪的屋顶和鹅卵石地面的映衬下，被煤灰熏黑的公寓群看上去似乎更黑了。新买的二手车刚抛过光，非常显眼。维克多把车停好，穿过巷子赶往菲利普的公寓。

维克多敲门，但是没人，他在门口站了会儿，四下里万籁俱寂，只听到远处的几声犬吠。他突然开始怀疑自己的做法：他来这里到底是为了什么？他告诉布罗乔娃自己不能和菲利普的错误行为、街头打斗、暴力事件有任何牵扯，这样的结果他承担不起。维克多已经被两个病人袭击过——帕维尔·泽莱尼与里奥斯·穆拉德克——穆拉德克撞碎了头骨死了。他知道罗曼内克对他的热情已经减退了很多，如果再和别的丑闻扯上关系，结果会对他非常不利。

但是菲利普是他的朋友，他怀疑菲利普不是简单地迷失了自己，而是有别的什么事情。他又敲了一下门，还是没人。屋内没有声音，没有亮灯。

他退后一步，看了眼周围的房子，有几扇窗户亮着灯，其他都是黑乎乎的，应该没人看到他来过。他突然想起上次来的时候他们从后门出去，菲利普把钥匙藏在一块松动的石板下面。他绕到房子的后面，后门外面围着一米五高的木栅栏，没有路灯，月光也无法照到那个小小的后院。菲利普的房子和周围的房子都没有亮灯，黑暗中维克多唯一可以看清的是后门旁边乱七八糟地堆着几个黑色垃圾桶。

他轻轻关上木栅栏上的门，在黑暗中摸索着向前走，确定走到后门的时候，他点燃了打火机，蹲下来借助打火机的亮光寻找那块石板。钥匙还在那里，拿到钥匙的时候他却犹豫了。这不是他该做的事情，不是他熟悉的生活方式。维克多做事一向小心谨慎，现在他却要闯入别人的家。

他终于拿定主意了，打开门，轻轻地走进静悄悄的房间。

“菲利普？”维克多喊道。主屋里堆满了书籍和纸张，街灯和月光照进房里，留下参差不齐的光影。“菲利普？”

维克多向前走了几步，小腿碰倒了扶手椅旁边堆着的几本书，他骂了声该死，伸手去摸大灯的开关，满泻的刺眼灯光瞬间照亮了整个屋子。似乎他并不在家，再加上石板下面的钥匙，维克多确定菲利普的确不在家。维克多上楼去长廊，发现床铺没有整理，床单看上去也好久没换过了。

维克多愣在那儿，不知道该怎么办。他一路赶来是为了见他的朋友，和他好好谈谈。他可以等他回来，但不确定菲利普见到他不邀而至，身处他的私人物品之间会是什么反应。还有，如果他醉醺醺地回来了呢？如果他不讲道理怎么办？

其实他知道，菲利普不在家他更感到的是开心。他可以有机会四处看看，打探他不为人知的生活，查看他隐藏了什么秘密。他想找到证据推翻自己内心深处的疑虑。

他回到主屋走进厨房。和长廊那张凌乱的床铺形成鲜明对比的是，厨房里面干干净净，水槽的沥水板上放着几个洗过的碟子。井然有序的厨房让维克多备受鼓舞：作为精神病医生，他知道混乱的心理会造成混乱的生活。整洁的厨房表明他做事依然有条理，或者说每天都在使用，这很好。

他试着推开隔开主屋的另一扇门，从公寓的布局来看，门里面不太可能是个房间，有可能是个挺大的储藏间。门上了锁，没有迹象表明钥匙在附近。

他发现了菲利普的办公桌，抽屉上了锁，桌上堆满了纸张和书籍。乍一看很凌乱，但仔细观察会发现其实乱而有序。

大部分内容都是他研究的东西，主要是东欧古代史和古挪威人与斯拉夫人的神话故事。

维克多在一堆松散的纸张下面发现了一本皮面活页夹。栗色的真皮封面做工非常精致：像是一块古老的木板雕琢而成的浮雕，所有的细节都涂上了生动的色彩，有的地方还压着金箔，令人印象深刻。封面的四边是两个互相追逐的人形成的重复图案，其中一个人使用的主色是白色和蓝色，压着金箔，一只手上拿着一根权杖，另一只手上拿着一个金球，另一个人的主色是鲜红色和黑色，手上拿着宝剑和人的头骨。两个人构成了一个循环的图形，说不清到底谁在追着谁。

封面的中央是许多棵树，树叶和藤蔓交错纠缠。最中心的人物维克多一眼就认了出来：倾吐之神——所有的欧洲神话里都有这个绿神——交错纠缠的树叶和藤蔓就是从他的嘴里吐出来的。不同的是，这个绿神的头饰是用熊头和熊皮做的。维克多知道他是维列斯。

维克多拿着活页夹走向沙发。打开后他发现里面是厚厚的一沓笔记，有好几百张，全都是用工整的小字手写的，除了随意的下划线和空白处的注释之外，每张纸上的书写堪称完美。

读到第一页的时候维克多就明白这就是菲利普说的“最权威的斯拉夫神话著作”。维克多随意翻开几页，他发现除了有几个地方观点偏激、与事实不符之外，整体上这是一个思路清晰、受过良好教育的人才能写出的学术作品。许多神话故事菲利普还配了图，维克多惊讶地发现菲利普画得很专业——他竟然不知道菲利普有这方面的天赋。

维克多可以看出，这本书的重点是波兰人、捷克人和斯洛伐克人的西斯拉夫神话故事，以及德国的两个古斯拉夫部落：卡舒布部落与文德部落。

维克多甚至还发现有一章菲利普的兴趣和他的兴趣产生了交集。那章名为《心灵的多面神》，介绍的是神话故事背后的心理学。那几页都配有钢笔画的精美插图，下面还有菲利普的首字母缩写名的落款。注释部分说画的是三头神特里格拉夫，三张脸分别是火神斯瓦洛格，主神同时也是雷神的佩伦，以及太阳神戴伯格。

菲利普用工整的小字注释道：和四头战神斯万特维特不同，他只有一个思维，但是特里格拉夫既是一个神，又是三个神，每个头都是独立的，独一无二的，结合在一起却又只是一个头。特里格拉夫象征着意志能同时一分为三又能合三为一。

维克多盯着插图看了很久：一个又是三个。菲利普的注释完全可以作为某次精神病诊断的结论。

他越来越感兴趣了。维克多关掉大灯，打开沙发旁的小台灯，脱掉帽子、外套和手套，点了一根香烟坐下来细读菲利普的作品。他一边看一边想，菲利普写的东西和自己的病人在镇静剂作用下说出来的话是多么相似啊，尤其是帕维尔·泽莱尼与多米尼克·巴托斯。他感到非常震惊。

菲利普用工整完美的笔迹详细描述了森林之神与冥神维列斯；不死鬼柯西切；光明之神斯瓦洛格与黑暗之神切尔纳伯格——维克多认出他们就是封面上互相追逐的两个人——他开始相信泽莱尼和巴托斯一定也对此深有研究。貌似没有文化的伐木工泽莱尼对他隐瞒了受过教育的经历，也许连他自己都被隐瞒了。

他来这儿本是想弄清菲利普到底在想些什么，却对自己在城堡里的研究有了更深的认识，这让维克多觉得很意外。突然一个想法让他不寒而栗："霍布斯先生"会不会普遍存在？"心魔"的这个独特展现形式会不会也存在于菲利普的内心深处？他摇了摇头，继续阅读。

读完手稿也许需要好几天，但维克多想尽快地弄清楚菲利普的心理状态，他想找到最能展现他内心想法的那些章节。毫无疑问，流利的书写与正确的学术规范让维克多感到心安，让他担心的只有菲利普感兴趣的主题：他选择的斯拉夫众神大多是妖怪与魔鬼，并对他们的黑暗心理进行了清晰的描写。更让维克多担心的是，"六大魔王"中至少有两个人对这一主题十分痴迷。

有一个章节让他格外担心，里面描述了斯拉夫神话的几个主神最初被创造出来的过程：当巨大的世界之蛋裂开的时候，火神斯瓦洛格出现了，那时世界上没有光明，是斯瓦洛格赐予宇宙光明与秩序，然而世界之蛋的碎片遮住了一部分光明，于是有了最早的阴影。这些阴影凝聚在一起形成了地下的冥界。最黑暗的阴影甚至凝聚成形，就像获得了肉身一样，于是有了黑暗之神——冥王维列斯、斯拉夫神话里的魔鬼切尔纳伯格。

关于维列斯与切尔纳伯格从阴影里获得肉身的描述不仅和泽莱尼与巴托斯的描述一模一样，甚至和斯莫莱克告诉维克多的那个吉卜赛嫌疑人的描述也一样，这让维克多有些心烦意乱。

他看了看表，已经看了两个小时了。菲利普到底去了哪里？已经十点多了，如果菲利普无法在短时间内回来，那么他回来的时候也许已经喝醉了。他不想让菲利普发现他看过这些手稿。

他迅速翻到最后一章。

到底什么是神？我们认为佩伦是主神与雷神，但是很明显他与挪威的雷神托尔是相似的；我们认为斯瓦洛格是锻造之神与战神，但是很明显他与希腊的火神赫菲斯托斯是相似的。为什么会有这样的共性？为什么不同文化的神只是换了一个名字存在？答案一定是这样的：最初地球上的人类很少，人类都知道这些故事，后来分道扬镳，带走了这些故事散落在四面八方，随着语言开始不同，又给他们起了新的名字。如果不是这样，那么这些神话人物一定深深植根于人类的记忆深处：神灵与魔鬼变换了形态回到我们身边，永远如此。也许我们的理性与科学，分析与认知，永远无法强大到可以对付他们。也许众神不仅生活在人类的思维里，而且是与我们的思维融为一体的。

这很像是维克多在探讨集体无意识原型的时候自己写下的话。

再看一个小时。他想再看一个小时。

第六章

她坐在窗边看着窗外。兹科夫的夜幕已经降临，街对面建筑的影子渐渐地拉长了，变暗了，在窗台与窗沿下面留下大块的黑影。她难过地想到，至少这些黑影再也不会让托瓦尔害怕了。

自从斯莫莱克来过之后，索拉·玛佳一直心神不宁，坐立不安。她能感到那个警察对她的同情，也隐约想过托瓦尔可能正是死在他的手上。但是他为托瓦尔的死感到难过是发自内心的。在那之前，索拉一直怀疑她的情人是被警方谋杀的，毕竟这不是第一次被逮捕的吉卜赛人没能活着回来。

但是她也承认在最后一次入室盗窃之后托瓦尔的表现就一直很奇怪。打那以后，托瓦尔就变成了一个精神错乱、整日担惊受怕的人，无法预测他会干些什么。他选择自杀令她无法理解，但他被逮捕之前的怪异与绝望的行为又让这件事可以理解。

那个警察对托瓦尔的态度、对自己的友善，让她敞开心扉说了很多，这些话正常情况下她是不会说的。当然她没有说托瓦尔之前偷窃的所有赃物都藏在一块地板下面。当时她差点都忍不住要笑出来，因为斯莫莱克就坐在那张椅子上却不知道脚下踩着价值好几千克朗的钱币与珠宝。

在用偷钥匙的方法入室盗窃的那段日子里，托瓦尔一直小心翼翼地积攒着财富，他不拿值钱的东西，只拿现金，即使拿了东西，他也要确定这些东西不会被查到，也不需要中间人倒手卖出。托瓦尔偷来的财物，加上她自己挣的钱，都藏在那块木板下面。托瓦尔告诉她这些财物将会是他们的黄金门票，有了这些他们才可能逃出布拉格，逃出被别人捏在手里的未来。

外面的世界充满阳光，充满自由，等待着他们去探索和享受，他曾经说过，流浪的血液在吉卜赛人身上已经流淌了几百年，他们应该生活在不停改变的天空与大地之间。他们会在这个世界找到属于自己的地方，过上幸福的生活，把过去的日子全部忘掉。

他们曾经长时间地聊过这个话题，就像蜘蛛吐出金色的丝线在编织光明的蛛网与想象的未来。有一次，托瓦尔一时冲动，在一户人家偷了本世界地图册。两个人——一个盗窃犯兼皮条客的辛提人和一个小偷兼妓女的罗姆人——像两个天真好奇的孩子在地图上探索着外面广袤无边的世界。索拉对地图格外着迷，她凝视着明亮的彩色地图，惊叹这个世界这么大，而他们生活的地方又那么小。她对那些她读不出来的地名非常感兴趣，想知道住在那儿的陌生人是什么样子。

她和托瓦尔生活在那儿会是什么样子。

她从没想过没有哪个地方的人会给他们机会，没有人会平等地对待他们，他们的深色皮肤和头发就是标记，所到之处都会遭到排斥。她也从不考虑不管去到什么地方，残疾的身体会拖累她的生活，而更大的拖累是她的民族身份。

他们多么希望能在欧洲之边找个可以眺望大海的地方。他们俩都没有见过大海。他们决定逃到一个有海岸的地方，那里有目前为止还只是想象中的大海。在那里，他们可以过上宁静美妙的生活。

但是托瓦尔死了，他们的梦想也死了。他的名声还染上了污点——那些可怕的事情全是他干的。不管警察怎么说，不管别人怎么想，索拉知道托瓦尔不可能杀害那些女人。他不可能杀害任何女人。但是没人相信她的话。后来又死了一个女人，但他们依然认为托瓦尔是元凶。

也许，还需要一个受害的女人，一个被开膛破肚的女受害人，到那时他们才会相信不是托瓦尔干的。要想洗干净他的名声，也许再让另一个女人承受痛苦也是值得的。

她又想起木板下的财物。托瓦尔死后她没有工作过。要想干这一行必须要有一个保护者，她无法再找到像托瓦尔那样的人了。皮条客都把妓女当成自己的财产。所有的皮条客都是这样的，最坏的是罗姆人和辛提人：一旦落入他们手中将永无自由之日。

她打定主意：为了完成托瓦尔的愿望她必须离开，去寻找新的生活。如果她真的找到了，她也会为了他好好地活着。她不会再找别的男人了：索拉·玛佳，虽然身体被无数个男人糟蹋过，她的心只属于一个人。她用自己的方式——最坚决、最毫不妥协的方式——对托瓦尔保持着忠诚，而且永不改变。她会用那笔财富逃出布拉格，逃出皮条客的魔掌，逃离嫖客肮脏的双手和恶心的拥抱，逃离别人的仇恨与怀疑。

也许她还能找到一个可以眺望大海的地方。她会为了托瓦尔第一次去看海。

天已经完全黑了，她打开壁龛的灯与天花板上的吊灯，只要她还住在这里，就要让这个家像托瓦尔喜欢的那样。如果他的灵魂还在，不要让这里有让他害怕的影子。

有人敲门。也许是那个警察又来了。

索拉·玛佳从没见过站在门框下的那个人，却立刻把他认了出来。她是根据托瓦尔的描述认出来的。他穿着破旧的黑色长外套，竖着领子，拉低了宽边的黑帽子，他的脸全被挡在阴影里。

他就是那个在影子里获得了身体的人：一团凝聚的黑影。他就是托瓦尔说的那个把偷有钱人钥匙的点子塞在他脑子里的人。

他走上前掐着她的脖子，逼她退到房里。外套敞开了，里面的皮围裙露了出来，上面沾着以前留下的黑色与深红色的血渍。

他一言不发，逼着她慢慢地退到客厅，踢了一脚关上了身后的门。索拉想起算命的人说错了：内外足并没有迷惑到魔鬼，他还是找到了她。

明亮的灯光下，他似乎看上去更加黑暗，唯一的光亮是他手上那把剃刀凛冽的刀锋。那把剃刀比一般的刀长，比剑短。

他把索拉推倒在色彩鲜艳的地毯上，撞倒了斯莫莱克坐过的那把椅子，索拉又想起地板下的财物，还有那本印刷了他们想象中美好世界的地图册。只有她和托瓦尔知道那个地方，但很快就没人会知道了。也许再过很多年也不会被发现，也许要等到下个世纪。

她能看清他的脸了，就在她的脸上方，正在品味着她的恐惧。那是一张扭曲的脸，张着嘴在狞笑，眼中满是残忍，她明白了托瓦尔一直都没有说谎。他就是本葛，他就是那个魔鬼。

她感到恐惧，知道即将会发生什么，却感到一种微妙的、难以解释的快乐。她会成为证据，她会成为下一个女受害者。

现在他们都会确信托瓦尔是无辜的。

全世界仿佛突然充满了炽热的疼痛，就像一颗无比刺眼的太阳突然爆炸了。但是她知道这种感觉不会持续太久。她感到冰冷的刀锋迅速无情地插入了她的身体，一双坚硬黑暗的手伸进了她的胸腔，搅动着夺走了她的心脏。本葛没有说一句话便终结了她的性命，冰冷的呼吸喷在她的脸颊上。

尚在跳动的心脏被取出来的时候，索拉最后想知道当她到另一个世界和托瓦尔再次相聚的时候，她会不会不再跛脚。

她是否能和托瓦尔走在一起，迈着均匀的大步，第一次看到想象中的那片海。

第七章

维克多醒来的时候，他的脑袋和脖子还在疼。他小心翼翼地用指尖摸了摸头上包扎的纱布。过了会儿，所有的事情慢慢回到了记忆，他猛地站了起来。

他还穿着衣服。他还在菲利普的公寓里。

猛然站立的后果是一阵疼痛和难受，他又不得不坐了下来。他环视公寓一圈，还是没有看见菲利普。他看了看手表，已经七点一刻了。他在这儿睡了一晚。要是菲利普现在回来的话，维克多无论如何也找不到合适的理由解释他为什么会在这里。

他加了份小心，让自己站了起来，把手稿收拾好放回精美的活页夹里，重新绑上固定用的皮带，然后放回原处。上面原先的那几张纸也重新摆好了。

菲利普可能和一个女人待在一起，或者喝醉了躺在某个廉价的酒吧。维克多突然害怕起来——菲利普会不会受伤进了医院，甚至有可能躺在太平间？但从手稿中可以看出他的思维很清晰，不至于会犯傻让自己受伤或者丢了性命。现在没必要这样担心了。

维克多确信一切都恢复原样之后，他拿起帽子、手套和外套，从后门走了出去。太阳正在升起，今天的天气会很不错。看了看附近的公寓没有人出门，他把钥匙放回那块石板下面。阳光下，他终于可以看清后院的样子了。雪已经停了，空中刮着清新的冷风，地上的积雪已经有些松脆。他看见昨晚自己穿过院子时留下的脚印，但是还有别人的脚印。昨晚有人穿过院子走到后门，然后转身走了。维克多循着脚印绕了一圈来到公寓的前面。不管是谁留下的脚印，那个人曾经站在窗户边朝里面看过，很有可能看到了维克多在看手稿或者躺在沙发上睡觉。会是菲利普吗？为什么他不想让自己知道他回来过？

如果真是菲利普，深更半夜他在忙些什么见不得人的事情？

天越来越亮了，维克多走向他停车的地方，他意识到自己本来是想寻找答案，走的时候却有了更多的疑问。

最大的疑问是：菲利普整晚干了些什么？

第八章

那天早上，斯莫莱克走进警局的时候，到处都是闹哄哄的。接待大厅和拘留室里挤满了身穿制服的警察和被他们捉拿的犯人，震耳欲聋的咒骂声、喊叫声在拱形的天花板下回荡。拼命想要挣脱控制的犯人不时和警察爆发冲突，结果立刻被一阵警棍制伏。

昨晚做的尽是疯狂的梦，斯莫莱克没有睡好，他疲惫不堪，心里很烦。他挤过人群，路过拘留室大门的时候，他的助手米列克·诺沃特尼穿着衬衫站在门后抽烟，他面无表情地看着外面的喧闹。

“到底发生了什么事?”走到他身边的时候斯莫莱克大声问道。

“该死的事情还是发生了，”诺沃特尼说道，“盖达的国家法西斯党在选举中遭到重挫，为了发泄不满，他的狂热支持者在温塞斯拉斯广场示威抗议。反对派不知道从什么地方听到了风声，搞了个反示威抗议。要是让我说，叫作埋伏偷袭还差不多。我不知道他们担心些什么，说实话，这年头，盖达那些人做的事情是有价值的。”

“有人受伤了吗？”斯莫莱克问道。

“好多人头破了，但是没人死亡，或者说目前没有。和以往一样，我们是中途赶到现场的。”

斯莫莱克点点头。“你已经准备好了佩特拉索娃一案的案情陈述了吗？”

“准备好了。我还拿到了完整的尸检报告，不知道有没有用。就像巴托斯医生说的那样，丢失的器官太多，尸体严重损毁，无法判断确切的死亡时间和死亡原因。”

“那个玻璃珠呢？”

“没有进展。局里没有懂英语的秘书，没人能把我们的请求翻译出来送给伦敦警方。”

“试试总统的儿子。”斯莫莱克说道。

“你说什么？”

“总统的儿子，扬·马萨里克，他是驻英国大使。把我们的请求寄给驻伦敦使馆，让他们联系伦敦警方。告诉他们这件事十万火急。”

“那个珠子？你真的觉得有那么重要吗？”

“我不知道，但这是目前唯一的线索。我知道的最有价值的线索就是它可能是英国产的。”

“我来办。”诺沃特尼转身向大厅前面走去，他突然停下了脚步，“哦，有个寄给你的包裹。放在你的办公桌上了。”

“谢谢，”斯莫莱克说道，“巴托斯今天上不上班？”

“我还没见过他。如果你想知道的话，我去查查今天的轮值表。”

“不必了，没事儿。”

在经历了楼下的那阵嘈杂之后，斯莫莱克觉得自己的办公室格外安静，他想暂时享受一下这份宁静，于是走到宽大的玻璃窗前眺望着窗外。布拉格的街景和在山顶上的城堡俯瞰到的村庄与森林的景色大不相同，然而不管是城里的景色，还是乡村的景色，本质上并没有不同。它们属于同一片土地、同样的人民、同样根深蒂固的美梦与噩梦。

站在窗边抽着烟，欣赏着各种形状的屋顶竖向汉白玉色的天空，他又想起了安娜·佩特拉索娃。就是她闯入了自己的睡眠，溜进了自己的梦乡。这一次梦境的地点不是他儿时的村庄，而是布拉格。在梦里，佩特拉索娃一丝不挂地躺在他的床上，在那间简单狭小的租住屋里，佩特拉索娃像一颗不可能出现在那里的珠宝。他和她做爱，欣喜地享受着她洁白完美的身体，隐约感到他们好像是夫妻。

这是斯莫莱克从未体验过的快乐。依然在梦里，他从床上下来拉开窗帘，外面非常非常明亮，但是他在下面的街上看到一个女人，她站在早晨的阳光里。他却看不清楚她的样子，她正仰着头用谴责的目光凝视着窗框里的斯莫莱克。虽然阳光明媚，令人愉悦，他却看不清她的脸，好像全被阴影遮住了。但是她转身离开的时候，斯莫莱克看到她走路的样子一瘸一拐。

他走到佩特拉索娃的身边问她这是什么意思。但是她面无表情地看着他，脸庞依旧完美，完好无损，可是脖子下面只有碎裂的肉和骨架。当鲜血涌在宽大平整的红色床单上的时候，斯莫莱克愣在原地，呐喊声撕心裂肺。

醒来的时候，他发现自己已经坐了起来，大口喘着气，想喊却又喊不出来。

现在，斯莫莱克抽着烟站在办公室的窗户前，心里想着梦里的一个人，努力想把疲惫而烦恼的心情缓解一下。

过了会儿，他回到办公桌，开始查看早上的邮件。他发现了诺沃特尼放在他桌上的那个小包裹，外面包着棕色的包装纸，形状是正方形的，大约二十五厘米见方。他看到上面的胶纸标签上写着他的名字和警局地址。打开棕色的包装纸，里面是个俄国巴勒克风格的木盒，上面涂着黑漆，一看就知道价格不菲。盒盖上装饰着精美的图案，色彩非常鲜艳，图案里一个白色和蓝色的长了翅膀的人张开双手去抓另一个红色和金色的魔鬼样子的人的尾巴。图案是循环的，斯莫莱克边看边想，不知道是天使在追逐魔鬼，还是魔鬼想要抓住天使的翅膀。他突然明白了，他们分别是斯拉夫的光明之神斯瓦洛格和黑暗之神切尔纳伯格：黑夜追逐白天，白天追逐黑夜。

他揭开盖子，看见里面塞满了深红色的皱皮纸，最上面放着一张卡片，分别用捷克语、德语、英语写着三句意义相同的文字：来自地狱的问候。

斯莫莱克取出卡片放在一边，小心地把盒子里用深红色的纸包裹的东西取了出来。他坐在桌前，小心翼翼地将它打开。他盯着那个东西看了一会儿，然后拿起电话让巴托斯医生赶紧过来，又喊了一位指纹专家来他的办公室。

巴托斯先到了，看到深红色包装纸里的苍白的物品之后立刻拧紧了眉头。

“我还要检查盒子上的指纹，”斯莫莱克提醒道，“然而不一定会有。”

巴托斯凑近了查看那只人脚，是从脚踝上方大约五厘米处砍下的，横切面上完美地展现了红白色的肌肉和乳白色的骨头。脚很小，没有发育完整，像是小孩子的。足部向内弯曲，像一把小镰刀不自然地弯向脚踝，因为脚的主人总是用脚边走路的缘故，看上去有些畸形。

“马蹄内翻足，”巴托斯查看完毕，站起身说道，“你要去找一个患有——生前患有——内外足的受害人。但是我从你的表情可以看出你已经知道是谁了。”

斯莫莱克点点头。“恐怕我非常清楚它的主人是谁。”

第九章

想起过去的一幕幕，一切都显得那么的不真实，仿佛是一场梦境里面模糊不清的虚构事件：穆拉德克迅速切换的人格；画着哈乐奎的脸谱扑向自己；撞碎的后脑勺在地板上散开的一摊鲜血；布拉格之行；菲利普的公寓；描述了许多黑暗的神灵和更加黑暗的魔鬼的精美手稿。

布罗乔娃来他的办公室看他，她带来了维克多陈述事情经过的稿子，说副本已经快递给了卡罗米克警督。维克多利用两人第一次单独在一起的机会告诉布罗乔娃他没有找到菲利普并讲述了他在菲利普的公寓里的发现。他说菲利普的研究做得很艰辛，但是语言流畅、思路清晰。

“我读到的不是一个疯子的胡言乱语，”维克多想加重点语气，但是没能做到，他想要说服布罗乔娃，还想要说服自己，“我的观点是专业的，没有个人看法。我无法相信那些谋杀和他有任何关系。”

“坦率地说，他身上藏着一把刀，还用它攻击过别人，你说那晚你好不容易才把他拖开。我想这些事情要比你从他的作品中分析得到的结论更加严重。再说了，你也知道，昨晚你看到的东西也许是几个月，或者几年前写的。”

“那么你觉得我应该怎么做？”

“你知道我的想法，”布罗乔娃说道，“你应该和布拉格来的那个警察聊聊，斯莫莱克。菲利普也许做了错事，但是不能总是让你去布拉格调查真相吧。你都不知道自己在做什么，或者可能要面对什么。”

“这就是关键。作为一名精神病医生，我可以看出他有没有严重的心理问题。我从菲利普的手稿中得出的结论是没有。如果我去找斯莫莱克，就必须告诉他菲利普用刀伤过人。菲利普可能会被抓起来——”

“看在上帝的分上，维克多，听听你在说些什么。也许他应该被抓起来。听我说，我并不是说菲利普*就是*‘皮围裙’，或者他是个疯子。但是你必须告诉斯莫莱克你心里担心的事情。还有，昨晚他到底去了什么地方？”

“可能没有干什么好事。说点别的吧，我在手稿里读到的东西对我在这里的研究有启示。好像是内心深处的神话之类的吧。如果我能彻底搞懂，也许接下来就可以理解‘心魔’，把它引出来。我们凭空想象出来的神灵与怪兽来自共同的原型，也一直生活在我们心里。所有的宗教、迷信的传说、民间神话故事都是来自这些相同的人物。霍布斯先生就是共同的原型之一。我要和他说上话。”

“你是说通过泽莱尼和他说上话？”布罗乔娃皱着眉头说道，“我觉得如果罗曼内克教授知道的话，他不会同意的。尤其在当下这个时刻——我已经听说了，他这些天又开始闷闷不乐了。从你去布拉格之前开始我就没有见过他。”

“教授那边我来对付。没错，泽莱尼是我找到霍布斯先生的唯一途径。泽莱尼就是霍布斯。但是他们两个人都得先等等。我接下来准备挑战下一个治疗对象。”

“斯卡拉？”布罗乔娃的眉头拧得更紧了，眼神中充满忧虑。“沃伊捷赫·斯卡拉，”维克多说道，“‘鬼畜’，最后一个魔王，我必须要对他进行治疗了。”

第十章

必须承认好运开始了。维克多感到有必要告诉罗曼内克教授他想对斯卡拉进行治疗，但是罗曼内克“找不到了”。布罗乔娃告诉他罗曼内克正间发性的“情绪不佳”，在这期间他不理一切事务，整天把自己关在书房。官方解释是他需要处理紧急公务，不能被打扰。

维克多想让他们安排一次和罗曼内克的见面，但被告知教授正在处理公务不能被打扰。他发现罗曼内克前天就把自己关了起来，还不知道他去过布拉格。对维克多来说，好消息是找不到罗曼内克意味着是否该对斯卡拉进行治疗征求不到他的意见。

因此，当看不见的太阳在没有窗户的塔楼墙壁后面慢慢落山的时候，四个警卫推着“鬼畜”进了房间，他坐着的绑椅像个中世纪的王座。斯卡拉不会在检查床上接受治疗。他全身上下被金属、皮革、螺栓、卡扣固定，手掌、手臂、大腿、脖子、脑袋，全都无法动弹。整个治疗过程他都会被绑在椅子上。

注射药物之前，斯卡拉显得十分清醒，他的眼睛燃烧着黑暗的、恶意的怒火，就像一团快要腾空而起的烈火。维克多走过来，给他在事先准备好的静脉套管注射了东莨菪碱与阿米妥钠，而斯卡拉就一直怒视着他。尽管斯卡拉被牢牢地绑在椅子上，两个警卫还是寸步不离地守在维克多身边直到他完成注射。在被“伐木工”和“小丑”两人袭击之后，再加上“鬼畜”恶名远扬，维克多必须确保治疗过程不能出一点差错。

药物开始生效了，维克多点头示意警卫们退出房间，他们于是关上门守在外面。房间里只剩他们俩了，维克多打开录音机，记下日期、时间和病人的姓名，完成一些治疗前的例行工作。

“我会杀了你，”斯卡拉一本正经地说道，声音很尖，让人烦躁，“你知道我会这么做，对不对？”

“你为什么要这么做呢？”维克多坐下来点了根烟。

“我不需要理由。我就要这么做。我喜欢毁灭，不论是人或动物，还是东西。但是就你而言，是因为你的身份、你的工作。”

“我是什么身份啊？”维克多心不在焉地问道，一边完成治疗前的准备工作。

“养尊处优的蠢货。什么事情都会有人帮你们做好。”

维克多笑着说道：“这倒新鲜了，沃伊捷赫，据我从病历里看到的信息，你的家庭背景比我富裕，也更养尊处优啊。和你比起来，我简直不值一提。”

斯卡拉盯着维克多看了一会儿。他眼中的怒火已经不见了，也许是药物的作用，也许是他自己也受不了。“真的吗？”他郁闷地说道，“我一直以为你是个有钱人，拥有贵族背景——你看起来很像。”他停了一会儿，努力把被药物瓦解的自我重新聚集在一起，“但是没关系，我还是想杀了你。等我戴上你那张脸的时候，我也会很好看。也许人人都会以为我是一位公爵的儿子。”

“你不会得逞的，沃伊捷赫，而且你自己也知道。”

“是吗？只要有人犯错就行了——每个人都会犯错，迟早的事——我会等到机会并抓住它。你知道吗？人们都以为别人和自己一样，以为他们遇到的人和自己的想法一样，感觉一样，做事的方式一样，遵守的规则一样。但是你和我，科萨雷克医生，我们知道的东西不一样，对不对？有的东西可能拥有人的外形，却不是人，和人不一样。好吧，我就是那样的东西，我和人不一样。他们都不懂得这一点。”

“他们？”

“被我当成玩具的人，他们被我的人的外形所欺骗。这也是他们叫我‘鬼畜’的原因。他们只看到我的外形是人，但是内心完全不是，这一点他们无法理解。他们把我做的事情称为邪恶，把我称为鬼畜。我的玩具只能理解到这种程度，因为他们必须绞尽脑汁地去思考我会怎么对待他们。”

“那么你做的事情还能称为什么呢？”维克多问道，“你不觉得是邪恶吗？”

“什么是邪恶，见仁见智了。邪恶只存在于受害者的痛苦之中。我崇拜邪恶，乐此不疲，什么机会也不放过——我觉得邪恶是一种无法战胜的力量——但讽刺与矛盾之处是我从没有真正理解和品味过邪恶。只有受害者才能。所以我只好通过他们来体验，通过他们的眼睛来体验。

“就拿佩济诺克的那家人来说吧——你看过病历，知道细节。在去布拉迪斯拉发的路上我看见了他们，就是普通的擦肩而过，连邂逅都算不上。我看到他们很幸福、很满足，他们家前面的路上洒满了夏日阳光，洋溢着青春的气息。他们的幸福太多了——我一时兴起，决定把他们的幸福拿走。我到他们家拜访，丈夫开的门，他在门口看到一个人站在那里，不是魔鬼，不是鬼畜。他以为我会表现得像个人，但我像个魔鬼。我在他们家待了一天半。那家人知道什么是邪恶。”

“你的良心一点也没有受到谴责吗？”维克多问道，“你的所作所为没有让自己苦恼过吗？”

“我有自己的伦理与道德标准。举个例子，我不会让已婚女子亲吻一个不是她丈夫的男人，所以我割下她丈夫的脸戴在自己脸上。我还给她选择——其实是想展现真正的邪恶。我告诉年轻的母亲，和她说得很仔细，我会怎样杀死她的孩子。我说如果她愿意代替孩子受死，就放过她的孩子。她同意了，心甘情愿地接受了我仔细描述过的死法。就在她临死前，我让她亲眼看到我食言了。就是那件事帮我赢得了‘鬼畜’的绰号，我也成功成为‘六大魔王’之一。这两个绰号我都很喜欢。”

维克多一言不发。

“即使你知道了这么多，”斯卡拉说道，“你还是会被我的外表所欺骗。迟早你——或者你身边的人——会低估我的能力，然后我就能抓到机会。你和我——那时，哦，我要和你跳一曲。”

“够了，沃伊捷赫，你整天说这些威胁的话不嫌烦吗？”维克多吸了一口气，“我是来帮助你的。你要配合我一起找到让你愤怒的根源。”

“哦，我明白了，你想要知道我童年的所有创伤。那我们就不要浪费时间了，直奔主题吧。我十岁的时候父母把我送到了一家教会寄宿学校。那儿的老师一个月之内侵犯了我至少两次，那就是我变成今天这个样子的原因。你觉得够了吗？”

“真的是那个原因吗？”

“你知道的，病历里有。我告诉过罗曼内克，他没有对我用药我就全部说给他听了。现在谜团解开了：一个恋童癖让我变成了坏人。为什么还不把我从椅子上松开？我准备要剥你的脸皮了。我不会让你立刻死掉，你还要看到我戴着你的脸皮的模样呢。”

“我们还是先好好说说你为什么被抓到这里来的吧，我希望你告诉我在学校里发生的事情。”维克多说道。

斯卡拉看了看维克多。“好吧，我会好好配合你。现在我会好好配合你的游戏，但是接下来你也要配合我。”

“快说学校的事吧。”

“我来自名门望族，家人都是斯洛伐克的天主教徒。我的父亲很自大，有强烈的宗教信仰和不可动摇的社会意识。信仰和意识的产生与他毫无关系，他却深信不疑。

“我们住在特尔纳瓦，你听说过这个地方吗？斯洛伐克天主教的主要城市——人们都称它为‘小罗马’。父亲和母亲都是虔诚的天主教徒，几乎达到了走火入魔的地步。父亲是个名副其实的宗教盲信者，他认为信仰无神论的胡斯的信徒和斯洛伐克新教徒都背叛了身上流淌的血液与传统。不用说了，父母一定对我很失望。”斯卡拉恶狠狠地笑了。

“我想做一个好孩子，真的。但是你无法改变自己的本性，就像不能改变你的身高和眼睛的颜色。但是我的眼睛的颜色不需要改变，需要改变颜色的是我的灵魂。爸爸说我的灵魂是黑暗的，他觉得自己有责任把不可能改变的事情给改变了。”

“你真的是个坏孩子吗?”维克多问道，“我的意思是，你觉得从一开始你就是个坏孩子?”

“我想让父亲为我骄傲，但是他从来都不关心我。但是当我变坏了之后——哦，我变坏了他才开始关心我。科萨雷克医生，你有没有记下来？我的病例难道不是经典病例吗?你难道不想和同事们坐下来讨论可怜的斯卡拉是被神父侵犯、父母错爱，极度渴望父母认可造成的产物吗?”

“你的父亲做了什么来试图改变你?”维克多丝毫不理斯卡拉的诱惑，决定等个一分钟左右再给他注射第二针，以瓦解他的抵抗。

“他揍我。显然他认为揍一顿能把我身上的坏毛病揍出来，就像拍打旧地毯能清除上面的灰尘一样。但事实不是那样，根本不是那样。我的体内好像有一根通红的钢条，捶打只会让它回火，更加坚硬。”

“然后呢?”维克多问道。

“父亲放弃了我，我才十岁，他就认定我无法救赎了，把我送去了这家教会寄宿学校，学校在匈牙利的西北边境，耶稣教会负责管理，学校最出名的就是严格的制度和痛打离经叛道的孩子。”

“你被打过吗?”

“几乎天天挨打，后来轻微的惩罚我都无所谓了。有趣的是，那所学校和这座城堡很相似。十年前，我被关在那里，现在，我被关在这里。

“那里到处都是十字架。我家里也到处都是，所以习以为常了。但是那些十字架不同，上面的耶稣异常消瘦，扭曲的脸孔显示了死前的痛苦，他低垂着眼睛看着我们，眼神中充满失望。我常常想学校买了这么多的这种十字架一定是因为他充满了失望的表情。每天都有老师告诉我们他是为了我们受难的，现在我们必须为他受难。他因为我们的原罪而死去，但我们却都是毫无价值的罪人。

“修道院的耶稣会修士给我们上课——我们接受的是全面教育，教学特点是强行灌输宗教意识。修士本应该是善良、虔诚、正义的化身，但他们既负责教学，也负责打人，在我看来，他们就是残忍无情、心灵扭曲的恶棍。只有一个老师很善良，教我们科学课的一位年轻修士，名叫厄尔诺。他从不打人，他的课上没人不听话，因为大家都很感激他，这段时间终于可以不用挨其他的修士打了。

“我们最害怕的修士有三个人。拉索洛修士，我们都叫他斯屯托尔，就是特洛伊战争中的那个希腊传令兵，他的嗓门儿比五十个人加在一起还要大。哪怕犯下了极小的错误，拉索洛修士也会让我们站在他面前接受他的咆哮。很多人都被他喷了一脸的口水，而且他的大嗓门儿仿佛是在鞭笞你。但是他觉得有必要的时候也不仅仅用声音折磨你，有时他会用拳头，尤其是对付那些稍大一点的男孩儿。

“所有的修士都让我们恐惧，但我们最怕的是拉索洛修士和其他两个人，分别是伊斯特万修士和费伦茨修士，他们发火的样子让人害怕，但他们随时都会发火。他们两人似乎总想找个理由揍我们一顿，都随身带着皮带，那种皮带的两头打了结，又紧又硬的结，打起来的时候能钻进你的皮肤。唉，那种滋味。三个人里面费伦茨修士最坏。一般情况下他比伊斯特万平和，当然也比拉索洛平和，但是如果他喝了酒，就会变成丧心病狂的虐待狂。他经常喝醉。和所有的孩子一样，我只要想到杏仁白兰地酒的那种半苦半甜的杏仁味就会想到疼痛和恐惧。如果你闻到费伦茨修士身上有杏仁白兰地的味道，你就知道他在某个同学身上找个微不足道的借口打人只是个时间问题。

“有一天我们上费伦茨修士的教义问答课，我犯了个最小最小的错误，就是说话不清楚，没有别的，而且之所以那样是因为我闻到了杏仁白兰地的味道，我很害怕。费伦茨像疯了一样，彻底疯了。他把我背上的衬衫掀起一半，用那根打了结的皮带狠狠地抽我。他已经完全失控了，用尽全身力气反复地抽我。我才十一岁啊，十一岁。首先是皮开肉绽的疼痛，然后整个背上开始火辣辣地疼痛，疼痛像燃烧的手指爬上我的脖子，钻进我的脑子。上一阵疼痛还没结束，第二轮又开始了，依次叠加。我记得叠加的疼痛是什么感觉。而且，和拉索洛不同的是，费伦茨整个过程不说一句话，唯一的声音是他打累了的时候发出的喘气声。

“我越来越疼，他越打越凶，一阵又一阵的疼痛，没完没了，愈演愈烈。我想我就要昏过去了或者死了，这两个结果我都愿意，我不想再承受一阵阵疼痛的折磨。我失去了意识，不知道身在何处、自己是谁，不知道为什么这么痛。疼痛就是所有，疼痛就是全部。疼到我用眼睛都能看出来。我看到一团刺眼的白色强光。

“他总算停手了，把我拽了起来，猛推了我一把，我踉踉跄跄地走回座位。他接着讲课，好像什么也没发生，好像他刚刚没有差点打死一个十一岁的男孩。他还是他，但我已经不再是我。我的内心已经发生了改变。刺眼的白光减弱了，我又能看清东西了，但是我看到的世界歪歪斜斜、左摇右摆，所有东西的颜色都在不断改变。整个世界变得更亮了，也变得更黑了：窗户里照进来的阳光更刺眼、更强烈，但没有阳光的地方更黑暗、轮廓更清晰了。我感觉整个世界在向一侧移动，新的世界填补了原来的地方。我还坐在那间教室，背上依然火辣辣地痛，十字架上耶稣扭曲的脸孔依然带着失望和谴责的眼神默默地注视着我们——但是这个世界已经变了。费伦茨用平和的声音上着课，仿佛什么都没发生。他正在讲‘天使的堕落’那一章。

“我还记得他在大声朗读：‘在我们最初的先辈不顺服的选择背后，隐藏着一个诱惑的声音，因为和上帝的旨意相反，使他们因嫉妒而死。《圣经》和教会的传统认为这是一个堕落的天使，被称为撒旦或魔鬼。教会教导我们，撒旦起初是上帝创造的良善天使：魔鬼和其他的恶魔本来是神所造的本性善良的天使，但他们却因自己的罪恶成为邪恶的化身。’

“即使我已经几乎失去了意识，这些话我还是记得很清楚。费伦茨大声朗读着天使的堕落是自我选择，撒旦和其他的堕落天使的选择是反抗上帝和他的统治。虽然我背上伤痕累累，还在流血，但是我突然完全明白了。我意识到撒旦不是上帝的对立面，不是上帝的影子，他是一个革命者、解放者、反抗上帝镇压的颠覆者。他的革命不仅仅是拒绝良善，而是存心地享受邪恶。撒旦将邪恶彻底释放，拯救人类于上帝的奴役。”

“所以追求邪恶就成了你的生活方式？”维克多问道。

“不仅是生活方式：邪恶是全宇宙最独特的基本力量，必须利用一切机会将它释放。我的转变就始于那一天。后来才逐步完善。”

“是怎样完善的呢？”维克多问道。

“就是我和你说过的那个好修士厄尔诺，他残忍、伪善。他发现我被打了，把我带到他的宿舍，为我祈祷，给我的伤口抹药膏。他的书桌上有个美丽锃亮的鹅卵石：很小，闪闪发光，上面有裂缝，像一块缟玛瑙。他把鹅卵石递给我，告诉我他在抹药膏的时候我就专心盯着看。‘一切都会过去的，’他说，‘这块石头曾经是河床上的一块大石头，在经历了很长很长的时间之后，河水不断地腐蚀它，让它变得光滑亮泽，’他接着说道，‘曾经它是一块有棱有角的石头，流逝的岁月磨平了它的边角，让它不再粗糙。’

“然后他要我去理解善与恶永远都是共存的，善良的人在追求善的过程中有时会犯下恶行。他说我必须理解和宽恕费伦茨修士。但是我可以看出费伦茨对我的所作所为让他也相当惊骇。他说他担心伤口会感染，如果疼痛加剧或者我发烧了一定要让他知道。他就那样一直给我抹着药膏。

“然后他跟我讲了蝴蝶和石太阳。”

“蝴蝶和石太阳？”维克多问道。

“他问我是否还记得他在科学课上讲过的知识：太阳很大，地球还没有太阳的百万分之一大。他让我想象一百三十万个地球才能填满太阳。然后他让我闭上眼睛想象太阳不是火焰构成的，而是石头构成的——一块巨大的、坚硬的、顽强的花岗石悬挂在上帝的天堂里。

“他说：‘现在想象有一只蝴蝶，上帝造出来的最小、最精致的动物，比地球小得太多了，而地球又只有太阳的百万分之一大小。现在想象那只美丽的小蝴蝶绕着太阳系在飞，每过一千年，它的翅膀才能拂过一次石太阳的表面。你能想象出来吗？’我躺在床上，背已经没那么疼了，手上拿着那块鹅卵石，我告诉他我能想象出来。‘现在想象蝴蝶每过一千年才能拂过石太阳一次，那么要多久才能将它变成你手上的那块鹅卵石呢？’我告诉他想象不出来，我的思维能力不能想出答案。‘这就对了，’厄尔诺修士和蔼地说道，‘这样的时间长度是无法想象的。’突然，他的声音变得冷酷无情：‘听着，那样漫长的时光不过是像你这样可怜的罪人来生在地狱的火焰中度过的一秒钟。’我还没来得及说话，甚至没反应过来怎么回事，疼痛又开始了。比费伦茨修士造成的疼痛更加厉害。”

“你被他打了？”维克多问道。

“我被他强奸了。”斯卡拉平静地说道。

第十一章

这一次听不到硬币敲击窗户玻璃的声音。索拉·玛佳公寓外的大街空空荡荡，在冷风中显得格外安静。一排警车停在街上，就像是一个长长的命令句，句号是排在最后的黑色运尸车。没人发出预警提醒大家有警察：斯莫莱克意识到消息一定早就已经传开了。

米列克·诺沃特尼和他一起来了——或多或少是他自己坚持要来的。斯莫莱克知道又出现了一个巧合：又一个被他拜访过的“皮围裙”案件的关联人死了。当然，凶手很明显是在嘲笑斯莫莱克，向他挑战，要他来抓自己，然而这也给了稚嫩的诺沃特尼机会，可以借此播下一两颗怀疑的种子。

巴托斯也来了，他和斯莫莱克与诺沃特尼乘的同一辆车。从警局出发之后，大家都沉默不语，暗忖会见到怎样的现场。

进入楼梯间上楼的时候，斯莫莱克回忆自己上次来的情景，他想起那个吉卜赛瘸腿妓女沉默的力量与尊严，还有她美丽的容颜。联想到佩特拉索娃尸体的惨象，他心里已经做好了准备，知道即将再次见到怎样的恐怖场景。

索拉就在上次斯莫莱克和她聊天的客厅里。她仰面躺着，是凶手故意摆出来的这个姿势。凶手在破坏了她的胸腔和腹腔之后还帮她整理了衣服，只是那件衬衫已经被鲜血染成了深红色。她的双腿并在一起伸向前方，右腿的脚踝被整齐地砍断，手法很专业——虽然患有内外足的右脚被砍去了，但是伤口几乎没有出血。她的双手交叉着放在肚子上，头被调整了角度注视着房门的方向。眼珠被挖掉了，就像个空空的插座，谴责地盯着斯莫莱克。他认出了那条色彩鲜艳、图案精美的毯子，但是没有铺在沙发上，而是被仔细地叠好放在她的头下当作了枕头，让她的头竖着，空空的眼眶才能注视着房门的方向。

巴托斯走过去迅速检查了一番。“她可能没有感觉到，”他指着空空的眼眶说道，“据我的观察，凶手挖走了她的心脏，这是直接死因。其他的东西——脚啊，眼睛啊——都是死后取出的。这也是现场没有多少血的原因。除了心脏，没有别的内脏被当成战利品取走。现场也找不到她的眼睛，所以很可能被他带走了。”巴托斯站起身，“这和上两起案件不同，但毫无疑问也是他干的。”

“同样精湛的刀法。”

“当然，他还说了这句话，”斯莫莱克说道，“便条上写着‘来自地狱的问候’。显然这是参考了‘开膛手杰克’，他也给调查案件的警察写了封冠名为‘来自地狱’的信。他还寄了受害人的一部分身体给警方证明自己是个真实存在的人。他那个案子里不是一只脚。”

“那他寄的是什么？”诺沃特尼问道，他白皙的肤色已经变得苍白了。

“肝脏。”

诺沃特尼的脸色变得煞白。“你觉得挖走眼睛也有什么象征意义吗？”他问道，丝毫不敢去看受害人的脸。

“这个疯子所做的一切都有象征意义，”巴托斯说道，“我只是不明白这一次是什么。”

“我明白。”斯莫莱克说道。他环视了一圈房间——房间虽小，但整洁有序。唯一被动过的东西就是房角被塞进壁龛里的落地台灯。没有了台灯，壁龛就是房间里唯一会产生阴影的地方。“他在告诉我们这个女人看见过他的脸。他在告诉我们这个女人能把他认出来。”

第十二章

“学校里的事你和任何人提过吗？”维克多问道，“学校里的老师，或者你的父母？”

“你真的以为有人会在乎吗？这些事整天都在发生，我也不是厄尔诺修士的唯一一个受害者。还有，父母也不会相信我的话。他们只会认为我玷污了他们虔诚、完美的信仰——还会进一步证明我说谎成性、道德沦丧。”

“就这一次吗？”

“持续了三年。一个月一次，也许两次。他也强奸别的孩子。依次来。”

“你怎么应付的？”

“我变得沉默寡言，陷入了我身边更强烈的光明与更黑暗的阴影构成的新世界。我知道我必须在光明与黑暗之间做出选择。我选的是黑暗。我选择了反抗上帝暴政的革命者撒旦。我还制订了计划。我在心中描绘了一幅伟大的复仇蓝图，我自己构想的最疯狂的折磨，当然要用在他们身上。

“我在长身体，比以前强壮多了，也变得捉摸不透、诡计多端。只要有可能，我就到学校的边边角角去找可以偷偷跑出去的密道。到了晚上，我从这些密道溜到树林里去，那里是最黑的地方。我发现了一间废弃的木屋，好多年没人用过了，可能是一间旧柴棚。我把那里当成自己的密宅。只要有机会，我就悄悄地跑到那里去，带上我能搞到的任何东西，让它更像一个家。我偷其他男孩儿的东西，但是老师搜查我们的床铺和柜子的时候，他们在我那里一无所获。有一次我把偷来的东西放在另一个男孩儿的柜子里，转移他们的视线。”

“那个男孩儿后来怎么样了？”维克多问道。

“他被当成典型，费伦茨修士当着我们所有人的面用鞭子打他。差点打死了。有些男孩儿哭了。但是我必须保持镇静，万一他怀疑到我呢。”

“你难过吗？内疚吗？”

虽然用了药，斯卡拉还是吃惊地睁大了双眼。“难过？天哪，我要做的是忍住不要笑出来。

“打那以后，能偷的东西我一个也不放过。校方抓不到人，都快被我逼疯了。我还在厄尔诺的宿舍偷走了那块鹅卵石。树林里的柴棚对我而言就像个小小的宫殿，我在那里过着无人知晓的快乐生活。有天晚上我又溜了出去，准备在那里过夜，但一定要确保在破晓前赶回宿舍。我告诉你，那晚太美妙了。我置身于一片黑暗当中，听着树林里的声音，周遭的一切都那么富有生气——树林的夜晚比白天更富有生气。我听到树枝的嘎吱嘎吱声，风吹过的飕飕声，地上厚厚的落叶发出的沙沙声，这一切充满了生命的气息。在黑暗的树林里，我感到了自由。”斯卡拉陶醉在怀旧的记忆里。

“说说厄尔诺修士吧。”

“不久他的注意力就转移到了新的男孩儿们的身上。更小的男孩儿。很明显，我的年龄太大，已经不适合他了。好多事情后来都变了。我长成了一个大块头，即使只有十四岁。那时我发现所有的恶棍——费伦茨、拉索洛、伊斯特万，还有厄尔诺——都是胆小鬼。没人敢大声对我说话，更不敢对我动手。我敢对他们怒目而视，他们却不敢那样对我。后来我毕业了，讽刺的是，我的毕业成绩相当好。但是，我已经变了。费伦茨鞭打我、厄尔诺强奸我的那天我就变了。我看透了一切。”

“你看透了什么？”维克多问道。

“善与恶本是一体，没有不同。上帝与魔鬼也没有不同。暴政与革命也是一体的。我们需要做的是选择立场，但最终我们既做善事，也做坏事。我们对别人那样做，也对自己那样做。你知道什么是泛心论吗？”

“当然知道。”

“我相信泛心论。我相信——我知道——虽然我们拥有各自的意识，但其实我们只有一个意识。一个思维。这是不是伟大的荣格博士的思想？”

“未必，”维克多不耐烦地说道，“既然你相信泛心论，认为我们拥有一个意识，那么为什么你要残忍地折磨那些受害者？这难道不意味着你也在折磨自己吗？”

斯卡拉的脸色变了。维克多发现他表情中惯有的仇恨和愤怒不见了。“这就是关键，你不明白吗？等我死的时候，我会通过别人的眼睛体验这个世界。你的眼睛，受害者的眼睛，所有人的眼睛。我既是刽子手，又是被刽子手处死的人；既是施虐狂，又被别人施过虐；既是强奸犯，又被别人强奸过。就像你用你的眼睛现在看到的世界，终将通过我的眼睛去看，通过所有人的眼睛去看。你明白吗，我们都是上帝，我们也都是魔鬼。每个人迟早都将像我一样体验这个世界，通过我的眼睛观察这个世界。这就是我的目的。”

“我还是不明白。”维克多说道。

“大家叫我‘鬼畜’，甚至‘魔鬼’。但我不是。我不是人，我是一个*地方*。我是你终将要去的地方，每个人终将要去的地方。早晚你会通过我体验这个地方，我也通过你。我不是魔鬼，我是*地狱*。我做过的所有事情，你也会做。我是你的惩罚者，我有义务尽可能让惩罚充满邪恶、折磨和恐惧，这样才能充实我的体验。”

“但是，按照你的逻辑，”维克多说道，“你会变成你的受害者。你会变成我。”

“但是，难道你还不明白我的意思吗？你看不出来为什么我杀了他们之后还要割下他们的脸戴在自己脸上吗？我想要试一试他们的脸，看看当我变成他们之后会看到什么。科萨雷克医生，我说过有一天我会戴上你的脸，我说到做到。总有办法的。”

第十三章

维克多保持着沉默，他注视着被绑在椅子上的大块头斯卡拉，心里合计着要不要给他增加剂量，让他进入潜意识的更深处，以及这样做是否会有用。

“顺便告诉你，”沉默的斯卡拉开口说道，“几年后我又去了那所学校。”

“哦？”维克多说道。

“是的，我偷偷越过边境，找到了那个地方。学校还是老样子，在下一批毫无价值的同学身上重复着相同的事情。那时候我已经开始我的魔鬼计划，打算创造一个人间地狱，所以我的行动必须要小心。你也知道，那时我已经杀了十几个人。

“我做的第一件事是回到树林找到我的旧时宫殿：被我改造成隐蔽所的废弃柴棚。它还在那里，没人来过，我的宝贝也都在，包括厄尔诺修士的鹅卵石。那些年没人去过那个地方。所以那个星期我再次把它用作基地，直到完成我必须完成的任务。

“一个星期之内，我悄悄去过学校好几次。我熟悉那里的每一个边角旮旯，可以神不知鬼不觉地自由出入，就像我上学的那些年一样。那四个修士我都拜访过，我让他们回忆过去对我都做过些什么。当然，越到后面的时候我越小心，因为老师一个接一个地失踪，剩下的人开始担心自己的下场，加强了戒备。

“最后一个晚上，多么美好的夜晚啊，我去了厄尔诺的宿舍，那地方和几年前他强奸我的时候一样。最奇怪的事情发生了：我打开灯，他看见我站在那里的时候吓坏了。但是等他认出是我，他脸上的表情是——那种表情。”

“什么表情？”维克多问道。

“顺从、接受、理解。好像他一直在等我，或者别的男孩子回来复仇。好像他知道其他老师的下场。他没有动，也没有叫，我走了过去用胳膊箍着他的脖子，然后开始勒紧。他的眼睛开始慢慢鼓起，失去了光泽，可是我竟然从他的眼神中看出了宽恕，这是最让我受不了的：他怎敢觉得他可以宽恕我。所以我一直勒，直到他的身体瘫软。”

斯卡拉不说话了，一阵狞笑冲破药物的阻挠浮现在他的嘴角。

“如果你见过他的表情，哦，我是说如果你见过他醒过来之后的表情，再也没有一丝顺从、接受、理解。我没有当场杀死他，我必须非常小心，就像对待其他人一样。我只把他勒到失去意识，然后带到校外。他醒了过来，发现自己一丝不挂，被绑在树林里一个没人知道的柴棚里。一开始他没有认出我来，因为我戴着费伦茨修士的脸。‘你知道我不会轻易放过你，

对吧？’我说道，‘你知道我不会给你个痛快，对吧？’

“我开始折磨他。不能快，要非常小心，非常细致，说实话，也非常辛苦。我要用严格的标准割他的肉，烧他的身体，折磨他，这些标准只有一个目的：既要让他痛苦，又要让他保持清醒。开始之前，我向他解释他即将承受的痛苦会达到什么程度。我给他讲了一个故事。

“蝴蝶和石太阳的故事。”

第十四章

斯卡拉细致地讲完了他如何骇人地折磨完厄尔诺修士之后，维克多按下按钮叫警卫进来。

“这么快就结束了？”斯卡拉挖苦道。药效开始消退，他禽兽般的自我就要恢复了。“我才刚刚有了一点快乐呢。你真的不打算让我再待一会儿了？你可以把我从绑椅上放下来，科萨雷克医生，让我们的交流从理论进入实践。”

两个警卫进来了，他们松开绑椅的脚刹，准备把他推出去。维克多摆手示意他们先不要急。

“你留在这儿，我再给你注射一针。”他对斯卡拉说道，“我们需要进入更深的地方，沃伊捷赫，你对我隐瞒了一些事情。你刚到城堡的时候说过魔鬼就走在我们身边。我需要进入你的内心深处理解你说的魔鬼是什么。”

“放开我，你自己去看。想要接触魔鬼不需要给我用药，松开这些绑带就够了。”

维克多吸满一管镇静剂，从他手臂上的套管注射了进去。

他一边做，一边抑制住双手的颤抖。不是因为害怕绑椅上的那个怪物，而是他知道这么大的剂量会有生命危险。即使像斯卡拉那样的大块头，如此大的剂量也是非常有风险的。

“我要杀了你，”药剂进入了他的静脉，“我要……”

维克多让警卫们出去了。确保吸满了一针管解毒剂之后，他坐下来安静地抽着烟缓和紧张的情绪。第二管镇静剂开始起效了。他黑暗的双眼中不见了愤怒与仇恨，被死死固定的身体也不见了紧张。维克多既感到激动，又有些害怕：帕维尔·泽莱尼的“心魔”形态是霍布斯先生，更恐怖的沃伊捷赫·斯卡拉的“心魔”会是什么形态呢?

维克多知道“心魔”躲在死亡边缘，而他现在正把斯卡拉推向那里。

随着药物开始瓦解他的意志，斯卡拉的攻击性、仇恨、对邪恶的崇拜都渐渐消失了。药效非常显著，斯卡拉变成了一个没有任何情绪的人，一个不一样的斯卡拉。维克多想要接触受到惊吓的小男孩斯卡拉，他失去了父母的爱，还被送进了野蛮的教会学校。如果能接触到小孩的他，维克多认为他可以发现从什么时候开始斯卡拉变得内心阴暗、充满恶意、残忍无情。

但是，药物却带来了一个难题：这是一个配不上斯卡拉名气的人格。如果没有邪恶，没有仇恨与愤怒，那他就不是斯卡拉了。不管他曾经拥有怎样的人格，犯罪的时候他心中的烈火也早就将它烧得一干二净了。

维克多叹了口气，这次治疗又要失败了。斯卡拉的意识越来越模糊，开始进入沉睡，一般情况下维克多需要立刻将他唤醒，很明显这次治疗不会取得什么显著的成果，不值得让病人冒生命危险。

维克多关掉录音机，拿起装着解毒剂的针管。

他还没来得及从椅子上站起来，突然发现斯卡拉的眼中再次充满了火焰，就和帕维尔·泽莱尼一样。魔鬼藏身之处！维克多连忙看了看录音机，检查卷轴是否在正常转动。

他做好准备，不知道即将面对的“心魔”会是什么形态。

“沃伊捷赫，你没事吧？”

斯卡拉笑得很冷淡，很无情，维克多感到全身发冷。

“沃伊捷赫？”

“我之前就告诉过你了，”斯卡拉的声音突然变得低沉洪亮，他说着无比标准的德语，除了有点古旧和带着稍许英语口音，“你可以叫我霍布斯先生。”

第六部分

霍布斯先生

第一章

维克多再次检查录音机是否在正常工作。有那么一会儿，他陷入沉默，无法言语。怎么会这样？无法解释啊。霍布斯先生是帕维尔·泽莱尼独有的“心魔”。“小丑”穆拉德克袭击他的时候，维克多曾经短暂地想过穆拉德克说话的声音也是霍布斯的声音，但他立刻否决了这个荒唐的想法。现在他无法否认了，毫无疑问，他听到的就是霍布斯的声音——和泽莱尼说话的声音一模一样——但是是从斯卡拉的嘴里说出来的。

还是那个斯卡拉，被牢牢地绑在椅子上；还是那个斯卡拉，用坚定的目光注视着他，抵抗着体内镇静剂的药效；还是那个斯卡拉，维克多听到的每个字都是从他的嘴唇发出的。不管他如何努力地想不再理会这种感觉，但是总觉得似乎房间里还有别的东西在陪着他们。更邪恶的东西，更黑暗的东西。

那种声音，那种阴暗的人格，就像可怕的黑色曙光，用黑暗的光线填满了城堡的塔楼，带着恶意，消失在古老墙壁上密密麻麻的砖石深处。尽管病人被牢牢地绑在检查床上，维克多还是感到孤独与脆弱，这种感觉十分奇怪。他很害怕，病人说的每一句话他都听不懂。不应该这样啊。

维克多意识到这声音不仅仅是病人的某个分裂人格的体现，还是别的什么东西，某种更加可怕的东西的体现。

“我能感觉到你的恐惧，”霍布斯先生说道，“我熟悉恐惧，它能让我重新充满活力，而现在，你让我充满活力了。你把我找了出来，你找到了我。你想知道我的想法，我的感觉。好吧，那我告诉你：当我杀死他们的时候——杀死所有那些人的时候，对他们做出那些恐怖事情的时候——我享受每一秒钟。我这么做是因为能得到不为人知的快乐。他们的痛苦与恐惧对我而言如同美酒一般妙不可言。

“我尤其喜欢他们最后乞求活命的样子：他们这么做的时候——他们最后都会这么做——我会假装犹豫一番，看着他们眼里最后一丝微弱而绝望的希望。我给予他们短暂的希望，然后又将它熄灭。我喜欢品味熄灭最后一丝希望的感觉，胜过夺走他们的生命。

“你知道吗，科萨雷克医生，只有那时他们才会感受到恶魔的存在。”

只有沉默。

维克多在迅速思考。弄清楚这些话的意思。快弄清楚这些话到底是什么意思。他想起布罗乔娃说过斯卡拉和其他病人是分开管理的，因为罗曼内克教授担心精神病会传染。也许真相是这样的：斯卡拉携带着霍布斯精神病毒来到了城堡，或者霍布斯其实是斯卡拉的“心魔”，但不知怎么回事，他的

"心魔"散播到了其他病人身上。帕维尔·泽莱尼会不会就是他真实的那个样子呢？一个简单、没文化、易受影响的伐木工。霍布斯说过的话，他的教养、举止和言辞，会不会是因为斯卡拉的超强意志和智力而被留在了泽莱尼的内心深处呢？

维克多承认即使这种解释也没有太多的道理：斯卡拉的意志怎么可能强大到把语言知识留在一个简单的伐木工的内心呢？但这是目前为止他能想到的最合理的解释。

"你好像很烦恼啊，"斯卡拉的霍布斯终于说道，"我认为是我的再次出现惊到了你，虽然我早就和你说过我还会来找你聊天的。"

"你怎么会知道这些？"维克多提高了嗓门，有些紧张，语气中贯穿着焦虑，"我和其他病人在这里的事情你怎么会知道的？"

"对你而言他是个病人，对我而言他是个载体。和你说话的人是我，科萨雷克医生，不是沃伊捷赫·斯卡拉，之前和你说话的人也是我，不是帕维尔·泽莱尼。然而我必须承认我喜欢听他们讲故事。这就是奇怪的共性，你不觉得吗？"

"我不明白你的意思。"

"你当然无法明白。虽然你明白荣格博士的心理学理论，虽然你在尝试将这些理论应用到你的研究中去，但是你依然无法明白。你是否还记得斯卡拉将自己说成是一个地方而不是一个人？"

"人怎么可能是一个地方，我是不会轻易相信这种天方夜谭的，你就是斯卡拉，霍布斯只是迷惑人的烟雾和镜像，尤其是你用这一招成功地欺骗了意志薄弱的泽莱尼和穆拉德克，将霍布斯移植到了他们心里。我是不会被你模仿别人说话的伎俩欺骗的，或者从根本上说，我是不会被你洗脑的。我不知道你是如何做到的，沃伊捷赫，但是你一定用了什么方法把你的思想、把你的人格转移到了他们身上。我猜测你还没来得及完善穆拉德克。”

“这就是你的想法？”霍布斯说道，他的眼睛——斯卡拉的眼睛，仿佛看穿了维克多，“你认为那个最野蛮、最没有教养的杀人狂沃伊捷赫·斯卡拉，设法将充满教养的意识灌输给了意志脆弱的伐木工和小丑？很多时候，最简单的解释就是正确的解释。我再问你一遍，你是否还记得斯卡拉说过他不是人而是一个地方？”

维克多点点头。

“那么你会理解我现在占据了那个地方。泽莱尼也是一个地方，我之前占据过，将来还会占据。一直以来，我都在占据不同的地方。”

“这么说，你是超自然的存在？”维克多说道，他想要维持自己的权威，但是语气中的嘲讽显得十分勉强，“这就是你要告诉我的东西吗？”

霍布斯哈哈大笑，笑得十分放纵，笑得让人厌烦，一副高高在上的模样。“没有所谓的超自然存在。你知道，我也知道，任何有头脑的人都知道。事实就是事实，但是你知道要想真正理解还有很长的路要走。这儿不是有个病人是科学家吗？量子物理学家。”

维克多没去理会霍布斯在诱惑他给出肯定的回答，他没有说话，心里面在迅速地思考这一切。他无法解释为什么霍布斯——或者说斯卡拉——知道其他病人的信息。

“好吧，”霍布斯继续说道，“也许你应该和他谈谈宇宙给了我们无数的机会。问问他什么是量子叠加，为什么一个东西可以同时存在于两个地方。或者问问他什么是玻尔兹曼脑悖论——现在你有办法向我解释了：意识更有可能是在宇宙的混沌期自发形成的，随机形成于粒子熵，而不是来自人脑那样有组织的生物系统。你想到过吗？”

“这就是你吗？一个无实体的脑子？”

“你终于知道我是什么了，维克多。”

维克多想说的话已经到了嘴边，但是他没有说出来。他不想卷入虚妄的逻辑，也不想承认斯卡拉没有精神病。斯卡拉没病？泽莱尼没病？

“我看得出来，”霍布斯说道，“你不相信我说的话。那么就让我说得更清楚一些吧。你想知道最初的我是何时形成的。斯卡拉是何时在他混乱的潜意识深处将我创造出来的？是他的什么黑暗往事塑造了我？我是不是斯卡拉和一个圣洁的天使不圣洁的结合之后的产物？都不是。我的存在范围远远超出一个人的范围。”

他停下来不说了。维克多又一次感到房间的四壁令人压抑，只听到录音机卷轴转动的声音和自己的呼吸声。

“我是不变，我是永恒，”霍布斯说道，“最早的人类点燃火焰，想置黑暗于死地，那时我就在现场，因为我就是黑暗。我带来恐惧、憎恨、暴力——但同时我也带来创造、激情、理想。从古至今，无数的语言给我起了无数的名字。你说我活在潜意识里：*听着，我来了，我不走，因为这里是邪恶安身之处。我来了，我不走，因为这里是魔鬼藏身之所。*亲爱的维克多，其实你知道我是谁，你早就知道我的很多名字。”

第二章

“上次现身的时候我是一个英国人，”霍布斯说道，“那次现身至今人们还在津津乐道，也许会说上一百年，也许还不止。我给他们留下了疑虑的丝线，任由他们去编织各种各样的图案，每一种图案都试图勾勒出我的样子。”

“你是说‘开膛手杰克’就是你?”维克多问道。

“就像你会进进出出一个房间，我则是进进出出这个世界。每次我离开的时候，都会带走几个仆人和玩偶，供我在生命轮回之处取乐。这就是我来这里的原因。”

“这么说，你的仆人和玩偶是斯卡拉杀死的那些人?”

“不是。当然了，你可以说我影响了他，引导着他，但是他做过的事是他自己的，只属于他自己。虽然我欣赏他的忠诚，欣赏他对我宗教般的狂热追从，但那些人是我自己找的。”

“你被关在这里，怎么能做到?”

霍布斯笑着说道:“难道你真的认为我被关在这里?我是自愿留在这里的。这里就是为我而建的。曾经他们还想把我囚禁在城堡的墙壁里。很久之前，城堡是为了堵住地狱的出口，把邪恶关在里面，但现实却是装满苦酒的瓶子，虽然被塞了塞子，但苦酒已经渗入了瓶子。这里关不住我，只能支撑我。至于那些供我在生命轮回之处取乐的玩偶，你十分清楚我是从哪里找到他们的。和在伦敦时一样，我再次穿上了皮围裙。”

“这么说布拉格的凶手也是你？”

“是的，还有其他地方。无数个世纪里，我用无数种方式施加痛苦，带来死亡。但是你说对了，我就是布拉格的黑影。我所到之处都是黑影。”

“那么为什么你在此时此地对我现身了？”

“为什么对你？因为你在寻找魔鬼藏身之处。为什么是此时？因为这个时间让我感兴趣——一个黑暗的时代即将到来，充满血腥与折磨的浪潮就要拍打过来了。很快人类就会普遍拥有我的黑暗灵魂，这里即将发生的事情会让我极度愉悦。许多人会死去，许多人会饱受折磨，其实还是老一套，但邪恶就是那么美。”他叹了口气，“另外呢，我还有一个理由：我丢了东西。”

“你丢了什么？”

霍布斯又叹了口气：“我上次现身得到的最珍贵的纪念品，一朵小小的玻璃玫瑰，通体雪白，熠熠生辉。”

“怎么弄丢的？”

“亲爱的维克多，那个故事我下次讲给你听，”霍布斯皱着眉头说道，“这个载体，虽然看上去身强体壮，但已经快不行了。你的病人就要死了，我得马上走。还有，有个新闻在等着你，你也知道，我最近很忙……”

就像一盏灯被关上那样，他的病人瞬间瘫在了绑椅上，维克多知道这说明霍布斯已经离开了房间，这里只剩下他和斯卡拉。这种无法解释的现象让他感到更加的困惑。

他赶忙来到斯卡拉的身边摸了摸他的脖子，然后把手掌放在他的鼻子与嘴巴中间。脖子上的脉跳正在变弱，呼吸也很困难，十分危险。

维克多又一次意识到霍布斯先生躲在死亡边缘。他给斯卡拉注射了解药，焦急地等待。过了几秒钟，他的脉跳正常了，呼吸也变得均匀有力。然而斯卡拉还在沉睡，维克多决定让他保持被麻醉的状态。维克多的脑子里充斥着各种自相矛盾又无法解释的想法，就像许多蜜蜂被关在一个罐子里，嗡嗡地叫个没完。他暂时不想继续对他进行治疗，不想再听斯卡拉愤怒的咆哮与开心的供述。

他需要时间好好想一想。他有许多不解之处。

塔楼的房门被推开，布罗乔娃快步走了进来，看到固定在绑椅上的斯卡拉，她陡然停下了脚步。维克多感到困惑——正常情况下如果被打扰，他会发火——但是治疗过程中遇到的事情让他不再自信，对自己的"心魔"理论产生动摇。他关上了录音机。

"我要你马上抄录下来，"他对布罗乔娃说道，"你不会相信——"

"现在先不要管那些，"布罗乔娃说道，维克多注意到她的脸色苍白而憔悴，皮肤紧绷，表情严肃，"我刚在收音机里听到的，又发现了一个'皮围裙'案件的女受害者。案发时间就是菲利普没回家的那个晚上。"

第三章

布罗乔娃显然是有备而来，她想说服维克多，但维克多自己也知道现在他心中的疑虑已经加重，不能再去告诉警方关于菲利普的事情。再说了，那晚菲利普没有回家可能只是巧合，只是这样的巧合似乎多了一点。此外，他在斯卡拉身上也发现了霍布斯先生，这改变了他对所有事情的看法。

他们两人前往罗曼内克教授的办公室，坚持必须见到教授本人。罗曼内克的秘书是个开朗的中年妇女，她每天往返于姆拉达-博莱斯拉夫与城堡。她坐在接待室的办公桌前，态度十分和蔼，但寸步不让，就是不许他们打扰教授。布罗乔娃和维克多无计可施，他们俩一左一右，向她强调事情的紧迫性，终于她拿起电话接通了教授的书房。

罗曼内克从书房出来的时候，维克多看到布罗乔娃和自己一样惊讶万分。平时着装一丝不苟的教授现在不修边幅，衬衫和裤子皱巴巴的，好像是睡觉的时候没有脱下来。另外，他有两天没有刮过胡子，面色显得苍白而憔悴。惯有的好脾气也不见了踪影。

“你们还是进来说吧。”罗曼内克直截了当地说道，然后转身进了书房。

维克多跟在罗曼内克的身后进了书房。他把这里打量了一番，发现书房不像过去那样井然有序，巨大的匈牙利风格的办公桌上堆满了东倒西歪的文件与纸张，雕花玻璃的烟灰缸里塞满了烟头。房角的轻便小床上只有一条皱巴巴的毯子，小床旁边是一张餐盘，里面还有只吃了一半的食物。房间里面既有烟味，又有食物的腐烂味儿，再加上他几天没有出去，又没有开窗，味道闻起来很恶心。

罗曼内克刚刚睡醒，有点精神恍惚，他走到办公桌后面坐了下来，摆手示意他们坐在对面。

“我这几天状态不好，十分抱歉，”罗曼内克直率地说道，丝毫不在意他们是否接受了他的道歉，“我总是认为自己脾气很好，但是自从妻子过世之后就有了这个间发性的毛病。”

“抑郁症？”维克多问道，“有药物可以——”

“我肯定我在心理健康的治疗问题上比你拥有更多的经验，科萨雷克医生。我也十分清楚自己是什么状况。这不是抑郁症，抑郁只是痛苦的一种表现形式，而不是痛苦本身。我有失神症，不是癫痫，但是发作的时候伴有健忘，事后什么都想不起来。我知道什么时候会发作，所以发病之前我把自己关在书房。我答应和你们见面是因为这次发病已经结束了。我觉得你们应该理解我非常渴望和外界接触。”

“那是当然。”维克多说道。罗曼内克拿起电话让秘书送咖啡进来。

“能为你们做些什么？”罗曼内克坐直了身子问道。

维克多把他知道的关于菲利普的所有事情都说了，包括上次“皮围裙”作案的那个夜晚他没有回家。因为罗曼内克毫无保留地把自己的病情全盘托出，维克多受到鼓舞，把他对斯卡拉进行治疗的时候获得的发现告诉了罗曼内克。讲述的时候，他发觉布罗乔娃有些慌张：她是第一次听到这些事情。

罗曼内克教授的失神症似乎尚未完全结束，他正在努力摆脱折磨他的最后那一点点痛苦。维克多的陈述令人不解，罗曼内克感到烦躁。“这么说你有两个自相矛盾的怀疑？你的朋友可能是凶手，然而斯卡拉也承认他通过捏造的人格霍布斯先生完成了那些谋杀？”

“这就是关键，”维克多说道，“霍布斯不仅仅属于斯卡拉，如你所知，同样的声音也出现在了帕维尔·泽莱尼身上，我怀疑通过穆拉德克说话的人也是他。”

“但这不可能啊，你真的认为‘心魔’会以同样的方式出现吗？在不同的人身上都是霍布斯？至少我觉得不可能。”

“我也觉得不可能，但事实如此。”维克多无法让自己的看法更有说服力，无奈地叹了口气，“也许从来就没有‘心魔’，也许这些事情只能证明心理疾病会传染。生理病毒在不同的宿主身上会有相同的表现，为什么心理病毒不能呢？”

罗曼内克思索了一阵子。他揉了揉脸，挠了几下脸上的胡子茬。“布罗乔娃小姐，请你尽快把上次治疗的录音抄下来，我要亲自看看。科萨雷克医生，当务之急是你要联系斯莫莱克队长，告诉他你的朋友的事。与此同时，我认为你最好暂停所有的麻醉治疗。”

“斯卡拉的治疗吗？”

“所有病人的治疗，”维克多刚想辩驳，只见罗曼内克举起了手，就像交警示意车辆停下，“恐怕我必须坚持我的看法。我不知道我们在这里遇到了什么，到底是什么精神病或者综合征让不同的病人展现了相同的人格，在我看完录音稿之前——以及把过去的所有录音稿再看一遍以前——我觉得继续展开研究会有危险。我很抱歉，维克多。”

“但是教授，难道你不明白吗？我能解开这个谜团的唯一方式就是和霍布斯取得联系，或者说和‘心魔’取得联系，不管他的展现方式如何。只有霍布斯才能解释这一切。”

“看在上帝的分上，维克多，”罗曼内克突然说道，“你能听从自己的内心吗？你说的东西是一种幻觉，是某个精神病人的虚拟人格，现在却好像是个真正的人。我必须坚持我的看法，你不要再继续研究了。你现在要关心的事情是帮助警方找到你的朋友。”

第四章

斯莫莱克挂上电话听筒之后盯着电话看了好久，好像能从上面看出答案。他觉得科萨雷克医生的朋友不太可能是“皮围裙”，因为太多的人给警方打电话说他们的邻居、雇员、老板、亲朋好友是布拉格的疯狂杀手“皮围裙”。另外，维克多没有早一点向警方说出自己的疑虑让斯莫莱克很不高兴，他在电话里清楚地表达了自己的不满。

有一件事让他感到意外。大部分报案人说话的时候都带着些许的怨恨，或者莫名的激动，但维克多好像不太情愿让他的朋友与案件发生牵连，他还建议自己认真考虑可能性是否存在。不管真相到底如何，有一点是毋庸置疑的，菲利普·斯特罗斯塔有点精神错乱，而且有暴力倾向。不管他是不是“皮围裙”，去调查一番都是值得的。

布拉格的冬天仿佛涂了一层灰色的油脂。雪已经停了，天空下着雨，街边到处是煤灰和黏稠的烂泥，不时可见油腻腻的黑色小水坑，里面是泥泞的雨水和融化的雪水。斯莫莱克带着米列克·诺沃特尼一同前去调查，按照维克多提供的地址，他们驱车前往弗尔硕维采。诺沃特尼坐在副驾驶座上一言不发。

他们找了好一会儿才找到了菲利普的公寓，这个地方的位置和样子让斯莫莱克感到惊讶。他住的这个地方是马厩或者说马车房改造而成的，曾经一定也是个非常热闹的地方。他让诺沃特尼去房子后面，他自己试着从前门进去。斯莫莱克按了门铃，没人应答，透过窗户也看不出里面有人居住的样子。诺沃特尼回来了，他说后门也是锁着的。

“别急，”斯莫莱克突然想起了维克多在电话里和他说的一件事，“跟我来。”他带着诺沃特尼绕了一圈来到房子的后面，在后门附近寻找一块松动的石板。石板找到了，他抬起石板的时候，发现维克多说的钥匙就在那里。把钥匙插进锁眼转动的时候，斯莫莱克转过头对诺沃特尼说道：“我们来的时候门就是开着的，没有锁，你明白我的意思吗？”

诺沃特尼点点头。

多年的办案经历让斯莫莱克有一种感觉，他不喜欢将之称为直觉，因为直觉两个字不够全面。这种感觉来自在每一个犯罪现场积累的点滴经验，对每一个嫌疑人的审讯，每一个成功破获与未能破获的案子。有时，出于一种说不清楚的原因和力量，过往的经验会突然全部集中在一起，让你恍然大悟，立刻看清了案情。现在的他又有了这种感觉。斯莫莱克的脚刚一踏进菲利普的公寓，他就知道找到了“皮围裙”。他越往里走，越能感受到这种让人紧张的感觉在加速、在变强。

他在书桌上发现了那本包装精美的手稿，和维克多的描述一模一样。

“你把房间查看一下，”他对诺沃特尼说道，“但是摸东西的时候要当心。我有一种感觉，那小子被我们找到了。”

诺沃特尼去搜查房间了，他坐在皮椅子上仔细翻阅手稿，阅读维克多没有查看的那几页。维克多不知道托瓦尔说过魔鬼的样子是一团黑影，但是斯莫莱克知道。在那些认真书写的字句和黑暗的插图上，他看到了那个魔鬼，和托瓦尔的描述相同，魔鬼就是一团黑影。托瓦尔说魔鬼叫本葛，手稿里称他为维列斯。斯莫莱克知道魔鬼的真正名字是菲利普·斯特罗斯塔。

“去找部电话，”他对诺沃特尼说道，“我这里需要四个人搜查房间，另外再找四个人挨家挨户地询问。每个街角都要安排一个人监视，只要他一回来立刻向我报告。”

“你觉得真的是他吗？”诺沃特尼问道，“你来看看这里吧，我发现了一个锁着的门。”

诺沃特尼站在客厅的第二扇门前，门锁着，看不出钥匙藏在什么地方。斯莫莱克从壁炉里拿过来一根生火用的铁钩，心照不宣地看了诺沃特尼一眼，用铁钩插进缝隙把门撬开了，碎木头屑撒了一地。

里面作为房间小了点，作为壁橱又大了点，没有窗户，天花板中央有个光秃秃的灯泡。斯莫莱克拉了一下悬挂在空中的灯绳，小房间里面顿时洒满了明亮刺眼的灯光。

“我靠……”诺沃特尼拖着长长的尾音说出这个词，声音中充满了意外与震惊。

两面的墙上安装了架子，斯莫莱克右边的第三面墙上什么也没有，只有一个沉重的挂衣钩。钩子上空空如也，锈迹斑斑，灯泡形状的钩尖因为长期被使用的缘故被磨得锃亮。

可以想象那件染着深色血渍的皮围裙曾经被挂在上面。

他听到身后的诺沃特尼在憋着气息，好像在忍住呕吐。两面墙上的架子上堆放着泡菜坛子，斯莫莱克以为里面可能是泡菜水。仔细一看，有深红色与灰棕色的东西抵在坛子的玻璃壁上，每个坛子里都装着不同的人体器官。架子中间正对着他们的那个坛子斯莫莱克乍一看以为里面是一张面具，但是很快认出来那是布拉格小城的女受害人玛利亚·莱曼被剥下来的脸，没有眼球的两个黑洞仿佛在谴责他。

“没错，”他没有看一眼身后的诺沃特尼，“就是他。”

第五章

斯莫莱克打来电话的时候维克多正好在办公室。

他站在办公桌旁，听筒靠在耳边，目瞪口呆的样子，好像让他不寒而栗的猜测被证实之后，恐惧在他的肌肉和骨头里迅速蔓延，把他变成了一尊雕像。布罗乔娃站在他的对面，表情严肃又紧张。窗外下着大雪，天空仿佛变成了密不透风的灰白色幕帘，天黑得比以前早了，四处白茫茫一片。

斯莫莱克利用糟糕的天气劝说维克多不要来布拉格，维克多认为他是不想让自己碍手碍脚。斯莫莱克解释说没有迹象表明菲利普会回到公寓，但是警方已经安排了好几个人留在那儿监视。

“事实上，”斯莫莱克说道，“我不相信你的朋友在你去那里之前曾经待在那儿过。邻居们说已经很久没有看见过他了——我的猜测是他有了新的巢穴。有可能他在街头和那些德国人打过架之后就不想再去那儿了——就是他谋杀玻璃店老板安娜·佩特拉索娃的那个晚上。也许他猜到了你可能会怀疑然后报警。”斯莫莱克想了想继续说道，“我倒是希望你真的这么做过，科萨雷克医生。后来又有一个女人死了。不管怎么说，我已经按照你给的描述把他的肖像发了出去，而且明天早上我们就能从国家身份登记处和他工作过的大学拿到他的档案。你随时都可以联系我，但是我希望你待在奥卢城堡，我可以随时联系你。”

放下电话后维克多做的第一件事是把布罗乔娃从收音机里抄下的新闻再读了一遍。一个年轻的女人，名字很奇怪，叫作索拉·玛佳，被谋杀了，警方有理由相信她是布拉格系列谋杀案的另一个受害人，这起案件有个非官方的代号叫作“皮围裙”案件。

“都是我的错，”他郁闷地说道，“那个可怜的女人一定受了不少罪，都是我的错。”

“当时你并不知道，”布罗乔娃说道，她绕过办公桌来到他的身边，把手放在他的肩膀上，这让维克多感到一丝安慰，“连我也没想到菲利普竟然会是这个——这个魔鬼。斯莫莱克和你说了些什么？”

维克多把电话的内容大致说了一遍。

“他说你留在这里更安全是正确的，菲利普知道自己被发现了可能会迁怒于你，找你报仇。再说雪下得这么大，如果雪停不下来的话，上山的道路会封闭。”她发现维克多脸色有变，愁眉不展，“你怎么了？”

“斯卡拉。他说的话，他知道的事情，远远不是看上去那么简单。霍布斯先生与菲利普和谋杀一定有什么关联。我一定要查出真相。”

“你不要这么做，教授不许你继续研究了。”

维克多转过身来抱着她的肩膀。“我一定错过了什么，只有霍布斯知道我错过的那块拼图。”

“维克多，听起来好像他是个真实的人。”

“我知道霍布斯不是一个真实的人，但是他真的存在。他和这些谋杀案有关系，我需要搞清楚他是如何知道这些事情的。”维克多想了想，他焦急地凝视着布罗乔娃，抱着她的肩膀说道，“我还要再尝试一次，就在今晚。斯莫莱克在布拉格抓他的魔鬼，我在这里抓我的魔鬼。”

“维克多，别这样，教授说了不可以，太危险了。”

“我必须这么做，我一定要把他找出来。”他把布罗乔娃抱得更紧了，“但是我需要你的帮助。”

第六章

斯莫莱克再去拜访玻璃店的女销售员玛格达·图莫娃。天已经黑了，她的两个室友已经回来了，所以他们在公寓的走廊上说话。玛格达裹紧了身上的针织羊毛衫，抱紧双臂抵御寒冷。斯莫莱克身上带着一个从菲利普的住处发现的波希米亚风格的玻璃杯，他打开外面包着的报纸，玛格达一眼就认了出来。

"一套六个，"她点点头说道，"我记得很清楚。"

"你记得是谁买走的吗？"斯莫莱克问道。

"没有人买。佩特拉索娃夫人把它带回家了。这是她的私人物品。她有时会这么做的。玻璃不仅是她的生意，也是她的生活。哦，可怜的夫人。"

"你确定她把那套玻璃杯带回家了吗？有没有可能她后来又带回店里被人买走了呢？"

"我确定，"玛格达说道，"难道有人从她家里拿走的？"

斯莫莱克笑着说道："谢谢你，图莫娃小姐，你帮了很大的忙。”

离开玛格达的公寓的时候，天已经完全黑了，但是雪小了一点，警车里的无线电广播说城市北部的大雪天气会持续。他让科萨雷克医生待在城堡是正确的：如果他来到布拉格，行动会非常不便，而且他也不想让一个没有经验的人跟着自己碍手碍脚。他还想到了年轻的索拉·玛佳死在她那间明亮整洁的公寓里的样子，一段新的生活，许多全新的体验、希望、激情还没来得及开始便已宣告结束。斯莫莱克无法抑制他的愤怒，因为如果维克多没有自作聪明地想自己破案，索拉·玛佳也许不会死。也许吧。

在去弗尔硕维采的路上，斯莫莱克顺便接走了诺沃特尼。他站在街角等待，拉低了帽子，竖起了领子遮住耳朵，原本白皙的鼻子和脸颊被冻得通红。

“有什么发现吗？”斯莫莱克问道。

“花的时间比预想的要多，”诺沃特尼耸着肩膀抵御寒冷，“我等了好久，该死的电梯才下来，但是不能使用。不管这些了，这间公寓是一个电工和他的妻子租的，已经有四个月了。他们是外国人，我想可能是乌克兰人。所有的一切都是通过租房中介完成的，他们没有见过前任租客，但是知道他的名字是菲利普·斯特罗斯塔。只有一个人来找过他，他们把菲利普的新地址给了他。”

斯莫莱克点点头。“找他的人是科萨雷克医生。”

“还有，”诺沃特尼继续说道，“我挨家挨户地询问，所有邻居的说法都和电工夫妇一样：他们说不清菲利普的长相是因为他们很少能见到他，即使见到了，他也总是穿着破旧的长外套，拉低了宽边帽子挡住眼睛。我只有一个有价值的线索，有个女人说他的头发是金黄色的，但是她也不那么肯定。”

“他知道自己要做什么，所以确保没人能准确描述他的长相。”斯莫莱克叹了口气，“也许那几个德国人能帮忙。”

傍晚的雪天，几个街区之外的那间德国人的酒吧没有多少客人，只有几个资深酒鬼。斯莫莱克提到那晚的街头斗殴之后，酒吧老板立刻知道是哪件事。那晚正好他当班，他还记得挑起事端的那个人满嘴说着脏话离开了酒吧。斯莫莱克离开的时候拿到了一个人的名字和地址——安东·索尔，街头斗殴中被刺伤的德国人。

“但是安东七点才下班，”老板解释道，“在那之前他不会在家里。”

“他在哪里上班？”斯莫莱克问道，“我们可以过去找他。”

“你们很走运。他在斯特兰奈斯电车公司上班，是个司机，下班之前都在他的线路上。”

“和他在一起的两个朋友呢？”诺沃特尼问道。

老板耸耸肩：“有时可以看见他们和安东在一起，但是他们不常来，我不知道他们的名字，抱歉。”

第七章

如果真有所谓的好运连连，维克多认为这也是冥冥之中的安排。

罗曼内克教授出差去了姆拉达-博莱斯拉夫，那里的天气比这里接近于暴雪的天气还要恶劣。教授打电话告诉秘书他会在那里过夜，第二天一早回来。这是城堡接到的最后一通电话，在这之后所有的线路都瘫痪了，很有可能是恶劣天气的缘故，这种现象并不算罕见。

等到普拉特纳完成巡视回到房间之后，维克多和布罗乔娃如约在设备间碰头。他把下一次麻醉治疗的计划简单说了一遍，语气坚定而迫切。

“你想对斯卡拉进行治疗，我不会帮你的，”布罗乔娃说道，“他太危险了。”

“但是霍布斯通过他现身。”

“他也通过泽莱尼现身，而且次数更多，”布罗乔娃咬着嘴唇，皱着眉头，“你应该对泽莱尼进行研究，虽然谁都知道他是个危险人物，但是斯卡拉，那可是个整天想着杀人的狂魔啊。”

维克多略做思考，摇了摇头：“必须是斯卡拉，不要问我原因，霍布斯通过斯卡拉说话的时候更加——更加有说服力。另外，我并不相信霍布斯是独立的存在，能从一个宿主变到另一个宿主身上。他就是某种，我也不知道该怎么说，某种精神传染病毒。通过斯卡拉说话的时候，霍布斯知道的那些谋杀只可能是斯卡拉干的。我只能顺着这个思路查下去。”

“我不会帮你的，”布罗乔娃决然说道，“只要他抓到机会就会杀了我们俩。”

“那就不要让他抓到机会。我会给他注射最大剂量的镇静剂，还要给他穿上束身衣。请你相信我，布罗乔娃，这是唯一的办法。我必须查清到底是怎么回事。”

她用自己那种独一无二的专注眼神看着维克多，每当她专心思考的时候就是那种眼神，她看上去很认真，也很迷人。

“从一开始就给他注射？同时穿着束身衣？”

“我保证。”

她突然点了点头：“你需要我做什么呢？”

“首先你要等待时机，直到看见值班警卫出去巡逻，然后你就偷偷进入门房关上第六号病人的电磁锁和报警器。接下来我去把斯卡拉偷出来送到塔楼。”

“为什么不在病房给他麻醉治疗？没有录音机我也能把他说的话一个字不差地写下来。从病房到塔楼的路那么远，没必要冒这个险。”

“不要问我原因，我也知道这么做不太严谨，但是塔楼对霍布斯的现身而言好像是个很重要的因素，那里就像是专门接待霍布斯的地方。”

“有点道理，但是不够严谨，严格地说，是错了。你说过霍布斯也通过穆拉德克说话，但那是在他的病房，不是在塔楼。我还是觉得没必要冒这个险。”

“请你相信我，布罗乔娃，我已经认真思考过了。”

“你怎么给他注射镇静剂呢？没有警卫陪同，他会把你撕碎的。”

“我已经告诉值班警卫的头头说需要两个警卫陪我去给他注射药物。我跟他说斯卡拉有睡眠问题，给他注射点药物能让他的睡眠恢复正常。等再过一个小时左右我偷偷跑回去的时候，斯卡拉应该已经没有知觉了。我会给他穿上束身衣，然后推着轮椅把他送到塔楼。”

布罗乔娃面无表情地看着他，过了一会儿，她说道：“好吧。什么时候动手？”

维克多露出微笑。“七点钟警卫换班，随后值班门卫会出去巡逻，利用这个时机你可以溜进门房关上电磁锁。我会尽可能迅速地做完我的事，然后在塔楼碰头。我最大的问题是需要经过医务室，卡拉克在那儿值班，但他是个懒猪，从不肯走出医务室一步，整天躺在那里看《民族观察报》，或者其他的垃圾报纸。”

“你知不知道这么做会丢了工作？”

维克多铁了心地点点头。“必须要这么做。我要查出这些疯狂事情的根源。霍布斯先生如果真的只是一种精神传染病毒怎么办？据我所知，不同的病人展现了相同的症状——一个共享的人格——而且不知道为什么，这个人格和布拉格的谋杀案有关系，和菲利普有关系。”

“你真的认为有关系？”布罗乔娃问道。

“我知道无法解释，只有上帝知道是什么关系，但是，我的确这样认为。”

维克多知道有秘密的人不能看上去像做错了事，或者心里有鬼。他是这里的医生，有权四处查看，因此当他前往第六号病人病房的时候，他走路的样子看上去目标明确，高高在上。

与此相反，布罗乔娃没有合理的借口可以解释她为何会出现在门卫办公室。晚上七点，换班的时候到了，所有的病人都在病房准备休息，城堡里的灯光变暗了。走廊天花板上的灯一盏盏地熄灭，布罗乔娃跟随着灭灯后的阴影一步步地穿过大厅来到最靠近门房的拱廊下面。

她深吸了一口气，想着这么做真是太疯狂了。但是疯狂在这个精神病院随处可见，甚至在城堡外的世界也开始随处可见了。也许，她想道，疯狂会变得普通寻常，然后就不会被视作疯狂了。她向身后看了一眼：她还可以回头，把这件事结束。但是维克多需要她，维克多对这件事深信不疑。

她转过身远远地看着门房：里面不像有人。她脱下鞋子拿在手上，这样走在石板地面上就不会发出声音。她走到门口悄悄地溜了进去。

一进门，她不由自主地倒吸了一口凉气，因为警卫头头还坐在办公桌前，他的身边是一排排控制病房的电磁锁和灯光的开关。他背对着她，但显然听到了声响，开始转身了。

布罗乔娃根本来不及转身逃走，她倒退了三大步退出房门躲在墙壁后面，暂时不会被发现。

“谁啊？”

听到警卫的喊话声，布罗乔娃瞄了一眼走廊寻找别的藏身之处。她听到了椅子在地面上的摩擦声。现在唯一能藏身的地方就是拱廊后面，她向那里跑了过去，躲在细长的拱座后面，身体紧贴着冰冷的石墙。听到警卫走出来的声音，她在墙上贴得更紧了。如果他朝这个方向走过来，布罗乔娃无论如何是躲不过去的。她屏住呼吸，偷看着前方的动静。时间过得似乎特别慢，仿佛过了好久好久，警卫才走回办公室拿上钥匙开始巡逻。当他再次走出来的时候，朝着相反的方向而去了。布罗乔娃等到他走得足够远之后才迅速地又跑进了门房。

她琢磨了一会儿才明白哪个是第六号病房的开关。但她的手停留在开关上方犹豫不决。这么做太疯狂了，她对自己说道。他们现在做的事太鲁莽了，也太危险了。她又不由自主地想到了维克多，想到他很有把握的样子，想到他帮助别人时的义无反顾。

她关上了开关。

维克多强迫自己专心于手头的任务——一项很难不被发现并且需要百分百专注的任务。然而自从霍布斯通过斯卡拉现身，自从斯莫莱克证实了他对菲利普的怀疑，现在的他可谓心乱如麻：这么多的问题等待着回答。首先需要从霍布斯身上逼出真相，但在此之前需要先从斯卡拉身上逼出霍布斯。

他来到最靠近病房的设备间，希望他留在那儿的轮椅和束身衣没人动过。目前为止，一切都在按计划进行：警卫头头和警卫们都没有质疑他为何要给斯卡拉注射药物。对“鬼畜”的护理实行轮换制意味着现在的警卫并不知道他是否真的存在睡眠问题，所以事先就已经把他固定在了绑椅上让他完成了注射。现在他要做的事情是把他推到塔楼去，在那里他将像个中世纪的巫师，召唤霍布斯先生现身。

束身衣和轮椅原封未动，拿出来之后他打开通向病区的门前往第六号病房，没有忘记把门关上。

发现布罗乔娃成功完成了她的任务之后，维克多松了一口气：所有的电磁锁都被解除了，他顺利地来到斯卡拉的病房。一路上他丝毫没有犹豫，但是在斯卡拉的病房门前他停了下来，隔着观察窗向里面看了看。病房里一片黑暗，维克多感到自己的心跳在加速：如果他计算有误，斯卡拉没有陷入沉睡，那么走进病房等同于走进了地狱。而且地狱的范围会扩大：所有的电磁锁都被解除了，斯卡拉可以随意前往城堡的任何地方。整个城堡都会变成他的玩具盒，每个人都会变成他的玩偶。尤其是他在肆无忌惮地折磨、摧残、杀戮每个人的时候还戴着他的脸，一想到这里维克多忍不住感到毛骨悚然。

他推开房门。

“沃伊捷赫？”维克多对着安静黑暗的病房喊道。他伸出惊慌的手指按下开关，房间里面顿时变得明亮。斯卡拉瘫睡在绑椅上。

维克多走去查看斯卡拉：他已经没有了意识，呼吸沉重而均匀。维克多解开绑带给他穿上束身衣，然后再往轮椅上搬，但斯卡拉是个大块头，维克多不久就开始气喘吁吁，脸上渗出了晶莹的汗珠。花的时间太多了！所有的时间维克多都进行过精心的计算，如果不能尽快把他从病房弄出去，很有可能会撞上正在巡逻的值班门卫，那就真的太危险了。

终于他好不容易给他穿好束身衣并搬到了轮椅上。他关上房门，推着轮椅几乎是小跑着离开了病房。一路上他停过两回，因为好像听到了脚步声，第三次停下来是为了打开并关上通向走廊的大门。

在走廊尽头转弯之后，他顺着向下倾斜的坡道进入塔楼。布罗乔娃正在那里焦急地等着他。身后传来门卫巡逻的脚步声，是朝着他们的方向而来的！斜坡加上斯卡拉的体重让轮椅很难固定方向，有那么一会儿他觉得轮椅就要失控了，眼看会撞到墙上，斯卡拉也会被撞出来。

布罗乔娃看到维克多十分狼狈，赶紧上前帮忙，两人一左一右稳好轮椅把它推进了塔楼，这时门卫刚好转过弯朝这边巡逻而来。

布罗乔娃用双手把门关上，用最轻的声音放下门闩。

仿佛来到了另一个世界，塔楼里漆黑一团，黑得那么彻底，那么纯粹，就像是多米尼克故事里的那个画家疯狂追求的完美黑色。布罗乔娃意识到现在她和维克多正同一个谋杀了无数无辜受害者的杀人狂关在一起。她开始慌张，缓慢地吐着长长的气息让自己平静。

维克多点燃了打火机，房间里有了点光亮，在墙壁上投上了古怪的影子。他找到办公桌上的台灯，打开了开关。

“帮我把他弄到检查床上去。我得把他绑好。”

“他穿着束身衣呢，你不会想把它脱下来吧？”

维克多看了看斯卡拉，他已经快从深度麻醉中苏醒了。“让他穿着束身衣，但是必须把他的脚踝绑在检查床上。这样他就不可能伤害我们了。记住从头至尾都必须让他在镇静剂的控制之下。”

布罗乔娃扶着他的腿，维克多扶着他的肩膀，两人吃力地把斯卡拉从轮椅上抬了下来搬到了检查床上。他们都累得上气不接下气，等他被搬到床上之后，布罗乔娃立刻给他的脚踝绑上绑带。

他们喘了口气，坚定地交换着目光，就像两个即将踏上危险旅途的人。过了会儿，维克多开始准备兴奋剂，让斯卡拉能够开口说话就行的剂量。他站在床边，手上拿着针管。

“你准备好了吗？”

“你确定要这么做吗？”布罗乔娃把手放在他拿着针管的手上问道。

“我必须要弄清楚，”他说道，“我必须要查明真相。”

布罗乔娃下定了决心，冷静地点了点头，然后按下了录音机的开关。

斯卡拉嘴里嘟哝着不知道在说些什么，他半睁着眼睛，然后又闭上了，头歪斜在一边。布罗乔娃盯着斯卡拉，她无法想象这样深度昏迷的状态，他怎么能清楚地说话，更别提让霍布斯说话了。

“镇静剂用得太多了，”她说道，“他不可能——”

维克多不耐烦地摇了摇头示意她安静，然后转过头对斯卡拉说道："沃伊捷赫，"他加重了语气说道，"我需要和霍布斯先生说话。我需要霍布斯先生现身，你明白吗？"

一阵短暂的沉默。然后两个声音打破了这阵沉默。

一个声音是布罗乔娃从录音带里记住并辨认出来的低沉、洪亮、恐怖的声音。"我在这里，维克多，我答应过你我会回来的，"霍布斯先生说道，"我告诉过你我还有一件没做完的事情。"

第二个声音凄厉、刺耳、尖厉，回荡在塔楼的圆形墙壁上。

那是布罗乔娃的尖叫声。

第八章

降雪已经转成了雨夹雪，在挂灯的灯光下，斯特兰奈斯电车公司停车场前面的空地像一块光滑油腻的黑色盾牌，空地两边是铲好的黑乎乎的雪堆，纵横交错的电车轨道仿佛形成了一幅编织的银色花饰图案。

安东·索尔是个结实的大个子，看上去更像个农场的工人而不是电车司机。当他从车棚走出来的时候，领班指给他看空地对面站着的斯莫莱克和诺沃特尼。

斯莫莱克给他看了看警方的铜质徽盾证件，上面醒目地写着两个字：刑警。

"什么事?"索尔的捷克语带有浓重的德语口音。司机专用帽的帽尖遮住了他的眼睛，他皱着眉头看了一眼。

斯莫莱克说他们来调查德国人酒吧附近发生的一起街头斗殴。

"你们不应该来找我，应该去找另一个人，"他提高了嗓门说道，一边小心地挽起工作服的袖子露出被绷带包扎的前臂，“一共缝了十二针，医生说会留下永久性的疤痕。所以你们不应该找我，应该去找那个混蛋。”

斯莫莱克抬起手打断了他："我们就是在找那个人。我们对你感兴趣只因为你是目击者。"

索尔睁大了眼睛。“我就知道！我就知道他有问题。如果你见过他，如果你见过他的眼睛，你就知道他可能会把所有的人全部杀掉。我可以给你们描述他的相貌。我看得很清楚，我永远也不会忘记他。”

“我们已经有了他的相貌描述。”诺沃特尼掏出笔记本开始朗读。斯莫莱克注视着索尔的表情，发现诺沃特尼在朗读的时候他的神情有异样，斯莫莱克感到大事不妙，仿佛被一股电流击中全身。

“哪儿不对?”诺沃特尼读完之后斯莫莱克问道，“他不是那个样子吗?”

“有什么不对？那根本就不是他！砍我的人不是他。这个相貌你们是从哪儿搞到的?”

“他的朋友。”诺沃特尼说道。

“什么样的朋友?”面貌粗犷的索尔皱着浓浓的眉头。

“那晚在酒吧和他在一起的朋友，还和他一起去到街上，”斯莫莱克说道，“那个朋友还试图阻止他，让他冷静。”

索尔摇了摇头，显得有些困惑和不高兴。“你在胡说些什么？没有什么朋友，那晚没人陪着他，他是一个人。”

“在酒吧里的时候呢？你看见他的朋友和他在一起吗?”斯莫莱克问道。

“他一个人在酒吧。我们把他赶到街上是因为他在不停地自言自语，声音很大，骂我们是德国鬼子、狗娘养的，说了好多脏话。他真是个疯子。那也是他袭击我们的原因——就因为我们把他赶了出去。他躲在阴暗处等我们，然后就向我扑了过来。”

“你确定他是一个人吗？”斯莫莱克问道。

“百分之一百肯定。没有人陪着他，而且我也看清了他的相貌，不是你说的那个样子。”

斯莫莱克给诺沃特尼使了个眼色，但是他没有领会，还露着迷惑不解的神情。

“索尔先生，”斯莫莱克说道，“不管怎样，也许你都应该给我们描述一下袭击者的相貌。”

他照做了。

天空飘着凄冷的小雨，站在空旷阴冷的空地上，听完电车司机对袭击者真实相貌的描述，斯莫莱克感到脖子里的血液好像突然被人提升了温度。他一把抓住诺沃特尼的肘部，带着他向外面走去，警车就停在大门外。

“我们得去奥卢城堡，”半路上他说道，“马上去！”

第九章

布罗乔娃捂着嘴巴不让自己叫出声来，在那千钧一发之际，她的移动能力、推理能力、思考能力都随着那声尖叫统统消失了。那是霍布斯的声音，她在录音带里听到过，甚至语气中自带的疯狂与残忍都曾被她用工工整整的文字在打字机上抄录了下来。她用难以置信的目光盯着斯卡拉：他闭着双眼躺在检查床上，张着嘴巴，但不在说话。他是昏迷的。

令人窒息的沉默。

“我不知道你为何如此诧异。”霍布斯说道。她顺着声音的方向看了过去，她朝着维克多看了过去。维克多正咧着嘴露着恶意的笑容。之前让她觉得有些傲慢和冷酷的英俊脸庞现在只剩下残忍——黑暗的、无边的、永恒的残忍。“同一种声音为何能在不同的病人身上发出来？同一种人格为何会出现在不同的人身上？你是不是真傻？就连那个老糊涂虫罗曼内克都知道用心理病毒去解释。难道你们就没有一个人发现每次我说话的时候维克多·科萨雷克都在场？你们谁都没有见过我，只是在录音带里听过我的声音。”

“维克多……”布罗乔娃哀求道，“维克多，你需要帮助。让我走吧，我去喊人来。”

“我不是维克多，”他认真地说道，“你知道我是谁，我是什么。我不是虚构的，也不是传说中的人物，我是真实的。维克多·科萨雷克现在是我的宿主，他这辈子都一直是我的宿主。你们都没有见过真正的我，你们都不能把我认出来。但是有几个人见过我。马萨里克车站被打死的那个傻瓜他就认出了我。他很聪明，很有观察力，认出了我和跟着我的邪灵，但是他还不够聪明，不知道深藏不露才能保全自己，因此大家都认为他是个疯子，开枪把他打死了。但是他的确看到了我。村子里的那个老巫婆鲁泽娜也见过我真正的样子。甚至连‘小丑’里奥斯·穆拉德克都能看穿我的面具。他说他知道我是谁，然后我让他把自己画成哈乐奎，我让他戴着我的面具。但剩下的人就太傻了，不知道一直站在他们面前的人是谁。”

布罗乔娃扫视了一圈房间，想找到一条生路，一件武器，一丝希望。然而什么也没有。“你故意杀死了穆拉德克？”她问道，心中在飞速思考。她知道必须让维克多——让霍布斯——不停地说话。只有让他不停地说话，她才可能找到机会逃走。“他并没有袭击你，对不对？”

“他认出我来了。我讨厌听他滔滔不绝地讲述自己的无辜。他责怪我，说是我让他杀了那些孩子，其实他不明白是他自己心里藏着的魔鬼指使他做的。他害怕我，我命令他把自己涂成哈乐奎他只好照做了，然后我把他的头在地上撞碎。

“是的，穆拉德克没有袭击我。但是你的情人认为是那样：可怜的维克多只能那样记忆，他所记住的一切都是我的安排。比如说现在，他将记住的是他被斯卡拉打倒在地，被迫观看‘鬼畜’是如何配得上这个绰号的。他会记住发生在你身上的所有恐怖折磨——映入他的视网膜，被铭记终生——但是他不会知道是我通过他的身体做的这些事情。他只会记得斯卡拉，不会记得自己。”

布罗乔娃看了一眼录音机，卷轴仍在转动，至少它知道真相。至少，在她死后，在被摧残的尸体被发现之后，它还知道真相。

“我无法理解。”她不能让他停止说话。听到霍布斯的声音后她愣在原地，失去了夺门而出的机会，而现在他站在门与她之间，逃跑的机会、求生的机会已经没有了。“你在维克多身上已经多久了？”

“迷信故事说对了一点：魔鬼需要邀请才会穿越生死的门槛。是维克多邀请的我。我在沉睡了很久之后被他发现了。我记不太清楚了，也许当时我正在魔鬼湖的湖底沉睡。我说得没错吧？维克多和我就是在魔鬼湖畔相遇的。”

“那起意外？”布罗乔娃问道，她的眼神很慌乱，留意着房间有没有生路，有没有武器可以保护自己。什么也没有。这是一座曾经用来关押一位贵族的墙高壁厚的监狱，一座坟墓。“你是说你妹妹艾拉淹死的那一天？”

“不是我妹妹，是他的妹妹。但是没错，是那一天。”

布罗乔娃试图让自己冷静，重新分析当前的形势。失去妹妹是导致维克多人格分裂的催化剂，失去亲人的痛苦像一把利斧分裂了他的人格。她想起自己也曾经历过精神崩溃，但是她用自己的意志与理性而不是治疗战胜了内心的折磨。她想用同样的方法帮助维克多。“听我说，维克多，我会帮助你的，我想看到你从这一切里走出来。”

“你真是个愚蠢透顶的犹太婊子，不是吗？”那个声音变低沉了、愤怒了，“你是不是真的难以理解我不是维克多？我不是什么心魔，不是什么分裂出来的人格。我是霍布斯先生，人们给我起过很多个名字。我是‘开膛手杰克’；贝德堡的狼人；黑巫师吉尔德雷男爵；杀人狂彼得·尼尔斯；压断孩子脖子的穴居人、囚禁与折磨女人的变态、千人斩杀手克里斯特曼·杰尼帕坦珈；‘黑心扬’扬·塞纳·斯德克；‘皮围裙’。我是邪恶与痛苦的化身。我是不变，我是永恒。”维克多向她走了过来，贴着她的脸说道：“但是我知道你是谁——你是个婊子。德国人。女犹太人。贱货。现在你该做好准备了。接下来发生的事情会非常美妙，充满痛苦，令人害怕，但是等你到了无边的死生之地，你会变成我的随从与玩偶，你会发现在那里等待你的痛苦和这比起来根本不值一提。”

“等一等……”布罗乔娃举起手说道。她需要让他不停地说话，引诱他陶醉在虚妄的胡言乱语里，才能找到机会逃生。“我还是无法理解。菲利普·斯特罗斯塔是怎么回事？你对他做了些什么？你让他看上去变成了真正的凶手，警方正在四处找他，这一招很高明，霍布斯先生，真的很高明。你已经杀了他吗？”

维克多摇摇头，好像对她很失望。“上帝啊，你还真是愚蠢啊。并没有菲利普这个人，从来没有。他的出现只是为了让我的工作进行得更方便一些，给我提供一个落脚的地方。他是我留在维克多心里的记忆之一。维克多真的相信有菲利普这个人，这样就可以让他不用怀疑自己。菲利普其实是维克多心中的幽灵，等到警方发现这一点的时候你早就已经死了。”

他打开办公桌上的皮套，拿起吸满了药水的针管向她走来。

布罗乔娃向后退去，但是他抓住了她的手腕把她拉了过去。她用力踹了他一脚，再用脚后跟狠狠地踩了他一脚，但是好像他与他的身体是分离的，感觉不到疼痛。他一把拉过她，但是布罗乔娃没有退缩，反而向他撞了过去，合在一起的冲力让两人一齐撞在小小的办公桌上。她伸出一只手想抓个东西稳住身体，结果抓到了烟灰缸。布罗乔娃用尽全身的力气将烟灰缸高高地扬起砸在他的太阳穴上，紧扣着她手腕的手松开了。挣脱他的控制之后，布罗乔娃愤怒地尖叫着，举起烟灰缸一下又一下地砸着他的头，直到他一边的侧脸已经血迹斑斑，眼中的怒火渐渐消失。就在那一瞬间，可能还没有一秒钟，她看到他的眼中充满了疑惑和痛苦。那是维克多，不是霍布斯。

维克多闭上了眼睛，布罗乔娃从办公桌边重重地瘫倒在石头地板上。烟灰缸从她的手里滑落，摔碎在地板上的声音让她回过神来，她向门口飞奔而去，一边大喊救命。

她拼命想把门打开，用力地转动把手，但是没有任何作用。门是锁着的，她必须走回维克多的身边拿到他身上的钥匙。

她转过身，维克多就站在她的身后，太阳穴上的伤口流着血，他的眼睛——霍布斯的眼睛——中的怒火复燃了。

她还没来得及做出反应，只觉得脖子上一阵刺痛，冰冷的溶液注射进了她的身体。塔楼昏暗的灯光更加昏暗了，她觉得自己真的看到了阴影在变暗，变得更大，动了起来，好像获得了生命。

“在你死之前，”在她逐渐失去意识的时候他冷冰冰地说道，“庄严的仪式需要完成，巨大的痛苦需要承受。我给你带来的痛苦与恐惧你将永远难忘。

“但是首先，我将带你去看为什么我们会在这里，在这个地方。我将带你去看地狱之门。”

第十章

斯莫莱克将听筒挂上座机后骂了一句。他和诺沃特尼从电车公司直接去了最近的弗尔硕维采分局，打给奥卢城堡的电话没有接通，接线员说通向那里的线路据说都瘫痪了。

“我们自己开车去，”他对诺沃特尼说道，“这样的天气，比平时要多开一个小时。”

“前提是道路没有封闭。”

“我们只能这么做，”斯莫莱克摇头说道，他的头仿佛突然变重了，成为一种负担，“都是我的错……”

“你说什么？”诺沃特尼迷惑不解地问道，“为什么是你的错？”

“索拉·玛佳。去城堡的时候我和科萨雷克提过我会去找她。科萨雷克就是把偷钥匙盗窃的主意放在托瓦尔脑子里的人。他就是本葛，他就是让托瓦尔看着他杀死玛利亚·莱曼的那个人。上帝，请原谅我，是我让他杀死了索拉。都是我太糊涂了，怎么就没想到那晚科萨雷克也在布拉格呢。那晚在菲利普公寓的人就是他，因为他就是菲利普。”

“可是当时你并不知道这些啊，”诺沃特尼摇着头仿佛仍然觉得难以置信，“这些没人知道，也没有人能想得到。”

斯莫莱克什么也没说。过了会儿，他转过头说道：“我要你给姆拉达–博莱斯拉夫分局的卡罗米克警督打个电话，如果今天他不当差，我不管他们用什么办法，哪怕是从被窝里把他拽出来，都必须给我把他带到局里去。跟他们说我们已经出发了，大概一个小时后必须见到卡罗米克。还要通知他们准备好雪地驾驶的交通工具，我们要去奥卢城堡。”

诺沃特尼点点头。

斯莫莱克说道：“我们走。”

第十一章

布罗乔娃的意识不是一下子恢复的，而是一点一点恢复的：就像一个破碎的世界慢慢重新聚集在了一起。她意识到的第一件事是嘴里的味道：刺鼻的金属气味。她的记忆尚未完全恢复，意识不到那是镇静剂的味道。有那么一会儿，她什么也不知道，什么也想不起来，不知道自己是谁，想不起自己的名字，以及这里是什么地方。然而失忆是非常危险的，一种本能在驱使着她紧张，告诉她能否活下去就在于是否能尽快把一切拼凑起来，把一切都回想起来。

一阵阵涌现的记忆就像大炮在反复轰炸着她的感官，她终于想起来她是谁，这是什么地方，发生了什么事。她想起了维克多，那个她深爱着的男人，想起有另一个人钻进了他的皮囊，潜入了他的灵魂。她想起了霍布斯。

她想起来他要对她做什么。

这里不是塔楼，感觉又冷又湿，空气很不新鲜。她四处看了看，发现自己所处的地方都是粗糙的石块，角落里点着三盏阴暗的煤油灯。脚下的地面湿漉漉的，铺着光滑凹凸的鹅卵石。她在城堡从没有见过这个地方。如果她还在城堡的话。

布罗乔娃努力地想站起来，但是双腿无力，麻醉剂削弱了她的移动能力。她深深地吸了几口气，想让自己的意志变得强大，迫使身体接受大脑的指令。让她意外的是，她发现自己没有被捆绑，但是当她挣扎着站起来的时候才发现房间既没有窗户也没有门，没有必要把她绑起来，因为囚禁她的是坚硬的石块。她感到脚下有坡度，鹅卵石地面一直向前延伸，消失在黑暗的尽头。她终于意识到自己身处一个下坡的地道里。她想拿起一盏油灯去查看黑暗的尽头会有什么，但是本能告诉她，无论地道通向何方，一定没有出口，往前走不会有生路。

远方的角落传来一阵声响，那里是油灯照不到的地方。阴影里有什么东西！好像有个动作很慢、声音很轻的黑影。她想起在抄写录音的时候，几个病人说过他们见过黑影凝聚成一团，然后变成了人形。她感到害怕，担心自己也已经疯了。

维克多。她突然想到可能是维克多藏在阴影里看着她，计划对她下手：不是维克多，是他扭曲的变异人格霍布斯先生，是他策划好了要准备折磨她、杀死她。

她拿起离她最近的那盏油灯，贴着墙边向那个声音走了过去，她准备无论看到了什么都会把油灯扔过去。光晕在鹅卵石地面上像泛起的涟漪慢慢向前延伸。她看到了一双脚，脚的主人躺在或是坐在地上，穿着裤子，是束身衣的沙黄色帆布裤子。是斯卡拉。他躺在地上，背倚在墙上，睁大着双眼，十分害怕的样子。药效没有过去，他的动作很缓慢。

“魔鬼，”他恍惚地说道，“你看见了吗，他是真正的魔鬼。魔鬼就要找到我们了。他会回来的。你要帮助我。”

布罗乔娃没有理他，心里面在思考到底怎么回事。

“你不能把我留给魔鬼！”斯卡拉哀求道，“你要帮助我，我们要互相帮助。请你把我解开。”

布罗乔娃心里进行着激烈的思想斗争。她抄写过斯卡拉的治疗录音，知道他有多么残忍，如何折磨过受害者，以及犯过哪些罪行。但现在她无法确定了，她在磁带里听过他的恐怖罪行，也听过他变成霍布斯后说的话。除非那不是霍布斯，而是维克多。

“求你了！”

她走过去看着斯卡拉的眼睛，想起多少人在生命的最后一瞬看到的就是这双眼睛。而现在，她也在看着这双眼睛，只是他的眼中已经没有了仇恨，只有恐惧。

“他去了哪里？”布罗乔娃问道，“科萨雷克医生去了哪里？”她有点希望斯卡拉指向黑暗的地道，但他只是冲着她身后的石墙点了点头。

“墙，他从墙里穿出去了。”

布罗乔娃叹了口气，摇了摇头。白问了，看来斯卡拉依然神志不清。

“门，”斯卡拉说道，“墙里有扇门。”

“他是怎么把门打开的？”她急切地问道。

斯卡拉的眼神暗淡了，她抓住他的肩膀拼命摇晃，但是他块头太大了，根本摇不动。她用力猛掴他的脸：“那扇门，斯卡拉，他是怎么打开的？”

斯卡拉摇着头："我没看见。"

她朝着另一个方向看去，依然是漆黑的地道。

"你能站起来吗？"她问道，"我们去那个方向——"

"不要！"斯卡拉的眼睛再次睁大了，"不要走那边，那里是地狱之门。"

"总比在这儿等死强。"她说道。但是她也同样感到了一种本能的害怕。

"你得把我解开，"斯卡拉说道，"求你了，请帮我解开束身衣。"

布罗乔娃再次犹豫了。如果解开了束身衣，她没有任何办法阻止他当场杀死自己。但是接下来她会遇到什么，他们会遇到什么——不解开又能怎样呢？

"快啊！"斯卡拉催促道。布罗乔娃看了一眼斯卡拉恐惧的眼睛，又看了一眼仿佛能把人吞噬的黑暗地道。她想要控制局面，她不想成为受害者。她是一个女人，一个犹太人，曾经有人认定这是成为受害者的必要条件。她告诉自己，朱迪塔·布罗乔娃，不会成为任何人的受害者。她做出了决定，开始解开束身衣的铜扣和皮带。她在释放一个魔鬼帮她对付另一个更可怕的魔鬼。她在释放一个变态杀人狂，但是如果被他杀了，至少这是她自己的决定和选择。如果没有被杀，她将获得一个强大的盟友去应付即将到来的战斗。如果，如果她能控制局面。

但是她只来得及解开了一个铜扣，在准备松开第二个的时候，突然听到身后响起石头摩擦的声音。

第十二章

去姆拉达-博莱斯拉夫分局的速度比斯莫莱克预计得要快：主干道的积雪已经被清除，也没有出现新的降雪。一下车，他就马上给奥卢城堡打电话，但是线路依旧瘫痪。

几分钟过后，卡罗米克警督赶来了，他解释说他去找合适的雪天交通工具去了。卡罗米克比斯莫莱克预想的要矮，但是绿色的眼睛目光深邃，充满智慧，而且看不出他对自己被紧急召唤存有任何不满。然而，当他给卡罗米克简述自己的怀疑的时候，没有发现他有一丝惊讶。

“我不是一个迷信的人，”卡罗米克说道，“但是我在城堡的阴影里长大，任何在那里长大的人都会和你说一件相同的事：雄鹰堡就是巫师堡，奥卢城堡像一块磁铁对邪恶特别有吸引力，它似乎有一种本能的力量能将坏人吸引过去。我希望他们能将那个该死的地方关闭，然后用炸药夷为平地。”

“现在我只想尽快赶到那儿去，”斯莫莱克说道，“你说你找到交通工具了？”

卡罗米克点点头。“我从当地驻扎部队那里借了辆半履带军用车。上山应该能省不少时间。我还安排了三个人待命，他们会和我们一起去。”

“越快越好。”斯莫莱克烦躁地看了眼手表，计算着赶到那里需要多长时间。

“现在就可以出发，”卡罗米克说道，“我不会担心时间，据你所说，嫌疑人还不知道我们要抓他，而且这样的天气对我们有利，他跑不了。我们会抓到他的，斯莫莱克队长，不用担心。”

第十三章

维克多站在石门的门框下面，挡住了出路。在关上门的一刹那，布罗乔娃朝他身后看去，发现门后面就是塔楼。检查床、放着录音机的书桌、把斯卡拉推过来的轮椅都在那里。

她意识到这道石头暗门早就存在了，而且维克多也早就知道，他就是利用这条密道进出城堡的，可问题是，他是怎么知道的呢？

维克多看到她正在解开第二个铜扣，一个大步迈了过去，挥舞着拳头打了过来，布罗乔娃根本来不及躲闪，拳头砸在太阳穴上的时候，她感觉到黑暗的地道突然变亮了，然后向一边倒去，张开四肢摔倒在光滑的鹅卵石地面上。她躺在地上，无助地看着维克多敏捷地走到斯卡拉身边俯下了身子，而斯卡拉正惊恐地看着他。

“没事的，斯卡拉，”维克多用霍布斯的声音说道，接着把针尖刺入了他的脖子，“没什么好害怕的。”布罗乔娃可以看到斯卡拉的眼中已经没有了怒火，身体也不再紧张。维克多没有把暗门关严实，布罗乔娃颤巍巍地站起身，迈着凌乱的步伐向着塔楼、向着唯一的生路踉跄而去。维克多瞄着她的小腿扫了一脚，布罗乔娃又重重地摔倒在鹅卵石地面上。她听到他在叹气，好像她是个做错了事的孩子，然后感觉到他拎着自己的脚踝，脸擦着地，把自己拖离了暗门。

“我来这儿不久就发现了这个入口。”最可怕的事情是他说话的样子仿佛什么也没发生。维克多拖着她，就像猛兽拖着猎物，即将要像对待其他受害者一样将她肢解，而他说话的样子就像是两个人在公交车站闲聊着打发时间。“人们世世代代都在找这个地方，但是只有我找到了。随后我意识到，我早就知道它在什么地方。你觉得很奇怪，对不对？”

他弯下腰拿起一盏油灯，然后拖着她继续向前走。她感觉到地上的鹅卵石不再光滑，变得粗糙并且松动。他们向地道前方去了。

“曾经城堡是个监狱，”他说道，“不仅仅是为了关‘黑心扬’，也关过三十年战争时期[1]的犯人。那时他们就知道下面有洞穴，还有无底的地道。任何犯人只要愿意绑着绳子进入地狱之门然后上来告诉大家他看到了什么，就会立刻被释放，重获自由。但是大多数人宁可被关在这里也不愿冒这个险。”他停下来松开了她的脚踝，抓住她的肘部把她扶了起来。地面越来越粗糙，拖着走十分费力。他抓着她的上臂，指甲深深地嵌入了她的皮肤，推着她向前走、向下走，走进越来越黑的深处。“还是有人同意了。但是所有回来的人最后都疯

1　1618—1648年欧洲国家之间爆发的大混战。

了，一下子老了很多。你明白吗，布罗乔娃，这里真的有通向地狱的大门。这也是我为什么带你来这里的原因，因为这里离我的地盘更近，离我的王国更近。”

布罗乔娃大口地呼吸，身边的地道越来越窄，空气出奇地干燥。“维克多……维克多……别这样……要记得你是谁，快回到我身边，我可以帮助你，我想要帮助你。”

他突然停下脚步转过身直视着她。自下而上的煤油灯光照射在他的脸上，他的表情十分恐怖，就像一个多面怪。曾经冷酷英俊的脸庞如今只能看到残忍无情，和魔鬼一样。

“维克多不在这里，”霍布斯说道，布罗乔娃几乎相信了，“从来就没有过维克多，他是虚构的，是个冒牌货。我只要裹上斗篷，想成为谁都行。”

“我不信你说的鬼话，你自己也不信，你心里知道这是妄想症。你就是维克多。霍布斯只是你受伤的人格。你并不是真实的存在，你只是一个好人的破碎心灵。你不要这样做。”

他轻轻地笑了一声，布罗乔娃更加害怕了。

“我必须这么做，这才是我，真正的我。我要把你切开，就像我对待其他人一样。我要把你的身体和思想分开，肉体和灵魂分开，这样你才能去死生之地服侍我。”他的脸凑得更近了，“你会明白的，布罗乔娃，等我把你切开，把你的内脏放在你的眼前，你就会明白肉体与灵魂如何结合在一起，又如何将它们分开。”

维克多推搡着她继续向前走。突然地道通向了一个更大的山洞。他猛推了一把，布罗乔娃重重地摔倒在地。这里的地面和外面不同，既没有鹅卵石，也不粗糙，而是很多块巨大的石板。她躺在地上喘气，听到维克多的脚步声从一个角落走向另一个角落，每到一处，地面上就有一盏油灯亮起，一定是他事先准备好的。她挣扎着站了起来，眼前的角落一片漆黑，但是渐渐地可以看清了，因为墙上的那些火把也一个个被点燃了。她大声尖叫起来。一张魔鬼的脸在黑暗中盯着她看，火焰闪烁在那张脸上的瞬间，她看到了魔鬼的大概样子：一双粗大、弯曲的魔角长在光秃秃的头顶上，眼窝空空，嘴巴扭曲，长着长长的尖牙，露着狰狞的怪笑。

一张魔鬼面具。

随着洞穴越来越亮，她明白了原来墙角上挂着一张克朗普斯风格的邪神面具。她松了口气，但松缓的情绪并没有维持多久，因为她看到面具下面挂着一条皮围裙，上面沾满了深色的血渍——新旧混合的血渍。这是他杀人的装备！他潜伏在阴影里扑向恐惧万分的受害人时穿戴的面具和皮围裙！还有一件东西挂在那里：刀锋闪着冰冷寒光的长刃刀。

她站起来往四处看。看到的东西让她更加恐惧。

一把巨大的中世纪的椅子，像一个王座，摆放在一块隆起的基座上，仿佛山洞是威严的朝堂。椅子上方的墙上悬挂着一块古老的木盾，上面标有盾徽，盾徽里有一个粗壮的长着熊头的人形。

椅子上坐着一个人，正盯着布罗乔娃，那人好像有几个世纪没见过别的东西了。他的身体有一部分已经露出了骨架，一定是山洞里的干燥空气让他变成了一具干尸。他的衣服没有破损，但是经年累月，已经褪去了颜色，积满了灰尘。他的双手放在扶手前端，穿着靴子的双腿在脚踝处交叉着搁在一起。

扬·塞纳·斯德克。他是“黑心扬”！

“他美不可言，对不对？”霍布斯的声音说道，“我用过的载体之一。那是很久以前的事了。是我走在雾气缭绕的伦敦街头很久之前的事了。‘黑心扬’向我招手，把洞穴指给我看。他说：‘这就是他们想要囚禁我的地方。这就是几个世纪之前他们把我囚禁在墙里的地方，但他们不懂这里不是我的囚禁之处，而是我的藏身之处。’”

“维克多，”布罗乔娃哀求道，“没有一件事是真的，那只是我给你讲过的一个关于城堡的故事。你又讲给自己听的故事。”即使他听到了布罗乔娃的哀求，也没有做出任何反应。她瞄了一眼墙上挂着的面具和皮围裙，闪着寒光的利刃正在等待下一个受害者。她再次告诉自己，布罗乔娃不会成为受害者，不会向噩梦屈服。她计算着自己和长刃刀之间的距离，但是维克多早就料到了，挡在了她和它中间。

“真是太美妙了，”他说道，“在死生之地，你将不只是我的仆人，你还会是我的新娘。我会把你的身体变得极其精致，让你承受最剧烈的痛苦。必须那样，你懂的，对不对？”

“你是个疯子。”布罗乔娃的语气平静，不慌不忙，这让她自己都感到意外，“你是个疯子、变态。你只是又一个心理扭曲的神经病，只能靠伤害女人寻求刺激。如果你心里还有精神病医生的你，你就知道我说的话全是对的。你的话是胡说八道，是利用过去的事情虚构现在，给陈年旧事穿上新的衣裳，胡编乱造一些神话故事，凭空想出什么伟大的使命。你需要帮助，维克多，你必须停下来，你知道你该怎么做。”

他面无表情地看着她，没有生气。突然，毫无预示的情况下，他猛地扑了过来。布罗乔娃躲过了第一拳，但是没能躲过第二下，她的眼睛下方挨了一记重拳，被击倒在地。她头晕眼花地躺在地上。

“你会毁了我的计划，”他没有愤怒，没有气急败坏，还是霍布斯先生的声音，“你会毁了我的全部计划。”他走到墙角，取下皮围裙穿在身上，小心翼翼地把面具戴在头上，然后取下长刃刀。再也没有维克多了，只有霍布斯，只有“皮围裙”。她知道他已经完成了仪式，他现在已经变成了魔鬼。

他拎着刀走了过来，火把的光亮照射在刀刃上，闪烁出阴森的寒光。

第十四章

布罗乔娃爬起来逃跑，她向地道入口跑去，奔向塔楼方向。

“没有用的，我会抓住你。”他满不在乎地大声喊道。

没有用的，他会抓住我，布罗乔娃想了想，继续朝着漆黑的地道跑去，把微弱的灯光甩在身后，一路上摔了好几次。每摔倒一次，她都马上爬起来继续逃跑，一心只想着求生、找到出路，甚至都不知道驱使她求生的动机不是恐惧而是愤怒：一路上，愤怒像熊熊燃烧的烈火，给她求生的动力。前方出现了一丝光亮：塔楼虚掩的暗门射出的微光以及门口地面上还在燃烧的油灯的微光。但是，太远了。

身后维克多跑上来的脚步声已经越来越近了，她回过头看见他戴着狰狞的面具，像头魔鬼从黑暗中现了身。她怒吼一声，奋力向前冲去。她知道自己已经来不及了，即使能跑到门口，也必须停下来用力把门推开才能跑进去，维克多会在那里抓住她，夺走她最后的希望。

她终于跑到了通向塔楼的那条地道的交叉口，但是她停下了脚步，转过身捡起维克多留在地上的油灯。布罗乔娃再次发出一声怒吼，用尽全身力气把油灯扔了过去。油灯在空中划出一道弧线，照亮了他的面具、他的皮围裙、他手上的刀。这一幕让布罗乔娃再次感到了恐惧。油灯击中了他的胸口，摔碎在他的脚边。一团烈焰猛然从地上升起，点燃了皮围裙上溅洒的灯油。很快魔鬼面具也开始燃烧，那副模样比魔鬼还要可怕。

维克多变成了一个火人，但是他一动不动地站在原地，隔着面具淡定地看着她。布罗乔娃无法阻止他这样恐怖地看着自己，在面具和皮围裙的下面，她看到的是霍布斯先生在燃烧，他所在的地方曾经是如今已化作百年干尸的“黑心扬”的庄严朝堂。是的，他就是魔鬼，这里就是地狱。

她不再去想这些可怕的事情，转过身开始逃跑。霍布斯发出一声残忍的尖叫——没有痛苦，只有愤怒——追了过来。她边跑边往后看，霍布斯的面具和皮围裙还在燃烧，照亮了地道的墙壁，也让她再次确信无疑他就是魔鬼。

她终于跑到了地道的前面，看到了虚掩的暗门和门后的塔楼。如果能立刻冲进去，如果能把门打开，她就可以大呼救命。

在离门只有一米五远的地方，她脚下一滑，摔倒在鹅卵石地面上。

维克多猛地扑过来，把她压在身下。火焰已经熄灭，蓝色的轻烟从面具和皮围裙上袅袅升起。他的身上有泥土的味道，有焚烧的皮肉味，有死亡的味道。当他举起刀的时候，布罗乔娃对自己说他不是维克多。她的心中牢牢地抱定这个念头，等待着那把刀刺下来。

一个巨大的身影从黑暗中冲了出来，高速的冲击一下子把维克多从布罗乔娃身上撞开了。那股冲击力波及了她的身体，她跟着他们在地上滚动。

她听到了斯卡拉愤怒的咆哮，和戴着魔鬼面具的维克多在地上一起向前滚去的时候，斯卡拉不停地咆哮。她多希望自己给他脱去了束身衣，让他能舒展身体和维克多搏斗，但是俯身向前看去的时候，她发现斯卡拉依然被束身衣包裹着身体。斯卡拉只能依靠着大块头和力量在搏斗，很快维克多就占了上风，把他压在了身下。维克多像个疯子似的高声尖叫，挥舞着长刃刀一下又一下地砍了下去：刀刃刺破了厚厚的帆布束身衣，刺进了他的身体、他的脸、他的眼睛、他的嘴巴。斯卡拉的嘴里都是鲜血，呐喊声停止了，什么声音都听不到了。

布罗乔娃站起身跑向塔楼，用肩膀奋力推开暗门那块大石板，缝隙足够了，她立刻钻了进去。站在塔楼，她环顾四周，想找个东西堵住身后的暗门，但那样花的时间太多了，维克多有时间能进来抓走她。她径直跑向塔楼的房门，但是门闩固定在上面，打不开。她听到了霍布斯愤怒的咆哮，他已经冲进了房间，全身被灯油烧得乌黑，沾满了斯卡拉的鲜血。只有魔鬼面具上的獠牙还在闪闪发光。

他不顾一切地冲过房间，一把推开挡在前面的办公桌，桌上的录音机也摔在了地上。

布罗乔娃已经拔掉了门闩，但是来不及了，维克多的手指深深地扎进了她的肩膀，揪着她离开了房门向暗门走去。她踌跚着向后退去，倒在地上，维克多把她压在身下，就像压在斯卡拉身上一样。她难以呼吸，刀锋已经贴到了她的脸上，上面沾染着鲜艳的血液。那是斯卡拉的鲜血。

“现在，”烧焦的面具后面传来他平静的声音，“我将让你看到真正的地狱之门，我将让你看到魔鬼到底藏身何处。”

她感到肋部遭到一记重击，嘴里残留的那口气被迫吐了出来，但是当感到一股剧烈的灼痛传来的时候，她意识到是刀刃刺入了身体。她伸出手在地上乱抓，拼命想抓到任何可以充当武器的东西，但一切都是徒劳。

刀被抽出的时候，又是一阵剧痛，随即刀尖抵在了她额头上发际线的下面。

布罗乔娃用双手死死抓住他的手腕，但是他力气太大了，她唯一能做的事情是不要让他轻易地杀死自己。她可以死，但不想成为受害者。

“你的脸真漂亮啊，”他说道，“我会把它割下来加入我的收藏。”

布罗乔娃感到了刀尖在前进：刺破皮肤的时候，她的注意力全都集中在即将到来的痛苦上。

她已经准备好死了，过去做过的噩梦又被想起：她和她的同类被驱赶着进入一片黑暗的森林，等待着更黑暗的命运降临。她想，至少她不用那样去死。

突然传来一声巨响，好像门被撞开了，接着是一声震耳欲聋的巨响。枪响了，维克多向一边倒去，长刃刀从布罗乔娃的眉毛上滑落。

她感到滴在太阳穴上的鲜血流进了她的头发。压在身上的那股力量消失了，她深深地吸了一口气，但是好像没能吸进肺里。

好多张脸出现在她的上方，每个人的表情都很担心和焦急，他们的嘴巴在动，在对她说些什么。是罗曼内克教授，姆拉达-博莱斯拉夫的警督，布拉格的斯莫莱克队长，普拉特纳也来了，他已经开始给她的肋部伤口止血。

她想要微笑，想要说声谢谢，但是她无法动弹，也不能说话和呼吸。所有的东西开始变暗，那一刻她看到了高高的圆顶天花板上的阴影蠕动着聚集在她的身边，最终凝聚成了一团温暖的黑色阴影，将她完全吞噬。

尾 声

捷克斯洛伐克 1939年

有些日子充满平静，有些日子充满困惑，有些日子充满悲伤，有些日子充满恐惧。

谢天谢地，大多数日子充满平静，在默默地、快乐地欣赏着铁条窗下的森林中度过。维克多发现自己已经深深地爱上了那片森林，阔叶林闪烁的金色和琥珀色带给他温暖，冷杉林的深绿色则给他安慰。他一度认为森林才是这个世界的灵魂。古老的森林，它们的一生不知道比人类短暂而毫无意义的一生胜出多少。森林里蕴藏着所有的记忆，堆积着无数的美梦和噩梦，存放着被认为早被遗忘的故事，只有在森林才能找到最能打动人心、永恒不变的安慰。

偶尔他甚至能走到森林里去。当他被诊断为心情平静、头脑清楚的时候，被注射了镇静剂之后，普拉特纳医生会把他带出城堡到附近的森林里散散步，这时他们的身后总会跟着两个强壮的警卫，如果维克多出现幻觉或者情绪失控的话，他们会立即上前将他控制住。

他越来越喜欢普拉特纳了。散步的时候，他们用德语交谈，但是维克多常常惊讶地发现普拉特纳会突然说起捷克语。

大部分时候他都是心事重重的样子，但总是用愉快的表情掩盖内心的担忧。维克多曾经非常想问普拉特纳他的苏台德德意志人党胸针哪里去了，因为他最近没见过，但最终还是忍住没问。

他经常在城堡窗户边花上好几个小时凝视着森林里交错的光影翩翩起舞，偶尔会出现一段模糊而不真实的记忆让他感到困惑，他好像隐约记得自己曾经对森林充满恐惧，很久以前，森林里发生过非常不好的事情。一段同样不真实的记忆让他感到苦恼：这些房间曾经让他很不自在，它们彼此相隔，一度被用作设备间。

他好像想起了求学时代的自己，想起了维也纳的医院，明亮宽敞的窗户，刷得雪白的墙壁，那时的他非常年轻，前途一片光明，他沉浸在光明的未来与知识的海洋里，对这个世界充满热爱。他想起了坐在教室听他的导师上课。

“每个人，”荣格博士对求知若渴的维克多讲道，“认为他自己，或者她自己，是一次陈述：对世界的一次宣言。‘*我就是我。我生来如此。*’而真相是，每个人，每个人的意识，根本不是一次陈述，而是一个问题。

“亲爱的维克多，一旦你符合了心理医生的条件，你的任务就是寻找这些问题的答案，并且你会发现，最难寻找到答案的是你自己的问题。”

现在，他自己的问题让他迷惑不解了。

很多时候他发现自己很难想起过去的事情，也很难清晰地思考问题。他的思维无法专注、游离不定，他的大脑开始不听使唤，不知道什么才是确定无疑的，经常需要绞尽脑汁才能让自己的想法合情合理。每当这时，大脑中的记忆与印象仿佛发生了山体滑坡，他也无法心平气和，这些疑虑重重的时刻总是让他焦躁不安。

那些日子里，他努力地梳理心中突然变得清晰但又彼此冲突的想法和记忆，他要区分哪些是真实的，哪些是错误的；哪些记忆是自己的，哪些记忆是别人强行加给他的。他隐约记得他曾经是这里的一名心理医生。

有些时候，他深信自己作为病人已经在这里关了几十年，甚至想起过他曾经在石墙里被关了好几个世纪。他也想起过很久以前在一个遥远的车站邂逅过一个绝望的疯子，和他探讨过火灵和心灵的大海——但是他无法确定自己是心理医生还是那个疯子。

有一件事他倒是记得十分清楚，他曾经在火车上和一位来自汉堡的叫作彼得逊的考古学家聊过一些有趣的事情，彼得逊同他讲了关于城堡和那个地方的许多故事。但是普拉特纳却肯定地告诉他在姆拉达–博莱斯拉夫车站接他的时候没有看到有其他人下车，普拉特纳甚至还说他联系过汉堡大学，根本没有一个叫作古恩纳尔·彼得逊的人。

当太多的困惑让维克多变得焦躁不安的时候，普拉特纳会给他一些东西平静自己的内心，但这么做无济于事，就像调低了一个本身就静音的收音机的音量一样：困惑会转移和分散，但依旧在那里。

啊，当然，也有充满恐惧的日子。

就是他来看他的日子。维克多用“降临”描述他的到来：各种奇怪的困惑交织在一起，眼角出现一晃而过的黑影，那是他降临的前兆。

霍布斯先生降临了。

那是他最不喜欢的日子。

他的出现总是以相同的方式开始：一团黑影在房间慢慢聚集。它比一般的阴影更可怕，会在屋角逐渐凝聚成形，就像一团正在凝结的血液。它不是普通的黑色，也不是普通的阴影，凝聚成形后，它会伸出漆黑的手指乱摸一通，想要抓住本就属于它的东西。它要抓的是维克多。

然后他就现身了。

霍布斯先生经常蜷缩着细长巨大的黑手黑脚出现在房角上方，因为他太高了，没有一个凡人能有那样高，而且他还戴着黑色的丝质高礼帽掩盖他头上的角，看上去就显得更高了。当他现身的时候，身上一副维多利亚时代英国绅士的装扮，考究的黑色礼服外面套着沾满深红色血渍的皮围裙。

有的时候他会换一种外形，很像克朗普斯，那时他就不会掩盖头上的长角，而是尽情地将它展示，眼里好像燃烧着火焰对他怒目而视。他还会像一个魁梧的“熊人”一样出现，长着满脸的胡子，穿着俄国人的羊毛外套，衣服上沾满了不知哪里来的雨水，闻起来一股潮湿阴暗的森林里的气味。

但是最让他害怕的不是这些时候，而是当他在窗边欣赏完风景，转过身却赫然发现霍布斯先生就坐在他的身后默默地注视着他——他比以前更加高大，四肢也蜷曲得更厉害——外形是不死鬼柯西切：脸上遍布棱角的“灰人”，长着钻石般坚硬的眼睛，张着夸张的大嘴在狞笑，上百颗牙齿像锋利的长针，苍白平整的嘴唇根本无法遮盖。

但是不管霍布斯先生以什么形态现身，他总是用同样的声音和德语同他说话，就像他通过维克多的病人身体说话那样：低沉、洪亮、有文化，用词古色古香。这时维克多吓得缩成一团，被迫去听霍布斯讲着他几个世纪以来犯下的恶行：他带来的痛苦与折磨；他的堕落、残忍与恐怖；最后的时刻到来时，他让无辜的受害者浸泡在血泊中。

这就是他最不喜欢的日子。

但是平静的日子要远远多于苦恼困惑的日子。无法专注的思维意味着维克多常常会忘记霍布斯先生。

他的朋友菲利普·斯特罗斯塔一次也没有来看过他，这让维克多感到失望，但他不觉得意外。毕竟，他现在是为菲利普背负着罪名。菲利普应该在石墙外的某个地方过着自由的生活吧。想到这里，维克多总是感到一阵欣慰，然而有时他也想不明白到底他是在为菲利普还是霍布斯背负着罪名。

医院允许他看书，六个月之前还有台收音机。然而在这三年里，他从未获许和其他病人接触，有时他甚至怀疑他们都已经不在这里了。后来没有任何解释，录音机被没收了，他认为语调越来越激昂的播音员与越来越多的爱国歌曲一定和这有关系。

关于苏台德危机的报道越来越多。

维克多刚刚被关起来的时候，罗曼内克教授来看过他。教授看上去更老了，也很伤心，维克多想起教授有时会选择逃避，迷失在往事和忧郁里。他感觉到教授将要进行一次时间更久、程度更深的逃避。他看上去还非常悔恨，好像他让维克多失望了。维克多想告诉善良的教授让他不要那样想，因为自己并没有做过那些事，他只是在为菲利普承担罪名。但是他不能那样做。这件事只能他自己知道。

后来罗曼内克再也没有来过。

普拉特纳花在维克多身上的时间变多了，过了一些日子，他解释说罗曼内克教授退了休，他现在是这里的负责人。他对维克多说话的时候非常和善，有时候也像罗曼内克一样的伤心。维克多感到诧异，为什么精神病院让一个内科医生当负责人，他也奇怪地感到职务上的提升并没有带给普拉特纳多少快乐。

除了隐约记得卡拉克医生给自己处理过枪伤和烧伤，维克多很少能见到他，但是他感觉卡拉克医生也获得了提升。最奇怪的事情是卡拉克个子高，弓着腰，有点像霍布斯先生，维克多看见他就害怕。上次卡拉克来看他的时候相当无礼，他几乎没有和自己说话，而是严厉地命令他不许乱动，然后用测径仪量了维克多的头骨尺寸，大声地让一个警卫记下测量结果。维克多注意到卡拉克外科白大褂下面穿着一双锃亮的黑色制靴。

后来的几天非常平静，比他记忆里的任何一天都要平静。有一天，他站在铁条窗户旁看风景的时候，看见两辆军用车——一辆坐着两个德国军官的敞篷吉普车和一辆围着帆布的运输车——向城堡驶来。军车后面是一辆塔特拉77型银色轿车，在阳光下闪闪发光。车队沿着蜿蜒的公路上了山，在驶过山谷的石桥和警卫室后消失在眼帘。维克多心想城堡是不是被军方接管了。他现在没有了收音机，不知道外面的世界发生了什么，只能靠猜测。看来森林那边的黑暗终于蔓延到了捷克斯洛伐克。

这也是布罗乔娃离开的原因。

就在收音机还没有被没收、他还知道城堡外面的事情之前不久，布罗乔娃来看过他。他太开心了，非常非常开心。但是布罗乔娃哭了。普拉特纳医生和一个警卫一直站在他们身边，这让维克多有些不高兴，但至少他们允许让他和布罗乔娃坐在城堡的餐厅喝着咖啡交谈。

她从餐桌对面伸过手，把维克多的手紧紧攥在手里，维克多感到很高兴。这几年囚禁在这儿给他带来的所有烦恼都烟消云散了，仿佛又回到了过去的甜蜜时光。那天她看上去特别美，但是带着淡淡的悲伤和忧郁，他隐约想起她曾经告诉过自己一件事，但是完全记不起来了。他说他喜欢她现在的发型——长长的刘海贴在额头上——但是似乎这个发型让她看上去很忧郁。

他告诉布罗乔娃他对未来的规划，当布罗乔娃说未来已经没有了之后他还耐心解释她为什么错了，而且他的乐观好像让她更加的难过了。

"我要离开捷克斯洛伐克了，"她流着眼泪说道，"我来和你说再见。"

维克多感到震惊。"但这是为什么？你要去哪里？"他问道，"为什么不留在这儿陪我，我需要你。"

"我不能留在这儿，"她看了一眼维克多身后的普拉特纳，然后又看着维克多说道，"普拉特纳医生帮我准备好了所有的证件，我要离开欧洲了。你还记得我们曾经说过的事情吗？

我要去美国了，这里没有我的立身之地，我要去那里重新开始生活。”

维克多放低了声音绝望地说道：“但是我还在这里，我要你留下来。请留下来帮助我。我需要你的帮助。他们不会让我出去的，我也不知道为什么。他们说我做过许多可怕的事情，但那个人不是我。你知道的，对不对？那是霍布斯，是霍布斯做的那些可怕的事情。”他皱了皱眉，好像在厘清思绪，“霍布斯或者菲利普。”

他把布罗乔娃的手捏得太紧了，普拉特纳和警卫向前走来，但是布罗乔娃挥手示意他们不用紧张。

“我得走了，维克多，”她倾身而来，美丽苍白的脸上挂着晶莹的泪珠，亲吻着维克多的脸颊，“普拉特纳医生会照顾你的。”

维克多好像突然明白了什么，他笑着点了点头：“是的，我明白了，我知道了，这样最好了。你现在去美国，我随后过来。你可以先帮我找到最适合我继续研究的地方，就像你说的那样，美国人更有可能会资助我的研究。是的，是这样，我越想越明白了，你这样做是对的。你先去，我随后来。”

布罗乔娃再也忍不住了，痛苦地抽泣起来。普拉特纳走上前扶着她的肩膀把她带走了。

“不要难过，”布罗乔娃离开餐厅的时候他大声喊道，“不需要很长时间，我也会去美国。我向你保证，我会去美国的。我发誓我会去美国的。”

布罗乔娃走后，维克多被带回了他的房间，他站在窗边看到一辆出租车沿着森林里蜿蜒的公路向山下的村庄驶去，向着外面的世界驶去，他无精打采，心情十分沉重。从窗边转过身来的时候，他吓了一跳，悲伤瞬间变成了恐惧。他看见了霍布斯先生，戴着高高的礼帽，系着黑色丝质领结，穿着沾血的皮围裙占据了一个屋角，他的肩膀高高地突起，脖子垂到了极限，头扭在一边，只有这副姿势才能让他勉强地站在屋角。

维克多想要呼喊，却喊不出声音，霍布斯先生嘲笑他，用通过维克多病人的身体发出的相同声音取笑他。

“我都听到了。”他狞笑着对维克多说道，狞笑让他的脸突然变成了不死鬼柯西切，他大张着嘴露出一口细长的尖牙，“你说你要去美国。不可能的。你永远也无法离开这里，难道你不明白吗？你去不了美国，哪儿也去不了，为什么不想个办法把自己弄死呢？那样我就会重新获得自由，再也不会缠着你了。你真可怜，你想尽一切办法就是为了让我对你失望。”

“对不起……”惊恐的维克多哽咽着说道，“对不起。”

“还记得我们第一次相遇的时候吗？”霍布斯说道，“你还记不记得你妈妈带着你和你妹妹去魔鬼湖的那一天？魔鬼湖在森林深处，你妈妈带着你们去野餐，你们还要去拜访外公外婆，他们都是德国人，你还记得吗？你们一起野餐，你和妹妹艾拉在森林里玩耍，你还记得吗？”

“我不想再提了，”维克多说道，悲伤的记忆和屋角的魔鬼让他紧张痛苦，“那是场意外。”

“啊，没错，意外。”

“艾拉掉进了水里，”维克多解释道，“我拼命去救她，我真的拼了命，但是我太小了，又不会游泳，自己也差点淹死了。我跑去喊外公和妈妈，但是……”维克多无法讲下去了，残酷的记忆折磨着他，他想起一具很小很小的尸体，脸朝下漂浮在水面上，就像一个落水的洋娃娃，白色的连衣裙在黑暗的湖水里荡漾。

“但那不是真相，对不对？”霍布斯再次狞笑起来，一瞬间，他的嘴再次变成了不死鬼柯西切，“那根本就不是真相。你的母亲，也不仅仅是因为你妹妹淹死后心中难过而自杀的，对不对？她自杀是因为她发现了她的儿子是个妖怪，而她更爱的人是你而不是你妹妹，对不对？这才是艾拉死后她深深自责的原因：因为她虽然感到心碎，却为死去的人不是她心爱的维克多而高兴。但是后来她发现了真相。村子里的猫接二连三地失踪，于是她跟踪你来到了森林，看到了你所做的一切，看到你为了取悦我而做的那些可怕的事情，她知道你是个妖怪。”霍布斯的脸一会儿变成柯西切，一会儿又变成维列斯，他想找个阴暗的地方靠近维克多，像个张开四肢的巨大蜘蛛在房间里爬来爬去。

“当然，我就躲在她的身后，”霍布斯贴着他的耳朵说道，“她没有看见我，一点也没看见，她不知道我就是在魔鬼湖底被唤醒的人。从那天起，我就一直附在你身上。每天如此。你母亲后来知道了魔鬼湖边那场意外的真相，她再也受不了了。她说你是个妖怪，你当时十二岁，你母亲说你是妖怪，你反过来骂她是个德国婊子。她接受不了，在树林里上吊死了——她解开外套的腰带，悬挂在一根树枝上，而你就在旁边眼睁睁地看着她吊死了。”

“不是那样！”维克多咆哮道，“是你，是你干的！”他努力回忆当时的情景。那一幕在他的脑海中出现过无数次：艾拉在湖水里挣扎呼喊。维克多跑到水边，绝望地伸出手想把她拉上来，但是他的指尖碰到了她的手却无法抓住她。但随后记忆开始逆转，故事的视角发生了改变。艾拉在哀求他，恳求他。他的双手按在艾拉瘦小的肩膀上，金色的头发在魔鬼湖深绿色的湖水里沉浮。有时他搞不清楚那到底是不是他的妹妹，还是另一个住在城堡附近的小女孩，地点是山下村子后面的那个小湖。

“不是那样！”维克多再次咆哮道，但是更多的画面浮现在眼前，更多的记忆被唤醒。太恐怖了。好多的血，他的手上、嘴唇上、嘴巴里都是血。鲜红的人肉从骨头上被剔了下来。女人在尖叫。“不是那样！”

维克多一遍又一遍地否认，朝着屋角的那个魔鬼尖叫，他才是真正的妖怪，他是真正的杀人凶手。但是霍布斯已经爬到了最阴暗的角落里，嘲笑地看着他。

门突然开了，卡拉克带着两个警卫走了进来。他们顺着维克多的视线看向屋角——空空如也的屋角。一双粗壮的手按着维克多，注射器锋利的针头刺入了他的前臂。他的意志和力气渐渐地消失了，然后被绑上束身衣扔在了沙发上。

布罗乔娃探视他之后的几个星期里，他渐渐地恢复了平静。他的病情有所缓解：头脑清晰、理智的时候他又变成了之前那个富有良知的心理医生，只是依然不明白自己为什么被关了起来。这段时间里，妄想出来的事物不仅不再出现，而且被彻底遗忘了。霍布斯先生也不再降临，而且他隐约只记得他是自己某次噩梦里出现的人物。但是他清楚地知道一件事，布罗乔娃走了，再也不会来看他了。

在这段时间里，普拉特纳医生探望他的次数变多了。维克多发现自己很难摸透他的心情：他总是显得疲惫，忧心忡忡地看着自己，而之前他从没这样看过自己，维克多心想是不是变化的时局连医生都受到了影响。但每次他问普拉特纳外面到底发生了什么事情时，他总是简单地说道："维克多，你最好不要操心外面发生的事情。"

有一天早晨，日出之后不久，普拉特纳来到了他的房间。维克多已经起床，他已经洗漱完毕，用他们批准使用的电动剃须刀刮过脸，衣服也都穿好了。普拉特纳走进来的时候，他正在埋头看书，那是一本他最喜爱的非医学书籍：一本关于斯拉夫神话及其起源的大部头巨著。

"我想问你是否愿意在早餐前去森林里散个步。"普拉特纳微笑着说道，他的身后站着一个身穿黑色制服的士兵。最近几次散步的时候，负责安全的都是武装士兵而不是医院的警卫。

"我愿意，"维克多说道，"非常愿意。"

"那好，"普拉特纳说道，维克多走过去把书放回书架上，"书你可以带着。我们可以找个好地方坐一坐。"

走出城堡是一件开心的事情。走出去的路上，维克多发现所有的工作人员好像都是军人，医院里到处堆满了拆开的板条箱，好多设备正在安装。维克多有些失望，因为普拉特纳没有早一点告诉他这些"最新发生的事情"。他同时发现有几个大厅被改造成了宽敞的病房，密集地堆放着狭窄的病床。

“我们要接纳更多的病人吗?”他问道，但是普拉特纳好像没有听到，或者装作没有听到。

是个适合外出走走的好天气。秋天的金色太阳低垂在天际，但是冬天好像已经赶来，在空气中试探着吹了第一口寒风。维克多拉起外套的领子遮住耳朵，他转过身抬头看着城堡，还是一贯的样子，只是一面巨大的红底白心的旗帜，中间有一个黑色的万字符，在主塔楼的楼顶迎风招展。他暗自想道，他们终于找到了上去的办法，他们一定发现了“黑心扬”的藏身之处。

沿着通向山村的公路下山的时候，士兵跟在他们的身后，步枪扛在肩膀上。普拉特纳同他闲聊着变化的季节和变化的时局。走到一半的时候，普拉特纳拉着维克多走向路边的一条小路，往前走是树林里的一座古老的教堂。

“我知道这个地方，”来到教堂的时候维克多突然眼前一亮，“啊，没错，我记得这个地方。我以前和布罗乔娃一起来过。哦，布罗乔娃……”维克多皱着眉头，仿佛想要抓住一段转瞬即逝的记忆。他环顾四周，只能看见森林里的这座黑暗、结实、古老的教堂。士兵站在教堂的门廊下抽着烟，看到门廊，维克多的眉头皱得更深了，另一段模糊的记忆开始在他的脑海里浮现。他好像想起自己曾经拿着刀在那块古老的木头上刻着什么东西。

“维克多，你想坐到这儿来看会儿书吗?”普拉特纳建议道，“这儿很安静，非常静。回城堡的时候，你可以给我讲讲斯拉夫的神话故事。”

“我很乐意。”维克多翻开书放在大腿上，但是阅读之前，他先对普拉特纳说道，“谢谢你带我到这儿来，我非常开心。但我经常感到痛苦，”他说，“巨大的痛苦，告诉我，普拉特纳医生，我真的疯了吗？”

普拉特纳叹了口气，露出了难过的笑容，这让维克多觉得很困惑。“所有的事情都是相对的，维克多，我现在害怕的是，更大的痛苦——更可怕的精神病——就要朝我们来了。”

普拉特纳走开了，让维克多一个人安静地读书。他开始阅读书里讲述的生活在斯拉夫森林里的神灵与魔鬼，这里真是个读书的好地方，他很感激普拉特纳把他带到这儿来。他心满意足、专心致志，没有听到士兵走下教堂木头阶梯的脚步声，没有听到子弹进入弹匣发出的金属摩擦声，没有听到拉动枪栓时的机械撞击声。

冰冷的枪管贴在了维克多的脖子上，他的痛苦终于画上了句号。

旧金山 1969年

深秋，天气很好，旧金山的天空一片湛蓝，万里无云，约翰·哈维斯特放下了奔驰车的顶棚，驱车前往位于市区的办公室。空气新鲜，阳光明媚，这样的感觉很好，没错，哈维斯特也有足够的理由感觉很好：生活是一次馈赠，生活让你幸福，尤其是你还很年轻、很迷人、很成功、很有钱。

哈维斯特甚至想关上收音机以免自己的好心情被破坏。最近旧金山被两个新闻折磨着：一场地震和一个人的威胁。收音机里的第一条新闻是两个星期前的圣罗莎地震的震后重修费用在急剧上升；第二条新闻是一个叫作“黄道十二宫杀手”的人让旧金山市民越来越惶恐不安。

播音员用严肃的口吻报道说杀手寄了一封信给《旧金山日报》，还附带了一块上个受害者浸血的衬衫碎片证明自己的存在。在信中，他宣称要伏击一辆校车，把所有的学生杀死在车上。每个人都知道他具备将可怕的威胁转变为现实的能力，本就惴惴不安的市民被杀手发出的恐吓折磨得够呛。作为一名心理医生，哈维斯特觉得一个人的心理，一个单独的意志，竟然能让大约七十五万人感到恐惧，这是个有趣的研究主题。

在写字楼的地下停车场停好车之后，哈维斯特乘电梯前往位于八楼的办公室。他在电梯里对着烟色玻璃镜子里的自己微笑：意大利定制的西服、衬衫、丝质领带全是顶级品质；棕色的英俊脸庞；昂贵的发型。他身上的一切都在表明他虽然年纪轻轻，却事业有成，人生尚未过半，梦想却早已实现。

走出电梯的时候，他的前台兼秘书朱迪向他问好。朱迪个子高挑，身材苗条，满头金发，她被雇用的原因不仅是出众的外貌，还包括出色的办事能力——让他感到幸运的是，事实证明，她的办事能力远远胜过她的美貌。他自己、他优雅的办公室、埃姆斯牌的办公家具、波洛克的帆布画、他的秘书，无一不在表明他是个不同寻常的成功人士。他的病人是不同寻常的病人。的确很不同寻常。

刚刚取得心理医生行医执照的时候，驱使他从事这一行业的是一个崇高的理想——现在也是。那时他想凭一己之力让这个世界变得不同：他要找到治疗心理疾病的新方法。但是赚大钱的机会一次次出现，不那么崇高的想法悄悄形成，虽然他的理想没变，但关心的重点已经不同。病人成了客户，治疗对象从绝望的精神病人变成了神经衰弱的有钱人——加利福尼亚富有的精英阶层，其中包括好几个好莱坞明星。

哈维斯特拥有一切，却得不到他最渴望的东西：同行的认可。他打算写一本书，当这本书和他的理论问世的时候，他们应该会认可他。

"早上好，朱迪，"他微笑着说道，"天气真好。"

"是的，哈维斯特医生，"朱迪说道，"早上的新闻太可怕了。寄给《旧金山日报》的信。你觉得他会那样做吗？我是说，伏击校车。”

“我觉得这家伙什么都干得出来。”哈维斯特说道。

“他们都说他是个很聪明的人，拥有超级大脑。你看过报纸了吗，上面说萨利纳斯有几个人破解了他上一封信里的神秘符号。或者说基本破解了。”

“我没看。那些符号是什么意思?”

“太让人毛骨悚然了。这个‘黄道十二宫杀手’说他杀人是为了他死后这些人会去服侍他——受害人将成为‘天堂里的仆人和玩偶’。这些话真的让人感到毛骨悚然。他怎么能逍遥法外这么长时间的呢?即使他智力超群，警方也不会一点线索都找不到啊。”

哈维斯特想了想。“我有个理论，”他说道，“他没有被抓住有可能是因为他不知道自己是谁。”

“我不明白。”

“我认为他隐藏得很好——连自己都无法发现。朱迪，你想一想，你整理过我的手稿，应该能够理解什么是多重人格。‘黄道十二宫杀手’没有被抓到也许是因为他是一个突变的人格，躲藏在一个不知情的宿主的心灵深处。”

“你说什么?”美丽的朱迪皱起了眉头，“你真的认为有一个人是他，但自己却不知道?”

“完全可能。从我那本书的手稿你应该可以理解。”突然他有了个想法：*也许可以在书里探讨一下“黄道十二宫杀手”的心理*。

哈维斯特的新书，除了能帮他挣不少钱，主要目的还是让自己得到心理治疗界的认可。他的理论是多重人格现象比我们想象的更加普遍——也许，在不同的程度上，每个人或多或少都有一点。所有人的心里都装着天使和魔鬼，哈维斯特想要努力证明这一点。

他要承担的风险是那些富裕的名流客户在毫不知情的情况下被他研究。不过他搜集的数据在书里只会被匿名显示，而且他用的硫喷妥钠和劳拉西泮有失忆作用：他们什么也不会记住，只有他一个人知道聊天的内容。当然，谈话都有录音备案。

无论如何，哈维斯特都已下定决心，一定要证明自己的理论是正确的。

十点过了没多久，朱迪带着第一位病人进来了。走进办公室的时候，爱丽丝·斯特灵害羞地笑了笑，然后坐在柯比西埃沙发上。哈维斯特经常觉得好莱坞明星身上都有一个奇怪的现象，他们靠抛头露面谋生，但不在镜头前的时候，却被害羞所困扰，有时甚至会发展成心理疾病。不过话说回来，每个人都是扮演着自己角色的演员。

“爱丽丝，今天感觉如何啊？”哈维斯特问道。他尽量不让自己看上去显得兴奋。上次的治疗令他惊喜，取得了令人难以置信的发现。

“不太好，”她难过地说道——摄影棚里的磨炼让她的中西部口音改掉了不少，“说实话，情绪很低落。我好像一直无法摆脱——我不知道该怎么说——摆脱一直压抑着我的情绪。”

“我来看看我们可以做些什么。”哈维斯特说道。爱丽丝身材苗条，举止优雅，美貌无双，今年才二十四岁。但是拥有无瑕的美貌与身材的她曾经叫作爱丽丝·西尔伯斯坦，出生在密苏里州的一个工业小镇，那里就业挣钱的机会寥寥无几。早期的经历在她的心里播下了不安的种子：突如其来的财富与消失的经济压力让她出现了反向适应困难症，很矛盾的是，她患上了抑郁症，自信心也在下降。“你准备好了吗？”哈维斯特问道。

她点点头，哈维斯特给她注射了与上次相同剂量的硫喷妥钠和劳拉西泮。看到她的紧张情绪在逐渐消散，他伸手按下了桌子对面的录音机的按键。

一想到上次治疗过程中发生的事情，哈维斯特忍不住地兴奋，他激动地等待着药物完全生效，病人进入催眠状态。终于他问出第一个问题：

“我想同上次和我说话的人说话。”

她毫无反应。

“我想和那位在找东西的人说话。他说他丢了个十分珍贵的东西。”

那一刻来临了。听到爱丽丝开始说话，哈维斯特感到自己的心跳在加速。

“是我丢的，”不是她的声音，是深沉的、犀利的、带英国口音的男人声音，“我最珍贵的纪念品。一个小小的玻璃玫瑰，通体白色，闪闪发光。”

“你是谁？”哈维斯特问道。

一阵沉默，然后：

“也许，你可以叫我霍布斯先生。”

后 记

魔鬼背后：
《魔鬼藏身处》的研究和创作过程

我觉得自己属于体验派作家。就像体验派演员在扮演一个角色时始终沉浸在他的角色中那样，我沉浸在小说里人物生活的时代里、文化里、世界里。我在之前的小说创作中就有这样的经历，我觉得这种经历丰富了我的人生。通过别人的眼睛看世界会改变并丰富我们的视角，这是一件很有趣的事情，就这本书而言，这是一件充满了不为人知的快乐的事情。

经常有人问，我在写作时进行的研究工作是否非常繁重，因为小说中要描写不同的时代、不同的地点，常常还需要添加专业的、严谨的、可考的细节。对我而言，研究不是什么艰难的工作，而是和我的创作融为一体的，我很难将两者分开，而且我觉得研究是一个学习的过程、投入的过程，并一直乐在其中。

《魔鬼藏身处》让我得到了很多快乐，也许你会觉得奇怪，因为这是一本阴暗的惊悚小说。但是我从中得到的快乐不仅来自讲述了故事，而且还来自让我着迷的中欧与东欧的民间传说与神话故事，当然也包括人类潜意识里的阴暗面。但是我喜欢这些素材，依靠写作谋生的最大乐趣就是你可以无拘无束地沿着内心的道路走下去。就《魔鬼藏身处》而言，这些道路通向非常黑暗的地方。

让故事顺利展开的主要驱动力是荣格心理学、中欧的神话与传说、第二次世界大战前捷克斯洛伐克弥漫着的种族紧张局势。研究与写作中的快乐是我如何将这些主题融合在一起。我选择捷克斯洛伐克作为故事的发生地是因为无论从地理角度、民族角度、文化角度，还是心理角度，它都处于欧洲的最中心。尤其是波希米亚人，他们的心理十分复杂。他们生活的地方融合了凯尔特人、斯拉夫人、日耳曼人，以及犹太人的文化。他们最有创造力的作家弗兰兹·卡夫卡的作品中充斥的荒诞主义、超现实主义、黑色幽默就是那个时代与那个地方的产物，我想这并不是巧合。

为了研究，我在布拉格和捷克斯洛伐克的很多地方待过很长时间，小说里只能体现这些研究的冰山一角：主要的研究是熟悉当地的民族、文化与历史，而且很多研究在小说中并没有体现，却让你在描写一个地方、一段历史、一个民族的时候充满了信心，俨然成了那方面的专家。比如说，摩拉维亚人嘲笑波希米亚人说话的口音像在唱歌，我在小说中没有写，但这个冷知识是不是很酷呢？

所有的素材都需要在小说中糅合在一起，但是这本小说中，糅合的方式非常特别。很长时间以来，我只有个大概的思路，但是有一次在波希米亚旅行的时候，我突然想到了糅合的方法。当时我正在参观卡尔斯坦城堡，是个淡季，天空阴沉沉的，城堡矗立在乌云密布的天空下。不得不说，即使在晴天，卡尔斯坦城堡也是这个星球上最让人害怕的地方之一，甚至连最喜欢“营造恐怖气氛”的吸血鬼德古拉都不会喜欢那里。我在曾经属于卡雷尔四世的城堡大厅想到了小说的整体布局。卡雷尔在这座大厅接见大臣，王座的旁边是两扇巨大的窗户，这样和他说话的人就置身于一片光亮中，而他自己的表情和举止都隐藏在阴影里，让别人无法捉摸。（这一情节我用在了对斯莫莱克的办公室的描写里。）站在那儿的时候，我想，几百年来，这里一定隐藏了很多不为人知的故事与秘密。就在那时，我想到了糅合的办法：我可以把城堡当成一个精神病院，想象出一个第二次世界大战前的时期，这里既是关着变态杀人凶手的监狱，又是躲避四处蔓延的更加变态的纳粹主义的避难所。

有了时间，有了地点，我的小说差不多可以开始了，但是作为关键要素的斯拉夫神话和传说还没添加进来，它们必须要和波希米亚的森林有关系，和卡尔·荣格的心理学理论有关系。森林和荣格心理学是紧密联系在一起的。荣格的理论围绕着神话与传说的诞生，他认为神话传说是集体无意识的一种外在表现形式。他的原型理论塑造了神话里的主要人物——就本书而言，是文学作品中的神话人物。我对荣格很感兴趣：他是一个心理学家，父亲是个不信神的乡村牧师，而他的祖父有传闻说是歌德的私生子。他母亲那一支，外公是个著名的神学家，曾经有过妄想症，学习过希伯来语，因为他深信这是天堂里使用的语言，而且，和小说里的多米尼克·巴托斯一样，他也相信自己可以和死者交流。荣格的母亲结婚之前，他的外公写布道词的时候总是让她站在身后——为的是不让魔鬼看到他写的东西。

研究斯拉夫神话故事的时候，我去了我最喜欢的一个地方。“波希米亚”这个词来自古凯尔特人部落——波伊人，他们是生活在波希米亚最早的民族［同时也是生活在德国东南部最早的民族，当地话把那里叫作百法利（Baiovarii），后来就有了巴伐利亚/拜恩（Bavaria/Bayern）这两个地名］。在凯尔特人之后，日耳曼部落也来了，主要是苏维汇人，再后来就是斯拉夫捷克人的入侵和统治。在之后的历史中，日耳曼人和犹太人在此定居进一步促进了多民族聚居。不同文化、传说、信仰的融合产生了极其丰富的神话故事。斯拉夫本身的神话故事又和挪威神话关系密切，很可能揭示了基辅罗斯曾经对斯拉夫民族有过深远的影响。悠久、神秘、密不可分的神话故事让我的小说有了可以和荣格心理学并驾齐驱的另一个素材。

我研究得越深，发现的黑暗宝藏就越多，比如说藏骨堂（即人骨教堂）——塞德莱茨的诸圣公墓——弗兰蒂塞克·林特从事死亡艺术创作的地方。对历史与文化的研究越是深入，我心中闪烁的念头就越多，其中当然包括对波希米亚犹太人的种族屠杀。那场屠杀的残忍程度与规模，以及对欧洲文化的浩劫一直在我的心头挥之不去。我通过布罗乔娃在纳粹入侵前的黑暗日子里整天提心吊胆为这次历史事件埋下伏笔。这类研究没有带给我任何快乐，只让我心中感到不安，甚至是震惊，因为我们现在的生活中狂热的民族主义与反犹主义有抬头之势。

在写作的过程中，我遇到两件特别有趣的事：第一件事是写作进行到四分之三的时候，我用几个真实的波希米亚、摩拉维亚、斯洛伐克城堡编了个奥卢城堡，还给它添加了不少黑暗的历史，比如建造它不是为了居住，而是为了堵住地狱的出口。这些都是随机编出来的，没有参考任何现实的资料。然而有天晚上我在研究捷克城堡的时候，发现有个真实的胡斯卡城堡，它在建造的时候没有设计厨房与住房，而是用巨大坚硬的地基堵住当时认为是地狱出口的一个地方。第二件事是我有一个专门研究哥特学的学者朋友，有一天他说他搞到了一本卡尔·荣格的《红皮书》。我当然知道这本书了——荣格家族直到2009年才允许将此书出版，以免这本传说中的书籍玷污了荣格的名声——但是从没有见过。当我看到《红皮书》和菲利普·斯特罗斯塔配有插图的手稿是那么相似的时候，我绝对是惊讶得嘴都合不拢了。我无法解释，为什么两个完全虚构的事物，在现实中都有真实的样本。

如果卡尔·荣格还活着，他也许会将之称为“共时性”(synchronicity)。